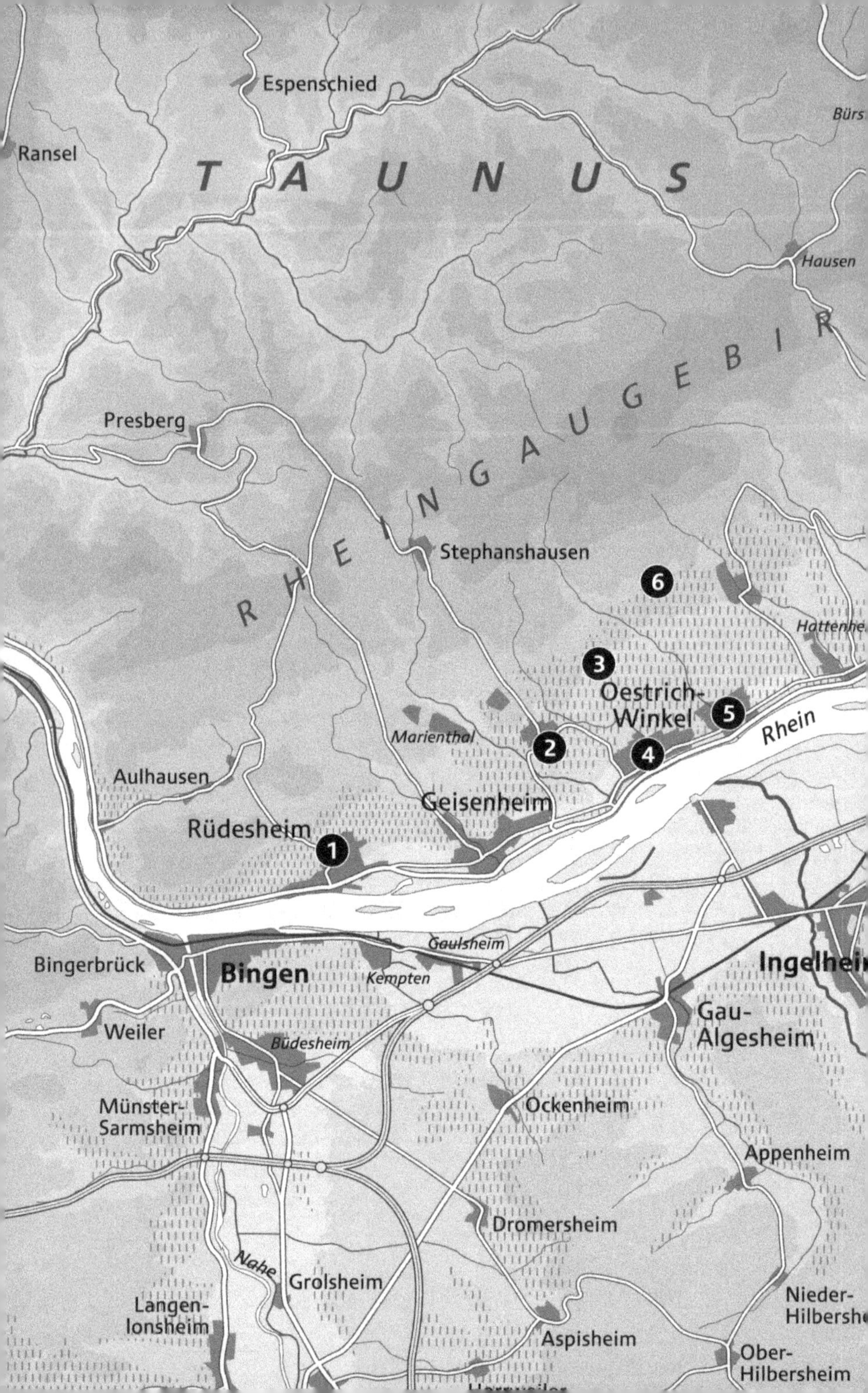
Espenschied
Ransel
Bürs
TAUNUS
Hausen
RHEINGAUGEBIR
Presberg
Stephanshausen
6
Hattenhe
3
Oestrich-
Winkel
5
Rhein
Marienthal
2
4
Aulhausen
Geisenheim
Rüdesheim
1
Gaulsheim
Bingerbrück
Bingen
Kempten
Ingelhei
Gau-
Algesheim
Weiler
Büdesheim
Münster-
Sarmsheim
Ockenheim
Appenheim
Dromersheim
Nahe
Grolsheim
Langen-
lonsheim
Nieder-
Hilbersh
Aspisheim
Ober-
Hilbersheim

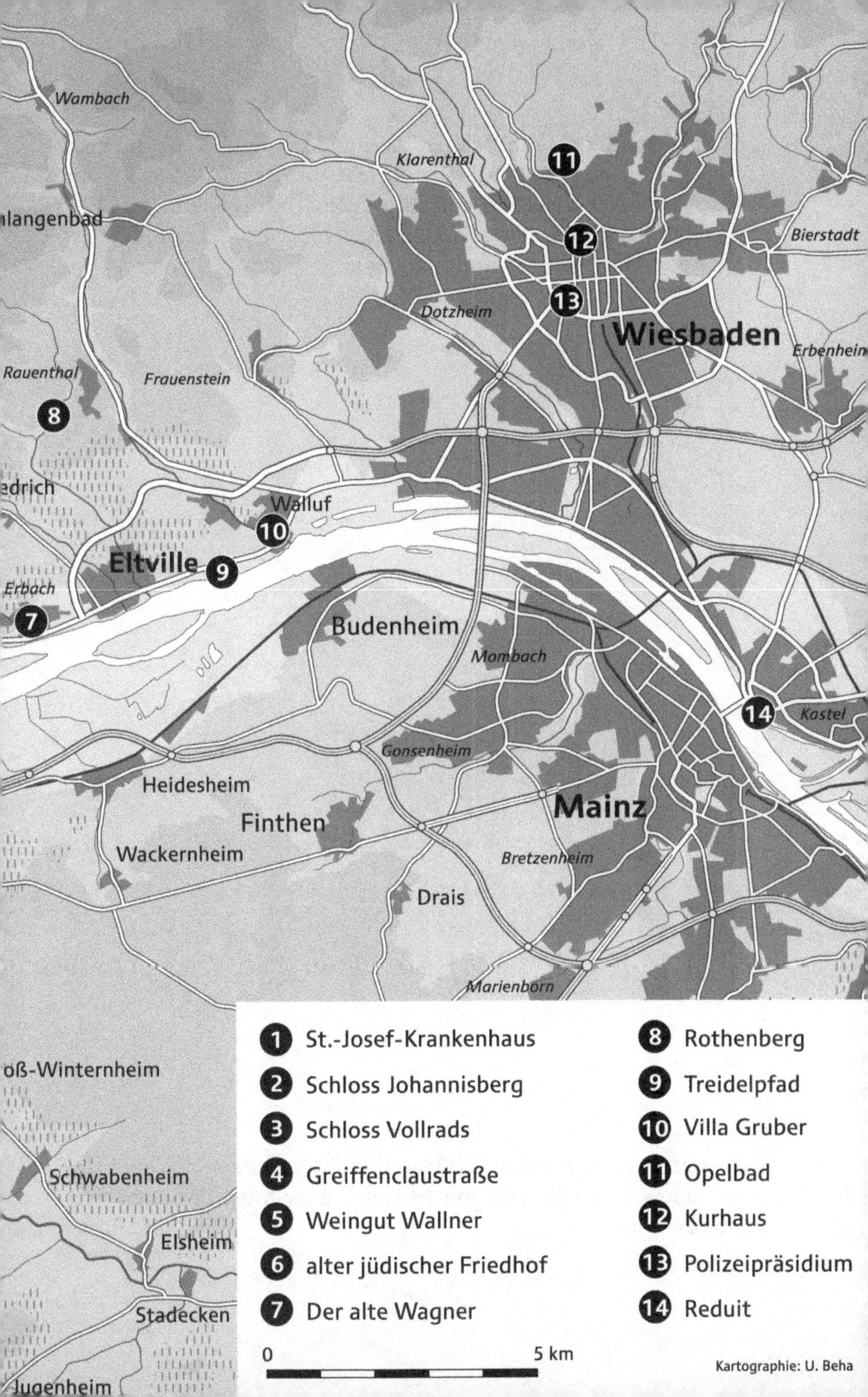
Wambach
Klarenthal
langenbad
Bierstadt
Dotzheim
Wiesbaden
Erbenheim
Rauenthal
Frauenstein
edrich
Walluf
Eltville
Erbach
Budenheim
Mombach
Kastel
Gonsenheim
Heidesheim
Finthen
Mainz
Wackernheim
Bretzenheim
Drais
Marienborn
oß-Winternheim
Schwabenheim
Elsheim
Stadecken
Jugenheim
1 St.-Josef-Krankenhaus
2 Schloss Johannisberg
3 Schloss Vollrads
4 Greiffenclaustraße
5 Weingut Wallner
6 alter jüdischer Friedhof
7 Der alte Wagner
8 Rothenberg
9 Treidelpfad
10 Villa Gruber
11 Opelbad
12 Kurhaus
13 Polizeipräsidium
14 Reduit
0
5 km
Kartographie: U. Beha

Roland Stark, geboren 1956, ist Arzt und Psychotherapeut. Er ist verheiratet, hat eine Tochter und lebt im Rheingau. Im Emons Verlag erschienen seine Kriminalromane »Tod bei Kilometer 512«, »Tod im Klostergarten«, »Tod in zwei Tonarten«, »Frau Holle ist tot« und »Der wilde Duft des Todes«.

ROLAND STARK

Tod in zwei Tonarten

RHEINGAU KRIMI

emons:

Bibliografische Information der Deutschen Nationalbibliothek
Die Deutsche Nationalbibliothek verzeichnet diese Publikation in der Deutschen Nationalbibliografie; detaillierte bibliografische Daten sind im Internet über http://dnb.d-nb.de abrufbar.

MIX
Papier aus verantwortungsvollen Quellen
FSC® C083411

Umschlagzeichnung: Heribert Stragholz
Umschlaggestaltung: Tobias Doetsch
Druck und Bindung: CPI – Clausen & Bosse, Leck
Printed in Germany 2016
Erstausgabe 2010
ISBN 978-3-89705-727-2
Rheingau Krimi
Originalausgabe

»Es waren zwei Königskinder,
Die hatten einander so lieb;
Sie konnten zusammen nicht kommen,
Das Wasser war viel zu tief.«

Volksweise

»Das habe ich getan«, sagt mein Gedächtnis.
»Das kann ich nicht getan haben«,
sagt mein Stolz und bleibt unerbittlich.
Endlich – gibt das Gedächtnis nach.

Friedrich Nietzsche, Jenseits von Gut und Böse

Für Ingrid

Donnerstag, 24. Juli

Der Abendhimmel färbte sich rot. Bald würde es dunkel über Schloss Vollrads werden.

»I'm a cancer survivor!«, rief die alte Dame im Nadelstreifenanzug in die Menge. »I'm a cancer survivor thanks to God. Do you believe in Jesus? Do you believe in Jesus?«

»Yeah!«, tönte es zögerlich aus dem Publikum.

»Do you believe in Jesus?«, insistierte die schwarze Lady.

»Yeah!« Jetzt trauten sich ein paar mehr Zuhörer zu antworten.

»Yeah!«, röhrte die Alte voller Genugtuung. »And he walked upon the water. Do you believe he walked upon the water?«

»Yeah!«

Sie griff nach der E-Gitarre, die auf dem Ständer auf der Bühne stand und hängte sie sich um die Schultern. Sie gab der Band einen Wink. Drei alte schwarze Männer, zwei etwas jüngere Weiße und eine Indianerin traten ins Rampenlicht. Ein Scheinwerfer fiel auf das Schlagzeug und einen weiteren Musiker.

»Jesus walked the water, he's all right with me!«, sang die Alte mit der schwarzen Stimme und griff in die Saiten. Die Band stimmte in den Wechselgesang mit ein. Sieben Musiker, drei Akkorde und eine beseelte Botschaft. »Jesus walked the water and you and I'll be free!«

Die Band gab ihr Bestes. Das Schlagzeug trieb den Beat voran, die Bässe liefen trocken die Tonleitern rauf und runter, die Gitarren untermalten mit ihren Riffs den Gesang der »cancer survivor« und ihrer Kollegen. Eine Mundharmonika erzählte wehmütig von Schmerz und Hoffnung.

Das Konzert der »Last and Lost Blues Survivors« ging seinem Ende zu. Robert Mayfeld saß auf der Brüstung der Mauer, die den Garten der Orangerie von der Obstwiese des Schlosses trennte. Dort hatten die Veranstalter des Rheingau Musik Festivals Stühle für das Publikum aufgestellt, das gebannt dem Geschehen auf der Seebühne am Fuße des Schlossturms folgte. In den ersten Reihen saßen die Sponsoren des Konzerts, oft in dunkle Anzüge und Kostüme gekleidet, dahinter Zuhörer in eher legerer Kleidung. Alle machten einen gelösten Eindruck.

Robert Mayfeld ließ das Programm vor seinem inneren Ohr Revue passieren. »Georgia in my mind«, »I've got the blues«, »Route 66«. Und »If you go walking on my love you at least could take off your shoes.« Wenn du schon auf meiner Liebe herumtrampelst, könntest du zumindest deine Schuhe ausziehen.

»Yeah«, raunte Herbert Mayfeld seinem Sohn zu und gab ihm einen freundschaftlichen Knuff in die Rippen. »I'm a survivor, too, thanks to God.«

Es war die erste gemeinsame Unternehmung von Kommissar Mayfeld mit seinem Vater seit Jahren. »Lauter alte Knacker, die ihr Leben dem Blues verschrieben haben. Verrückte alte Amis«, hatte sein Vater ihm den Auftritt schmackhaft gemacht. »Verkrachte Existenzen, die in der Blüte ihres Alters neu entdeckt wurden und jetzt auf Welttournee gehen. Kann man was von lernen. Nämlich, dass es nie zu spät ist.«

Mayfeld verband mit seinem Vater eine sehr wechselhafte Geschichte voller Liebe und Enttäuschungen. Wenn er ehrlich zu sich war, waren es mehr Enttäuschungen gewesen. Aber im letzten Jahr hatte sich etwas verändert. Mayfeld hatte wieder Hoffnung gefasst. Beide schienen wieder Hoffnung gefasst zu haben, dass ihre gemeinsame Geschichte doch noch ein gutes Ende finden könnte.

»Wir besuchen ein paar Konzerte des Rheingau Musik Festivals«, hatte sein Vater vorgeschlagen. »Nicht nur Blues, die bringen natürlich auch jede Menge Klassik, zum Beispiel wunderbare Klavierkonzerte.«

Mayfelds Vater war in seinem früheren Leben ein begnadeter Pianist und Klavierlehrer gewesen, bis ihn das Schicksal aus der scheinbar vorgezeichneten Bahn geworfen hatte. Mayfeld hatte die Einladung angenommen.

Auf dem Teich rund um den Wohnturm des Schlosses hatte das Technische Hilfswerk Wiesbaden Pontons aus Aluminium und Stahl zu Wasser gelassen, die durch einen roten Kran, der von außerhalb der Schlossmauern auf das Gelände ragte, stabilisiert wurden. Und auf dieser improvisierten Bühne fegte eine klein gewachsene Achtzigjährige wie ein Wirbelwind herum, *thanks to God.* Begleitet von rockenden und groovenden Altersgenossen. Irgendetwas musste dran sein an der Geschichte von dem Mann, der über das Wasser gelaufen war.

Mayfelds Blick wanderte über das trübe Wasser, das von einigen Scheinwerfern am Rande des Teichs angestrahlt wurde. Die Band hatte ihre Hymne an die Hoffnung und den Glauben gerade ein letztes Mal zum Besten gegeben und nahm den enthusiastischen Beifall des Publikums entgegen.

Das Wasser bewegte sich. Luftblasen stiegen aus der Tiefe auf, konzentrische Wellen breiteten sich aus und versetzten die Wasserlinsen in eine schaukelnde, wiegende Bewegung. Etwa zwei Meter seitlich der Bühne erschien irgendetwas auf der Oberfläche des Teichs, das Mayfeld zunächst wie ein dunkler Fleck vorkam. Der Fleck wurde größer und irritierte den Kommissar. Er hatte Mühe, Genaueres zu erkennen. Vor allem wollte er nicht glauben, was sich da im Zwielicht andeutete. Er sprang von der Brüstung der Mauer nach unten auf die Wiese zu den anderen Zuhörern und lief nach vorne, direkt zum See.

Jetzt konnte er besser sehen. Ein dunkler Pullover trieb auf dem Teich. Aus dem Ärmel des Pullovers ragte eine Hand, aus dem Kragen des Pullovers ein Kopf.

Der Beifall hatte sich gelegt. Gerade wollten die Blues Survivors zu einer Zugabe ansetzen, als eine junge Frau in der ersten Reihe auf den Pullover deutete und aufschrie.

Jetzt sahen es auch andere Gäste des Konzertes: Auf dem Wasser neben der Seebühne von Schloss Vollrads trieb eine Leiche. Einige Sekunden herrschte gespenstige Stille. Dann brach ein Tumult los.

Freitag, 25. Juli

Die Sonne hatte den morgendlichen Dunst über dem Fluss vertrieben. Mayfeld genoss für einen Moment den Blick vom Rauenthaler Rothenberg über die Rebhänge hinab ins Rheintal. Der Hauptkommissar der Wiesbadener Kriminalpolizei wollte die letzten Urlaubstage in seinem Weinberg oberhalb von Eltville verbringen.

Seine Frau Julia hatte vor Jahren ein paar Morgen bester Weinberge geerbt, und sie hatten beschlossen, diese selbst zu bewirtschaften. Den Wein bauten sie im Weingut von Julias Eltern in Kiedrich aus. Der phylitthaltige Boden des Rothenbergs brachte einen besonders aromatischen Riesling hervor, und Mayfeld hatte sich vorgenommen, jedes Jahr einen herausragenden Wein zu erzeugen. Das Leben ist zu kurz für schlechten Wein, war seine Devise. Dieser Ehrgeiz kostete ihn seither jede Minute seiner Freizeit. Als Leiter des Kommissariats für Tötungsdelikte und vermisste Personen hatte er davon eh zu wenig, und so blieb für Unternehmungen wie den Konzertbesuch am Abend zuvor fast nie genügend Zeit.

»Man hat immer die Zeit, die man sich nimmt«, hatte ihn sein Vater belehrt, als er ihm die Konzertkarten schenkte. »Musik war früher mein Leben, und daran will ich wieder anknüpfen«, hatte er hinzugefügt. »Vielleicht kann ich einige der gesprungenen Saiten wieder neu aufziehen.«

Die schönsten Erinnerungen an seinen Vater stammten aus der Zeit, als dieser noch Klavier spielte, also vor dem Unfall von Mayfelds Schwester Vera. Herbert Mayfeld war ein brillanter Pianist und ein begeisternder Lehrer gewesen, bevor ihn der Tod seiner »kleinen Sonne« in immerwährende Trübnis und öde Verzweiflung gestürzt hatte, die nur von Phasen gereizter Getriebenheit unterbrochen wurden. Vor einem Jahr aber hatte sich eine erneute Wandlung in der Person seines Vaters vollzogen. Hinter dem Mann mit den zwei Gesichtern war wieder der alte Herbert Mayfeld hervorgetreten, und nur der missionarische Eifer, mit dem er seiner Umwelt die segensreichen Wirkungen der Musik und der religiösen Erweckung nahebringen wollte, erinnerte noch an die manischen Phasen der Vergangenheit.

Mayfeld wandte sich wieder seiner Arbeit zu. In den letzten Wochen war es warm gewesen, gleichzeitig hatten ausgiebige Regenfälle für ein üppiges Wachstum der Rebtriebe gesorgt. Die lugten jetzt überall vorwitzig über die Gertdrähte, die zwischen den Stickeln gespannt waren. Wo es möglich war, steckte er die Triebe wieder unter die Drähte, andere kürzte er.

Mayfeld dachte an die Leiche vom Vortag. Er hatte seine Kollegen vom Wiesbadener Polizeipräsidium informiert, Kriminalkommissarin Heike Winkler war eine halbe Stunde nach seinem Anruf vor Ort gewesen. »Lass dir bloß nicht die letzten Urlaubstage verderben«, hatte ihn die Kollegin ermahnt, aber er hatte darauf bestanden, dass sie ihn informierte, sobald ihre Ermittlungen etwas ergeben hätten. Jetzt, in der fast meditativen Stimmung, in die ihn die Arbeit im Weinberg versetzte, bedauerte er seinen dienstlichen Übereifer.

Eine Weile widmete er sich den Reben. Dann klingelte das Handy. Warum hatte er diesen Plagegeist bloß mit hier hoch genommen?

Es war Heike Winkler. »Du wolltest es ja nicht anders«, entschuldigte sie sich. »Die Identifizierung der Leiche ging recht flott. Ein Wallufer Kollege hat den Jungen erkannt. Es handelt sich bei dem Toten um den einundzwanzigjährigen Patrick Schönhell aus Walluf. Er starb vermutlich in der Nacht von Samstag auf Sonntag, am 20. Juli. Zumindest ist um zwei Uhr sieben seine Uhr stehen geblieben. Einen vorläufigen Obduktionsbericht gibt es auch schon. Schönhell ist ertrunken. Der Pathologe hat Wasser in seiner Lunge gefunden. Außerdem hatte er eine schwere Gehirnblutung, an der er kurze Zeit später wohl auch gestorben wäre. Die Leiche weist eine Verletzung am Hinterkopf auf, die von einem Schlag oder von einem Sturz herrührt.«

»Es könnte also auch ein Unfall oder Selbstmord sein?«

»Der Rechtsmediziner meinte, eine Verletzung durch einen Sturz sei die bei Weitem unwahrscheinlichere Variante.«

»Das heißt, sie ist nicht völlig auszuschließen«, stellte Mayfeld fest.

»Schönhell wohnte bei seinen Eltern«, fuhr Winkler mit ihrem Bericht fort. »Die Eltern sind verreist, wir haben sie telefonisch an ihrem Urlaubsort erreicht. Sie kommen mit dem nächsten Flug nach Hause, das kann allerdings Montag werden. Eine Nachbarin hat die Schlüssel zum Haus. Willst du dir die Wohnung des Toten ansehen?«

Natürlich wollte Mayfeld das. »Wenn du den Charakter eines Menschen kennenlernen willst, schau dir seine Wohnung an«, hatte ihm sein Lehrer Oskar Brandt beigebracht. Oft ergaben sich dort erste Hinweise auf die Motive für ein Verbrechen. Winkler nannte die genaue Adresse. In einer Stunde wollten sie sich in der Hauptstraße in Walluf treffen.

Das Haus der Schönhells lag von der Straße zurückgesetzt in einem großen Garten. Mayfeld fuhr mit seinem alten Volvo vor. Er war der Meinung, dass sich bei einem Wagen, mit dem man regelmäßig in die Weinberge fuhr, eine Autowäsche nicht lohnte. Er war direkt vom Rothenberg hierhergefahren, und so passte der undefinierbare Farbton seines Wagens gut zum staubigen Äußeren des Kommissars. Am Gartentor wartete Winkler auf ihn. Die junge Kollegin lachte ihn fröhlich an. Neben ihr stand eine Frau Ende fünfzig in lila Leggins und geblümter Kittelschürze, die verdrießlich in die Welt blickte und sich als »Frau Müller, die Nachbarin von Apotheker Dr. Schönhell« vorstellte.

»Frau Müller ist über das Schicksal von Patrick Schönhell informiert«, sagte Winkler ihrem Chef. Frau Müller hatte offensichtlich andere Vorstellungen von Kommissaren und ihren Autos und studierte Mayfelds Dienstausweis betont lange und gründlich.

»Dann kommen Sie mal mit«, sagte sie schließlich und ging den Polizisten voraus durch den ausgedehnten Vorgarten. Das hell verputzte und großzügige Haus der Schönhells strahlte gediegenen Wohlstand aus. Ein Eindruck, den der edle Parkettboden, die wertvollen Teppiche und Schränke im Eingangsbereich noch verstärkten.

»Der junge Herr Schönhell hat eine Einliegerwohnung unter dem Dach«, sagte Frau Müller und wies den beiden Beamten den Weg zur Treppe. Wie selbstverständlich ging sie ihnen voraus. Sie holte einen weiteren Schlüssel aus ihrer Kittelschürze. »Ich habe von allen Schlüsseln hier im Haus ein zweites Exemplar«, erklärte sie. »Ich schau immer nach dem Rechten. Und wenn die Schönhells weg sind, gieße ich die Blumen.«

Mayfeld und Winkler betraten die Wohnung des Toten.

»Machte Patrick Schönhell auf Sie manchmal einen niedergeschlagenen Eindruck?«, fragte Mayfeld.

Frau Müller schaute den Kommissar verdutzt an. »Der Patrick und deprimiert? Überhaupt nicht. Bevor der eine Depression bekommt, bekommen alle anderen in seiner Umgebung eine.«

Die Wohnung bestand aus einer kleinen, kaum benutzten Küche, einem Bad und einem großen Raum, der fast die ganze Fläche unter dem Dach einnahm. Ein riesiges Fenster, das bis zum Boden reichte, schloss den Dachgiebel an einer Seite ab. Von dort hatte man einen wunderschönen Blick auf den Rhein und einige benachbarte Gärten.

»Rechts, das ist der Garten der Wagners, noch ein Haus weiter rechts, da wohne ich, hier vorne der Weinberg gehört den Wagners, und da vorne links, das ist die Villa Gruber, da wohnen die Flieders.«

»Danke, Frau Müller!«

»Schauen Sie sich nur um!«, sagte Frau Müller, als wäre es ihre eigene Wohnung.

Der Raum war mit einem großen Wasserbett, einem Schreibtisch und Regalen in weißem Lack sowie zwei roten Ledersesseln möbliert. In den Regalen standen CDs diverser Popgruppen und ein paar Fantasybücher. Gegenüber dem Bett standen ein riesiger Flachbildfernseher und ein DVD-Player, in den Ecken des Zimmers die teuer wirkenden Komponenten einer Dolby-Surround-Anlage. An die Dachschrägen hatte Patrick Schönhell Filmplakate geheftet. »Haus der tausend Leichen«, »Hügel der blutigen Augen«, »Braindead«.

»Schlimm ist das mit den jungen Leuten«, behauptete Frau Müller. »Bei dem, was die sich täglich anschauen, ist es kein Wunder, dass sie immer gewalttätiger werden.«

Winkler klappte das Notebook auf, das auf dem Schreibtisch stand.

»Haben Sie einen Verdacht?«, fragte Mayfeld.

»Ich? Wieso?«, stotterte die Nachbarin.

»Sie sprachen von gewalttätigen jungen Leuten«, erinnerte Mayfeld Frau Müller. »Oder meinten Sie das nur ganz allgemein?«

Sie zog eine beleidigte Schnute. »Finden Sie solche Filme denn in Ordnung?«, wollte sie wissen.

Mayfeld zuckte mit den Schultern.

»Patrick Schönhell war nicht in bester Gesellschaft.« Frau Müller beharrte auf ihrer negativen Sicht der Jugend von heute. »Wären seine Eltern nicht so nette Menschen, hätte ich ihn in den letzten Wochen ein paarmal angezeigt. Seit zwei Wochen ist er aus dem Urlaub zurück und macht nichts als Lärm und Dreck. Von wegen deprimiert. Hat wahrscheinlich Orgien mit dieser Jenny Graf gefeiert.«

»Ist das seine Freundin?«, fragte Mayfeld.

»Was man heute so darunter versteht«, antwortete Frau Müller mit säuerlicher Miene.

»Haben Sie die Adresse von Frau Graf?«

»Im Paradiesgässchen Nummer neun, hier in Walluf.« Frau Müller war bestens informiert.

Winkler hatte das Passwort des Notebooks geknackt. »War ganz leicht: Splatter«, sagte sie grimmig lachend. »Auf dem Computer sind mehrere Ego-Shooter-Spiele installiert. Es gibt auch eine umfangreiche Adress- und Telefonliste. Die hilft uns bestimmt weiter.«

Mayfeld öffnete die Schubladen des rechten Containers, auf dem die Schreibtischplatte lag. In der obersten lag die Nachbildung einer automatischen Handfeuerwaffe, wie man sie für Paintball benutzte. Mayfeld war das Spiel, bei dem das Töten mit farbhaltigen Gummikugeln möglichst lebensecht simuliert wurde, ziemlich zuwider. Von stundenlangen und nervenaufreibenden Diskussionen mit seinem Sohn Tobias wusste er allerdings, wie schwer es war,

Jugendlichen diesen Schrott auszureden. Daneben lag ein Nachtsichtgerät. In der mittleren Schublade fand er neben Schreibutensilien die Karten einiger Wiesbadener Kneipen und eine Karte mit den Öffnungszeiten der Spielbank. In der untersten Schublade lag eine Schatulle mit mehreren teuren Armbanduhren, IWC, Rolex, Lange und Söhne, Breitling, Nomos, Pattek Phillipe. Im zweiten Container des Schreibtisches lagen vor allem DVDs mit Horror- und Splatterfilmen.

»Wann haben Sie Patrick zuletzt gesehen?«, fragte Mayfeld die Nachbarin.

»Er ist am Samstagmittag mit Jenny Graf weggefahren, in seinem roten BMW. Der Vater hat ihm ja alles bezahlt. Ein Biest, dieses Mädchen, wenn Sie mich fragen. Überall stiftet sie Unruhe.«

Aber mehr als diese vagen Anschuldigungen war Frau Müller nicht zu entlocken. Die beiden Beamten schauten sich weiter um, fanden jedoch nichts mehr, was für sie von Interesse gewesen wäre.

Nachdem sie mit der Wohnung fertig waren, versuchte Winkler, Jenny Graf anzurufen. Sie war nicht zu Hause, Winkler erreichte nur einen Anrufbeantworter.

Die beiden Beamten gingen in ein kleines Café in der Nähe, das für seine hausgemachten Kuchen und seine Wohnzimmeratmosphäre bekannt war. Winkler verdrückte ein Stück Schwarzwälder und ein Stück Linzer Torte. Sie war schwanger oder hatte Liebeskummer, dachte Mayfeld.

»Wenn die alte Schreckschraube nicht so auf der sogenannten heutigen Jugend rumgehackt hätte, dann hätte ich es getan«, sagte Winkler und naschte an Mayfelds Aprikosenstreuselkuchen. »Ich hatte zuletzt auch so einen Typen, bloß fünf Jahre älter, der seine Freizeit mit Ballerspielen und Splatterfilmen verbracht hat. Ich hab ihm letzte Woche den Laufpass gegeben. Es war ein richtiger Befreiungsschlag.«

Winkler war seit Jahren mit wechselnden Partnern chronisch unglücklich verliebt. Sie hatte es schon mit älteren Männern versucht und jetzt offensichtlich mit einem jüngeren. Am Alter schien es nicht zu liegen. Wie sie es schaffte, trotz ihres Liebeskummers meistens guter Stimmung zu sein, das war Mayfeld ebenso ein Rätsel wie die Antwort auf die Frage, wie sie es schaffte, sich immer wieder den falschen Mann auszusuchen.

Vielleicht hat es jemand zu wörtlich genommen mit dem Befreiungsschlag, dachte Mayfeld und sicherte sich die letzten Krümel seines Kuchens.

***

In der Nacht von Freitag auf Samstag schlief Johannes Flieder unruhig. Mehrfach wachte er auf, mehrfach hatte er einen bizarren und beunruhigenden Traum.

Er fuhr mit einem roten Porsche Cayenne durch die engen Gassen von Walluf, die Reifen quietschten, einige verschreckte Fußgänger flüchteten in Hofeinfahrten. Als er in die Nähe des Rheinufers kam, sah er durch die regennasse Windschutzscheibe Patrick im Kegel des Scheinwerferlichtes. Er hielt direkt auf ihn zu. Es tat einen dumpfen Schlag, als der Wagen Patrick überfuhr. Johannes hörte das Geräusch splitternder Knochen und das Schmatzen zerquetschter Eingeweide. Am Straßenrand stand Jenny und winkte ihm begeistert zu.

Johannes verlor die Kontrolle über das Auto, der Cayenne raste auf das Rheinufer zu. Sein Vater, der neben ihm saß, schlug verzweifelt auf ihn ein. Schließlich durchbrach der Wagen das Geländer am Flussufer und stürzte in den Rhein. Das Auto versank im Zeitlupentempo in den grünen Fluten. Johannes löste den Sicherheitsgurt und kurbelte das Fenster herunter, Wasser drang schwallartig in das Innere des Fahrzeugs ein. In Panik zwängte er sich aus dem Fensterspalt und tauchte nach oben. Als er schon glaubte, ersticken zu müssen, erreichte er die Wasseroberfläche. Johannes wagte einen Blick in die Tiefe: Der Porsche lag auf dem Grund des Flusses. Er hatte seine Farbe geändert und glitzerte jetzt silbern. Johannes Vater hatte es nicht geschafft, sich aus seinem nassen Grab zu befreien. Mit offenem Mund, so als ob er immer noch verzweifelt nach Luft schnappen würde, starrte er seinen Sohn an. Johannes sah das Weiße der weit aufgerissenen Augen, die dem ertrunkenen Vater allmählich aus den Höhlen traten.

Am Ufer warteten seine Mutter und Onkel Eduard auf ihn. Sie

hatten sich an den Händen gefasst, tanzten und sangen immer wieder »Mir träumte, ich wäre im Rhein ertrunken, mir träumte, ich wäre im Rhein ertrunken«.

Am nächsten Morgen wachte Johannes Flieder wie gerädert auf. Es war noch sehr früh, aber er wollte nicht mehr einschlafen. Er hatte Angst davor, diesen Traum noch einmal zu träumen.

Er hatte das Gefühl, dass etwas Verhängnisvolles passiert war, etwas, das nicht mehr rückgängig, nicht wiedergutgemacht werden konnte. Er versuchte sich zu erinnern. So vieles war in den letzten Wochen passiert, so vieles, das aus seinem Bewusstsein verschwunden war. Er hatte sich verändert in den letzten Monaten. Das Glück früherer Tage hatte sich verflüchtigt und war einer gereizten Getriebenheit gewichen, die er selbst kaum fassen konnte, für die er noch keinen rechten Grund gefunden hatte. Falls er etwas Schlimmes getan hatte, würde er die Verantwortung dafür übernehmen, auch wenn ihm bei diesem Gedanken schwindelig wurde.

Doch die Erinnerungen kamen nicht zurück. Zumindest nicht an diesem Tag.

Samstag, 26. Juli

Julia protestierte, als Mayfeld ihr beim Frühstück erzählte, dass er sich von Anfang an in die Ermittlungen in dem neuen Fall einschalten wollte. Aber sie kannte ihren Mann zu gut, als dass sie allzu viel Energie auf diesen Protest verschwendet hätte. »Ein Mord passiert vor meiner Haustür, und ich finde die Leiche auch noch selbst: Das ist mein Fall.« Mit diesen Worten beendete er die Diskussion und das Frühstück, gab seiner Frau einen Kuss und verließ die Wohnung in der Villa am Rhein.

Er stieg den mit Büschen bewachsenen Hang zum hinteren Ausgang des Gartens hinab. Von dort gelangte er direkt auf den Treidelpfad, von wo aus früher, vor der Motorisierung der Rheinschifffahrt, die Lastkähne flussaufwärts gezogen worden waren. Der Abschnitt zwischen Eltville und Walluf war einer der schönsten Spazierwege entlang des Rheins, den Mayfeld kannte. Ab und zu gaben die Mauern und Hecken am Hang den Blick auf die Villen der Rheingauer Riviera frei.

Nach einigen Minuten war er an der Rheinpromenade von Walluf angekommen. Von dort aus war es nur noch ein kurzer Weg zum Paradiesgässchen Nummer neun, einem frisch renovierten Fachwerkhaus mit blauen Balken und weißem Putz. Dort wartete Winkler bereits auf ihn.

»Ich habe angerufen, heute ist Jennifer Graf zu Hause«, sagte sie, als sie an der Haustür klingelte.

Schneewittchen, dachte Mayfeld, als Jennifer Graf die Tür öffnete. Die Haut weiß wie Schnee, die Haare schwarz wie Ebenholz und der Mund kirschrot. Lediglich der dunkle Lidschatten, den die junge Frau aufgelegt hatte, passte nicht ganz ins Bild. Ihr schlanker Körper wurde von einem knöchellangen schwarzen Kaftan verhüllt.

»Ich hab schon gehört, was mit Patrick passiert ist. Kommen

Sie herein!«, sagte sie, nachdem ihr Mayfeld seinen Dienstausweis gezeigt hatte.

Schneewittchen ging voraus ins Wohnzimmer, gefolgt von Winkler, die mit blauen Jeans und knallrotem T-Shirt eine erfrischende sommerliche Normalität ausstrahlte. Jennifer Graf bot den beiden Beamten Platz in üppigen weißen Polstermöbeln an, die in dem niedrigen Zimmer des Fachwerkhauses etwas zu ausladend wirkten. Aus den Lautsprechern der teuren Hi-Fi-Anlage erklang ein Song von Enya. Mayfeld kannte ihn von der CD-Sammlung seiner Tochter. »May it be an evening star shines down upon you«, sang die irische Sängerin. Der Raum war vom Duft von Patschuli-Räucherstäbchen erfüllt. Jennifer Graf griff nach einem Beutel mit Tabak, nahm ein Blättchen heraus und begann sich eine Zigarette zu drehen.

»Wollen Sie auch eine?«, fragte sie den Kommissar.

Mayfeld lehnte dankend ab. »Ich hab mir das Rauchen abgewöhnt«, sagte er mit einer Mischung aus Stolz und Bedauern und holte sich eine Tüte Weingummis aus der Jackentasche. Weingummis aus Weinen Rheingauer Lagen, hergestellt in der Manufaktur seines Schwagers. Heute hatte er Winkler Hasensprung dabei.

»Was wollen Sie wissen?« Jennifer Graf blickte Mayfeld direkt in die Augen.

»Wohnen Sie hier alleine, Frau Graf?«, fragte Mayfeld.

Sie lächelte ihn an. »Nennen Sie mich Jenny. Das Haus gehört meinem Vater. Ich wohne mit ihm zusammen. Er ist beruflich oft unterwegs.«

»Gehen Sie noch zur Schule, Jenny?«

Jenny nickte. »In die zwölfte Klasse der Ursulinen in Geisenheim.«

»Sie kannten Patrick Schönhell?«

»Aus der Schule. Er war eine Klasse über mir. Ich hatte ein Verhältnis mit ihm.« Sie zündete sich die Zigarette an.

»Was war er für ein Typ?«, fragte Mayfeld.

Sie zuckte mit den Schultern. »Weiß nicht. Ein cooler Typ halt. Reiche Eltern. Spendabel. Ließ sich nicht gerne in die Karten gucken.« Dafür, dass ihr Freund vorgestern tot aufgefunden worden war, wirkte Jenny ziemlich gefasst, um nicht zu sagen kalt.

»You walk a lonely road, oh, how far you are from home«, tönte es aus den Lautsprechern. Jennifer Grafs Kaltschnäuzigkeit bildete einen grotesken Kontrast zu der gefühlvollen Musik. Aber vielleicht war ihre Coolness auch nur Maske.

»Wirkte er in letzter Zeit deprimiert?«

»Glauben Sie, dass er sich umgebracht hat?«

»Beantworten Sie einfach meine Frage.«

Jennifer Graf schüttelte den Kopf. »Der würde so was nie tun. Ich glaube nicht, dass Patrick überhaupt wusste, wie sich deprimiert sein anfühlt.«

»Wann haben Sie Ihren Freund zuletzt gesehen?«, fragte Winkler.

Jenny wandte sich ihr zu. »Ich hatte ein Verhältnis mit ihm. Mit Patrick konnte man nicht befreundet sein. Ich habe ihn letzte Woche am Samstagabend das letzte Mal gesehen.«

Das musste kurz vor seinem Tod gewesen sein.

»Es wäre nett, Jenny, wenn wir Ihnen nicht jede Einzelheit aus der Nase ziehen müssten. Arbeiten Sie mit uns zusammen! Patrick, mit dem Sie ein Verhältnis hatten, ist vermutlich ermordet worden. Sie haben doch bestimmt ein Interesse daran, dass der Mörder gefasst wird.«

Schneewittchen schien Winkler auf den Wecker zu gehen. Mayfeld warf seiner Kollegin einen erstaunten Blick zu. Sie sollte nicht zu ungehalten werden.

»Vielleicht war es ja eine Mörderin«, antwortete die postpubertäre Märchenfrau und blies ein paar Rauchringe in die Luft.

»Es wäre schön, wenn Sie uns alles von Ihrer letzten Begegnung mit Patrick erzählen könnten.« Mayfeld legte alle väterliche Warmherzigkeit, zu der er gegenüber Jennifer fähig war, in seine Stimme. Es hatte keinen Zweck, Zeugen gegen sich aufzubringen.

Jennifer Graf wandte sich ihm huldvoll zu.

»Ich bin am Samstagmittag zu Patrick gegangen. Wir sind nach Oestrich in die Waldäcker gefahren. Melanies Eltern haben da einen Schrebergarten. Dort sind wir bis zum Abend abgehangen, haben gechillt, von den Ferien erzählt und so.«

»Wer sind wir?«, fragte Mayfeld nach.

»Patrick, Richi, Udo und Johannes. Dann noch Melanie, Sandra und ich. Sandra, Melanie und Johannes sind in meiner Klasse, Udo ist bei Patrick in der Klasse. Richi ist nicht an unserer Schule. Er arbeitet als Koch.«

»Und wie lange ging die Fete?«, fragte Winkler.

»Abends kamen Melanies Eltern zum Grillen. Wir sind deswegen zu Udo weitergezogen. Alle außer Richi, der musste arbeiten. Udos Vater arbeitet als Kellermeister auf Schloss Vollrads, die Eltern wohnen dort. Aber an dem Samstag waren sie noch im Urlaub.«

»Sie sind also zu Udo in die Wohnung gegangen, um die Feier fortzusetzen?«, fragte Mayfeld.

»Die Party ging so bis halb zwei Uhr. Da bin ich jedenfalls eingeschlafen. Als ich am nächsten Morgen aufwachte, war Patrick weg.« Jennifer drückte die halb zu Ende gerauchte Fluppe aus.

»Wo genau war das, Jenny?« Diese Frage hatte sie Mayfeld nicht beantwortet. Das Schloss war groß.

Eine Andeutung von Ärger oder Besorgnis huschte über Jennys Gesicht. Sie griff nach ihrem Tabakbeutel und drehte sich eine weitere Zigarette. Sie ließ sich mit der Antwort Zeit.

»Hoffentlich bekommt der arme Udo jetzt keinen Stress. Wir sind erst zu ihm in die Wohnung gegangen. Später, als die Touristen weg waren, sind wir in den Wohnturm des Schlosses gezogen. Udo weiß, wo die Schlüssel dafür liegen. Die Atmosphäre dort ist absolut cool. Im dritten Stock ist eine total geile Wohnung. Da waren wir. Ich wäre Ihnen sehr verbunden, wenn Sie das Udos Vater nicht auf die Nase binden würden.«

»Und was haben Sie da oben gemacht?«

Jenny starrte Mayfeld an, als ob er schwer von Begriff wäre. »Was man halt so macht, wenn man zusammen abhängt. Rauchen, trinken, reden und so weiter. Gepoppt haben wir nicht, wenn Sie das meinen. Ich jedenfalls nicht.«

Weitere Nachfragen brachten Mayfeld und Winkler nicht weiter. Jenny redete viel, ohne irgendetwas zu sagen. Die Freunde hätten sich vor allem über ihre Erlebnisse während der Ferien ausgetauscht, wobei niemand etwas Außergewöhnliches erlebt hätte. Der Nachmittag und Abend seien ganz locker verlaufen.

Nach einer Dreiviertelstunde beendeten sie das Gespräch. Jenny nannte Winkler die Adressen ihrer Freunde.

»Was meinten Sie vorhin, als Sie sagten, mit Patrick könne man nicht befreundet sein?«, fragte Mayfeld, als sie schon wieder in der Diele des Fachwerkhauses waren.

»Er war kalt wie eine Hundeschnauze. Er konnte charmant und freundlich sein. Wenn er sich Mühe gegeben hat, war er sogar ein guter Liebhaber. Aber an den kamen Sie nicht ran, von dem gingen keine Schwingungen aus. Es klingt vielleicht ein bisschen gemein, wenn ich das sage, aber ich glaube, der hat auf der ganzen Welt nur sich selbst gemocht.«

Besonders aufzuregen schien sie das nicht. Vielleicht kannte sie das ja. Von sich selbst.

Winkler und Mayfeld fuhren durch die Vollradser Allee zum Schloss.

»Ein Splatterfan und eine New-Age-Tussi. Schönhell und Graf sind wirklich ein schönes Paar. Wie kann man nur so kalt wie diese Frau sein«, schimpfte Winkler. Heute war sie offensichtlich nicht so guter Stimmung wie sonst.

»Lass dir deinen Ärger bitte nicht so anmerken. Zeugen nutzen uns nur etwas, wenn sie mit uns reden. Willst du ein Weingummi? Heute kommen sie vom Winkler Hasensprung.«

Mayfeld kramte in der Tasche seines verknitterten Jacketts und förderte die Tüte zutage. Winkler griff nach zwei Trauben, stopfte sie sich in den Mund, kaute und schmunzelte.

Sie ließen die Sportplätze von Winkel linker Hand liegen, rechts Schrebergärten und Pferdekoppeln. An einigen Stellen bildeten die Kronen der Bäume, die die Allee säumten, einen Tunnel, im letzten Abschnitt führte die Straße durch sanft geschwungene Weinberge. Der Wohnturm des Schlosses blickte majestätisch über das Land.

»Ist das nicht das Schloss, dessen Besitzer sich erschossen hat?«, fragte Winkler.

Mayfeld nickte. »Die Greiffenclaus gehören zu den ältesten Adelsgeschlechtern der Region. Sie brachten viele Bischöfe hervor oder stellten die weltlichen Vertreter der Mainzer Erzbischöfe im Rheingau. Sie sollen im Gefolge Karls des Großen hierhergekommen sein.«

»Wenn du mal keine Lust mehr auf deinen Job als Polizist hast, solltest du Fremdenführer werden«, scherzte Winkler.

Mayfeld lachte. »Das Schloss gilt als das älteste noch existierende Weingut Deutschlands oder sogar Europas. Der letzte Graf bekam von seiner Hausbank keine Kredite mehr und hat sich erschossen. Das Weingut gehört jetzt der Bank und floriert wieder prächtig. Die Bank auch. Näher dran am Kunden, war mal deren Werbeslogan.«

»Manchmal frage ich mich, ob wir die richtigen Verbrecher jagen.«

»Und ob sich immer die Richtigen erschießen. Der Wein ist unter dem neuen Kellermeister allerdings besser geworden.«

Mayfeld kannte den Kellermeister des Weinguts, einen Winzersohn aus Oestrich, vom Rheingauer Winzerverband, ein sympathischer und engagierter Mann. Er wusste auch, dass Ortwin Weinel große Hoffnungen in seinen Sohn Udo setzte, der später einmal das Weingut eines Onkels, der keine Erben hatte, übernehmen sollte.

Winkler parkte ihren Wagen rechts vor dem Eingang des Schlosses an einer Bruchsteinmauer. In dem aus roten Sandsteinen gefügten Bogen des Eingangstors stand ein kleiner, kräftiger junger Mann mit kurz geschnittenen strohblonden Haaren. Ganz der Vater, dachte Mayfeld.

»Ich bin Udo Weinel«, sagte der junge Mann kleinlaut. Sein Händedruck war fest, aber feucht.

Wenn Sie nichts Schlimmeres verbrochen haben, als verbotenerweise eine Party in dem alten Turmgemäuer zu feiern, brauchen Sie sich nicht aufzuregen, wollte Mayfeld ihn aufmuntern. Aber er unterließ das. Vielleicht hatte er ja Schlimmeres verbrochen.

»Wir gehen am besten in den Turm, wo Sie die Party gefeiert haben, dort können wir uns auch unterhalten«, schlug er vor.

Weinel nickte. »Muss die Schlüssel holen.«

Er ging nach links in das gelb verputzte Herrenhaus, die beiden Polizisten folgten ihm. Er durchquerte einen langen gefliesten Gang, bog nach rechts durch eine dunkle Holztür in einen weiteren Gang ein, wo er aus einer Nische einen Schlüssel holte. »Der ist für den Tresorraum«, erklärte er und ging damit zu einem Raum auf der gegenüberliegenden Seite. Im Tresorraum standen alte Weingläser, Pokale und Geschenke herum, für die offensichtlich keine Verwendung gefunden worden war. Winkler machte Mayfeld amüsiert auf eine mit Whisky gefüllte Nachbildung einer Oboe aufmerksam, die neben dem Dankesschreiben einer japanischen Delegation an den Gutsverwalter stand. Udo Weinel öffnete einen Wandtresor und holte einen Schlüsselbund hervor.

»Wie Sie an dem Aufwand, der mit den Schlüsseln getrieben wird, erkennen können, mag es der Leiter der Gutsverwaltung nicht, wenn man sich im Wohnturm herumtreibt. Mein Vater ist hier Kellermeister und kommt morgen aus dem Urlaub zurück. Er bekommt mit seinem Chef möglicherweise ziemlichen Ärger, wenn der hört, dass ich mit Freunden im Turm eine Party gefeiert habe. Vielleicht muss er das ja nicht erfahren.«

»Vielleicht«, entgegnete Mayfeld. Warum haben Sie sich das mit dem Ärger nicht vorher überlegt, wollte er Udo Weinel auf dem Rückweg durch das Schloss fragen. Er fand die Bemerkung dann aber ziemlich oberlehrerhaft und verkniff sie sich.

»Es wäre bestimmt nie herausgekommen«, rechtfertigte sich Weinel, als sie aus dem Gebäude traten. Das Gelände war von zahlreichen Besuchern bevölkert, die an den Tischen vor der Vinothek saßen oder durch den Schlosshof schlenderten. Sie überquerten den Hof und gingen auf die Brücke zu, die über den Schlossteich zum Wohnturm führte, der auf einer Insel stand. Auf der gegenüberliegenden Seite des Turms war vor zwei Tagen Patrick Schönhells Leiche aufgetaucht. Die Brücke war durch ein Stahltor gesichert, dessen Gitter einer stilisierten Lilie nachempfunden war. Udo Weinel öffnete mit einem der Schlüssel das Gittertor. Er ging zum Treppenhaus des Turmes und öffnete die dunkle Holztür unter dem steinernen Wappen der Greiffenclaus, auf dem zwei geflügelte Ungeheuer mit Schild und Ritterhelm den Eingang zum Turm beschützten.

»Im Erdgeschoss des Turms befindet sich die Schatzkammer des Weinguts, da kommt man durch einen separaten Eingang hinein. Die Schlüssel habe ich nicht dabei, aber am Samstag war die Tür auch zu. Das Familienarchiv im ersten Stock des Turms war ebenfalls verschlossen«, erklärte Weinel, während sie die Treppe emporstiegen. »Am Samstagabend hatte ich die Bibliothek im zweiten Stock und die Wohnung im dritten Stock aufgesperrt. Das Archiv des Weinguts im vierten Stock und der Dachstuhl waren nicht zugänglich. Wir waren größtenteils in der Wohnung im dritten Stock.«

Was Weinel »die Wohnung« nannte, waren drei kleine Zimmer, die durch grobe Holzwände voneinander abgeteilt waren. Die Außenwände waren unverputzt und zeigten das Mauerwerk des Turms. Zu dem mittleren Raum, den man vom Treppenhaus aus erreichte, gehörte ein hölzerner Erker, dessen Fenster sich zur Südseite des Turms öffneten. Von dort konnte man den Teich und die Seebühne sehen und einen wunderbaren Blick über die Hügel des Rheingaus genießen. Von dem Zimmer gingen zwei Türen in die Nebenräume ab. Das mittlere und das rechte Zimmer waren mit alten Sesseln und Tischen sowie Matratzen, die auf dem Dielenboden lagen, möbliert. An den Decken hingen einfache Leuchter mit elektrischen Kerzen, an den Wänden Kerzenhalter mit dicken Wachskerzen.

»Hier haben Sie also am Samstagabend gefeiert«, stellte Mayfeld fest. »Erzählen Sie uns von dem Fest!«

Udo Weinel bestätigte die Äußerungen von Jennifer Graf. Sie hätten erst im Garten von Melanie Dinkels Eltern und später hier im Schlossturm zusammengesessen und von den Ferien erzählt. Auch ihm war an Patrick Schönhell nichts Außergewöhnliches aufgefallen.

»Wie lange ging die Party?«, fragte Mayfeld.

»Ich bin so um eins eingeschlafen und habe bis zum nächsten Morgen nichts mehr mitbekommen. Ich hatte einiges getrunken. Ich lag dort.« Weinel deutete auf das linke kleine Zimmer, das fast vollständig von einem großen Himmelbett ausgefüllt war.

»Wer kann das bezeugen?«, fragte Winkler.

»Sandra. Wir sind morgens zusammen wach geworden. Sie meinte, ich hätte die Nacht über geschnarcht.«

Das klang nach einem passablen Alibi, dachte Mayfeld belustigt. »Wann sind Sie wach geworden und was haben Sie anschließend wahrgenommen?«

»Es war so gegen neun. Ich hatte einen ziemlichen Brummschädel. Das war wohl die intensivste Wahrnehmung an diesem Tag.« Weinel grinste verlegen. »Ich habe die anderen schnell geweckt, weil ich rüber ins Herrenhaus wollte, bevor zu viele Touristen im Schlosshof waren. Hier in dem mittleren Raum befand sich niemand. In dem Zimmer dort drüben lagen Jenny und Johannes. Johannes war ganz schön schwer wach zu kriegen. Wir sind dann rüber in meine Wohnung gegangen, wo wir versucht haben, uns mit Kaffee aufzumöbeln. Vorher habe ich in der Bibliothek nachgeschaut, ob Melanie oder Patrick dort lagen. Hab aber keinen von beiden gesehen.«

»Ich dachte, Jennifer Graf und Patrick Schönhell hätten ein Verhältnis miteinander gehabt«, bemerkte Winkler.

»Tja«, war Weinels einziger Kommentar. Nach einer Weile fügte er noch hinzu: »Jenny ist ein klasse Mädchen. Die macht, was sie will. So dicke war sie mit Patrick nicht.«

»Zeigen Sie uns die Bibliothek?«, fragte Mayfeld.

»Klar doch.«

Die Bibliothek lag ein Stockwerk tiefer und war ein beeindruckender Raum. Die Wand gegenüber dem Eingang beherrschte ein Kamin, der mit bunt bemalten Kacheln verziert war. An seinen Seiten hingen Spieße und Schwerter. Vor dem Kamin stand ein Tisch mit gedrechselten Beinen, auf der dunkel gebeizten Tischplatte standen mehrere Kerzenständer. Rechter Hand befand sich wie im darüberliegenden Stockwerk ein Erker, auf dieser Ebene war er allerdings aus Stein gearbeitet. Die andere Seite des Raums begrenzten dunkle Holzregale, die mit alten Folianten, fast verblichenen Handschriften und kunstvoll kolorierten Drucken gefüllt waren. Es roch nach Staub und Geschichte.

»Und das liegt hier einfach so rum?«, fragte Mayfeld ungläubig, als er die Zeugnisse alter Druckkunst näher betrachtete.

Weinel zuckte mit den Schultern. »Vermutlich machen sie deswegen so ein Gedöns mit den Schlüsseln.«

Zu Recht, fand Mayfeld. Aber das lenkte ihn von seinem Fall ab. Er schaute sich in dem Raum genau um, prüfte den Blick, den man vom Erker aus hatte. Fast hätte er den Fleck übersehen, doch Winkler wies ihn darauf hin. Es war ein dunkler Fleck auf dem Holzboden in einer Ecke des Erkers. Der Fleck sah frisch aus.

»Ist Ihnen der am Sonntagmorgen aufgefallen?« Mayfeld deutete auf die dunkle Stelle auf dem Holzfußboden.

Weinel schüttelte den Kopf. Aber außer seinem Brummschädel war ihm am Sonntagmorgen vermutlich gar nichts aufgefallen.

»Wir schicken die Spurensicherung her. Du musst den Eingang des Turms versiegeln«, sagte Mayfeld zu Winkler. Dann wandte er sich an Weinel. »Die Schlüssel müssen wir behalten. Der Turm wird geschlossen. Ich fürchte, wir müssen das dem Leiter des Weinguts mitteilen.«

Weinel stöhnte auf.

»Melanie Dinkel ist im Schrebergarten ihrer Eltern«, sagte Winkler und klappte ihr Handy zu.

Mayfeld hatte gerade mit dem Gutsverwalter des Schlosses telefoniert und ihm die Sache mit dem versiegelten Turm erklärt. Er hatte es geschafft, Udo Weinel in der Geschichte nur eine Nebenrolle zuzuweisen. Dem Direktor schien das ziemlich gleichgültig zu sein, nachdem er erfahren hatte, dass kein Schaden entstanden war.

»Soll ich mitkommen und Ihnen den Weg zeigen?«, fragte Weinel. Dem Sohn des Kellermeisters schien eine ganze Geröllhalde vom Herzen gefallen zu sein, so höflich und dankbar wie er sich gab. Mayfeld nahm das Angebot an.

Sie gingen zu Winklers Dienstwagen und fuhren los. Die Straße führte links am Herrenhaus vorbei durch die Wingerte, schlängelte sich durch die Hügellandschaft und näherte sich dem Waldrand oberhalb des Schlosses. Hier begannen die Waldäcker, eine Schrebergartenkolonie im Wald. Ziemlich verwilderte Grundstücke wechselten sich mit penibel zurechtgestutzten Gärten ab.

Dem Garten der Familie Dinkel sah man an, dass die Besitzer sich darum bemühten, ihn in Schuss zu halten. Er war von einem Jägerzaun umgrenzt. Ein geräumiges Blockhaus stand hinten zwischen den Bäumen, davor war ein kleines Stück des Grundstücks gerodet und eine Blumenwiese angelegt worden. In der Mitte der Wiese stand eine Hollywoodschaukel.

Melanie Dinkel kam ihnen auf dem Kiesweg zwischen Blockhaus und Parkplatz entgegen.

»Hallo, Udo!« Sie winkte ihrem Freund linkisch zu und lächelte unsicher. »Meine Eltern sind auch da.«

Die Eltern waren nicht zu übersehen. Sie liefen direkt hinter ihrer Tochter her. Melanies Vater stellte sich als Manfred Dinkel aus Rüdesheim vor. »Sie wissen schon, Dinkel Hoch- und Tiefbau.«

Seine Frau, Monika Dinkel, betonte ihren Namen auf eine Art und Weise, die wohl deutlich machen sollte, dass die Kommissare mit wichtigen Persönlichkeiten sprachen.

Melanie blickte eher verschüchtert drein. Ihr schien die Wichtigkeit ihrer Eltern nicht gut zu bekommen.

»Was hat meine Tochter mit der Polizei zu tun?«, fragte der Bauunternehmer.

»Mit dem Tod von Patrick Schönhell hat sie nichts zu tun«, ergänzte seine Frau.

»Ihre Tochter wird lediglich als Zeugin vernommen«, beschwichtigte Mayfeld die beiden. »Können wir uns ungestört mit ihr unterhalten?«

»Was wollen Sie wissen?«, traute sich Melanie zu fragen.

Die Eltern rührten sich nicht vom Fleck.

»Wir möchten wissen, was Sie am letzten Wochenende, genauer gesagt am Samstagabend, beobachtet haben«, sagte Mayfeld.

»Ich war auf der Party hier in den Waldäckern und später im Schloss.«

Das wusste Mayfeld bereits. »Ist Ihnen etwas aufgefallen?«

»Ich weiß nicht. Was wollen Sie wissen?«, wiederholte Melanie ihre Frage.

»Die Kinder waren hier zum Grillen und später noch bei einem Schulkameraden von Melanie«, fiel ihr die Mutter ins Wort.

»Rede, wenn dich der Kommissar was fragt«, raunzte sie der Vater an.

Perfekte Bedingungen für eine Befragung, sagte sich Mayfeld. »Kommen Sie bitte mit!« Er ging mit der jungen Frau zu der Hollywoodschaukel, während sich Winkler mit Udo und den Eltern zum Blockhaus begab.

Melanie holte tief Luft. »Ich war auf dieser Party, und ich fand die Party ziemlich öde.«

»Sie sind irgendwann verschwunden. Sind Sie mit Patrick Schönhell weggegangen?«

Melanie schüttelte den Kopf. »Nein, nein«, sagte sie mit ängstlicher Stimme.

»Ist Ihnen an Patrick etwas aufgefallen?«

Wieder schüttelte sie den Kopf. »Ich kenne den gar nicht so gut.«

»War Patrick noch da, als Sie das Schloss verließen? Wann sind Sie überhaupt gegangen und wohin?«

Melanie setzte sich auf die Schaukel. »Mir ist nichts aufgefallen. Ich habe Patrick nicht gesehen, als ich ging. Ich habe Richi angerufen, denn ich wusste, dass er wieder zu Hause war. Er wohnt in Winkel, da bin ich mit meiner Vespa hingefahren. Um Viertel vor drei war ich dort. Im Schloss konnte ich nicht schlafen.«

»Wieso konnten Sie nicht schlafen?«

»Das geht mir manchmal so.«

»Sie haben wach gelegen, aber nichts gesehen oder gehört?«

»Ich bin eingeschlafen und wieder wach geworden.«

»Wodurch?«

Melanie zuckte wortlos mit den Schultern.

»Sie haben dann die Nacht bei Richi Teufel verbracht?«

»Das brauchen Sie meinen Eltern nicht zu erzählen, oder?«

»Sie sind volljährig.«

»*Das* sollten Sie denen erzählen.«

Mayfeld hatte den Eindruck, dass sich Melanie den Verlauf des Abends anders vorgestellt hatte. »Was war denn so öde an der Party?«, fragte er.

Aber Melanie wurde jetzt einsilbig. »War halt öde. Und ich brauchte ein paar Streicheleinheiten. So was kommt vor, oder?«

Mayfeld stimmte ihr zu. Er fragte nach dem Verlauf des Nachmittags, nach besonderen Vorkommnissen, erhielt aber ähnlich nichtssagende Auskünfte wie von Jenny Graf. Man habe sich über den Verlauf der Ferien unterhalten und niemand habe etwas Besonderes erlebt.

Von der Blockhütte her näherte sich Melanies Vater, gefolgt von Winkler, die mit einer bedauernden Geste die Arme hob.

»Und, hat Ihnen meine Tochter zufriedenstellend Auskunft geben können?«, fragte er und musterte Melanie streng.

»Ich habe alles gesagt, was ich wusste«, antwortete sie in einem Ton, als säße sie zu Unrecht auf der Anklagebank und müsste sich gegen haltlose Verleumdungen verteidigen.

Das war bestimmt eine glatte Lüge, aber heute hatte Mayfeld keine Chance mehr, etwas von ihr zu erfahren.

Richi Teufel und Johannes Flieder hatte Winkler nicht erreichen können. Von der Clique konnten sie an diesem Tag also nur noch Sandra Maier befragen. Sie half in der Orangerie des Schlosses, die zum Restaurant umgebaut worden war, als Bedienung aus.

»Sie können jetzt ruhig wieder nach Hause gehen. Danke für Ihre Hilfe, aber die Orangerie finden wir alleine«, sagte Winkler zu Weinel, als der Anstalten machte, die beiden Polizisten zu begleiten. Auch Mayfeld fand die Hilfsbereitschaft des jungen Mannes mittlerweile etwas übertrieben.

Mit den Worten »Noch mal vielen Dank« und einem erleichterten Lächeln verabschiedete sich Udo Weinel. Danke wofür, fragte sich Mayfeld. Er hatte den Weingutsdirektor darin bestärkt, aus der unerlaubten Benutzung des Schlossturms keine große Sache zu machen. Aber war Weinel nur deswegen so erleichtert? Oder hatte Mayfeld etwas übersehen?

In der Orangerie trafen sie Sandra Maier. Sie war eine kleine blonde Frau mit einem hübschen runden Gesicht. Alles andere an ihr war ebenfalls rund und hübsch, fand Mayfeld. Er setzte sich mit Winkler und Maier an einen freien Tisch auf der Terrasse des Restaurants.

Sandra Maier erzählte ihnen von einem schönen Fest, auf dem alle gute Laune gehabt hätten. Sie bestätigte die Aussage von Udo Weinel.

»Wir haben in dem Himmelbett geschlafen«, sagte sie kichernd. »Das war total romantisch in dem alten Gemäuer.«

»Ihr Freund lag die ganze Zeit neben Ihnen?«, fragte Winkler.

Sandra bejahte das. »Er hat die ganze Nacht geschnarcht.«

Das klang etwas weniger romantisch.

»Dann konnten Sie wohl schlecht schlafen und haben vielleicht etwas gehört«, vermutete Mayfeld.

Sandra schüttelte den hübschen Kopf. »Wir sind seit einem halben Jahr zusammen«, sagte sie und strahlte glücklich. »Ich habe mich an das Schnarchen gewöhnt und bin gleich eingeschlafen.«

»Sie haben tief und fest geschlafen?«, fragte Winkler.

Sandra nickte.

»Dann können Sie gar nicht sicher sagen, ob Ihr Freund die ganze Nacht neben Ihnen gelegen hat.«

Sandra schaute Winkler irritiert an. »Wir sind eng umschlungen eingeschlafen. Und genauso eng umschlungen sind wir wieder aufgewacht. Natürlich hat Udo die ganze Nacht neben mir gelegen.«

»Und auch während des Tages ist Ihnen nichts Besonderes aufgefallen?«, fragte Mayfeld etwas enttäuscht.

Sandra überlegte eine Weile, ließ den Blick über den Schlossgarten hin zur Seebühne schweifen.

»Doch«, antwortete sie und lachte den Kommissar an, so als wäre sie froh, dass sie ihm den Gefallen tun und doch noch etwas Besonderes berichten konnte. »Am Nachmittag habe ich in den Waldäckern zwei Typen gesehen. Die sahen überhaupt nicht freundlich aus. Ich kenne sie nicht und habe sie vorher auch noch nie gesehen. Der eine war groß und dick und sah ziemlich ungemütlich aus, der andere war klein und drahtig und sah noch ungemütlicher aus.«

»Und was haben die gemacht?«

Jetzt schüttelte Sandra bedauernd den Kopf. »Daran kann ich mich leider nicht erinnern. Aber anschließend war Richi Teufel verschwunden.«

***

Johannes Flieder saß im Garten der Villa Gruber am alten Brunnen und beobachtete die Koi-Karpfen. Einer fraß ihm aus der Hand und ließ sich streicheln. Wenn Johannes genug hatte und die Hand zurückzog, schwamm der Karpfen wieder weg. Mit Karpfen ist es einfacher als mit Menschen, dachte Johannes.

Er war den Tag über bei Onkel Eduard in der alten Scheune gewesen und hatte mit ihm über die Kreisleriana diskutiert. Johannes hatte ihm einiges am Klavier vorgespielt, und Eduard war ziemlich zufrieden gewesen. Die Kreisleriana war früher Eduards Paradestück gewesen, eine der persönlichsten Kompositionen Robert Schumanns. Ein Stück mit irrwitzigen Anforderungen an die Spieltechnik.

»Ich glaube, Schumann hat sich mit diesen Stücken an allen zukünftigen Klavierspielern dafür gerächt, dass ihm selbst wegen der Verkrüppelung seines rechten Ringfingers die Pianistenlaufbahn verwehrt blieb«, hatte Eduard im Scherz gesagt und dann traurig auf die eigene rechte Hand geschaut.

Mit Eduard fühlte sich Johannes entspannter als mit seiner Mutter. Bei seiner Mutter spürte er hinter aller Fürsorglichkeit und Sanftheit immer Anspannung und Druck. Einen kaum verhüllten Ehrgeiz, der ihn einschüchterte.

»Nimm dir Schumann nicht zu sehr zum Vorbild«, hatte Eduard zu ihm gesagt.

Johannes wusste genau, worauf Eduard anspielte. Schumann hatte in seiner Studentenzeit ziemlich viel gesoffen und war auch sonst kein Kind von Traurigkeit gewesen. Nichts als Kummer hatte er seiner Mutter bereitet, die einen anständigen Juristen aus ihm machen wollte. Immerhin hatte er es da besser. Seine Mutter wollte keinen Juristen oder Betriebswirtschaftler aus ihm machen, so wie das sein Vater vorhatte. Sie wollte, dass er Musiker würde, so wie sein Onkel, der berühmte Pianist.

Johannes fütterte die Kois und versuchte sich zu erinnern. Was war in den vergangenen Wochen geschehen? Was war in der Nacht im Schloss passiert? Seine Gedanken schweiften immer wieder ab.

Als er sonntags aufgewacht war, hatte er dröhnende Kopfschmerzen gehabt. Irgendjemand redete an jenem Morgen auf ihn ein. »Wach auf Johannes, wir müssen hier sofort verschwinden. Niemand darf erfahren, dass wir die Nacht über hier waren, wach doch endlich auf!« Er verstand gar nichts. Er lag auf einer schmuddeligen Matratze im Halbdunkel eines hohen Raumes und starrte auf eine unverputzte Steinmauer. Die Stimme, die da auf ihn einredete, kannte er, es war Udos Stimme. Er spürte eine zärtliche Berührung, jemand streichelte ihm über die Beule an seiner Stirn. Er drehte sich um und blickte in tiefblaue Augen mit gelben Einsprengseln. Jennys Augen!

Er hatte also mit Jenny im Bett gelegen! Nur erinnerte er sich nicht mehr, wie er da hineingekommen war. Hoffentlich hatte er sich nicht blamiert.

Wie er zu der Beule am Kopf gekommen war, wusste er auch nicht mehr. Kein Wunder bei den Unmengen Wein, die er getrunken hatte.

Nun kamen weitere Erinnerungen. Nachdem Udo ihn von der Matratze hochgezerrt hatte, waren sie zusammen die Treppe des Schlossturms hinuntergestolpert, über den Schlosshof gehastet und hinüber in Udos Wohnung gegangen. Dort hatte er eine Kanne Kaffee und ein Glas Cognac getrunken und das Ganze anschließend wieder herausgekotzt.

Er erinnerte sich, dass alle, also Jenny, Sandra, Udo und er, sich gefragt hatten, wo Melanie und Patrick abgeblieben waren.

Irgendetwas war in der Bibliothek zwischen ihm und Patrick vorgefallen. Hatten sie Streit miteinander gehabt? Er wusste nicht mehr, worum es gegangen sein könnte. Melanie hatte sich eingemischt, doch sie hatten sie weggeschickt. Irgendetwas hatte er in der Bibliothek gesehen, aber er wusste nicht mehr, was.

Alkoholische Amnesie. Filmriss.

Dann war er nach oben zu Jenny gegangen und hatte bis zum nächsten Morgen wie ein Toter geschlafen. Am nächsten Abend war er noch mal in den Turm gegangen. Er hatte sein Handy gesucht, aber das Handy blieb verschwunden.

Johannes fühlte sich unbehaglich, er war unruhig. In seinem Kopf hörte er ein Rauschen und Brummen, in seinem Magen rumorte es. Er warf ein Bröckchen Fischfutter in das Bassin. Der zutrauliche Koi kam sofort wieder herangeschwommen, schnappte nach dem Futter und ließ sich streicheln.

Wahrscheinlich wäre es besser, die Vergangenheit ruhen zu lassen, sich auf die Gegenwart, auf seine Musik zu konzentrieren, dachte er. Aber er spürte, dass das nicht mehr möglich war. Er musste der ganzen Wahrheit ins Auge blicken, ihr sein Ohr leihen, wenn er jemals wieder zur Ruhe kommen wollte.

Clara

Bis vor Kurzem befand sich meine Welt in schönster Harmonie. An jenem Montag, als Phillip das Haus verließ, ist sie aus dem Takt geraten, hat ihre Ordnung und ihren Wohlklang verloren.

Der Tag begann mit einem sommerlichen Morgenkonzert, einem kleinen Ständchen von Amsel, Drossel, Fink und Star. Phillip hatte sich am Vorabend gelbe Stöpsel in die Ohren gesteckt und schnarchte mit einem leisen Stakkato friedlich vor sich hin. »Ich kann das blöde Gezwitscher der Vögel nicht leiden«, hatte er gesagt.

Ich schlüpfte leise in die Pantoffeln, warf mir den rosafarbenen Morgenmantel aus Seide über, den mir Phillip zu unserem fünfzehnten Hochzeitstag geschenkt hatte, und schlich nach unten in die Küche. Eigentlich bin ich ein Morgenmensch. Die Stunden in der Frühe, wenn die Welt erwacht und das Licht und die Geräusche noch voller fliederfarbener Zärtlichkeit sind, sind mir meistens die liebsten.

Ich öffnete die Küchentür, die zur vorderen Veranda hinausging, und setzte mich auf einen der Teakholzstühle, um meinem Morgenkonzert zu lauschen. Von der Veranda hat man einen schönen Blick auf den Rhein, von wo das dunkle Ostinato der Schiffsmotoren herüberweht. Ich blieb eine Weile dort und ließ die Melodie des neuen Morgens in mir erklingen. Kein falscher Ton deutete an, dass sich an diesem Tag mein Leben grundsätzlich verändern sollte.

Nach einer Weile ging ich zurück ins Haus. Nach dem Duschen bereitete ich für Phillip, Johannes und mich das Frühstück. Zu dieser Tätigkeit höre ich am liebsten Barockmusik. An diesem Montag legte ich eine CD mit Flötenkonzerten in die Mini-Hi-Fi-Anlage, die mir Phillip zu unserem sechzehnten Hochzeitstag geschenkt hat. Das liebste Konzert auf dieser CD ist mir das von Vivaldi für Piccoloflöte und Orchester.

Phillip bekommt von mir immer zwei Spiegeleier mit Speck, zwei Scheiben Toast, etwas Gänseleberpastete und eine Kanne mit starkem, schwarzem Kaffee serviert. Ich selbst bevorzuge Vollkornmüsli und Hagebuttentee. Für Johannes backe ich immer zwei

Brötchen auf und biete ihm meine verschiedenen selbst gemachten Fruchtkonfitüren an. Jedem das Seine.

Gegen acht kam Phillip an den Frühstückstisch. Gerade hatte ich ihm die Frankfurter Allgemeine Zeitung an seinen Platz gelegt.

»Machst du die Musik aus?«, bat er mich ganz leise, als ich ihn mit einem Kuss begrüßte. Natürlich habe ich das getan. Er sollte sich auf die Zeitungslektüre konzentrieren können.

Wir nahmen in aller Ruhe unser Frühstück ein. Ich genoss die Stille, die nur unterbrochen wurde, wenn Phillip die Zeitung umblätterte, seinen Kaffee schlürfte oder in die Toastbrotscheiben biss. Schließlich legte er die Zeitung beiseite.

Phillip musterte die Einmachgläser, die ich um den Teller von Johannes gruppiert hatte. »Erdbeermarmelade, Johannisbeerkonfitüre, Sauerkirschmarmelade, Feigenmus und Rosengelee. Gut hat er es, der Herr Sohn«, knurrte er.

»Du hast es doch auch nicht schlecht«, erwiderte ich.

Er langte zu mir herüber, zog mich am Ohrläppchen und lachte. Er klang ein wenig wie ein Ziegenbock. »Wo steckt Johannes eigentlich?«, fragte er.

Ich zuckte mit den Schultern. »Er hat doch noch Ferien«, versuchte ich meinen Mann zu beschwichtigen.

Phillip runzelte die Stirn. »Wir zahlen ihm den teuersten Klavierunterricht, den es überhaupt gibt«, meckerte er. »Man kann erwarten, dass er das honoriert, indem er mit aller Ernsthaftigkeit, zu der ein Achtzehnjähriger fähig ist, übt. Natürlich auch in den Ferien. Er muss der Beste werden, sonst kann er sich die Mühe ganz sparen.« Phillips Stimme klang gepresst, irgendwie schmutzig grün. Er rückte seine malvenfarbene Krawatte zurecht, die ich ihm zu unserem vorletzten Hochzeitstag geschenkt hatte.

Das mit dem Klavierunterricht ist richtig. Mein Bruder Eduard hat uns den Professor empfohlen. Professor Schmid aus Mainz ist eine Kapazität auf seinem Gebiet. Schon mehrere seiner Schüler haben eine internationale Karriere gemacht. Das lässt er sich fürstlich bezahlen. Ich finde, Johannes profitiert sehr von diesem Unterricht. Er hat beim hessischen Landeswettbewerb »Jugend musiziert« im letzten Jahr immerhin den zweiten Platz belegt.

»Sei nicht so streng«, ermahnte ich Phillip.

Er lachte wieder sein Ziegenbocklachen und grinste. »Du bist zu gut für diese Welt, mein Schatz«, sagte er und zog mich wieder am Ohrläppchen.

Das gefiel mir ziemlich gut. »Lass das!«, protestierte ich halbherzig und griff nach seiner großen Hand.

»Wie du willst«, antwortete er in einem Anflug von Frostigkeit und zog seine Hand zurück. »Ich bin heute in Oppenheim in einem Weingut, danach fliege ich weiter nach Florenz, ich will in der Toskana einen neuen Kunden akquirieren. Ich denke, dass ich Ende der Woche wieder zurück bin.«

Die Mitteilung versetzte mir einen kleinen Stich, irgendwo im Hintergrund klingelte ein Alarmsignal, so als ob ich damals schon geahnt hätte, was alles auf uns zukommen sollte. Dabei ist mein Mann oft geschäftlich unterwegs, es war keineswegs ungewöhnlich, dass er sich für eine Woche verabschiedete.

»Wirst du Rafaela helfen können?«, fragte ich aus einer plötzlichen Eingebung heraus. Meine Schwester Rafaela ist Modedesignerin. Phillip hatte ihr an ihrem Geburtstag angeboten, Kontakte zu einer italienischen Modefirma herzustellen.

Das war wohl kein passendes Gesprächsthema für diesen Morgen. Phillips Miene verfinsterte sich.

»Mal sehen«, antwortete er unwirsch und stand auf.

»Hast du denn schon die Koffer gepackt?«

Phillip nickte.

Ich lief die Treppe hinauf ins Schlafzimmer und griff nach dem Samsonite-Koffer und der rindsledernen Reisetasche, die vor Phillips Bett standen. Ich bemerkte, wie schwer der Koffer war, als ich ihn nach unten in den Flur unseres Hauses schleppte. Dort stand Phillip schon und wartete. Er sah gut aus in seinem hellbeigen Leinenanzug mit dem Panamahut.

Er strahlte mich an. »Das wäre doch nicht nötig gewesen«, sagte er zum Abschied, nahm Koffer und Reisetasche in Empfang, drehte sich um und verschwand durch die Eingangstür, die mit einem dumpfen, muffigen Geräusch hinter ihm zuschlug. Minuten später hörte ich die Reifen des Porsches auf dem Kiesweg knirschen.

Zwei Stunden später bequemte sich mein Herr Sohn zum Frühstück herunter. Ich hatte in der Zwischenzeit Küche und Wohnzimmer aufgeräumt, mir eine zweite Kanne Hagebuttentee aufgebrüht und mit dem Notebook meine E-Mails gecheckt.

»Einen wunderschönen guten Morgen!«, begrüßte ich ihn. »Hagebuttentee?«

»Kaffee!«, grunzte er zurück und setzte sich an den Frühstückstisch in der Essnische. Er wirkte noch ziemlich verknittert und glotzte auf die Marmeladengläser.

»Gibt es auch Nutella?«, fragte er gereizt.

Johannes wird in der letzten Zeit ein bisschen schwierig. Ich brachte ihm die gewünschte Schokoladen-Haselnuss-Creme und ließ ihn in Ruhe frühstücken. Er sollte Zeit haben um wach zu werden.

»Spiel doch was«, bat ich ihn später.

Er setzte sich an den Bösendorfer im Salon und spielte Schumann. Robert Schumann ist unser beider Lieblingskomponist, der tragische Held der Romantik. Johannes spielte die Kinderszenen Opus 15. »Putzige, kleine Dinger« hatte der Komponist sie gegenüber seiner Frau Clara genannt. Es sind keine Stücke für Kinder, es sind Stücke für Erwachsene, die versuchen, die Empfindungen der Kindheit einzufangen. Gedichte ohne Worte. »Träumerei«, »Fürchten machen«, »Der Dichter spricht«. Da, wo die Worte aufhören, beginnt die Musik, schrieb E.T.A. Hoffmann.

Ich saß auf meinem Lieblingssessel und lauschte dem Spiel meines Sohnes. Johannes spielte die Kinderszenen mit einer ergreifenden Tiefe, die so gar nicht zu dem Nutella futternden Teenager passte. Er spielte sie wunderschön, aber es sind nur putzige, kleine Dinger, das wussten er und ich. Nachdem die letzten Akkorde verklungen waren, ging ich zu ihm, legte meine Hände auf seine Schultern und massierte sie ganz leicht. Früher hatte er das nach dem Klavierspielen immer gemocht. Aber jetzt schüttelte er sich wie ein nasser Hund und gab ein dazu passendes Geräusch von sich. Ich entfernte mich vorsichtig wieder.

»Versuch doch noch ein Stück aus der Kreisleriana«, ermunterte ich ihn. Dieses Werk von Schumann hat ein anderes Kaliber. Wer es beherrscht, der ist ein wirklicher Könner, nicht nur ein begabter Amateur. Ich wusste, dass Johannes bei Professor Schmid daran übte, ich wusste, dass die Kreisleriana Johannes an die Grenzen seiner Fähigkeiten führte. »Du musst das schaffen und du wirst das schaffen, das wird dein Durchbruch«, machte ich ihm Mut. »Ich würde so gerne hören, wie weit du damit gekommen bist.«

Johannes klappte den Deckel über der Tastatur mit einer heftigen Bewegung zu, sprang auf und schloss den Flügel mit einem Schlag. Die zitternden Saiten gaben einen stöhnenden Laut von sich.

»Du musst das schaffen, du wirst das schaffen«, echote er. »Du hast ja keine Ahnung«, fügte er atemlos hinzu. »Ich kann heute nicht!«

Bevor ich etwas antworten konnte, war Johannes aus dem Salon gestürmt. Ich spürte, dass ich zu weit gegangen war. Johannes braucht meinen Ansporn, denn der Weg nach oben ist steinig und steil. Es gibt so viele begabte junge Menschen, gegen die man bestehen muss. Aber ich hatte nicht bedacht, dass ich bei aller gut gemeinten Ermunterung mehr auf seine Sensibilität und Verletzlichkeit achten musste. Plötzlich befiel mich eine vage Vorahnung, plötzlich hatte ich Angst, dass ich meinen Sohn verlieren könnte. Aber dann sagte ich mir, dass das nie geschehen könnte.

Ich ging zur Hi-Fi-Anlage und legte eine Aufnahme der Kreisleriana mit Martha Argerich in den CD-Spieler.

Ich lauschte der Musik. Die Kreisleriana ist mir das liebste Stück von Schumann. Nicht nur wegen der Brillanz, die sie den Pianisten abfordert. Nicht nur, weil sie als Liebeserklärung Schumanns an seine Frau Clara gilt. Ich mag sie vor allem wegen des irrwitzigen Kontrastes der Stimmungen, die in diesem Meisterstück zum Ausdruck kommen.

Meine Gedanken wanderten zurück zu dem Gespräch mit Phillip. Es hatte ihm nicht gefallen, dass ich ihn auf Rafaela angesprochen habe. Als wir uns das letzte Mal bei ihr getroffen haben, in ihrem Hexenhäuschen direkt neben unserer Villa, war es mir so vorgekommen, als ob sich die beiden ziemlich gut verstanden hätten. Fast wäre ich ein wenig eifersüchtig geworden. Rafaela hat oft so etwas Aufreizendes. Als ich meinem Bruder Eduard später davon erzählte, hat er mich nur ausgelacht. Ich sei zu misstrauisch, meinte er. Zwischen Phillip und Rafaela sei bestimmt nichts.

Ich glaubte ihm. Damals befand sich meine Welt noch in schönster Harmonie.

Ele

Als Eduard zurückkam, endete für mich eine Zeit der Einsamkeit, eine Zeit quälend brennender Sehnsucht und tiefer Demütigungen. Als er zurückkam, schöpfte ich Kraft, konnte wieder nach vorne schauen und das Vergangene hinter mir lassen.

Vor gut einem Jahr zog er wieder in der Rheinstraße ein. Für mich war es ein froher Tag gewesen, auch wenn er als geschlagener und enttäuschter Mann zurückkam. Als einer, der die Welt hatte erobern wollen und mitten in seinem Lauf gestrauchelt war.

Ich bin nicht so wie Clara, die Eduard mit ihrem Ehrgeiz aus dem Haus getrieben hat. Ich rede nicht gerne unfreundlich über sie, denn eigentlich weiß ich nicht sehr viel von ihr. Ich liebe Clara, ohne sie wirklich zu kennen. Vor allem aber liebe ich Eduard. In seinen Armen werde ich zu einem besseren Menschen.

An dem Tag, als Eduard zurückkam, war Phillip geschäftlich unterwegs. Clara begrüßte den Bruder und ging mit ihm in die Wohnung in der ehemaligen Scheune hinter der Villa Gruber. Die Wohnung war für Eduard vor langer Zeit umgebaut worden. Die kleine Einbauküche war durch eine Theke vom großzügigen und von groben Holzbalken untergliederten Wohnraum getrennt. Phillip war gegenüber seinem Schwager sehr spendabel gewesen. Im Wohnzimmer war neben einer weinroten Ledergarnitur ein schwarzer Stutzflügel aufgestellt worden. Früher war Eduard zwischen seinen Konzerttourneen immer nur für wenige Tage hierhergekommen, und wir hatten nie Zeit füreinander gehabt. Nun war er krank und würde für lange bleiben, vielleicht für immer.

Ich konnte es kaum erwarten, bis Clara sich zurückzog. Sie vertrödelte eine Unendlichkeit damit, belanglose Freundlichkeiten mit Eduard auszutauschen. Dann bekam sie einen Migräneanfall und verschwand. Kurze Zeit später lag ich in seinen Armen.

»Ich habe dich so vermisst. Ich will nicht, dass du noch einmal fortgehst«, flüsterte ich ihm ins Ohr und umarmte ihn. Ich gab ihm einen Kuss, in den ich die Sehnsucht vieler Jahre legte. Er erwiderte die Umarmung, erwiderte den Kuss.

Irgendetwas schien ihn zu beunruhigen. Irgendetwas quälte ihn und machte ihm Angst. Ich streichelte ihm über die schmalen Wangen, die von glattem, langem Haar umrahmt wurden. Er wollte es auch, ich sah es in seinen dunkelgrünen Augen, die zu glühen begannen wie damals. Wie lange hatte ich darauf gewartet, dieses schmale bleiche Gesicht mit der langen und markanten Nase wieder aus der Nähe zu sehen. Sein feines Haar zwischen meinen Fingern zu spüren. Den Geruch von Sandelholz und Tabak in mich aufzusaugen und diese Stimme wieder zu hören, leise, melodisch und sanft.

»Es ist nicht richtig, was wir da machen«, sagte er. Er rückte von mir weg, setzte sich ans andere Ende des Ledersofas.

Das konnte er nicht so gemeint haben. Es war, als ob er mir eine Ohrfeige gegeben hätte. Eine Welle voller Angst schwappte von meinem Bauch in den Kopf. In meinen Ohren rauschte und gurgelte es.

»Es wird alles gut«, flüsterte ich ihm zu. »Erinnere dich an früher! Eduard und Ele, wir waren unzertrennlich. Es wird bestimmt alles wieder gut. Es ist nichts Verkehrtes, wenn sich zwei Menschen lieben.«

Er konnte mich jetzt doch nicht allein lassen! Ich rutschte zu ihm hin, zog seinen Kopf zu mir herab und gab ihm einen langen Kuss voller Leidenschaft. Endlich kam er zu sich und tat, was er seit Langem gewollt hatte.

Sonntag, 27. Juli

Die Töne perlten mühe- und schwerelos durch die Luft, nichts als hintereinandergereihte, gebrochene Dreiklänge, und dennoch hatte Mayfeld das Gefühl, eine Melodie mitzuhören, die der Komponist zwar nicht geschrieben hatte, die das Stück jedoch unaufhaltsam vorantrieb, bis zu seiner heiteren, unspektakulären Auflösung. Musik, die wie ein Ornament wirkte, in Wirklichkeit aber ein geheimes Kraftzentrum besaß.

Herbert Mayfeld spielte das erste Präludium aus Bachs Wohltemperiertem Klavier. Die anschließende Fuge war wesentlich schwerer zu spielen. Mayfeld wusste nicht, ob er mehr die mathematische Präzision bewundern sollte, mit der die vier Stimmen ineinandergefügt waren, einander widerstritten, eine Weile gemeinsam liefen, sich voneinander entfernten und sich wieder näherten. Oder ob er über die heitere Leichtigkeit staunen sollte, mit der dies alles geschah, die klare und selbstverständliche Pracht, die sich da in C-Dur entfaltete.

»Für mich ist und bleibt Bach der Größte«, sagte Herbert Mayfeld, als er das Stück beendet hatte. »Völlig unverständlich, dass man ihn zu Zeiten Mozarts fast vergessen hatte. Aber schon die Romantiker haben ihn wieder verehrt. Schumann zum Beispiel hat seine Kontrapunktik genau studiert, was man bei dem geringen Formbewusstsein, das man ihm nachsagt, gar nicht meinen sollte.«

Er griff nach anderen Noten. Kreisleriana, las Mayfeld auf dem Deckblatt. Sein Vater spielte einige Takte aus der zweiten Fantasie, Musik voller Ebenmaß und Klarheit, gleichzeitig seltsam entrückt.

»Ist das nicht eine wundervoll verschlungene Polyphonie?«, fragte er begeistert. »Alles Poetische und Humoristische der Musik kommt von Bach, das hat der Schumann schon richtig erkannt.«

Seit einigen Monaten kam Herbert Mayfeld sonntags regelmäßig zu Besuch. So sehr er in den letzten dreißig Jahren seine Familie vernachlässigt hatte, so sehr kümmerte er sich seit Neuestem um sie. In gewisser Weise blieb er seinem Extremismus treu. Im letzten Jahr war er in einem Kloster zur Einkehr gewesen und hatte dort das Schweigen in seinem manischen Zustand nicht ausgehalten. Daraufhin hatten ihn die Mönche zur »aktiven Kontemplation« an die Orgel der Klosterkirche gesetzt, und auf diese Weise hatte er die Musik, die früher sein Ein und Alles gewesen war, wieder entdeckt. »Der einzig wahre Gottesdienst, zu dem ich Zugang habe«, hatte er überschwänglich nach seiner Rückkehr aus dem Kloster verkündet. Und da Mayfeld mit Gottesdiensten nicht viel am Hut hatte, besuchte ihn sein Vater regelmäßig am Sonntagmorgen, um »ein bisschen Inspiration in das Kriminalistenhirn« zu bringen, wie er sich ausdrückte. »Kommt der Berg nicht zum Propheten, kommt der Prophet eben zum Berg.«

Das Missionarische war dem alten Mayfeld geblieben, ebenso das Überdrehte. Aber früher hatte er zum Beispiel nackt, als Diogenes in der Tonne, den Wiesbadenern Bußpredigten auf dem Marktplatz gehalten und war von Mayfelds Kollegen zwangsweise in das psychiatrische Landeskrankenhaus gebracht worden. Jetzt beglückte er seine Familie sonntags mit einem Klavierkonzert. Der Fortschritt war unbestreitbar. Was Mayfeld allerdings einige Sorge bereitete, war die Tatsache, dass sein Vater von Monat zu Monat sozusagen die Dosis erhöhte. War er anfangs nur einmal im Monat gekommen, suchte er seine Familie mittlerweile jeden Sonntag auf, dauerten die Konzerte anfangs eine halbe Stunde, so zogen sie sich mittlerweile zwei bis drei Stunden hin und wurden angereichert mit philosophischen, theologischen, geschichtlichen und musiktheoretischen Betrachtungen. Das alles war sehr geistreich und gelehrt, konnte aber auch ermüdend wirken, zumal der alte Mayfeld auf Missachtung schnell gekränkt reagierte. Mayfelds Sohn Tobias hatte sich vor einigen Wochen, bevor er nach Kanada zu einem Sprachurlaub aufbrach, wütende Vorhaltungen seines Opas gefallen lassen müssen, nachdem dieser Ohropax in seinen Ohren entdeckt hatte.

»Ich muss jetzt leider los, Vater«, sagte Mayfeld im sanftesten Tonfall, zu dem er fähig war. »Aber Julia hört dir bestimmt gerne noch eine Weile zu.« Mayfelds Frau saß draußen auf dem Balkon und lächelte. Sie machte gute Miene zum schönen Spiel und nippte schicksalsergeben an ihrem Cappuccino.

»Man soll den Sonntag heilig halten«, brummte Herbert Mayfeld. »Das sollte selbst ein Atheist wie du kapieren.«

»Agnostiker, Vater, Agnostiker.«

»Du gehst doch bestimmt wieder arbeiten. Es macht aber Sinn, einen Tag in Kontemplation zu verbringen, um zur Ruhe zu kommen. Unter anderem arbeitet man hinterher wieder effektiver, worauf es den Leuten heutzutage ja vor allem ankommt.«

Mayfeld wollte schon entgegnen, dass von sonntäglicher Ruhe nicht die Rede sein konnte, aber dann besann er sich eines Besseren.

»Du hast vollkommen recht«, sagte er. Das war die einfachste Art, das Gespräch schnell und schmerzlos zu beenden. Und außerdem hatte Herbert Mayfeld wirklich recht.

»Kommst du morgen Abend zum alten Wagner in die Straußwirtschaft?«, rief ihm sein Vater nach, als er zur Wohnungstür hinausging. »Es gibt dort eine kleine Session. Es wird dir bestimmt gefallen.«

»Ich schaue, ob es sich einrichten lässt.«

Mayfeld verließ die Wohnung, stieg das Treppenhaus der landeseigenen Villa hinab, ärgerte sich wie immer über den bröckelnden Putz, den das Land nicht reparieren lassen konnte oder wollte, und ging zum Treidelpfad hinunter.

Der Rheingauer Sommer zeigte sich an diesem Tag von seiner schönsten Seite. Ein milder Westwind trieb einige Schönwetterwolken über den Rhein, am Flussufer lagen Sonnenhungrige und ließen sich von der Sonne wärmen. Einige Mutige wagten sich zum Schwimmen ins Wasser, an verschiedenen Stellen waren Grillfeuer entzündet worden. Hundebellen mischte sich mit Kindergeschrei. Auf dem Rhein tummelten sich die Segelboote.

Der Treidelpfad ging am Ortseingang von Walluf in die Rheinstraße über. Hier wohnte Johannes Flieder.

Der Kommissar klingelte am Eingang der herrschaftlichen gelben Villa, die wohl Anfang des letzten Jahrhunderts gebaut worden war. Vom Rheinufer her rief ihm jemand etwas zu, doch bevor er sich umdrehen konnte, wurde die schwere Eichenholztür geöffnet. Eine groß gewachsene Frau Ende dreißig begrüßte ihn. Clara Flieder trug ein elegantes apricotfarbenes Leinenkleid, das ihre schlanke Figur betonte. Sie war dezent geschminkt, das blonde Haar fiel ihr lässig über die Schultern. Um den Hals trug sie eine Perlenkette. Sie war eine außergewöhnlich schöne Frau.

»Ich möchte mit Ihrem Sohn sprechen«, brachte Mayfeld sein Anliegen vor. Die Hausherrin bat ihn mit einem freundlichen Lächeln hereinzukommen. Er betrat eine großzügige, in hellem Holz gehaltene Eingangsdiele, zu der drei Türen und eine Treppe führten. Als er in den großen Spiegel gegenüber der Eingangstür blickte, sah er, dass das Lächeln der Dame des Hauses bereits wieder aus ihrem Gesicht verschwunden war. Neben dem Spiegel hing ein Plakat des Rheingau Musik Festivals, auf einer kleinen Anrichte darunter lagen Flyer, die auf das Konzert einer russischen Pianistin im Kloster Johannisberg hinwiesen, das Ende der kommenden Woche stattfinden sollte und für das Mayfeld von seinem Vater Karten geschenkt bekommen hatte. Aus einem der Zimmer ertönte Klaviermusik. Diese Musik hatte er heute schon einmal gehört. Es war das Stück von Schumann, von dem sein Vater mit so viel Begeisterung gesprochen hatte.

Clara Flieder öffnete die Tür zum Salon. Durch die großflächigen Fenster, die auf eine Terrasse führten, fiel sommerliches Licht aus einem perfekt gepflegten Garten in den Raum. Neben einer schweren dunkelgrünen Ledergarnitur dominierte ein Bösendorfer Flügel das Wohnzimmer. An ihm saß ein schlaksiger junger Mann mit schulterlangen schwarzen Haaren und spielte versunken die Fantasie von Schumann.

»Ich unterbreche dich ungern, Johannes, aber da ist Besuch für dich. Der Kommissar, der vorhin angerufen hat.«

Johannes Flieder hörte abrupt mit dem Spiel auf, drehte sich dem Besucher zu.

»Wie kann ich Ihnen weiterhelfen?«, fragte er mit einer samtenen Stimme. Die dunklen glatten Haare fielen ihm über die Stirn, dennoch erkannte Mayfeld dort eine verkrustete Schramme. Die Augen lagen in tiefen Höhlen, ihr Blick verriet Müdigkeit oder Trauer.

»Ich untersuche den Tod von Patrick Schönhell. Seine Leiche wurde am Donnerstag auf dem Gelände von Schloss Vollrads gefunden.«

»Ist das der Junge, der nach dem Konzert vor der Seebühne aufgetaucht ist?«, unterbrach ihn Clara Flieder.

Mayfeld nickte.

»Ich arbeite ehrenamtlich für das Festival«, erklärte sie. »Am Freitag war die Leiche an der Seebühne Gesprächsthema im Büro.«

»Sie waren in der letzten Woche am Samstagnachmittag und abends mit Ihrem Nachbarn und Freund zusammen?«, fragte Mayfeld ihren Sohn.

Johannes Flieder stand vom Klavierhocker auf. »Nachbar stimmt. Freund würde ich nicht unbedingt sagen. Ich glaube nicht, dass Patrick Freunde gehabt hat.« Das hatte Mayfeld schon einmal gehört. Schönhell schien nicht besonders beliebt gewesen zu sein.

»Was war Patrick für ein Mensch?«

»Immer gut gelaunt. Immer auf sich und seinen Vorteil bedacht. Immer auf der Sonnenseite des Lebens. Vielleicht etwas oberflächlich.«

»Ist Ihnen am Samstag etwas aufgefallen? Alle Details können wichtig sein.«

»Gehen wir nach draußen?«, fragte Johannes den Kommissar und wies einladend auf die Teakholzmöbel auf der Terrasse. »Machst du uns einen Tee?«, bat er seine Mutter in sanftem Ton.

Draußen ließ er sich zögerlich auf einer Holzbank nieder. »Ich fürchte, ich kann Ihnen nicht weiterhelfen, Herr Mayfeld«, antwortete er, als seine Mutter in der Küche verschwunden war. »Ich habe mich ganz fürchterlich betrunken und besitze an diesen Abend keine Erinnerungen mehr.«

»Gar keine Erinnerungen mehr?«, fragte Mayfeld zweifelnd.

»Totaler Filmriss. Ich wäre Ihnen sehr verbunden, wenn Sie das meiner Mutter nicht erzählen würden. Sie macht sich in letzter Zeit ein wenig Sorgen um mich.«

»Berechtigte Sorgen?«

Johannes lächelte milde, als könnte er so seine Traurigkeit vergessen. »Mütter meinen doch immer, dass ihre Sorgen berechtigt seien. In letzter Zeit habe ich es mit dem Alkohol vielleicht etwas übertrieben, aber ich habe gehört, dass das hier in der Gegend bei Jugendlichen öfters vorkommen soll.«

»Was die Sache nicht unbedingt besser macht. Aber ich kann nicht glauben, dass Sie gar keine Erinnerungen an Ihr Treffen haben. Was ist denn zum Beispiel mit dem Nachmittag in den Waldäckern, da waren Sie doch nicht auch schon blau?«

»Doch, da ging es schon los. Aber Sie haben recht, natürlich erinnere ich mich noch daran, dass wir in Melanies Garten waren. Wir haben geredet, zwischendurch ein bisschen Frisbee auf der Wiese gespielt, getrunken, geraucht.«

»Erinnern Sie sich an zwei Besucher?«

Johannes dachte eine Weile nach. »Stimmt, da waren zwei Besucher. Ich kenne sie allerdings nicht. Die sahen auch nicht so aus, als ob ich sie kennenlernen wollte.«

»Würden Sie die wieder erkennen?«

»Glaube schon.«

»Was haben die bei Ihnen zu suchen gehabt?«

»Keine Ahnung. Kann sein, dass sie Richi abgeholt haben. Ich bin mir aber nicht sicher. Sie würden allerdings zu Richi passen.«

»Den können Sie auch nicht besonders gut leiden.«

»Auch?« Johannes blickte Mayfeld erstaunt an.

»Patricks Freund sind Sie ebenfalls nicht gewesen.«

Johannes schüttelte den Kopf. »Wie das klingt, wenn Sie das sagen. Ich bin lediglich der Meinung, dass man mit dem Begriff nicht so freigiebig umgehen sollte, wie das häufig der Fall ist.«

Ein bisschen blasiert war der junge Künstler schon, dachte Mayfeld. »Und an den Abend haben Sie tatsächlich keinerlei Erinnerungen?«

»Sie sagen es.« Die großen dunklen Augen von Johannes flackerten unsicher. »Mir wäre es auch lieber, es wäre anders. Schließlich ist in der Nacht in meiner Nähe ein Kumpel verstorben. Aber so ist es nun mal. Ich erinnere mich an nichts.«

»Da ist dein Tee, mein Schatz.« Clara Flieder stellte ein Stövchen auf den Tisch und eine Teekanne aus chinesischem Porzellan obendrauf. Daneben stellte sie drei Teeschalen und etwas Kandiszucker.

»Konnte Ihnen mein Sohn weiterhelfen?« Sie schenkte Mayfeld ein liebenswürdiges Lächeln.

»Ist schon gut, Mama«, unterbrach sie Johannes.

»Als Sie vorhin angerufen haben, dachte ich schon, Sie hätten meinen Mann gefunden.«

»Was ist mit Ihrem Mann?«, fragte Mayfeld verblüfft.

Jetzt war auch Clara verblüfft. »Sie sind doch von der Wiesbadener Polizei? Ich habe meinen Mann vor über einer Woche als vermisst gemeldet. Aber ich habe die ganze Zeit schon den Eindruck, dass das dort niemanden interessiert.« Ihre Stimme klang jetzt etwas gereizt, ihr Lächeln war nicht mehr ganz so liebenswürdig.

Mayfeld erklärte ihr, dass heute genau genommen sein letzter Urlaubstag sei und er sich deswegen noch nicht über alle laufenden Fälle habe informieren können. »Wir nehmen jede Vermisstenanzeige ernst«, betonte er. »Vielleicht erzählen Sie mir bei der Gelegenheit einfach noch mal alles, ab morgen bin ich mit dem Fall sowieso befasst.«

»Nehmen Sie eine Schale Tee?«

»Gerne.«

Clara goss ihm von der goldfarbenen Flüssigkeit ein.

»Ich habe meinen Mann zuletzt am Montag, dem 14. Juli gesehen. Am Morgen, so gegen acht Uhr dreißig, hat er nach dem Frühstück das Haus verlassen. Er ist Unternehmensberater, an diesem Tag wollte er einen Winzer in Oppenheim besuchen und anschließend nach Italien fliegen. Dort hat er wohl einen neuen Kunden, ein Weingut aus dem Chianti. Normalerweise ruft mein Mann jeden Tag zu Hause an, wenn er unterwegs ist. Manchmal mehrfach, auch wenn er nur in Wiesbaden ist, er übertreibt es in dieser Hinsicht eher. Deswegen war ich beunruhigt, als er am Mittwoch immer noch nicht angerufen hatte, und habe ihn bei der Polizei als vermisst gemeldet.«

Dass ein Geschäftsreisender sich zwei Tage nicht bei seiner Ehefrau meldete, war nicht besonders ungewöhnlich. Mayfeld verstand, warum seine Kollegen nicht allzu alarmiert gewesen waren. »Und Sie hatten seither keinen Kontakt mehr mit ihm?«, fragte er.

»Der Reihe nach«, antwortete Clara Flieder. »Ich habe natürlich versucht, ihn telefonisch zu erreichen. Aber sein Handy ist die ganze Zeit ausgeschaltet. Als Nächstes habe ich in seinem Büro in Wiesbaden angerufen. Dort hat man mir gesagt, dass Phillip am Dienstag alle Termine für die nächsten zwei Wochen abgesagt habe. Er hat aber nicht mitgeteilt, was er in diesen zwei Wochen vorhatte.«

»Er hat vor zwei Wochen alle Termine für vierzehn Tage abgesagt? Verzeihen Sie, aber kann es sein, dass er bloß Urlaub machen wollte? Von der Unternehmensberatung, von der Familie, von seiner sonstigen Korrektheit? Dass er irgendwann heute Abend wieder zu Hause auftaucht? So etwas kommt vor.«

Clara Flieders Lippen zitterten, und ihre Augen nahmen einen verzweifelten Ausdruck an. »So ist Phillip nicht. Die Sache ist ernst. Es geht ja noch weiter. Phillip hatte die Woche zuvor einen Autounfall. Ein belangloser Blechschaden. Der Wagen war in der Werkstatt zur Reparatur, und Phillip hatte einen Ersatzwagen bekommen. Am Freitag hat mich Manuela Vorholz von seinem Büro darüber informiert, dass er seinen Wagen nicht abgeholt und auch den Leihwagen nicht zurückgebracht hat. So eine Nachlässigkeit hätte er sich normalerweise nie gestattet.«

Das war in der Tat schon etwas ungewöhnlicher, aber immer noch kein eindeutiger Hinweis auf ein Unglück oder gar ein Verbrechen.

»Wann hatte er denn vor, den Wagen abzuholen, wenn er direkt nach seinem Termin im Rheinhessischen nach Italien fliegen wollte?«, fragte Mayfeld.

Clara Flieder schaute ihn irritiert an. »Das weiß ich nicht. Ich nehme an, am Montagabend, nach dem Termin. Anders wäre es ja gar nicht gegangen.«

Sie dachte eine Weile nach, bevor sie fortfuhr. »Ich habe wohl einen Fehler gemacht. Vor einer Woche hat ein Mann angerufen und gesagt, er wisse, wo Phillip sei, und er wolle Geld haben.«

»Was genau hat der Anrufer gesagt?«

»Es war ein sehr kurzes Telefonat. Er hat gesagt: ›Ich weiß, wo Ihr Mann ist.‹, oder ›Soll ich Ihnen erzählen, wo Ihr Mann ist?‹ Dann sagte er noch: ›Ich will Geld. Ich melde mich wieder.‹ Anschließend hat er aufgelegt. Ich dachte an eine Erpressung, und weil die Polizei bis zu diesem Zeitpunkt nicht allzu hilfsbereit gewesen war, habe ich sie über den Anruf nicht informiert. Ich wollte Phillip nicht gefährden. Der Anrufer hat sich seither nicht mehr gemeldet.«

»Das ist in der Tat merkwürdig«, musste Mayfeld zugeben. »Wann war der Anruf?«

»Am 19. Juli, so gegen dreiundzwanzig Uhr. Glauben Sie, mein Mann wurde entführt? Meinen Sie, die Entführer haben ihn umgebracht und deswegen die Erpressung nicht weiter verfolgt?« Clara Flieder wirkte aufgewühlt und verzweifelt. Die Beherrschtheit, die sie die ganze Zeit an den Tag gelegt hatte, war mit einem Schlag verflogen. »Ich habe versucht, mir einzureden, dass ich einfach nur eine überängstliche Frau bin. Ich habe mich gezwungen, das zu denken, was Sie vorhin gesagt haben. Dass mein Mann Urlaub macht und in ein paar Tagen wieder da ist. Aber daran kann ich nicht mehr glauben!«

»Es kann immer noch so kommen.« Mayfeld versuchte die besorgte Ehefrau zu beruhigen. Aber er hatte mittlerweile Zweifel. Möglicherweise lag sie mit ihren Befürchtungen richtig. »Dass der Mann, der Sie angerufen hat, ein Entführer war, kann natürlich sein. Aber warum hat er seinen Erpressungsversuch nicht fortgesetzt? Falls Ihr Mann tot sein sollte, wäre das für die wenigsten Entführer ein Grund aufzugeben. Es kann natürlich auch ein Scherzbold gewesen sein. Aber ich gebe zu, die Geschichte ist sehr merkwürdig. Wenn Ihr Mann bis morgen nicht auftaucht, werde ich mich persönlich der Sache annehmen.«

Clara drückte ihm dankbar die Hand.

»Wer weiß vom Verschwinden Ihres Mannes?«

»Johannes, Eduard, Rafaela und Manuela Vorholz.«

»Und alle, denen es diese Personen gesagt haben«, ergänzte Mayfeld. »Wer sind Eduard und Rafaela?«

»Eduard ist mein Bruder. Und Rafaela ist meine ... Schwester.«

Die Pause, die Clara Flieder vor dem Wort »Schwester« eingelegt hatte, irritierte Mayfeld. »Warum zögerten Sie gerade?«, fragte er.

»Eigentlich ist sie meine Stiefschwester, die Tochter meiner Stiefmutter, die sie in die Familie mitbrachte, als sie meinen Vater heiratete. Damals war ich fünf und Rafaela vier Jahre alt. Später hat mein Vater Rafaela adoptiert, sodass sie offiziell meine Schwester ist.«

Johannes hatte die ganze Zeit über schweigend zugehört.

»Wann haben Sie Ihren Vater zuletzt gesehen?«, fragte ihn Mayfeld.

»Am Samstagabend. Da hat er mich vom Flughafen abgeholt. Ich war in London, hab dort einen Sprachkurs gemacht. Am Montag bin ich erst spät nach Hause gekommen und hab mich gleich schlafen gelegt.«

»Ihr Vater ist Montagmorgen weggefahren.«

Johannes schaute ihn verdattert an. »Sagte ich Montag? Ich bin wohl etwas durcheinander. Ich wollte sagen, dass ich ihn am Sonntag nicht gesehen habe, da bin ich auch spät nach Hause gekommen.«

»Haben Sie mit jemandem darüber geredet, dass Ihr Vater verschwunden ist?«

Johannes schüttelte den Kopf. »Kann mich nicht erinnern.«

Das hätte sich Mayfeld denken können.

»Wo finde ich Ihren Bruder und Ihre Schwester?«

»Beide müssten zu Hause sein«, antwortete Clara Flieder. »Eduard wohnt in der alten Scheune. Das ist der Anbau da drüben.« Sie deutete über den Rasen. »Und Rafaela wohnt in der Nachbarschaft, man kommt durch das Tor da hinten auf ihr Grundstück. Ich bringe Sie zu ihnen.«

Die »alte Scheune« war ein an die L-förmige Villa angebauter Querbau. Als Clara Flieder und Mayfeld ihn betreten wollten, kam ihnen ein hagerer, leicht gebeugter Mann Mitte dreißig entgegen. Er trug langes schwarzes Haar, hatte tief liegende dunkle Augen und eine Adlernase. Seine Kleidung, Jeans, Hemd und Baumwolljacke, war ebenfalls schwarz.

Clara Flieder stellte ihren Bruder Eduard Gruber vor.

»Ihre Schwester macht sich Sorgen um ihren Mann. Wann haben Sie Ihren Schwager zuletzt gesehen?«, fragte Mayfeld.

»Sonntagnachmittag, hier im Garten.«

»Ist Ihnen an ihm etwas aufgefallen oder haben Sie eine Idee, wo er sein könnte?«

»Keine Ahnung.« Eduard Gruber war ausgesprochen kurz angebunden.

»Haben Sie mit jemandem darüber gesprochen, dass Ihr Schwager verschwunden ist?«

»Nur mit Rafaela. Die hat mich danach gefragt.«

»Schön haben Sie es hier, die ganze Familie auf einem Anwesen«, bemerkte Mayfeld.

»Ich bin hier aufgewachsen«, erwiderte Eduard Gruber, der nun etwas gesprächiger wurde. »Die letzten Jahre bin ich viel auf Tournee gewesen. Vielleicht wissen Sie, dass ich Konzertpianist bin. Wenn man so viel unterwegs ist wie ich, ist es wichtig, in der Heimat einen sicheren Hafen zu haben. Das war immer die Villa, auch wenn ich sie bis vor einem Jahr nur selten genutzt habe. Momentan habe ich gesundheitliche Probleme und wohne für länger hier. Clara hat gesagt, die Polizei vermute, dass sich Phillip nur eine kleine Auszeit genommen hat. Haben sich Ihre Theorien geändert?«

»Vorläufig nicht.«

Eduard Gruber schien erleichtert. Mayfeld verabschiedete sich.

Clara Flieder ging Mayfeld voraus. Zwischen dem Hauptgebäude der Villa und der Scheune führte ein Weg unter einem Torbogen zum Nachbargrundstück, auf dem ein kleines Fachwerkhaus stand. »Rafaelas Hexenhaus« stand über der Eingangstür. Eine rothaarige Frau Mitte, Ende dreißig öffnete auf Mayfelds Klingeln. Sie trug ein hinreißendes grünes Seidenkleid mit einem großzügigen Ausschnitt. Ein Seidenband im Farbton des Kleides bändigte ihre lockige Haarpracht. Auch sie war eine ausgesprochen attraktive Frau. Rafaela Gruber schien erstaunt, ihre Schwester zu sehen, bat die beiden Besucher jedoch sofort herein. Clara Flieder stellte Mayfeld vor.

Das Haus war offensichtlich bei einer Renovierung entkernt worden. Alle Innenwände waren entfernt, lediglich die tragenden Balken der Fachwerkkonstruktion erhalten worden. Auf diese Weise war ein großzügiger Raum entstanden, der zugleich als Küche, Ess- und Wohnzimmer und als Atelier diente. An verschiedenen Stellen des Raums standen Staffeleien mit Skizzenblöcken sowie nackte und angezogene Kleiderpuppen. Auf einem großen

Tisch, der die gesamte hintere Wand des Raumes einnahm, lagen Stoffballen, Schneiderellen, Scheren und Nadelkissen.

»Wie Ihr kriminalistischer Scharfsinn wahrscheinlich schon erraten hat, bin ich Modedesignerin. Aber deswegen sind Sie nicht hier«, sagte sie mit leicht spöttischem Ton, während sie Mayfeld musterte. Er schaute an sich herab. Zerknittertes graues Leinenjackett, laubgrünes T-Shirt, ausgebeulte Blue Jeans und weiße Turnschuhe. Nicht gerade eine modische Offenbarung.

»Ich bin wegen Ihres Schwagers hier. Sie wissen, dass er verschwunden ist?«

»Eduard hat es mir erzählt. Ich bin öfter mal eine oder zwei Wochen weg. Da wundert sich keiner.« Ihr Lachen war silbrig und hell.

»Ist Ihnen am Verhalten Ihres Schwagers in der letzten Zeit irgendetwas Ungewöhnliches aufgefallen? Haben Sie eine Idee, wo er sich aufhalten könnte?«, fragte Mayfeld weiter.

»Zweimal nein. Ich habe keine Idee, wo er sein könnte, und mir ist nichts aufgefallen. Ich habe allerdings keinen engen Kontakt zu ihm.«

»Aber Sie haben Ihren Bruder nach ihm gefragt. Neugierig waren Sie also schon.«

Sie lächelte. »So sind wir Frauen eben.«

»Haben Sie sein Verschwinden gegenüber irgendjemandem erwähnt?«

Sie schüttelte ihre rote Haarmähne.

»Und wann haben Sie Ihren Schwager zuletzt gesehen?«

»Am Samstagnachmittag. Ich bin anschließend zu einer Freundin nach Wiesbaden gefahren und erst Dienstagmittag zurückgekommen. Wollen Sie ihre Adresse?«

»Falls Sie ein Alibi brauchen, werde ich Sie danach fragen.«

***

»Sollte ich etwas wissen, was du mir noch nicht gesagt hast?« Die Stimme seiner Mutter klang weich wie Samt.

Sie beherrschte ein großes Repertoire von Stimmlagen, aber diese bereitete Johannes besonders viel Unbehagen. Er hörte nicht nur die weichen und angenehmen Töne ihrer Sprachmelodie, er hörte auch die Obertöne, in denen Anspannung und Machtwille mitschwangen.

Sollte sie etwas wissen, was er ihr noch nicht gesagt hatte? In dieser Frage lag genau die Mischung aus Fürsorglichkeit und Druck, mit der er immer schlechter zurechtkam. Vor allem sollte er selbst mehr wissen.

»Ich finde, du vergisst manchmal, dass ich volljährig bin«, antwortete er in einem Anflug von Trotz.

»Möchtest du eine Schale Hagebuttentee?«

»Nein!«

»Nein *danke*! Es macht mich sehr traurig, dass ich erst, wenn die Polizei kommt, erfahre, dass dein Freund tot ist. Und es macht mich besorgt, wenn ich von Besäufnissen und Filmrissen höre.«

Als der Kommissar ihn befragt hatte, hatte er seine Mutter unter einem Vorwand in die Küche geschickt. Sie sollte nicht mitbekommen, was er ihm zu sagen hatte. Aber er hatte vergessen, dass sie wahrscheinlich das empfindlichste Gehör hatte, über das ein Mensch verfügen konnte. Sie hatte ihre Ohren überall.

»Hast du noch nie einen Fehler gemacht?«, fragte er motzig.

Sie fasste ihn an den Händen, schaute ihm ruhig und unverwandt in die Augen. Johannes fiel auf, dass sie trotz ihres Alters noch eine sehr attraktive Frau war. Irgendwie fand er diesen Gedanken peinlich. Ihre Stimme wurde noch etwas samtiger.

»Ich will keineswegs aufdringlich sein, Johannes. Sei bitte nicht so gereizt, ich meine es doch nur gut. Was für einen Fehler hast du denn um Gottes willen gemacht?«

Johannes spürte, wie ihm die Hitze ins Gesicht schoss, die Hände feucht wurden. So hatte er das doch gar nicht gemeint!

»Es ist gar nichts passiert!«

Sie strich ihm zärtlich über sein heißes Gesicht. Das war angenehm. Gleichzeitig wäre er am liebsten davongerannt.

»Ich will dir bestimmt nichts einreden. Aber *du* hast gerade von einem Fehler gesprochen, und ich wollte bloß wissen, was du damit gemeint hast.«

Jetzt wurde sein Mund ganz trocken. »Ich meinte bloß, dass ich auf der Party zu viel getrunken habe, weswegen ich mich nicht mehr so gut an den Abend erinnern kann. Das war alles.«

Die Anspannung wich aus ihrem Gesicht. Niemand wäre diese Regung aufgefallen, aber Johannes entging so etwas bei seiner Mutter nicht.

»Wenn es weiter nichts ist, bin ich beruhigt.« Ihre Stimme war wieder heller geworden, unbekümmerter.

Sie räumte das Teeservice in die Küche. Johannes ging nach oben in sein Zimmer.

Die Rollläden waren heruntergelassen, das Sonnenlicht zeichnete ein Streifenmuster auf die Wände. Im Halbdunkel erkannte er schemenhaft die Porträts von Schumann, Brahms und Liszt. Und den Fanwimpel von Mainz 05.

Er legte sich auf sein Bett und ließ die Gedanken treiben.

Seine Mutter war beruhigt gewesen, dass er mit Fehler nur das Besäufnis gemeint hatte. Sie war eine feinfühlige und hellhörige Person, die spürte, dass da mehr sein könnte. Sie spürte seine Zweifel und Ängste. Konnte es sein, dass man etwas getan hatte und sich an gar nichts erinnerte?

So ein Blödsinn.

Am Sonntagmorgen im Schloss hatte er eine ziemliche Beule am Kopf gehabt, einen kleinen Kratzer konnte man immer noch an der Stirn erkennen, wenn er die Haare zurückstrich. Als sich der Kommissar mit ihm unterhalten hatte, hatte er besonders darauf geachtet, dass die Haare den Kratzer verdeckten. So als ob er etwas zu verbergen hätte.

Er hatte sich mit Patrick gestritten, so viel war klar. Hatten sie sich geprügelt? Das war eigentlich nicht seine Art, aber bis vor Kurzem war es auch nicht seine Art gewesen, sich derart mit Alkohol volllaufen zu lassen, dass er am nächsten Tag nicht mehr wusste, was er getan hatte. Er erinnerte sich, dass das Erkerfenster in der Bibliothek offen gestanden hatte. Wahrscheinlich hatte er sich nur gestoßen. Er hatte aus dem Turmfenster nach unten auf den Schlossteich geschaut. Sein Gesicht wurde wieder ganz heiß. Er erinnerte sich einfach nicht, was er da unten gesehen hatte.

Patrick war tot. Wenn er ehrlich zu sich war, bedauerte er das nicht. Er hatte Patrick nie sonderlich gemocht. Aber Patrick war spendabel gewesen. Er hatte großzügig Speed in der Clique verteilt. Wahrscheinlich hatte er Medikamente aus der Apotheke seines Vaters geklaut und sie bei einem Dealer gegen alles Mögliche eingetauscht. Johannes machte sich nichts aus Partydrogen, Jenny hingegen sehr wohl. Und seit Jenny mit Patrick schlief, war dieser Kerl Teil der Clique geworden. Sehr zu Johannes' Leidwesen.

Damit war jetzt Schluss. Genau genommen war er mit Patricks Tod ein Problem losgeworden. Jenny war eine total coole Frau. Sie würde ihre Zeit jetzt nicht mehr mit dem skrupel- und geistlosen Apothekersöhnchen vergeuden.

Ein beißender Druck in der Bauchgegend erinnerte Johannes an die Sünden der vergangenen Tage. Hoffentlich waren ihm nur die alkoholischen Exzesse auf den Magen geschlagen. Oder war da doch noch etwas?

Seine Gedanken trieben weiter.

Ob der Kommissar mit seiner Vermutung recht behielt, dass sein Vater heute Abend wieder auftauchen würde? Dass er nur einen Urlaub von der Unternehmensberatung, der Familie und der eigenen Korrektheit gemacht habe?

Da müsste er sich sehr geändert haben. Er würde in Johannes Achtung steigen, aber Johannes konnte sich das nicht vorstellen. Korrektheit schien ihm auch nicht der richtige Begriff, um das Wesen seines Vaters zu charakterisieren. Für ihn war Korrektheit nur eine von vielen Möglichkeiten, um andere zu schikanieren und zu demütigen. Johannes hatte den Hohn und Spott nicht vergessen, den Phillip über ihm ausgekübelt hatte, als er nur den zweiten Platz bei »Jugend musiziert« gewonnen hatte.

»Du musst den ersten Platz machen, oder du kannst es bleiben lassen«, hatte sein Vater gesagt. »The winner takes it all. Zweiter Platz, das reicht später einmal zum Alleinunterhalter im Altersheim. Dafür gebe ich nicht das viele Geld für deinen Professor Schmid aus. Lerne doch was Vernünftiges, Jura oder BWL, vielleicht kriegst du das ja wenigstens ordentlich hin.«

Sein Vater war ein grausamer Mensch. Für Johannes waren die beiden letzten Wochen Urlaub vom Vater gewesen. Und der konnte gerne noch eine Weile andauern. Von ihm aus konnte Phillip ganz wegbleiben. Das würde ihm viel Ärger und Streit ersparen. Denn er hatte keinesfalls vor, den Wünschen seines Vaters zu entsprechen. Er würde nie ein langweiliger und geistloser Unternehmensberater wie sein Vater werden.

Warum Mama sich so einen Typen ausgesucht hatte, war ihm ein Rätsel. Wie sie es so lange mit ihm ausgehalten hatte, war ein noch größeres Rätsel für ihn.

Er stand vom Bett auf, ging zum Regal in der Ecke, griff nach der Flasche Scotch, füllte ein Wasserglas und trank es in einem Zug aus.

Clara

Am Sonntagabend saß ich mit Eduard am Brunnen vor dem Tempelchen. Ich hatte Eduard gerade in allen Einzelheiten von dem Besuch des Kommissars erzählt. Die Sonne beschien mit ihren abendmilden Strahlen das Fischbassin.

»Was für eine wunderbare Idee du mit den Kois hattest«, lobte ich ihn, aber Eduard schien sich über das Lob nicht recht zu freuen. Dabei hatte er einige Tage hart an dem Brunnen gearbeitet, weil die polnischen Hilfskräfte so lange nicht gekommen waren. Und das mit seinen zarten Pianistenhänden! Eduard wirkte grüblerisch und in sich gekehrt, und ich wusste nicht, wie ich ihn aufmuntern konnte. Ich spürte, dass es besser war, ihn nicht nach den Gründen für die Dissonanzen in seiner Stimmung zu fragen. Er würde es mir schon noch erzählen, schließlich bin ich seine Vertraute, so wie er mein Vertrauter ist.

Irgendwo in den Bäumen schimpfte eine Amsel.

»Der einzige Fehler dieser Karpfen ist, dass sie nicht so schön singen wie die Vögel«, versuchte ich einen Scherz, aber Eduard war nicht nach Scherzen zumute.

Ich ging über den Rasen zur Terrasse und von dort in den Salon, legte eine CD in den Spieler und kehrte zu Eduard zurück. Die »Paganinivariationen« von Brahms schwebten durch den Garten. »Hexenvariationen« hatte Clara Schumann sie einmal genannt, Hexenvariationen über das Thema eines Teufelsgeigers.

»War es eine gute Idee, der Polizei von dem Anrufer zu erzählen?«, fragte Eduard mit rauer Stimme. Ich mag es nicht, wenn seine Stimme so klingt, meist bedrückt ihn dann etwas.

»Was sollte daran verkehrt sein?«, fragte ich zurück. Als der Anruf eine Woche zuvor gekommen war, hatte mir Eduard davon abgeraten zur Polizei zu gehen. Aber damals dachten wir, Phillip sei in der Gewalt von Entführern, und wollten sein Leben nicht gefährden.

»Wir hatten das so besprochen«, meinte Eduard.

»Der Mann hat sich eine Woche lang nicht gemeldet«, beruhigte ich ihn. »Glaubst du denn, da kommt noch was nach? Vielleicht war es einfach nur ein Witzbold.«

»Dann wäre es auch nicht nötig gewesen, die Polizei damit zu befassen«, raunzte er. »Außerdem glaubst du das doch selbst nicht.«

»Der Kommissar machte einen recht netten Eindruck.« Eigentlich hatte ich es nicht nötig, mich zu rechtfertigen.

Eduard verdrehte die Augen und musste ein klein wenig lächeln. »Du hast manchmal einen ganz unglaublichen Humor.« Er warf mir einen Luftkuss zu.

Die meisten Paganinivariationen sind ohne Tempobezeichnung, aber Jewgeni Kissin spielt sie in einem irrwitzigen Tempo. Ich stellte mir das Über- und Untersetzen der Hände vor, und mir wurde schwindelig. Das war nicht gut. Schwindel ist für mich häufig das erste Anzeichen einer beginnenden Migräne.

Vielleicht sollte ich einfach das Thema wechseln. Die atemberaubende technische Brillanz von Kissin ließ mich an Johannes und seine Probleme denken.

»Ich mache mir Sorgen um Johannes«, bemerkte ich. »Nach der Vernehmung durch die Polizei wirkte er verstört. Was hat er nur auf dem Herzen? Und warum hat er mir von Patricks Tod nichts erzählt?«

»Ich glaube, du übertreibst es mit deinen Sorgen.« Jetzt hörte sich Eduards Stimme wieder weicher und angenehmer an. So mochte ich sie. Kissin spielte gerade meine Lieblingsvariation, die Nummer fünf aus dem ersten Heft.

»Warum glaubst du, dass ich übertreibe?« Ich wollte mir meine Befürchtungen von Eduard gerne ausreden lassen.

»Von dem Todesfall hat er frühestens vor zwei Tagen erfahren.

Du hast doch erzählt, dass sie seinen Freund am Donnerstagabend bei einem Konzert aus dem Teich gezogen haben.«

»So sagte das der Kommissar, und so habe ich es erzählt bekommen.«

»Und woher sollte Johannes wissen, dass es sich bei dem Toten um seinen Freund handelte? Du hast doch auch von einer Leiche auf dem Rheingau Musik Festival gehört und wusstest nicht, dass es sich um einen Jungen aus der Nachbarschaft handelt. Wie oft hast du Johannes seit Freitag überhaupt gesehen? Wann hattet ihr Gelegenheit, über die Geschichte zu sprechen?«

Das waren berechtigte Einwände. Die letzten Tage war ich beruflich viel unterwegs gewesen. Ich habe eine kleine ehrenamtliche Aufgabe beim Rheingau Musik Festival, ich betreue Sponsoren. Das heißt, ich sorge dafür, dass diejenigen, die diese wunderbaren Konzerte durch einen finanziellen Zuschuss für den Rest der Besucher überhaupt bezahlbar machen, die Zeit vor Konzertbeginn und die Pausen so angenehm wie möglich verbringen können. Meist gibt es einen kleinen Sektempfang, manchmal auch einen kurzen Besuch der Künstler.

»Du meinst, Johannes hat keine Geheimnisse vor mir?«, fragte ich erleichtert.

»Solche bestimmt nicht.«

Mir fiel ein Stein vom Herzen. »Wenigstens diese Sorge muss ich also nicht haben!«, rief ich. »Aber irgendetwas ist mit dem Jungen, er wirkt in der letzten Zeit verändert. Er trinkt zu viel, die Musik ist ihm nicht mehr so wichtig, er übt zu wenig. Phillip hatte mit seiner Kritik ganz recht.«

»Hör mir mit Phillip auf«, fuhr mich Eduard an. »Johannes ist okay. Er spielt phantastisch. Er muss auch mal eine Pause machen, er muss auch mal eine kleine Krise haben dürfen.«

»Dann wird er solche Musik aber nie spielen können.« Ich deutete mit dem Kopf zum Salon, wo mittlerweile die zehnte Variation ertönte.

»Das ist mit das Schwerste, was es in der Klavierliteratur gibt, Clara. Du bist viel zu ehrgeizig, du erdrückst den Jungen!«

»Aber du hast es doch auch geschafft!«

Dieser Einwand machte Eduard ärgerlich. Seine Stimme klang

wieder rauer. »Genau da liegt das Problem«, wetterte er. »Ich habe wie ein Verrückter geübt, wie ein Besessener, tagein, tagaus. Ich habe es geschafft, aber um welchen Preis? Ich war ein berühmter Pianist, und jetzt bin ich ein kranker Pianist. Dieser verdammte rechte Ringfinger spielt nicht mehr mit, und meine Karriere ist zu Ende. Alles Mutmachen, alle Anfeuerungen von deiner Seite waren zuletzt umsonst.«

»Du hast doch erzählt, dass man die Hand mit diesem Botulinustoxin wieder fit bekommt«, erwiderte ich voller Angst.

»Vielleicht, nur vielleicht.« Eduard sprach jetzt in Moll. »Und ich glaube, dass Johannes Angst hat, dass es ihm ebenso ergeht.«

Eine tiefe Schwermut ergriff mich plötzlich. »Willst du sagen, dass ich dich mit meinem Ehrgeiz krank gemacht habe? Dass du nicht mehr spielen kannst, weil ich dich jahrelang durch die Klavierliteratur gehetzt habe? Sag mir, dass das nicht stimmt!«, flehte ich ihn an.

Eduard antwortete nicht. Eine Weile saßen wir schweigend nebeneinander und lauschten der Musik. Das Finale des ersten Heftes erklang. Mir kam es so vor, als ob jemand die Hi-Fi-Anlage aufgedreht hätte, so laut und überdeutlich drangen die Töne in meine Gehörgänge ein. Das war ein sicheres Zeichen für einen Migräneanfall. Ich habe gelesen, dass man das eine akustische Aura nennt.

Ich hätte Eduard keine Vorwürfe machen sollen. Er ist immer noch ein sensibler junger Künstler. Gegenseitige Vorwürfe, das brachte doch nichts.

Er griff nach meiner Hand. »Nie würde ich dir einen Vorwurf machen, Clara«, flüsterte er. »Ich weiß doch, was du alles für mich getan hast, uns verbindet so unendlich viel.«

Das Finale des ersten Teils war verklungen. Ein hässlicher, scheppernder Ton, ein giftgrüner Tritonus verdrängte allen Wohlklang. Wieder einmal ein Migräneanfall. Ausgerechnet jetzt, wo ich so viel mit Eduard zu besprechen hatte.

Ich musste mich zurückziehen.

Ele

Es war ein heißer und feuchter Abend. Wir liebten uns heftiger und wilder denn je. Eduard wollte gar nicht mehr aufhören, ich sowieso nicht.

Geschähe die Liebe lautlos, ich hätte keinen Spaß an ihr. Aber sein Stöhnen, Grunzen und Seufzen erregte mich genauso, wie mich das Quietschen des Bettes erregte und die schmutzigen kleinen Worte, die er mir ins Ohr flüsterte. Sein keuchender Atem war Musik für mich, sein harter Rhythmus schleuderte mich weit weg von dem Ort, an dem ich zuvor gewesen war. Irgendwann fiel er erschöpft zur Seite, und ein letzter Atemzug entfuhr zischend seinen Bronchien. Der süße Geruch seines Samens durchdrang den salzigen unseres Schweißes. Alles vermischte sich auf seiner und meiner Haut. Nichts als ein Tier zu sein, das war die Erlösung.

Eine Weile konnte ich auf diese Weise meine Sorgen vergessen. So war es schon immer gewesen: Wenn ich mit Eduard zusammen war, war ich ein anderer Mensch.

Irgendwann breitete sich Ruhe in meinem Körper aus, die Atemzüge wurden regelmäßig, die Haut fühlte sich endlich kühl an. Nach all der Hitze. Es war ein Moment der Stille, ein kleiner Moment des Glücks. Die Leidenschaft, das schmerzhafte Sehnen war verstummt, und das Gemecker der Alltagssorgen hatte noch nicht wieder eingesetzt. So sollte es ewig bleiben. Aber so bleibt es nur für kurze Zeit.

Dann kamen sie wieder, die Alltagssorgen.

»Die Polizei sucht jetzt also nach dem Anrufer«, stellte Eduard fest. Wie konnte er in diesem Moment an so etwas denken, wie konnte er unsere Liebe derart entweihen? Aber ich war ungerecht. Männer sind so. Frauen meistens auch.

Ich holte tief Luft. »Wo ist das Problem?«, fragte ich in gelassenem Ton. Ich wollte mir nicht anmerken lassen, wie verärgert ich war und wie beunruhigt. »Wahrscheinlich ist das gut so, früher oder später hätten sie das sowieso gemacht.«

»Aber man muss das Schicksal doch nicht herausfordern«, meinte Eduard.

»Ich weiß wirklich nicht, worauf du hinauswillst«, entgegnete ich. Das war eine Lüge. Ich verstand Eduard sehr gut. Ich hätte es weiß Gott vorgezogen, wenn Clara gegenüber dem Kommissar geschwiegen hätte, ich konnte Eduards Verärgerung gut nachvollziehen. Hoffentlich zeigte er die auch einmal in ihrer Gegenwart.

»Dieser Anrufer wird sich nicht mehr melden«, behauptete ich.

»Wieso bist du dir da so sicher?«

»Das sagt mir meine Intuition«, log ich.

»Du bist wirklich unglaublich!« Da hatte Eduard recht.

Es herrschte eine Weile Ruhe. Eigentlich eine perfekte Voraussetzung, um sich in einen neuen Liebesakt zu stürzen. Aus der Stille kommt die Kraft. Aber etwas hinderte mich daran.

Ich hatte Angst.

Ich hätte zu gerne genau gewusst, was Clara dem Kommissar erzählt hatte. Aber ich traute mich nicht, Eduard danach zu fragen. Ich wollte nicht, dass er Verdacht schöpfte.

»Ich finde es merkwürdig, dass Johannes auf die Frage, wann er seinen Vater zuletzt gesehen habe, geantwortet hat, er sei Montagabend erst spät nach Hause gekommen«, sagte Eduard.

Das war in der Tat merkwürdig. Aber es konnte mit der allgemeinen Verwirrung des jungen Mannes zu tun haben.

»Ob er etwas weiß, worüber er nicht mit uns spricht?«

»Woher soll ich das wissen?«

Daher kam die Angst. Weder wusste ich, was in Johannes vor sich ging, noch wusste ich, was Clara vorhatte.

»Es ist wirklich ein Glücksfall, dass er in dir seinen Vertrauten sieht, Eduard. Rede mit ihm. Er wird dir alles sagen«, flüsterte ich dem Geliebten zu.

»Stell dir das nicht so einfach vor. Seit einiger Zeit setzen ihm die Frauen arg zu. Er ist verschlossener geworden«, brummte Eduard.

Ich gab ihm einen Kuss ins Ohr. »Dann braucht er jetzt erst recht eine männliche Vertrauensperson«, raunte ich ihm zu. »Was meinst du denn mit ›zusetzen‹?«

»Er hat Liebeskummer. Es geht um Melanie und Jenny. Die eine will ihn, er will sie aber nicht, die andere will er, sie will aber ihn nicht. Es ist die alte Geschichte.«

»Wem sie passiert, dem bricht das Herz entzwei«, ergänzte ich.

»Ich fürchte, da muss er durch. Macht er sich denn auch Gedanken über das Verschwinden seines Vaters?«

»Ich glaube, er ist momentan nicht traurig darüber, dass der weg ist«, antwortete Eduard. »Phillip war ja in letzter Zeit nicht gerade freundlich zu ihm. Aber sonst? Nicht dass ich wüsste. Das kommt vielleicht noch. Er weiß ja, dass sich Phillip in seinem Büro für zwei Wochen abgemeldet hat. Wenn die zwei Wochen um sind, wird er sich wahrscheinlich intensiver mit der Frage beschäftigen, was mit seinem Vater passiert ist.«

»Wie die Polizei auch«, vermutete ich.

»Du sagst es.«

Ich umschlang Eduards Hals und gab ihm einen langen Kuss. Er sollte jetzt nicht weiterreden, ich hatte keine Lust auf Spekulationen und Grübeleien, auf Was-wäre-wenn-Diskussionen. Meine Zunge erkundete seine Zunge, seinen Gaumen, seine Zähne. Er streichelte meine Brüste.

Ach, Eduard, dachte ich, ich will nicht wieder weg von dir. Wenn es doch ewig so bleiben könnte. So wie jetzt oder so wie damals, als wir uns als Kinder lieb hielten, in einer kalten Welt, die wir durch unsere Zärtlichkeit etwas erwärmten.

Ich spürte, wie sein Glied anschwoll, und meine Lust wuchs.

Montag, 28. Juli

Das Wetter machte es Mayfeld an diesem Morgen schwer, aus dem Urlaub in den Dienst zurückzukehren. Über dem Rhein-Main-Gebiet strahlte die Sonne, ein frischer Wind trieb die Wolken vor sich her. Mayfeld bog mit seinem Volvo vom Zweiten Ring auf das Gelände des Polizeipräsidiums Hessen West ab. Das Präsidium befand sich in einem ehemaligen Heereslazarett der Deutschen Wehrmacht, das nach dem Krieg von der US Army als Hospital genutzt worden war. Der Kommissar öffnete die Panzerglastüren, die ins Innere führten, mit einem Transponderchip und grüßte den wachhabenden Kollegen an der Pforte. Die marmorne Eingangshalle ließ die Handschrift des Architekten Albert Speer erkennen und machte Mayfeld selbst im Sommer frösteln. Er ging nach oben in die Räume des Kommissariats 11. Auch hier öffnete er die Panzerglastüren elektronisch. Mayfeld war spät dran und ging deshalb direkt in den Konferenzraum am Ende des geschwungenen Flurs, wo die Morgenbesprechung stattfand.

»Schön, dass du wieder da bist«, begrüßte ihn Kriminalrat Oskar Brandt. Mayfelds Chef war wie immer in einen grauen Dreireiher gekleidet, dessen Seriosität durch die quietschentengelbe Fliege und die Mokassins aus einem früheren Jahrhundert unterminiert wurde. Er strahlte Mayfeld an.

Auch Heike Winkler schien sich über die Rückkehr ihres Chefs zu freuen. Ihre sommerliche Stimmung an diesem Morgen unterstrich sie mit einem breiten Lachen, einem grellgrünem T-Shirt und einer tomatenroten Baumwollhose.

»Hallo, Hartmut«, begrüßte Mayfeld Hauptkommissar Hartmut Meyer. Meyer hatte im Winter einen Schlaganfall erlitten und war heute den ersten Tag wieder im Dienst. Er war nur noch ein Schatten seiner selbst. Statt der früheren hundertfünfundvierzig Kilogramm Lebendgewicht, mit denen er sich den Spitznamen

»Meatloaf« eingehandelt hatte, brachte er jetzt vielleicht noch hundert Kilogramm auf die Waage. Er hatte offensichtlich den Nahrungsmittellieferanten gewechselt. Statt der früher üblichen Teilchen vom Konditor hatte er vier dicke Kohlrabi, ein Schnittenbrettchen und ein kleines Küchenmesser vor sich aufgebaut. Hauptkommissar Paul Burkhard, wie immer in Lederjacke und Jeans gekleidet, warf Mayfeld ein gequältes Grinsen zu. Die beiden verband eine gegenseitige Abneigung, die in vielen Jahren gemeinsamer Arbeit gewachsen war.

Außer den vieren saßen noch fünf weitere Kollegen in der Morgenbesprechung. Die Personaldecke war während der Urlaubszeit noch dünner als sonst. Winkler berichtete von den Ereignissen des Wochenendes.

»Die Leitung der Ermittlungen im Fall Schönhell übernimmt Robert«, entschied Brandt anschließend. »Heike hat mit den Ermittlungen bereits begonnen, und Paul bearbeitet im Moment keine dringenden Fälle. Ihr unterstützt Robert. Das gilt auch für Hartmut.«

»Ich mache eine gestufte Wiedereingliederung in den Dienst und muss die nächsten zwei Wochen täglich vier Stunden arbeiten«, klärte Meyer Mayfeld auf.

»Das ist in Ordnung, Hartmut«, sagte Mayfeld. »Du kannst Arbeiten erledigen, die hier im Präsidium anfallen.« Das hatte Meyer schon immer am liebsten gemacht. »Wer ist übrigens mit der Vermisstensache Flieder befasst?«

Burkhard meldete sich.

»Okay. Die anderen können dann gehen.«

Fünf Kollegen verließen den Raum.

Winkler referierte den Sachstand im Fall Schönhell.

»Der einundzwanzigjährige Schüler Patrick Schönhell verstarb laut vorläufigem Obduktionsergebnis in der Nacht vom 19. auf den 20. Juli. Genauer können die Rechtsmediziner den Todeszeitpunkt momentan nicht eingrenzen. Um zwei Uhr sieben ist seine Armbanduhr stehen geblieben. Eine wertvolle Uhr aus den fünfziger Jahren, Jäger Le Coultre. Das Deckglas ist beschädigt, Wasser ist ins Gehäuse eingedrungen. Zwei Uhr sieben könnte der Todeszeitpunkt sein. Die Leiche tauchte am Abend des 24. Juli während eines

Konzerts im Schlossteich von Schloss Vollrads auf. Sie weist eine große Wunde am Hinterkopf auf. Diese Verletzung könnte durch einen Schlag oder auch durch einen Sturz verursacht worden sein. Darüber hinaus haben sich keine Anzeichen von Gewalt an der Leiche gefunden. Es gibt lediglich im Bereich der Nase Hinweise auf eine kleine Blutung. Die Lokalisation der Verletzung und das Verletzungsmuster sprechen mit großer Wahrscheinlichkeit für einen Schlag mit einem stumpfen Gegenstand. Der Tote hatte ein Promille Alkohol im Blut. Die Verletzung am Hinterkopf hatte eine ausgeprägte Hirnblutung zur Folge. An der ist das Opfer allerdings nicht verstorben. Er ist ertrunken. In der Lunge des Toten wurde Wasser gefunden. Es muss noch untersucht werden, ob es aus dem Schlossteich stammt. Die Leiche wird außerdem nach Spuren von Fremd-DNA untersucht, Ergebnisse liegen noch nicht vor.«

»Dass Schönhell gestürzt ist, ist laut Pathologie unwahrscheinlich«, sagte Mayfeld. »Für einen Unfall in alkoholisiertem Zustand spricht also wenig. Suizidale Tendenzen haben die bisherigen Befragungen auch nicht ergeben. Hat Enders eine Vermutung, wie Schönhell in den Teich gekommen ist?«

»Die Obduktion wurde von seiner Urlaubsvertretung, Dr. Neubert, vorgenommen«, antwortete Winkler. »Er hat sich dazu nicht geäußert. Er meinte lediglich, dass die Hirnblutung in kürzester Zeit zum Tod geführt hätte. Dr. Enders ist übrigens ab heute wieder im Dienst.«

»Die Leiche hat fünf Tage im Wasser gelegen, bevor sie wieder aufgetaucht ist«, hakte Mayfeld nach. Das war ihm am Freitag, als ihn Winkler telefonisch informiert hatte, gar nicht aufgefallen. »Das ist ziemlich lange bei den sommerlichen Temperaturen.«

»Wenn es warm ist, entstehen durch die Verwesung schneller Gase, die die Leiche aufblähen und für Auftrieb sorgen«, ergänzte Meyer. Er steckte sich ein Viertel Kohlrabi in den Mund.

»Stimmt.« Winkler schien sich zu ärgern, dass sie nicht selbst auf diese Idee gekommen war. »Dazu hat Dr. Neubert keine Stellung bezogen.«

»Schon gut, Heike«, sagte Mayfeld beschwichtigend. »Es gibt dafür vielleicht eine Erklärung. Ich rufe im gerichtsmedizinischen Institut an. Mach weiter.«

»Über Schönhell liegen bei uns keine Erkenntnisse vor, er besuchte das Ursulinengymnasium in Geisenheim, seine Eltern kommen heute aus dem Urlaub zurück. Offiziell müssen sie ihren Sohn noch identifizieren, aber ein Kollege der Eltviller Polizeistation, der in Walluf wohnt, kannte den Toten gut und ist sich über dessen Identität sicher. Lebend wurde Schönhell zuletzt auf einer Party auf Schloss Vollrads gesehen.«

Es folgte eine Schilderung der bisherigen Vernehmungen.

»Es gibt noch keine Verdächtigen und kein Motiv«, fasste Mayfeld zusammen. »Der Tote scheint bei seinen Bekannten nicht sonderlich beliebt gewesen zu sein, aber das kann man kaum als ein Motiv bezeichnen.«

»Die Aussagen seiner Kumpels sind äußerst dürftig«, warf Burkhard ein.

»Kann sein, dass sie mauern, uns etwas verschweigen. Kann aber auch sein, dass sie auf der Fete so dicht waren, dass sie sich tatsächlich nicht an mehr erinnern können«, erwiderte Winkler.

»Natürlich könnte es sich um eine Beziehungstat handeln, und dann kämen die Partygäste als Verdächtige in Frage«, sagte Mayfeld.

»Ist euch während der Vernehmungen eigentlich klar geworden, wer es mit wem in der Clique treibt?« Burkhard hatte die Begabung, die Dinge einfach zu sehen.

»Ich glaube, Udo Weinel ist mit Sandra Maier zusammen«, antwortete Mayfeld.

»Bei den anderen kann ich mir unterschiedliche Kombinationen vorstellen«, ergänzte Winkler.

»Wir müssen mehr über den Toten in Erfahrung bringen, Spekulationen bringen momentan gar nichts«, sagte Mayfeld. »Heike und ich werden mit den Eltern reden. Hartmut, du durchforstest das Notebook von Schönhell und überprüfst die Adressen in seinem Outlook-Ordner. Versuch herauszufinden, ob er ein Bankkonto hat. Sobald du seine Konto- und seine Handynummer hast, überprüfst du das Konto und den Telefonanschluss.«

»Gab es nicht diese Besucher in den Waldäckern?«, fragte Brandt.

»Wir haben keine Ahnung, wer das sein könnte«, antwortete Mayfeld.

»Vielleicht sollte man Phantombilder von ihnen anfertigen und sie als Zeugen suchen lassen«, schlug Burkhard vor.

»Machen wir«, entschied Mayfeld. »War die Spurensicherung schon im Schlossturm?«

Winkler verneinte das.

»Ist Adler von der Spurensicherung im Dienst?«

»Er weiß Bescheid«, antwortete die Kollegin. »Aber der Bereitschaftsdienst war gestern hoffnungslos unterbesetzt.«

»Er soll sich den Turm des Schlosses heute unbedingt anschauen, vor allem die zweite und dritte Etage. Außerdem wäre es gut, wenn man den Grund des Teichs untersuchen könnte, besonders in dem Bereich, wo die Leiche aufgetaucht ist.«

»Dazu brauchen wir aber die Taucher der Bereitschaftspolizei«, wandte Burkhard ein.

»Genau. Brauchen wir.«

»Das kann in der Urlaubszeit ein paar Tage dauern, aber ich leite es in die Wege«, versprach Brandt.

»Paul, du befragst die Angestellten des Weinguts und der Orangerie, ob ihnen am Wochenende oder die Tage danach irgendetwas aufgefallen ist. Außerdem machst du Richi Teufel ausfindig. Und schau, ob irgendein Name, der bislang in den Ermittlungen aufgetaucht ist, in einem unserer Computer vorkommt.«

»Ay, ay. Das wär's dann wohl.« Burkhard hatte es offensichtlich eilig, die Besprechung zu beenden.

»Nicht ganz. Ich war gestern bei Johannes Flieder. Seine Mutter hat mir von einer ganz anderen Geschichte erzählt. Ihr Mann, Phillip Flieder, ist seit zwei Wochen verschwunden. Sie hat ihn als vermisst gemeldet, meinte aber, man hätte sich nicht sonderlich intensiv um den Fall gekümmert. Kannst du mal berichten, Paul?«

Burkhard verdrehte die Augen. »Diese hysterische Tante ist mir die letzten zehn Tage ziemlich auf den Senkel gegangen, die braucht deine Unterstützung dafür nicht, Robert.«

»Den Bericht, bitte!«

»Bekommst du schriftlich die nächsten Tage.«

»Jetzt sofort mündlich und die nächsten Tage schriftlich, Paul.«

Burkhard schnaufte laut vernehmlich. »Phillip Flieder ist heute vor zwei Wochen zu einer Geschäftsreise aufgebrochen. Als er sich nach zwei Tagen noch nicht bei seiner Ehefrau gemeldet hat, hat die ihn als vermisst gemeldet. Ich meine, so was bearbeiten wir noch nicht einmal, wenn wir nichts zu tun haben. Und jetzt ist Urlaubszeit. Es gab keine Anzeichen für eine Straftat, einen Suizid oder ein Unglück. Aber weil die Frau ausgesprochen aufgeregt war, habe ich im Büro des Ehegatten angerufen. Dort habe ich von seiner Sekretärin erfahren, dass er alle Termine für zwei Wochen abgesagt hat. Der Mann hat eine Freundin und macht Ferien von der Familie, mehr steckt da nicht dahinter.«

»Er hatte einen Leihwagen von seiner Werkstatt. Den hat er nicht zurückgebracht«, erinnerte Mayfeld seinen Kollegen.

»Mein Gott, der Mann ist Unternehmensberater, fährt einen Porsche Cayenne und hat vermutlich Geld wie Heu. Auf ein paar Euro mehr für einen Leihwagen kommt es dem nicht an, wenn er es eilig hat, mit seiner Geliebten in den Urlaub zu verschwinden.«

»Wenn es so wäre, wäre es doch außerordentlich dumm von ihm, wenn er sich nicht ab und zu bei seiner Frau melden würde, damit sie keinen Verdacht schöpft. Willst du andeuten, dass du nach dem Wagen noch gar nicht hast suchen lassen?«

»Doch, der Wagen ist zur Suche ausgeschrieben, aber es kam noch keine Rückmeldung. Das war bislang auch nicht allererste Priorität.«

»Ich ziehe den Fall an mich.«

Burkhard wollte protestieren. Mayfeld bedeutete ihm mit einer Handbewegung zu schweigen. »Es ist kein Vorwurf gegen dich, Paul. Aber Schönhell und Flieder sind Nachbarn. Ich glaube nicht an Zufälle.«

Es war möglich, dass es einen Zusammenhang zwischen den beiden Fällen gab. Es war aber auch möglich, dass es einen zweiten Fall überhaupt nicht gab. Mayfeld hatte intuitiv entschieden. Er wusste, dass Intuition schnell in Voreingenommenheit umschlagen konnte.

Das Büro von Phillip Flieder hätte alle Vorurteile Burkhards bestätigt. Es sah so aus, als ob sich Flieder tatsächlich keine Gedanken um ein paar Euro für einen Leihwagen machen musste. »FKM – Flieder, Korte und Meyfardt – Unternehmensberatung« stand in goldenen Lettern auf dem elfenbeinfarbenen Schild im Eingangsbereich des repräsentativen Gebäudes in der Wilhelmstraße. Eine angenehme Frauenstimme begrüßte Mayfeld und Winkler, als sie klingelten. Kurze Zeit später gingen sie durch den ganz in Marmor gehaltenen Eingangsbereich in Flieders Vorzimmer, wo Manuela Vorholz, die Frau mit der angenehmen Stimme, auf sie wartete.

Sie war auch sonst eine angenehme Erscheinung, fand Mayfeld. Anfang dreißig, blond, schlank, groß gewachsen, mit einem hübschen, vielleicht etwas zu gefälligen Gesicht. Auf dem elfenbeinfarbenen Schild auf ihrem Schreibtisch stand in goldenen Buchstaben »Assistenz des Vorstands«.

Das Ambiente, der weiße Marmorfußboden, die Wandtäfelung aus tropischen Edelhölzern, die Möbel aus Edelstahl und Glas strahlten Seriosität und Erfolg aus.

Manuela Vorholz legte die Frauenzeitschrift, die die neueste Diät und »Zehn absolut sichere Tipps für das perfekte Abenteuer« anpries, unauffällig zur Seite, als die beiden Beamten an ihren Schreibtisch traten. Sie war in ein taubenblaues Chiffonkleid gewandet, das ihre erotische Ausstrahlung auf eine dezente Art und Weise unterstrich.

»Was kann ich für Sie tun?« Sie neigte ihren Kopf kaum merklich zur Seite und blickte mit großen Rehaugen zu Mayfeld empor. Selbst diese geschäftsmäßige Frage intonierte sie so, dass alle Verheißungen der Welt in ihr mitzuschwingen schienen.

Mayfeld zeigte seinen Dienstausweis und stellte sich und Winkler vor. »Wir haben ein paar Fragen wegen des Verschwindens Ihres Chefs. Wo können wir uns unterhalten?«

Eine leichte Anspannung schien sich ihres makellosen Gesichtes zu bemächtigen. »Ja, natürlich, Phillip ist noch nicht zurück. Vielleicht gehen wir in sein Büro?«

Sie stand auf, ging zu der aufwendig verzierten alten Holztür hinter ihrem Schreibtisch und bat Mayfeld und Winkler, ihr zu folgen. Auch hier beeindruckte den Besucher eine Sinfonie aus Edelhölzern, Marmor und Stuck. Mayfeld warf einen Blick auf Flieders Schreibtisch. Er bestand aus zwei Edelstahlcontainern und einer großen, schweren Glasplatte. Auf der Glasplatte lagen ein Lineal und fünf Bleistifte in rechtem Winkel zueinander. Daneben lagen neun Radiergummis in drei Zeilen und drei Spalten in genau identischen Abständen voneinander. Blau-Weiß-Rot-Rot-Blau-Weiß-Weiß-Rot-Blau. Da wollte einer alles unter Kontrolle haben.

Manuela Vorholz bat die beiden Polizisten, in einer Sitzecke mit schweren schwarzen Ledermöbeln Platz zu nehmen und fragte nach ihren Wünschen. Beide hatten keine.

»Womit verdient Herr Flieder sein Geld?« So viel Geld, hatte Mayfeld fragen wollen.

»Das sage ich Ihnen sehr gerne. Er ist Unternehmensberater. Einer unserer Schwerpunkte ist die Weinbranche«, erklärte Manuela Vorholz so, als ob sie die Frohe Botschaft zu verkünden hätte.

»Und was macht man in der Weinbranche als Unternehmensberater?«, hakte Mayfeld nach.

»Es geht da um eine breite Palette von Dienstleistungen«, führte die Assistentin aus. Sie schlug ihre Beine übereinander und zupfte an ihrem Chiffonkleid. »Bei den deutschen Weingütern geht es oft um die Finanzierung neuer Produktionsanlagen oder die Optimierung von Produktion und Vertrieb, bei den ausländischen Partnern steht vor allem die Unterstützung bei der Erschließung des deutschen Marktes im Vordergrund. Wir machen die Kontakte zum Großhandel, zu Kaufhaus- und Supermarktketten, wir kennen die relevanten Presseorgane. Wir zählen viele größere Weingüter zu unseren Kunden, aber inzwischen auch zunehmend mittelgroße Betriebe.«

Ein kleiner Betrieb kann sich so eine Beratung bestimmt nicht leisten, dachte Mayfeld.

»Für kleinere Weingüter haben wir ein sehr attraktives Beratungs-Einstiegs-Angebot, denn der Markt ist in diesem Segment eher konservativ«, fuhr die Assistentin des Vorstandes mit einem einschmeichelnden Lächeln fort, so als ob sie Mayfelds Gedanken erraten hätte.

Irgendetwas stimmte Mayfeld in dieser Umgebung gereizt. War es der zur Schau gestellte Erfolg und das Geld? Oder war es die Art, mit der Manuela Vorholz mit ihm redete und ihn anschaute?

»Und die Geschäftspartner machen alle dasselbe?«, fragte er weiter.

Sie wiegte ihren hübschen Kopf. »Im Prinzip ja. Aber jeder der Partner hat andere Schwerpunkte. Bei Herrn Flieder kommen noch Hotels und gehobene Gastronomie dazu, Herr Korte arbeitet viel mit Kunden aus dem Gesundheitswesen und der Pharmaindustrie, Herr Meyfardt mit Partnern aus der Bau- und der Immobilienbranche. Und dann haben wir glücklicherweise auch noch ein paar gemeinsame Großkunden aus dem Finanzsektor, die unser Beratungsangebot immer wieder in Anspruch nehmen.«

»Können wir uns hier im Büro von Herrn Flieder mal umschauen?«, fragte Mayfeld.

Manuela Vorholz blickte ihn bedauernd an. »Das würde ich gerne gestatten. Aber brauchen Sie dafür nicht einen richterlichen Beschluss?«

»Ihr Einverständnis würde uns genügen.«

»Da müsste ich mich erst bei der Geschäftsleitung rückversichern, und Herr Korte und Herr Meyfardt sind leider nicht im Haus.« Ihre Absage klang, als ob es ihr das Herz bräche.

Das Getue regte Mayfeld zunehmend auf. Aber in der Sache hatte Flieders Assistentin recht. Und einen richterlichen Beschluss würde er zum gegenwärtigen Stand der Ermittlungen nicht bekommen.

»Könnten Sie uns wenigstens eine Liste der Geschäftspartner von Herrn Flieder zusammenstellen und eine Liste mit seinen geschäftlichen Terminen des letzten Vierteljahrs?«, bat Mayfeld so höflich, wie es ihm möglich war.

»Ich weiß nicht, ob ich das darf«, antwortete sie.

»Tun Sie es einfach, Frau Vorholz«, sagte Mayfeld bestimmt. »Es ist auch in Ihrem Interesse und im Interesse der Firma, wenn die Polizei das Verschwinden Ihres Chefs aufklärt.«

»Selbstverständlich. Das dauert allerdings einen Moment. Womit kann ich sonst noch dienen?« Mayfeld mochte ihre Art zu lächeln überhaupt nicht.

»Faxen Sie uns die Liste im Laufe des Tages.«

»Wann haben Sie Herrn Flieder zuletzt gesehen?«, fragte Heike Winkler.

»Das war am Freitag, dem 11. Juli. Herr Flieder verließ gegen sechzehn Uhr das Büro.« An diesem Tag war Manuela Vorholz nichts an ihrem Chef aufgefallen.

»Was hatte er in der darauffolgenden Woche vor?«

»Er hatte am 14. Juli einen Termin beim Weingut Schäfer in Oppenheim.«

»Den hat er wahrgenommen?«

»Ja, es gibt eine Anfrage von Herrn Schäfer, in der er auf das Treffen vom vierzehnten Bezug nimmt.«

»Und was hatte er danach vor?«, fragte Mayfeld.

»Danach wollte er nach Florenz fliegen und von dort aus ins Chianti fahren, zum Weingut Veronese, einem potenziellen neuen Kunden.«

»Dem er bei der Erschließung des deutschen Marktes helfen wollte«, ergänzte Mayfeld.

»So ungefähr.«

»Keine besondere Empfehlung, den ersten Termin gleich platzen zu lassen.«

»Es steht mir nicht zu, das zu beurteilen.« Flieders Assistentin bemühte sich um einen sachlichen Ton, aber man hörte durch, dass ihr das Verhalten ihres Chefs völlig rätselhaft war.

»Was hat er Ihnen genau mitgeteilt?«

»Ich solle alle Termine für die nächsten zwei Wochen absagen und mir eine Ausrede dafür einfallen lassen.«

»Hat er das genau so formuliert?«

»Ich kann Ihnen die E-Mail zeigen.«

»Ist es nicht merkwürdig, dass er Ihnen solch eine Nachricht per E-Mail zukommen ließ?«

»Der Inhalt der Nachricht war ungewöhnlich. Der Kommunikationsweg nicht, er hat oft Nachrichten mit seinem Blackberry verschickt.«

»Haben Sie den Flug nach Florenz storniert?«, fragte Winkler.

Vorholz schüttelte den Kopf. »Dazu hat er mir keinen Auftrag gegeben.«

»Es kann also sein, dass er nach Italien geflogen ist?«

»Da bin ich überfragt.«

»Wäre für eine Stornierung vermutlich auch zu spät gewesen«, überlegte Mayfeld. »Wann sollte der Flieger denn gehen?«

Diese Frage beantwortete Vorholz nicht. Mayfeld wiederholte sie. »Wann war der Abflug nach Florenz?«

»Mittwochnachmittag.«

»Sind Sie sicher?« Mayfeld war überrascht. »Dann hätte er ja jede Menge Zeit gehabt, zwischenzeitlich nach Hause zu fahren.«

Manuela Vorholz zeigte sich jetzt von ihrer wortkargen Seite.

»Seine Frau sagt aber, dass er direkt nach dem Termin im Rheinhessischen nach Italien weiterfliegen wollte.«

»Dann wurde sie nicht richtig informiert«, erklärte Manuela Vorholz.

»Kommen Sie, Frau Vorholz, seien Sie wieder etwas gesprächiger. Herr Flieder hat Sie ins Vertrauen gezogen, dass Sie sich eine Ausrede für ihn einfallen lassen sollen. Ich kann mir nicht vorstellen, dass Sie nicht wissen, wo er Montag- und Dienstagabend übernachten wollte.«

Eine leichte Röte ließ sich hinter Manuela Vorholz' perfektem Make-up vermuten. Sie zögerte einen Moment mit der Antwort.

»Er hat mich gebeten, ein Hotel für ihn zu buchen. Das Waldschlösschen in Hofheim. Ein ganz reizendes Hotel etwas außerhalb.«

»Davon erzählen Sie uns reichlich spät«, sagte Mayfeld.

Die mutmaßliche Röte hinter ihrem Make-up wurde etwas stärker. »Ich habe es Ihnen ja jetzt erzählt. Herr Flieder hat mich um höchste Diskretion gebeten. Insbesondere seine Frau sollte davon nichts erfahren.«

Also lag Burkhard mit seiner Vermutung, dass Flieder eine Affäre hatte, ganz richtig. Mayfeld fragte nach der Adresse des Hotels. Er wollte wissen, ob Flieder des Öfteren solche Hotelreservierungen vornehmen ließ.

»Einmal im Monat ist das vorgekommen«, antwortete die Assistentin der Geschäftsführung. »Ich hoffe, ich bekomme jetzt keinen Ärger«, sagte sie mehr zu sich als zu Mayfeld oder Winkler.

»Sie haben alles richtig gemacht. Sie hätten Ärger bekommen, wenn Sie uns das nicht verraten hätten«, brummte Mayfeld.

»Ja, natürlich«, sagte sie mit sanfter Stimme und strich sich eine Haarsträhne aus dem Gesicht. »Kann ich sonst noch etwas für Sie tun?«

»Wann kam Ihnen das erste Mal der Verdacht, dass mit dem Verschwinden Ihres Chefs irgendetwas nicht in Ordnung sein könnte?«, wollte Winkler wissen.

»Ist denn sicher, dass etwas nicht in Ordnung ist?«, fragte Manuela Vorholz zurück.

Winkler lächelte. »Beantworten Sie einfach meine Frage«, sagte sie mit einem Anflug von Gereiztheit. »Was war mit dem Mietwagen?«

»Ach so, jetzt fällt es mir wieder ein. Entschuldigen Sie bitte. Am Donnerstag bekam ich einen Anruf vom Autohaus Poch. Phillip hatte in der Woche zuvor einen Autounfall gehabt, es war nur ein Blechschaden. Er hat das Auto Donnerstag oder Freitag in die Werkstatt gebracht und einen Mietwagen bekommen. Seinen Cayenne sollte er am Mittwochmorgen wieder abholen. Das Autohaus hat mich am Donnerstag angerufen und gefragt, wo er denn bleibe. Das kam mir komisch vor.«

»Was kam Ihnen komisch vor?«

»Dass er ihn nicht abgeholt hat. Mein Chef ist ein sehr zuverlässiger Mensch. Ich habe dann am Freitag seine Frau angerufen und sie gefragt, ob Sie wisse, was mit ihrem Mann los sei. Aber sie wusste nichts.«

»War Frau Flieder nicht überrascht, dass ihr Mann am Mittwoch im Autohaus erwartet wurde? Da sollte er ihrer Meinung nach doch schon in Italien sein«, fragte Winkler.

Manuela Vorholz lächelte nervös. »Das genaue Datum habe ich nicht erwähnt. Phillip hat mich, wie gesagt, um höchste Diskretion gebeten.«

Die beiden Beamten standen auf. »Das war's vorerst«, sagte Mayfeld. Die Assistentin begleitete sie aus dem Büro hinaus.

»Wissen Sie, mit wem sich Ihr Chef in dem Hotel getroffen hat?«, fragte Mayfeld, als sie den Ausgang erreicht hatten.

Manuela Vorholz nahm Flieders Wunsch nach absoluter Diskretion offensichtlich sehr ernst. Sie schüttelte erschrocken ihre blonde Haarmähne. »Tut mir leid.«

»Vergessen Sie die Kundenliste und die Termine nicht«, bat Mayfeld noch einmal.

Sie verließen das Büro der Unternehmensberatung. Die Häuser

der Wilhelmstraße strahlten in der Sommersonne. Der Wind hatte aufgefrischt.

»Womit kann ich dienen, was kann ich für Sie tun, ich tu es gerne«, frotzelte Winkler. »Und dann noch dieser Augenaufschlag. Ich mag diese Frau nicht. Hat Sie uns etwas von Belang mitgeteilt?«

»Die Adresse des Hotels.«

»Ich wette, Sie weiß mehr. Aber du hast sie ja mit Samthandschuhen angefasst«, sagte sie missmutig.

»Findest du?«

»Vielleicht bin ich auch nur wegen des Wetterumschwungs schlecht gelaunt«, meinte Winkler lachend. »Morgen wird es regnen. Vielleicht auch schon heute Abend. Das spüre ich. Ich bin seit einiger Zeit wetterfühlig und reagiere dann immer so komisch. Mach dir nichts draus.«

Offensichtlich bemühte sich seine Kollegin, ihre gute Stimmung wiederzugewinnen. Aber sie hatte mit ihrer Beobachtung recht. Die ganze Zeit hatte sich Mayfeld über Manuela Vorholz geärgert. Irgendetwas hatte ihn jedoch davon abgehalten, sie im Gespräch härter anzufassen, genauer nachzufragen. Vermutlich war es die Mischung aus Verletzlichkeit und Unterwürfigkeit gewesen. Keine schlechte Masche.

Das Waldschlösschen lag etwas abseits der Landstraße, die sich von Hofheim Richtung Epstein in den Taunus hineinschlängelte. Das Hotel war über einen Stichweg zu erreichen, der durch dichten Wald führte. Das Hauptgebäude stammte vermutlich aus dem 19. Jahrhundert, als man gerne historisierend baute und mittelalterliche Burgen und Schlösser nachahmte. Das war in diesem Fall mit einer Vielzahl von Türmchen und Erkerchen ganz entzückend gelungen. Wenn man so etwas mochte. Der Eingangsbereich des Waldschlösschens bestand aus einem Rondell mit einem kleinen Springbrunnen, von dem aus Kieswege in den Wald führten. Überall standen üppig bepflanzte Blumenkübel. Neben der Tür verwies eine auf Büttenpapier handgeschriebene Speisekarte auf ein Restaurant der gehobenen Kategorie. Alles war perfekt arrangiert. Es duftete nach würziger Waldluft.

Drinnen roch es nach altem Holz und neuem Geld. Im Empfangsbereich des Hotels waren edle Teppiche auf alten Holzdielen ausgelegt, verbreiteten Messinglampen auch tagsüber ihr mildes Licht und luden üppige Clubsessel zum Verweilen ein. Montagvormittags schien das Hotel allerdings mehr oder weniger leer zu sein. Ein Mann in dunklem Anzug kam auf Mayfeld und Winkler zu und stellte sich als Peter Milde, Empfangschef des Waldschlösschens, vor.

Mayfeld zeigte seinen Dienstausweis, Winkler den ihren.

»Wir haben vorhin miteinander telefoniert. Wir brauchen Auskünfte über einen Ihrer Gäste, Phillip Flieder.«

Milde ging zu dem Empfangstresen aus Ebenholz, auf dem ein in Leder gebundenes Gästebuch lag. Daneben standen eine PC-Tastatur und ein Flachbildschirm. Er blätterte in dem großen Buch.

»Selbstverständlich helfe ich gerne«, versicherte er beflissen. »Herr Flieder war zuletzt am vierzehnten dieses Monats bei uns zu Gast. Er kam gegen acht Uhr abends an und hat sich die Schlüssel für die Waldklause Nummer sechs abgeholt.«

»Waldklause?«

»Ja, wir haben sechs kleine Bungalows hier in der nächsten Umgebung, da sind die Gäste ganz ungestört. Auf Wunsch gibt es einen Zimmerservice unseres Restaurants.«

»Und wann ist Herr Flieder wieder abgereist?«

Der Empfangschef zuckte bedauernd mit den Schultern. »Das weiß ich leider nicht. Bezahlt war bis Mittwochmorgen im Voraus. So wird das von Herrn Flieder immer gehandhabt. Wenn noch Restaurantkosten anfallen, regelt das sein Büro. Auf diese Art und Weise ist er ganz flexibel, kann kommen und gehen wie und wann er will.«

»Er ist also des Öfteren hier?«

»Herr Flieder kommt etwa einmal im Monat zu uns.«

»Kam er allein?«

Ein feines Lächeln huschte über das Gesicht des Empfangschefs. »In der Regel bucht man die Waldklause nicht für sich allein. Der Vorteil dieses Arrangements liegt in der Diskretion. Herr Flieder hat darauf ganz besonderen Wert gelegt.«

»Man bucht, kommt, mit wem man will, muss sich keinen neugierigen Blicken aussetzen, bekommt das Essen aus dem Restaurant geliefert und verschwindet, wann man will. Habe ich das richtig verstanden?«, fragte Mayfeld.

»So ist es.«

»Haben Sie die Person gesehen, mit der er beim letzten Mal hier gewesen ist?«, fragte Winkler.

Der Empfangschef schüttelte den Kopf.

»War er immer mit derselben Person da?«

»Die Frage kann ich nicht beantworten, da ich die Begleitung von Herrn Flieder nicht immer gesehen habe.«

»Haben Sie überhaupt einmal eine Begleitperson gesehen?«

Milde dachte eine Weile nach. »Er war einmal mit einer Dame hier, vielleicht Anfang oder Mitte dreißig, eine sehr elegante Erscheinung.«

»Ihr Name?«

»Er hatte sie als Frau Flieder eingetragen.«

»Wer könnte wissen, wann Phillip Flieder wieder abgereist ist?«, fragte Mayfeld.

»Er ist mit Sicherheit am Mittwochmorgen wieder weg gewesen, anderenfalls hätte das Zimmermädchen die Waldklause nicht wieder herrichten können. Es wurde auch nichts zurückgelassen, das wüsste ich.«

Milde tippte etwas in den Computer. »Herr Flieder hat nichts aus dem Restaurant geordert. Sie könnten den Kellner fragen, der an den besagten Abenden Dienst hatte, ob Herr Flieder vielleicht im Restaurant war und bar bezahlt hat, was zwar ungewöhnlich wäre, aber doch nicht ganz auszuschließen ist. Der Kollege kommt übermorgen wieder zum Dienst.«

Mayfeld bat um Name und Adresse des Kellners, Milde reichte Winkler einen Zettel über die Theke.

»Morgens haben die Gäste die Möglichkeit, das Frühstück in unserem Wintergarten am Büfett einzunehmen oder den Zimmerservice zu beauftragen. Ich habe im Computer schon nachgeschaut, der Zimmerservice war nicht beauftragt worden. Sie könnten unsere Frau Eifer befragen, ob sie Herrn Flieder im Wintergarten gesehen hat. Sie finden sie momentan in der Küche. Das Zimmermädchen hat bis Freitag frei, und der Nachtportier, der vielleicht etwas gesehen hat, hat am Donnerstagabend wieder Dienst.« Milde gab Winkler einen weiteren Zettel mit den Telefonnummern des Nachtportiers und des Zimmermädchens.

Die Auskünfte, die sie bislang bekommen hatten, waren mehr als dürftig. Das Einzige, was sie in Erfahrung gebracht hatten, war, dass Flieder am Montagabend hier eingetroffen und spätestens am Mittwochmorgen wieder verschwunden war. Sie inspizierten noch die Waldklause Nummer sechs, einen kleinen Holzbungalow, der mit edelsten Materialien ausgestattet war, und sprachen mit Frau Eifer, die für das Frühstücksbüfett und den Zimmerservice zuständig war. Auch sie erinnerte sich an eine elegante blonde Dame, die sie einmal mit Herrn Flieder gesehen hatte, bei seinem letzten Besuch hatte sie allerdings weder ihn noch eine Begleiterin zu Gesicht bekommen.

Als Winkler und Mayfeld wieder zurück nach Wiesbaden fuhren, wussten sie lediglich, dass Phillip Flieder sich vermutlich des Öfteren mit einer Freundin im Waldschlösschen getroffen hatte.

Unterwegs rief Burkhard an. Er war bei seinen Recherchen im Datenpool der Polizei fündig geworden. Richi Teufel aus Winkel war trotz seiner jungen Jahre ein alter Bekannter des Wiesbadener und Frankfurter Drogendezernats. Bereits als Vierzehjähriger wurde er wegen Drogendealerei in Wiesbaden festgenommen und musste als Erziehungsmaßnahme Sozialstunden in einem Altersheim ableisten, mit siebzehn bekam er dann vier Wochen Jugendarrest, und mit achtzehn wanderte er wegen Dealerei für sechs Monate in den Jugendknast in der Wiesbadener Holzstraße. Seither war er in der Kriminalstatistik nicht mehr aufgetaucht. Die Kollegen des Drogendezernats waren allerdings der Meinung, dass das nicht auf einer Wandlung Teufels zum Besseren beruhte, sondern auf erhöhter Vorsicht und größerer Erfahrung.

»Was er vorher noch nicht gewusst hat, das hat er im Knast gelernt«, schloss Burkhard seinen Bericht ab. »Er soll zu der Bande von Rainer Löffel gehören, der ist eines der größeren Tiere in der Drogenszene im Rhein-Main-Gebiet. Ich wusste gar nicht, dass es in dem Metier auch noch richtige Deutsche gibt, ich dachte, das sind alles Russen, Albaner oder Türken.«

»Dann kannst du ja wieder stolz sein, ein Deutscher zu sein«, frotzelte Mayfeld.

»Teufel ist selbstständiger Koch, man kann ihn für Feiern mieten. Er scheint also nebenbei einer ehrlichen Arbeit nachzugehen, auch wenn es nur der Tarnung dient. Heute arbeitet er im Restaurant des Opelbades. Soll ich ihn für morgen ins Präsidium vorladen?«

»Danke, Paul. Aber ich fahre selbst gleich hin.«

Mayfeld durchquerte die Wiesbadener Innenstadt und das Bergkirchenviertel. Er passierte das Kriegerdenkmal im Nerotal und fuhr zwischen noblen Villen und altem Baumbestand den Neroberg hinauf. Die goldenen Zwiebeltürme der Russischen Kapelle glitzerten in der sommerlichen Sonne. Er ließ sie links liegen und folgte der Straße durch den lichtdurchfluteten Wald, bis er den Parkplatz des Opelbades erreichte. Die Temperaturen hatten dreißig Grad im Schatten erreicht. Auf dem Parkplatz im Wald war kaum noch ein Stellplatz frei.

Das Restaurant des Bades befand sich in einem weißen Flachbau links des Eingangs. Das Opelbad war in die Südseite des Nerobergs gebaut worden. Unten lag das lang gezogene Schwimmbecken, darüber die Terrasse des Restaurants. Die Liegewiese zog sich zwischen alten Bäumen den Hang hinauf. Das Bad war so überfüllt wie der Parkplatz. Allerdings entschädigte der Blick über die Stadt und auf so manchen gut aussehenden weiblichen Badegast für das Gedränge.

Mayfeld fragte an der Essenstheke nach Richi Teufel. Die Bedienung rief in der Küche an, einige Minuten später kam Teufel aus dem oberen Stockwerk des Gebäudes auf die Terrasse zu den beiden Polizisten herunter. Teufel war ein Mann Anfang zwanzig mit strohblonden Haaren, die unter seiner Kochmütze hervorlugten. Er hatte dunkle, hungrige Augen und ein geschäftsmäßiges Lächeln auf den Lippen.

»Wie kann ich der Wiesbadener Polizei behilflich sein?«, fragte er, nachdem er die Ausweise von Winkler und Mayfeld ausgiebig studiert hatte.

»Sie haben von Patrick Schönhells Tod bereits erfahren?«, begann Mayfeld die Unterhaltung.

Teufel nickte. »Stand in der Zeitung. Schlimme Sache.«

»Sie waren in den letzten Tagen schwer erreichbar«, bemerkte Winkler.

»Ich hatte mir ein paar Tage frei genommen und das Handy ausgeschaltet. Musste mal sein.«

»Schönhell ist in der Nacht vom neunzehnten auf den zwanzigsten umgekommen, Sie sind einer der Letzten, die ihn lebend gesehen haben«, erklärte Mayfeld.

»Das wusste ich nicht. Das stand nicht in der Zeitung. Ich meine, dass er zu diesem Zeitpunkt gestorben ist. Ich habe ihn, wenn ich mich recht erinnere, zuletzt am Samstagnachmittag gesehen. Da war ich bei Freunden auf einer kleinen Sommerparty in den Waldäckern in Oestrich.«

»Genau deswegen sind wir hier. Erzählen Sie uns von dem Nachmittag.«

Teufel tat, wie ihm geheißen. »Ich bin so gegen zwölf hochgefahren, zusammen mit Melanie. Die anderen sind auch so um den Dreh gekommen, Udo hat Spareribs mitgebracht, und wir haben ein kleines Barbecue veranstaltet. Was wollen Sie genau wissen? Wie ich die Spareribs gegrillt habe?« Teufel grinste herablassend. Er bemühte sich nicht, seine Verachtung für die Polizei zu verbergen.

»Wir können Sie die nächsten Tage immer mal wieder ins Präsidium einbestellen«, drohte ihm Winkler mit finsterem Blick.

»Sie wollen ehrlich arbeitende Menschen schikanieren?«

»Worüber haben Sie sich unterhalten?«, fragte Mayfeld.

»Das sind ja alles Schüler, die Ferien haben. Ich bin der Einzige, der sich seinen Lebensunterhalt mit Arbeit verdienen muss. Sie haben erzählt, was sie alles in den Ferien gemacht haben, alle sind die letzten Wochen aus dem Urlaub zurückgekommen. Ich hab zugehört und Spareribs gegrillt.«

»Sie sind früher nach Hause gegangen?«, fragte Mayfeld.

»Ich musste zur Arbeit. Ich hatte einen Auftrag für eine Geburtstagsfeier in Wiesbaden.«

»Brauchten Sie den Tag nicht für Vorbereitungen?«, wollte Winkler wissen.

»Offensichtlich nicht. War alles schon vorbereitet. Ich musste bloß noch den Spieß drehen, auf dem das Spanferkel steckte.«

»Wo war die Feier?«, fragte Mayfeld.

»Ist das wichtig?«

»Sonst würde ich es nicht fragen.«

»Bei Rainer Löffel.«

»Der Name sagt mir was.«

»Rainer Löffel, Import und Export.«

»Ich glaube, mehr Import.«

Teufel grinste immer noch. »Weiß nicht. Interessiert mich nicht. Er zahlt gut.«

»Das glaube ich. Wie sind Sie da hingekommen?«

»Mit dem Auto.«

»Mit Ihrem Auto?«

»Wieso ist das denn wichtig?«

»Sie sagten vorhin, dass Sie mit Melanie zu den Waldäckern hochgefahren sind. Melanie hat uns erzählt, dass sie mit einer Vespa dort oben war. Ich frage mich also, wie Sie von den Waldäckern weggekommen sind, wenn Sie mit ihr hingefahren sind.«

»Sie hören genau hin, was?« Endlich hörte Teufel mit dem Grinsen auf.

»Also, wie sind Sie da weggekommen?«, wiederholte Mayfeld seine Frage. Er hatte nicht vor, diesem Schnösel irgendetwas durchgehen zu lassen.

»Ich wurde abgeholt.«

»Von zwei Mitarbeitern der Firma Löffel.«

Teufel schwieg.

»Einem dicken und einem dünnen«, fügte Mayfeld hinzu.

Teufel tat überrascht. »Stimmt. Ist daran irgendetwas Verbotenes?«

»Ein bisschen viel Aufwand für einen Koch, der bloß den Spieß mit dem Spanferkel dreht.«

»Die schätzen eben gute Mitarbeiter.«

»Hatten die Leute von Löffel vielleicht sonst noch was in der Gegend zu tun?«

Teufel schüttelte betrübt den Kopf. »Das kann ich Ihnen wirklich nicht sagen.«

»Kriegen wir auch ohne Sie raus. Wie heißen die beiden?«

»Sie kennen sie also doch nicht?« Teufel biss sich verärgert auf die Lippen. »Ich kann mir leider Namen so schlecht merken.«

»Sie sind dann also zu Löffel nach Wiesbaden gefahren worden. Wie lange waren Sie dort?«

»Ich war gegen zwei wieder zu Hause in Winkel.«

»Vermutlich hat Sie einer der Jungs von Löffel zurückgefahren.«

Teufels Blick geriet für kurze Zeit ins Flattern. »Worauf wollen Sie hinaus, Herr Kommissar? Ist Patrick in der Zeit vielleicht ums Leben gekommen?«

»Woher wissen Sie, dass das der Todeszeitpunkt gewesen ist?«

»So läuft das nicht. War nur eine Vermutung von mir. Und die Jungs haben mich nicht zurückgefahren. Ich hab sie auf der Fete aus den Augen verloren, aber ich glaube, die waren zu dem Zeitpunkt nicht mehr fahrtüchtig. Ich hab ein Taxi genommen.«

»Werden wir überprüfen.«

»So hat jeder seine Beschäftigung«, antwortete Teufel in süffisantem Ton.

»Wie verlief die Nacht weiter?«, fragte Winkler.

»Ich glaube, das wissen Sie bereits. Melanie hat mich angerufen. Sie wusste, dass ich um die Zeit wieder zurück sein würde. Das hab ich ihr am Nachmittag gesteckt, falls es ihr mit den anderen Jungs zu langweilig würde. Sie kam um halb drei. Wollen Sie auch wissen, wie oft sie gekommen ist?«

»Ersparen Sie uns die Einzelheiten«, fuhr ihn Mayfeld an.

»Das will ich doch schon die ganze Zeit.«

»Sie halten sich zu unserer Verfügung.« Mayfeld stand auf. »Sie lassen Ihr Handy eingeschaltet. Wir sehen uns wieder.«

Winkler und Mayfeld verließen die Terrasse des Restaurants und das Opelbad.

Als die beiden Polizisten auf dem Weg zurück in die Stadt waren, rief Burkhard noch mal auf Mayfelds Handy an.

»Ich habe vorhin vergessen zu sagen, dass die Schönhells ihren Sohn identifiziert haben. Meyer war mit ihnen in der Leichenhalle am Südfriedhof. Die beiden müssten jetzt wieder zu Hause sein.«

Im Wiesbadener Südfriedhof befand sich ein Obduktionssaal, der vom rechtsmedizinischen Institut der Uni Frankfurt genutzt wurde. Dort lagen die Leichen, deren Untersuchung noch nicht abgeschlossen war. Mayfeld bedankte sich bei Burkhard.

»Wir fahren gleich hin«, sagte er zu Winkler. Zwanzig Minuten später parkte er seinen Volvo vor dem Haus der Schönhells.

Karin Schönhell öffnete ihnen die Tür. Sie war eine Frau Mitte vierzig, die sich offensichtlich ihr ganzes Leben lang fit gehalten hatte. Schlank, sportlich, braun gebrannt. Aber jetzt schien sie sich kaum noch aufrecht halten zu können. Ihre Augen waren leer, und sie schleppte sich vor den beiden Beamten ins Wohnzimmer, wo Konrad Schönhell in einem der Polstersessel versunken war und seinen Blick irgendwo in die Ferne gerichtet hatte. Mit einer müden Geste bat sie die Beamten Platz zu nehmen.

»Es tut uns leid, Sie belästigen zu müssen«, begann Mayfeld das Gespräch, nachdem er Heike Winkler und sich vorgestellt hatte. Sein Mund war trocken, er fühlte sich elend. Meyer hatte die beiden bei der Identifizierung der Leiche begleitet. Einfühlungsvermögen war nicht gerade seine Stärke. Aber wahrscheinlich hatte er das nicht schlechter gemacht, als es Mayfeld getan hätte. Mayfeld fühlte sich bei solchen Gelegenheiten immer hilflos und hatte den Eindruck, alles falsch zu machen. Jedes Mal, wenn der Kommissar eine Leiche sah, erinnerte er sich an Vera, seine Schwester, die mit fünf Jahren Opfer eines Verkehrsunfalls geworden war. Jedes Mal, wenn er mit den Angehörigen der Toten reden musste, fühlte er sich so hilflos wie der zehnjährige Junge, der er damals gewesen war. Hilflos angesichts des Todes und angesichts der Verzweiflung seines Vaters, der am Schicksal seiner Tochter fast zerbrochen war.

Karin und Konrad Schönhell schienen ihm gar nicht zugehört zu haben. Sie blickten beide stumm in verschiedene Richtungen, Konrad zur Verandatür hinaus, Karin auf eine Standuhr in der Ecke des Wohnzimmers.

»Wir brauchen noch einige Informationen über Ihren Sohn.«

»Dann fragen Sie«, sagte Karin Schönhell tonlos.

»Was war Ihr Sohn für ein Mensch?« Das war angesichts der Situation der Eltern mit Sicherheit eine dumme Frage. Zu Mayfelds

Überraschung antwortete Konrad Schönhell darauf nach einer längeren Pause in sachlichem, emotionslosem Ton.

»Patrick wäre jetzt in die dreizehnte Klasse gekommen. Er war kein guter Schüler, hat die Untersekunda wiederholt. Wir hatten damals ziemliche Probleme mit ihm. Aber in den letzten Jahren hat er sich gefangen, die Noten wurden wieder besser. Er ist unser einziges Kind. Er hätte Pharmazie studieren und später einmal die Apotheke übernehmen sollen.«

Karin Schönhell schluchzte auf. »Er ist erwachsen geworden in den letzten Jahren. Man kam nicht mehr an ihn ran. Er ging seine eigenen Wege.«

»Wir haben ihm unter dem Dach eine Wohnung eingerichtet. Zu seinem achtzehnten Geburtstag habe ich ihm einen BMW geschenkt«, fuhr der Vater fort. »Er hat zweihundert Euro Taschengeld bekommen, und wir haben die Kosten für den Wagen übernommen.«

»Ist Ihnen in der letzten Zeit etwas an Ihrem Sohn aufgefallen, war er deprimiert, hat er über Probleme gesprochen?«, fragte Mayfeld.

»Er war wie viele junge Männer in dem Alter«, antwortete Patricks Mutter. »Er hat nicht gerne über Privates gesprochen. Aber er war bestimmt nicht deprimiert. Patrick war kein Kind von Traurigkeit.«

»Hatte er Hobbys?«, wollte Mayfeld wissen.

»Er hat gerne Filme geschaut«, antwortete die Mutter. Sonst wusste sie genauso wenig über ihren Sohn zu erzählen wie der Vater.

»Wie ist es mit Freundinnen oder Freunden?«, fragte Winkler.

»Er hatte viele Bekannte«, antwortete Karin Schönhell. »Eine feste Freundin hatte er, soweit ich weiß, nicht. Aber er war ab und zu mit Jenny Graf zusammen.«

»Kennen Sie die näher?«, fragte Winkler nach.

»Die Eltern haben sich vor ein paar Jahren getrennt, sie blieb beim Vater. Der Vater ist Bauingenieur und beruflich oft unterwegs. Einmal war sie zum Essen hier. Ansonsten sind die jungen Leute viel unter sich.«

»Eine hübsche junge Frau«, fügte der Vater hinzu. Dann schwiegen beide wieder.

»Hatte er Feinde?«, fragte Mayfeld.

»Er hat sein eigenes Leben gelebt«, stellte Konrad Schönhell fest. »Wir wissen das nicht.«

»Ich kann es mir nicht vorstellen«, meinte seine Frau.

Mayfeld erinnerte sich an die Karte der Spielbank und die teuren Uhren, die er in Patricks Wohnung gefunden hatte. »Kam er mit seinem Taschengeld zurecht?«

»Er hat sich nicht beklagt«, meinte der Vater und sah verärgert zu Mayfeld.

»Wir haben einige teure Uhren in seiner Wohnung gefunden. Waren das Geschenke von Ihnen?«

»Nein. Aber er hat mir erzählt, dass er öfters in die Wiesbadener Spielbank geht. Er hatte dort immer ziemlich viel Glück«, berichtete die Mutter.

»Wieso erfahre ich erst jetzt davon?«, fragte der Vater aufbrausend, bevor er wieder in sich zusammensackte.

»Ist jetzt doch auch egal«, antwortete seine Frau resigniert.

Auf weitere Fragen erhielten die beiden Polizisten Informationen über Patricks Bankkonto und seinen Handyvertrag. Dann herrschte Schweigen im Haus der Schönhells. Konrad Schönhell schaute wieder hinaus auf die Veranda des Hauses. Von dort hatte man einen Blick auf die umliegenden Gärten, zwischen den Bäumen konnte man den Rhein erahnen. Karin Schönhell blickte wieder auf die Standuhr, deren Ticken nun den Raum beherrschte.

Welche Armut inmitten all des Wohlstands, dachte Mayfeld. Welche Sprachlosigkeit. Aber vielleicht war er ungerecht. Die beiden hatten vor wenigen Stunden die Leiche ihres Sohnes identifiziert. Sie waren innerlich vermutlich völlig erstarrt, eine ganz normale Reaktion angesichts der Tragödie, die die Familie heimgesucht hatte. Mayfeld gab Winkler ein Zeichen.

»Wir finden alleine hinaus«, sagte er. Zusammen mit seiner Kollegin verließ er die zerstörte Idylle.

***

»Denk an deine Zukunft, denk an deine Musik. Ich befürchte, dass du dabei bist, dein Talent zu verschleudern!«

Sie saßen im Wohnzimmer, er am Flügel, sie in ihrem Lieblingssessel. Johannes Flieder ließ die Moralpredigt seiner Mutter über sich ergehen. Er hatte sich am Vorabend derart betrunken, dass er bis in den Nachmittag hinein geschlafen und den Klavierunterricht bei Professor Schmid versäumt hatte. Und was er gerade am Klavier zustande gebracht hatte, war reichlich kläglich gewesen.

»In den letzten Monaten waren immer wieder Nachrichten von Melanie und Jennifer auf unserem Anrufbeantworter. Du bist seither irgendwie verändert. Ich habe den Eindruck, die beiden Frauen sind nicht gut für dich.«

Warum hatten sie nicht auf seinem Handy angerufen? Warum hatte er immer noch keinen eigenen Festnetzanschluss?

»Hast du nicht Sorge, dass dich der Alkohol verändert? Ist es dir nicht unheimlich, wenn du dich morgens nicht erinnern kannst, was du am Vorabend gesagt oder getan hast?«, fragte seine Mutter mit ihrer samtweichen Stimme.

Johannes hatte es sich lange nicht eingestanden, aber Claras mütterliche Fürsorge war manchmal schwerer zu ertragen als der Hohn des Vaters. Früher hatte er ihr Wohlwollen und ihr Interesse genossen. Aber die Zeiten hatten sich geändert. Mittlerweile ging sie zu weit. Er würde sich seine Freundin selbst aussuchen. Und dass sie ihn mit Melanie Dinkel in Verbindung brachte, war völlig abwegig.

»Melanie ist nicht wichtig.«

»Also ist es Jenny!«

Sein Gesicht fühlte sich plötzlich heiß an. Wie immer er es anfing, am Ende war er der Unterlegene, wenn er mit seiner Mutter aneinandergeriet. Was immer er sagte, sie zog daraus ihre Schlüsse, drängte ihn in die Enge.

Johannes betrachtete den verkrüppelten Finger seiner Mutter. Er wollte ihr sagen, dass er nicht dazu da sei, ihre Wünsche zu erfüllen, dass er seine eigenen Pläne habe. Aber manchmal fiel es ihm schwer zu unterscheiden, was er selbst wollte und was ihm seine Mutter eingeredet hatte. Am besten schwieg er.

»Ich will doch nur dein Bestes«, sagte Clara.

Das bekommst du nie. Hoffentlich.

Aus den Lautsprechern der Hi-Fi-Anlage ertönte Martha Argerichs Version der Kreisleriana. Eine perfekte Darbietung, deren Niveau er nie erreichen würde.

»Ich weiß«, sagte Johannes müde. »Ich habe Probleme. Aber gib mir doch die Chance, sie selbst zu lösen.«

Er erinnerte sich an die Zeit, als zwischen ihm und seiner Mutter alles gut gewesen war. Als er sich zusammen mit der Mutter ans Klavier setzte und sie den »Fröhlichen Landmann« einübten, sein erstes Stück von Schumann. Als sie ihm mit unendlicher Geduld den richtigen Fingersatz beibrachte. Als sie ihn immer nur ermutigte. Da musste er sechs oder sieben gewesen sein. Im Rückblick erschien ihm diese Zeit als die glücklichste seines Lebens. Er und seine Mutter waren unzertrennlich gewesen, und sie hatte ihm immer und immer wieder gesagt, dass sie die glücklichste und stolzeste Mama der Welt wäre. Er war ihr Held gewesen.

Gut, dass niemand seine Gedanken lesen konnte. Vor allem nicht seine Mutter. Wie konnte man sich als erwachsener Mann nur an so etwas erinnern? Johannes schämte sich für seine kindische Sentimentalität.

Einige Jahre später hatte sie ihm erzählt, dass sie als Vierzehnjährige einen Unfall gehabt hatte und deswegen nie Pianistin werden konnte. »Aber du wirst die Chance dazu bekommen«, hatte sie ihm versprochen. »Du hast meine Begabung, vielleicht hast du sogar noch mehr Talent. Du bist wie dein Onkel Eduard. Aus dir wird einmal ein großer Künstler.«

Es waren wundervolle Zeiten gewesen.

»Was für Probleme hast du?«, fragte sie jetzt. Er hatte schon wieder einen Fehler begangen. Er hatte den kleinen Finger hingehalten, und sie wollte die ganze Hand. Damit machte sie immer wieder alles kaputt. Er fühlte ein Pochen in seinem Kopf, die Brust wurde eng, der Magen begann zu rebellieren.

»Ich bin nicht dazu da, deine Träume zu erfüllen!«, schrie er endlich. Er ertrug es nicht mehr, dass diese Frau dauernd um ihn herum war, dauernd etwas für ihn tat, dauernd etwas von ihm wollte.

»Aber so wütend kenne ich dich ja gar nicht«, antwortete sie erschrocken. »Beruhige dich! Es geht doch um deine eigenen Träume, um das, was du willst, mein Lieber.« Ihre Stimme war wieder samtweich geworden. Sie streichelte über seinen Handrücken.

Das konnte er jetzt gar nicht gebrauchen! Johannes wollte nur noch weg, seine Ruhe haben. Er sprang auf und verließ den Raum.

Er rannte gerade die Treppe hoch, als der Gong der Eingangstür anschlug.

»Hallo, Frau Flieder, mein Name ist Melanie Dinkel. Ich will zu Johannes«, hörte er Melanies quengelige Stimme in der Diele der Villa.

Die hatte ihm gerade noch gefehlt! Am liebsten hätte er runtergebrüllt, dass er sie nicht sehen wolle. Aber wieder einmal traute er sich nicht zu tun, wonach ihm war. Also rannte er die Treppe wieder hinunter.

»Hi, Melanie«, rief er ihr zu. »Komm hoch!«

»Hi, Johannes!« Melanie lief ihm entgegen. »Ein tolles Haus habt ihr!«

Sie trug ein schwarzes Kleidchen, das wie ein zu kurz geratener Sack aussah. Als sie das Ende der Treppe erreicht hatte, musterte sie sich in dem großen Spiegel, der dort an der Wand hing. Sie schien mit sich und dem Sack zufrieden zu sein.

Er bat sie zu sich ins Zimmer, deutete auf ein schwarzes Sitzkissen in der einen Ecke des Raums und setzte sich auf sein Bett in der anderen Ecke.

»Bekomme ich keinen Kuss zur Begrüßung?«, fragte Melanie enttäuscht. Sie setzte sich neben ihn auf die Bettkante und legte ihre Hand auf seine Schulter. Er fühlte sich wie von einem elektrischen Schlag getroffen und rückte ein paar Zentimeter von ihr weg. Umsonst. Sie rückte nach. Sie fuhr ihm linkisch durch die Haare. Die Haare knisterten, sie sträubten sich gegen die Liebkosung.

Andere Jungs würden jetzt ein bisschen rumknutschen und die Alte anschließend flachlegen. Mit Melanie ging das bestimmt. So übel war sie eigentlich auch nicht. Wenn er jetzt zugriff, hatte er etwas, das er seinen Kumpels erzählen könnte.

Aber Johannes war nicht so. Eine sensible Künstlerseele hatte ihn ein Mädchen einmal spöttisch genannt. Er fand Melanie weder attraktiv noch inspirierend. Spitze Brüste und ein flacher Verstand. Er hatte einfach keine Lust auf sie. Doch sie wusste, was sie wollte. Vor den Ferien hatte sie ihn einmal rumgekriegt. Er bedauerte, dass er damals nicht noch mehr getrunken hatte. Dann wäre er vielleicht vorher eingeschlafen. So waren sie zusammengekommen, und sie hatte sich in den Kopf gesetzt, dass sie ein gutes Paar abgeben würden. Die praktisch Veranlagte, wie sie sich selbst bezeichnete, und der Künstler.

Sie drückte ihren feuchten Schmollmund auf seine Lippen, versuchte ihre Zunge in seinen Mund zu schieben. Er biss die Zähne zusammen.

Enttäuscht und beleidigt ließ sie von ihm ab, rückte ein paar Zentimeter von ihm weg. So schnell gab sie jedoch nicht auf.

»Erinnerst du dich noch an den Abend im Schloss?«

Etwas Berechnendes glitzerte in ihren Augen. Er sollte auf der Hut sein. Am besten schwieg er jetzt.

»Du warst ziemlich betrunken.«

Daran erinnerte er sich.

»Ich bin dann zu Richi gefahren.«

Johannes entspannte sich. Sie wollte ihn eifersüchtig machen. Gut so. »War bestimmt das Beste«, bemerkte er trocken.

Das Glitzern in ihren Augen wurde stärker. »Du hattest Streit mit Patrick.«

»Ah ja?« Johannes wollte cool klingen. Aber er fühlte sich überhaupt nicht so.

»Ziemlichen Streit. Ich hab das mitbekommen, bevor ich gegangen bin. Ich war in der Bibliothek.«

Johannes schwieg.

»Ich will dich in nichts reinreißen«, säuselte sie. »Hast du dir mal überlegt, warum ich der Polizei nicht die Wahrheit gesagt habe?«

»Was ist denn die Wahrheit?«, fragte er mit gepresster Stimme.

Am liebsten hätte er laut gebrüllt. Er spürte Wut in sich, aber auch Angst. Sein Mund fühlte sich an, als wäre er aus Schmirgelpapier. Was wusste Melanie? Seit dem Wochenende quälten ihn vage Ahnungen. In irgendetwas Schlimmes musste er verwickelt sein. Was hatte er gesehen, was hatte er getan?

Jetzt fuhr sie ihm schon wieder durch die Haare.

»Ich habe lediglich gesehen, wie ihr euch geprügelt habt. Ich habe nicht gesehen, wie du ihn erschlagen hast. Aber ich habe die Mordlust in deinen Augen gesehen. Ich habe gesehen, wozu du fähig bist. Du hast so entschlossen gewirkt. Es war cool.«

Johannes wurde schwindelig. Wenn er sich nur besser erinnern könnte. Er wusste bloß, dass es Streit gegeben hatte und er am nächsten Morgen mit Kopfschmerzen und einer Beule am Kopf aufgewacht war. Die Erinnerungen an den Abend selbst lagen in dichtem Nebel.

»Was willst du damit sagen?«

»Du kannst dich an nichts erinnern? Ich werde dich nicht verraten«, sagte sie mit süßlicher Stimme.

Aus dem Nebel tauchten Bilder auf. Der Streit, die Prügelei. Aber mehr war da nicht. Es gab nichts zu verraten. Oder doch? Das Pochen in seinem Kopf wurde lauter, die Wut in seinem Herzen stärker. Er spürte einen intensiven Drang, Melanie zu schlagen. Aber er blieb ruhig. Er hatte sich unter Kontrolle. Er versuchte es zumindest.

»Vermutlich sollte ich dir dankbar sein. Was willst du von mir?«, fragte er und versuchte, dabei spöttisch zu klingen.

Sie schaute ihn wütend und verletzt an. Sie hatte tatsächlich Tränen in den Augen. »Weißt du das denn nicht?«

Wahrscheinlich wäre es klug, jetzt freundlich zu sein, ein paar Zärtlichkeiten auszutauschen und sie zu vögeln, dachte Johannes. Aber er hatte keine Lust zu tun, was sie von ihm erwartete. Er sah ihr direkt in die Augen.

»Willst du Geld?«, fragte er grob.

Ihr Gesicht verzerrte sich vor Hass. Sie sprang von der Bettkante auf. »Wie kannst du mir nur so etwas unterstellen?«, schrie sie. Sie rannte zur Tür. »Du Idiot! Fick dich doch selbst!«

Johannes hörte, wie sie die Treppe hinunterrannte. Er hörte die Eingangstür zuschlagen. Was für Probleme hast du, hatte seine Mutter gefragt. Vielleicht wäre es das Beste, sich seinem Onkel Eduard anzuvertrauen. Aber was sollte er ihm sagen? Dass er nicht wusste, ob er vielleicht ein Mörder war?

Er fühlte sich wie von einer übermächtigen Kraft in sein Bett gezogen. Er zog die Decke über sich, versank in der weichen Matratze. Draußen schien die Sonne. Drinnen umfingen ihn düstere Traumbilder.

***

Der »alte Wagner« lag im Ortskern vor Erbach. Das Weingut gehörte zu den kleineren im Rheingau und erzeugte einfache und ehrliche Weine. Der alte Wagner, der dem Weingut den Namen gegeben hatte, war steinalt geworden und hatte den Betrieb erst vor einigen Jahren an seinen Sohn Charly vererbt. Der war damals Anfang sechzig gewesen und gerade am Ende einer Karriere als Opernsänger angekommen, die ihn vor allem in kleine Opernhäuser in der deutschen Provinz geführt hatte. Charly hatte den Betrieb zusammen mit seiner Frau Rachel übernommen, die in ihrem früheren Leben ebenfalls an der Oper gewesen war. Im Frühsommer jeden Jahres stellten sie Holztische und Bänke in den Hof des Weinguts und eröffneten eine Straußwirtschaft, die erst wieder schloss, wenn sämtlicher Wein ausgetrunken war.

Das schmiedeeiserne Tor des Weinguts stand offen, hinter der Bruchsteinmauer lag der Hof, dessen Wände von Weinreben berankt waren. Die Besucher hatten an diesem Abend fast alle Bänke besetzt. Julia und Robert Mayfeld steuerten einen Tisch an, an dem Freunde für sie zwei Plätze freihielten.

»Den ersten Teil des Konzerts von Herbert habt ihr schon versäumt«, begrüßte sie Klaus Beckerle. Wegen der Baskenmütze, die er sommers wie winters und drinnen wie draußen trug, wurde er von seinen Freunden »Batschkapp« genannt.

»Wenn er für jedes Stück, das er spielt, von Charly einen Schoppen bekommt, kann er sich drei Tage lang besaufen«, ergänzte seine Frau Trude und rollte mit den Augen.

»Und jetzt möchte ich Ihnen ›Golliwogg's Cake-Walk‹ vorstellen.« Herbert Mayfeld saß an dem Klavier, das die Wagners in den überdachten Teil des Hofes gestellt hatten. »Es ist der Abschluss von ›Childrens Corner‹, einer Klaviersuite, die Claude Debussy vor hundert Jahren für seine Tochter Chouchou geschrieben hat. Ein Golliwogg ist eine Negerpuppe, wie sie zur damaligen Zeit in Mode war, und ein Cake-Walk war damals ein bekannter Tanz, der dem Ragtime ähnelte.«

Herbert Mayfeld begann mit dem Stück. Er spielte einen Ragtime, mit der linken Hand im Bass Staccato-Achtel und synkopierte Figuren mit der rechten Hand.

»Dein Vater sollte nicht Negerpuppe sagen«, meinte Doris Nachtweih, die dritte im Bunde des »Straußwirtschaftlichen Quartetts«. Wegen ihrer roten Haare und politischen Ansichten wurde sie von allen die »Rote Zora« genannt.

»Wir haben schon viel über die Kontrapunktik Bachs, Schumanns Kinderszenen und Mussorgskys Kindererinnerungen gelernt. Nach all den Trinkliedern und Beatlessongs mal richtige Kultur«, sagte ihr Mann Peter ironisch.

»Beatles sind auch Kultur, Gucki«, korrigierte ihn die Rote Zora. »Fang bloß nicht an, geschmäcklerisch oder bildungsbürgerlich zu werden. Kannst du dir mit deinem Guckkasten gar nicht leisten.« Guckkasten hieß das Fotostudio Nachtweihs in Eltville, von dem er seinen Spitznamen herhatte.

Herbert Mayfeld unterbrach seinen Klaviervortrag kurz. »Achten Sie jetzt auf diese Akkordfolge. Vielleicht kommt Sie Ihnen bekannt vor.«

Mayfeld wusste, was sein Vater jetzt erzählen würde, aber bezweifelte, dass das hier in der Straußwirtschaft irgendjemand hören wollte. Die Gäste unterhielten sich mehr, als dass sie Herbert Mayfeld lauschten. Sein Vater spielte die eigenartig schwebenden Klänge, um anschließend wieder in das Ragtimemuster zurückzufallen.

»Ich hab gehört, dass du zwei Fälle zu bearbeiten hast, Robert.« Auch Trude schien sich für den Vortrag von Mayfelds Vater nicht sonderlich zu interessieren.

Mayfeld seufzte. »Vom Tod Patrick Schönhells hast du in der Zeitung gelesen. Was meinst du denn mit dem zweitem Fall?«

Trude lächelte, die Augen in ihrem runden Gesicht blitzten vor Freude. »In Rheingau bleibt nichts lange geheim, Robert, das müsstest du mittlerweile doch wissen. Es geht natürlich um den verschwundenen Phillip Flieder. Stimmt doch, dass er verschwunden ist?«

»Wie kommst du darauf?«

Jetzt wandelte sich Trudes Lächeln in ein breites Lachen. »Meine Nachbarin hat eine Freundin, deren Tochter mit jemand befreundet ist, der für Flieder arbeitet.«

»Und letzten Donnerstag auf dem Eltviller Wochenmarkt hat

es Clara Flieder einer Bekannten am Käsestand erzählt«, ergänzte die Rote Zora. »Sie meinte, die Polizei habe sich bislang kaum um den Fall gekümmert. Doch gestern Mittag hab ich dich, als ich mit Gucki zur Fahrradfähre nach Walluf gefahren bin, vor dem Haus der Flieders stehen sehen. Wir haben dir zugerufen, aber du hast uns nicht bemerkt. Du warst bestimmt nicht zufällig dort. Es hat also keinen Zweck zu leugnen.«

Hier blieb tatsächlich kaum etwas lange geheim. Aber das war in diesem Fall nicht schlimm. Die Recherche in der Straußwirtschaft gehörte zu den bevorzugten Ermittlungsmethoden Mayfelds. »Und, was wisst ihr über die Flieders?«

Eine dralle Bedienung mittleren Alters kam an den Tisch und nahm die Bestellungen auf. Die Auswahl von Speisen und Getränken war rustikal. Julia entschied sich für einen halbtrockenen Spätburgunder und Spundekäs, Mayfeld für einen trockenen Riesling und zwei Soleier.

»Eine Freundin von mir hat im Steuerbüro des alten Flieder gearbeitet«, berichtete Trude.

»Das sollte später mal sein Sohn Phillip übernehmen. Aber der ist dreimal durch die Steuerberaterprüfung durchgefallen und musste deswegen Unternehmensberater werden«, ergänzte Batschkapp und lachte meckernd.

»Der alte Flieder war ein gerissener Hund«, wusste Gucki zu berichten. »Es ist schon eine Meisterleistung, erst einen Kunden Pleite gehen zu lassen und dann sein Haus und seinen Betrieb zu kaufen.«

»Und warum heißt das Haus der Flieders Villa Gruber?«

»Die Villa wurde Ende des neunzehnten Jahrhunderts von einem Architekten aus Wiesbaden gebaut. Der hieß Gruber«, antwortete Julia.

Ein heller Ton erklang. Herbert Mayfeld hatte den Ragtime beendet und schlug mit einem Messer gegen sein halb volles Schoppenglas.

»Haben Sie die Akkordfolge in der Mitte des Ragtimes erkannt?«, fragte er sein Publikum, das ungerührt von der Frage Riesling und Spätburgunder bestellte, heiße Fleischwurst, Rippchen mit Kraut und Handkäs mit Musik.

»Silentium, Ruhe!«, brüllte Herbert Mayfeld. »Fünf Minuten für die Kultur!«

Eine Windbö fegte durch den Innenhof des Weinguts. Es wurde mit einem Mal merklich kühler.

»Ich fang an, mir um Herbert Sorgen zu machen«, sagte Julia zu Zora. »Vor einem Jahr hat er während Einkehrtagen in einem Kloster die Musik als Heilmittel gegen seine Depression entdeckt. Ich hab mich ungeheuer für ihn gefreut. Und mir nichts dabei gedacht, als er vor ein paar Monaten bei uns vorbeigekommen ist, Klavier gespielt und ein paar Erklärungen zu der Musik abgegeben hat. Ich fand das schön und habe ihn sogar ermuntert, öfter zu kommen. Was er getan hat. Zurzeit kommt er jeden Sonntag, und zuletzt hatte ich Mühe, ihn davon abzuhalten, uns auch unter der Woche mit seinen musikpädagogischen Ausführungen zu beglücken. Jetzt weiß ich, warum ich damit Erfolg hatte. Unter der Woche hält er außer Haus seine Vorträge. Wenn Herbert aufdreht, kennt er keine Grenzen mehr. Hoffentlich geht das gut!«

»In den meisten Straußwirtschaften steht ja zum Glück kein Klavier«, beruhigte sie Zora. »Und außerdem schadet es den Leuten beim alten Wagner bestimmt nicht, wenn ihnen außer der ›Fledermaus‹ oder der ›Lustigen Witwe‹ mal andere Musik zu Ohren kommt. Vom ›Griechischen Wein‹ ganz zu schweigen.«

»Wir trinken hier keinen griechischen Wein«, moserte Batschkapp.

»Haben Sie die Akkordfolge in der Mitte des Ragtimes erkannt?«, rief Herbert Mayfeld in die schwatzende Menge. »Es sind die berühmten Eröffnungsakkorde aus Wagners ›Tristan‹. Damit hat Wagner Musikgeschichte geschrieben. Die Auflösung des tonalen Zentrums hat er damit entscheidend vorangetrieben, und das Lustige daran ist, dass es von seinen Zuhörern kaum jemand bemerkt hat.«

»Ich hab auch nichts gemerkt«, versetzte Batschkapp trocken.

»Und diese Akkordfolge setzt Debussy mitten in einen Ragtime und nennt das Ganze Cake-Walk. Wahrscheinlich wissen Sie nicht genau, was ein Cake-Walk ist. Ich will es Ihnen erklären.«

»Trink doch lieber noch einen Schoppen«, tönte es aus der Menge.

»Ein Cake-Walk ist ein Schreittanz, den die Sklaven Nordamerikas entwickelt haben. Sie haben damit die affektierte Art persifliert, in der ihre Herren durch die Gegend zu stolzieren pflegten. Und die Herren haben es gar nicht bemerkt, sondern denen, die es am besten gemacht haben, einen Kuchen spendiert. Daher der Name Cake-Walk. Später haben dann Weiße in den sogenannten ›Mistrel-Shows‹ versucht, die angeblich tumben Schwarzen zu persiflieren und dazu den Cake-Walk imitiert. Sie haben also ihr eigenes Zerrbild aufgeführt, ohne es zu merken.«

»Sind wir hier in der Volkshochschule oder in der Straußwirtschaft?«, rief jemand aus dem Publikum. Das Geschwätz der Leute wurde lauter.

»Und was hat es wohl zu bedeuten, dass Debussy mitten in einen solchen Tanz eine Akkordfolge von Wagner platziert, dem hoch bedeutenden Hohepriester aller deutschnationalen Bildungsbürger?«, brüllte Herbert Mayfeld.

»Sag's uns!«, rief einer der Besucher.

»Bloß nicht!«, widersprach ein Zweiter.

»Wer war denn der Bussy?«, wollte ein Dritter wissen.

»Und was hat er gegen unsern Charly gehabt?«, ein Vierter.

»Er verkennt völlig die Situation«, sagte Julia sorgenvoll.

»Brauchst dir keine Sorgen zu machen«, versuchte Zora sie zu beruhigen. »Hier gibt es weder Deutschnationale noch Bildungsbürger. Hier gibt es nur Rheingauer.«

Aus der Küche des Weinguts trat ein Hüne mit schwarz-grauem Rauschebart und stattlichem Bauch. Charly Wagner hatte eine Literflasche Wein in der Hand.

»Ist gut, Herbert, du hast ja so recht«, rief er, ging auf Herbert Mayfeld zu und schenkte ihm sein Schoppenglas bis zum Rand voll. »Applaus für den Herbert«, rief er in die Menge, die bereitwillig klatschte. Er zog den alten Mayfeld vom Klavierhocker, legte seine schwere Pranke auf dessen Schulter und schubste ihn sanft zu einem Tisch weit ab vom Klavier. »Ich habe euch nicht richtig gehört!«, donnerte er ins Publikum, und das Publikum ließ sich nicht lumpen. Applaus, Pfiffe und Hurrarufe beendeten für diesen Abend den Auftritt Herbert Mayfelds.

Sein Sohn atmete auf. In früheren Zeiten hätte sich sein Vater nicht so problemlos an den Rand des Geschehens abschieben lassen. Er hätte für einen Eklat gesorgt, der für ihn in der psychiatrischen Klinik geendet hätte. Und auch jetzt sah er der Miene seines Vaters an, dass es ihm schwerfiel, sich zu beherrschen. Aber aus irgendeinem rätselhaften Grund behielt die freundliche und vernünftige Seite seines Wesens die Oberhand.

»Was wisst ihr denn über Patrick Schönhell?«, fragte Mayfeld seine Freunde.

»Du hast mit der Rosie Müller über ihn gesprochen. Das ist die Nachbarin der Schönhells«, sagte die Rote Zora. »Alles was ich über ihn weiß, weiß ich von ihr. Rosie und ich machen zusammen einen Malkurs. Patrick war ein verwöhntes Apothekersöhnchen, der mit Geld nur so um sich geschmissen hat. Wo er das herhatte, weiß keiner. Der Vater hat in letzter Zeit nur noch geklagt. Gesundheitsreform, Börsencrash, was halt den Mittelstand so umtreibt. Aber für den Sohnemann scheint es immer noch gereicht zu haben. Der soll kalt gewesen sein wie eine Hundeschnauze.«

»So viel zum Prinzip ›de mortuis nihil nisi bene‹«, warf Gucki ein.

»Kannst ruhig deutsch schwätzen«, moserte Batschkapp.

»Hatte der nicht was mit der Sabrina Wallner gehabt?«, mischte sich Trude ein.

»Wer ist denn das schon wieder?«, fragte Mayfeld.

»Meine Frau kennt sie alle«, warf Batschkapp ein. »Die weiß, wer was mit wem hat, bevor es die Betroffenen selber wissen.«

»Das ist die Tochter von Margot und Joachim Wallner. Sie ist vor ein paar Wochen bei einem Unfall ums Leben gekommen. Ist bei einer Party in Mainz betrunken in einen Swimmingpool gefallen«, antwortete Trude.

»Und was hatte Patrick Schönhell mit dieser Sabrina Wallner zu tun?«, hakte Mayfeld bei Trude nach.

»Ich meine, dass die beiden was miteinander hatten. Vorher war Sabrina mit Marcel Boden aus Geisenheim zusammen gewesen. Ich frag mal die Anne von unserem Homöopathie-Zirkel. Sie wohnt in der Nachbarschaft der Wallners.«

Der Wind frischte auf.

»Liebe Leute, nach den lehrreichen Ausführungen vom Herbert sing ich jetzt etwas Unterhaltsames für euch«, tönte der Bass von Charly Wagner über den Hof. Sein mächtiger Leib war ein idealer Resonanzkörper. Wagner setzte sich an das Klavier und schlug die ersten Akkorde an.

»Ja das Schreiben und das Lesen, ist nie mein Fach gewesen,
denn schon von Kindesbeinen, befasst ich mich mit Schweinen«,

begann er das Couplet von Kálmán aus dem Zigeunerbaron.

»Stimmung!«, schrie einer aus dem Publikum. »Jawohl ja!«, ein zweiter und beim Refrain fingen die Leute an mitzuklatschen.

»Ja, mein idealer Lebenszweck ist Borstenvieh, ist Schweinespeck,
mein idealer Lebenszweck ist Borstenvieh und Schweinespeck.«

Mit lang anhaltendem Applaus bedankte sich das Publikum am Ende des Liedes. Wagner hatte sehr überzeugend geklungen, und sein Äußeres hatte die Glaubwürdigkeit des Bekenntnisses aufs Entschiedenste unterstrichen.

Herbert Mayfeld hatte seinen Sohn entdeckt. Er kam zu ihm an den Tisch herüber.

»So was wollen die Leute hören«, schimpfte er halb ernst und halb gespielt. »Aber jetzt bist du ja da, Robert, dem Himmel sei Dank.« Der Vater strahlte. »Mach dich auf einen lehrreichen Abend gefasst!«

Die ersten Regentropfen fielen. Sein Vater würde sich kurz fassen müssen. Der Himmel meinte es gut mit Mayfeld.

Clara

Am Montag bin ich erst am frühen Nachmittag aufgewacht. Das kann nach einem schweren Migräneanfall schon einmal passieren. Deswegen habe ich es versäumt, Johannes zu wecken, und er hat seinen Klavierunterricht bei Professor Schmid für diesen Tag verpasst.

Die Migräneanfälle waren in letzter Zeit häufiger geworden, und ich überlegte, ob ich vielleicht doch einmal einen Facharzt konsultieren sollte. Plötzlich hatte ich Angst, dass ich an einer ernsteren Erkrankung leiden könnte, aber dann schob ich den Gedanken wieder weg. Ich versuche immer positiv zu denken. Aber nach einem Migräneanfall bin ich oft müde, gereizt und ängstlich.

An diesem Tag hatte mir mein Sohn allerdings einen triftigen Grund geliefert, gereizt zu sein. Wie konnte er seine Karriere nur so fahrlässig aufs Spiel setzen? Wie konnte er nur so undankbar sein? Er sollte froh sein, eine Mutter zu haben, die sich für seine künstlerische Entwicklung engagierte.

Ich habe kaum Erinnerungen an meine leibliche Mutter, Elisabeth Gruber. Ich erinnere mich nur an eine sanfte, engelsgleiche Stimme. Sie muss an meinem Bett gesessen und mir etwas vorgesungen haben. Es waren zwei Königskinder. Das ist ein wehmütiges Lied. Mama muss sehr traurig gewesen sein. Dann war sie tot, und ich erinnere mich lange Zeit an nichts mehr.

Die nächste Erinnerung ist die an unser Klavierzimmer in der Villa Gruber. Dort stand Mamas Klavier. Ich höre heute noch das Knarren der Holzdielen und den singenden, weichen Klang des Instruments. Im Zimmer roch es nach Staub und Putzmitteln. Ich bin oft heimlich hineingeschlichen und habe gespielt. Irgendwann habe ich die Melodie hingekriegt. Es waren zwei Königskinder, die hatten einander so lieb. Mir war dabei ganz weh ums Herz. Mama war damals bestimmt schon zwei oder drei Jahre tot, aber in diesem Lied lebte sie weiter, in diesem Lied und in meiner Liebe zur Musik.

Später hat mir Papa gesagt, dass Mama bei Eduards Geburt gestorben ist. Oma war damals schon sehr krank, und Papa musste viel arbeiten. Deswegen stellte er Kindermädchen für uns ein.

Mit den meisten sei er nicht besonders zufrieden gewesen, erzählte er mir eines Tages, sie seien unzuverlässig gewesen, einige hätten ihre Freunde zu uns eingeladen, wenn er nicht zu Hause war. Ich habe mich immer darüber gewundert, dass ich an sie nur ganz vage Erinnerungen habe.

Mein Vater, Alfred Gruber, war sehr froh, als er eine Frau für sich und eine Mutter für uns kennenlernte. Doris Wolf. Sie brachte Rafaela in unsere Familie mit. Mit den beiden, Doris und Rafaela, habe ich mich nie besonders gut verstanden. Doris konnte ich nicht als meine Mutter akzeptieren, und Rafaela interessierte mich einfach nicht.

Später, als ich neun Jahre alt war, habe ich Klavierunterricht bekommen. Es sei ein Jammer, dass ich so spät damit anfange, hat mein Klavierlehrer gesagt.

Leider hatte ich mit vierzehn einen Unfall, der meine Hand verkrüppelte. Meine Karriere als Pianistin, die all mein Sehnen und Hoffen beherrscht hatte, war zu Ende, bevor sie überhaupt begonnen hatte. Damals brach meine Welt zusammen. Mit einem gellenden Jaulen, einem knochenbrecherischen Knirschen, einem hohlen Stöhnen.

All dies ging mir durch den Kopf, als ich mich mit Johannes stritt. Ich war aufgewühlt wie noch nie. Ich fühlte, dass etwas unsere Beziehung bedrohte. Johannes hatte sich verändert. Ich spürte, dass er in Not war, sich aber nicht traute, mit mir zu reden. Ich schob den Gedanken weg, dass er in irgendetwas Schlimmes verstrickt sein könnte. Es war einfach nicht möglich, dass ein Junge mit seinem Talent etwas Böses getan haben könnte. Es durfte nicht sein. Ich würde alles tun, um ihn zu beschützen. Da war ich mir sicher.

Als ich sein Talent entdeckte, war das für mich eine regelrechte Erlösung gewesen. Es ist eine Sache, den Bruder zu begleiten, ihn zu unterstützen, sich mit ihm zu freuen, wenn er den Traum verwirklichen kann, den man selbst einmal geträumt hat. Eine andere Sache ist es, wenn die Hoffnung aufkeimt, dass das eigene Fleisch und Blut die Talente in sich birgt, die bei einem selbst brachliegen müssen. Er ist ein Stück von mir. Den Bruder musste ich ziehen lassen, doch Johannes sollte bei mir bleiben.

Als ich das erste Mal mit meinem Jungen am Klavier saß, begann mein Leben aufs Neue. Seither haben die Dinge wieder einen freundlichen Klang, seither singen die Vögel wieder für mich, die Musik der Welt berührt mich wieder. Seither bin ich wieder ein glücklicher Mensch. Oder war es bis vor Kurzem.

Ich kann nicht zulassen, dass Johannes seine Talente wegwirft. In den letzten Monaten ist sein Enthusiasmus lustloser Pflichterfüllung gewichen. Als Mutter habe ich das natürlich sofort bemerkt. Johannes konnte noch nie etwas vor mir verbergen.

Ich bin mir sicher, dass seine Krise nichts mit den Auseinandersetzungen mit seinem Vater zu tun hatte. Phillip war in der letzten Zeit zwar nicht besonders freundlich zu dem Jungen gewesen. Als er bei »Jugend musiziert« in Hessen nur den zweiten Platz erreichte, war das für Phillip zu wenig gewesen. Es genügte seinem Ehrgeiz nicht. Aber solche Phasen gibt es in der Beziehung zwischen Vätern und Söhnen, dachte ich mir. Es würde bestimmt alles wieder gut werden, wenn Johannes einen ersten Preis nach Hause brachte.

Die Gefahr für Johannes lag woanders, das war mir seit einiger Zeit klar. Ich hörte es aus dem heraus, was er mir sagte, auch wenn er über ganz andere Dinge sprach. Ich hörte es in den Zwischentönen. Ich schloss es aus seiner Intonation, aus dem Rhythmus, in dem er seine Sätze formulierte, aus den Pausen, aus dem Klang seiner Stimme.

Es lag an den Mädchen. Sie verdrehten ihm den Kopf, sie lenkten ihn von seiner Musik, von seiner Berufung ab. Ich wusste lange nicht, an welchem Mädchen es lag. Als Melanie in der Villa auftauchte, dachte ich, sie stecke hinter all dem Elend. Aber er hat die junge Dame so schnell abserviert und nach Hause geschickt, dass mir klar wurde, dass sie nicht unser Problem ist.

Unser Problem ist Jenny, die Klassenkameradin aus der Nachbarschaft. Johannes kam an diesem Nachmittag nicht mehr aus seinem Zimmer, und ich dachte, übermüdet wie ich war, dass ich die Gelegenheit beim Schopf packen und Jennifer Graf einen Besuch abstatten sollte. Ich hatte noch eine Stunde Zeit, bevor ich zur Arbeit musste.

Eine innere Stimme warnte mich davor, das zu tun. Aber meine Angst, Johannes zu verlieren, war in den zurückliegenden Tagen und Wochen immer stärker geworden. Ich war entschlossen, etwas dagegen zu tun.

Mir war klar, dass das meinem Sohn nicht gefallen würde. Aber ich wollte mir ein persönliches Bild von Jennifer machen. Heute denke ich, das war ein Fehler, aber im Nachhinein ist man immer klüger.

Ich lief also die wenigen Schritte ins Dorf hinauf und klingelte an ihrer Haustür. Ich hatte Glück, Jennifer war da.

»Ah, Frau Flieder, was verschafft mir die Ehre?«, begrüßte sie mich mit ihrer rauen, kratzigen Altstimme. Es war Nachmittag, und Jenny trug immer noch einen mit Vogelmotiven verzierten schwarzen Morgenmantel.

»Ich muss mit Ihnen reden«, sagte ich mit großer Bestimmtheit.

Sie führte mich durch die Diele des Fachwerkhauses in ein niedriges Zimmer mit wuchtigen Deckenbalken. Aus der Musikanlage erklangen Lieder irgendeiner Popgruppe. Die war gar nicht so übel, auch wenn mir Musik, die sich auf die Verwendung von fünf oder sechs Harmonien beschränkt, suspekt ist. Sie bat mich, in einem der weißen Polstermöbel Platz zu nehmen, die den Raum beherrschten.

»Worum geht es?«, fragte sie, griff nach einem Tabakbeutel und begann, sich eine Zigarette zu drehen. Ich fand, dass das zu einer jungen Frau überhaupt nicht passte.

»Es geht um meinen Sohn Johannes«, sagte ich. In dem Moment, in dem ich diesen Satz aussprach, wurde mir die Unmöglichkeit meines Unterfangens bewusst. Aber ich hatte damit begonnen, ich musste es jetzt auch zu Ende bringen. »Ich mache mir Sorgen um ihn«, fügte ich also hinzu.

Mir kam es so vor, als müsste sich Jennifer zusammennehmen, um nicht laut loszulachen. Aber sie bemühte sich um Fassung.

»Hat das etwas mit mir zu tun?«, fragte sie. Sie kam sofort zur Sache, das musste man ihr lassen.

Ich sprach mit ihr über die große musikalische Begabung meines Jungen. Jennifer inhalierte den Rauch ihrer Zigarette und hustete. Es klang wie der Schuss einer Jagdflinte.

»Ich liebe Musik«, behauptete sie.

Ich bezweifelte, dass sie überhaupt wusste, was wirkliche Musik war.

»Er hat eine große Karriere vor sich, von der er nicht abgelenkt werden darf«, sagte ich mahnend.

Jennifer spitzte ihren Mund und blies lautlos Rauchkringel in die Luft, die langsam zur Decke schwebten und sich dort auflösten. »Und was hat das mit mir zu tun?«, fragte sie.

Ich musste deutlicher werden. »Ich glaube, Sie lenken meinen Jungen ab, er redet andauernd von Ihnen, er geht häufig weg, kommt spät nach Hause, ist unkonzentriert. Er trinkt zu viel, und ich befürchte, dass er Drogen nimmt. Und das alles, seit er mit Ihnen näheren Umgang hat.«

Wieder blies sie Rauchkringel in die Luft. »Und was schlagen Sie vor?«, fragte sie leise und lächelte mich an. Ihre Freundlichkeit irritierte mich, hätte sie herumgeschrien und mich beschimpft, wäre es einfacher gewesen. Andererseits war das natürlich auch eine Chance. Vielleicht kam ich ja doch mit ihr ins Gespräch. Man soll immer an das Gute im Menschen glauben.

»Sie sollten meinen Jungen in Ruhe lassen. Sie machen ihn unglücklich.«

»Ich soll ihn in Ruhe lassen. Ich mache ihn unglücklich«, wiederholte Jenny die Worte, wobei sie meine Intonation imitierte, so als wollte sie mich nachäffen. »Ist Ihnen schon mal die Idee gekommen, dass ›Ihr Junge‹, wie Sie ihn nennen, Ihnen gar nicht gehört?«

Genau so hätte ich an ihrer Stelle natürlich auch argumentiert. Ich ärgerte mich darüber, dass ich mich so ungeschickt ausgedrückt hatte.

»Ob es uns gefällt oder nicht, wir tragen Verantwortung für die Menschen um uns herum, besonders für die Menschen, die wir lieben. Es kann Ihnen doch nicht gleichgültig sein, was aus Johannes wird, ob er seinen Traum einer Pianistenkarriere verwirklichen kann oder ob er scheitert. Merken Sie denn nicht, was mit ihm los ist?«

»Hat er Ihnen denn gesagt, dass wir zusammen sind?«, fragte sie. Ihre Stimme klang jetzt plötzlich ganz weich.

»Das braucht er mir nicht zu sagen«, antwortete ich.

Es schien mir, dass Jenny über irgendetwas nachdachte, in sich hineinhorchte. Sie drückte die Zigarette aus.

»Sie glauben, dass ich sein Problem bin«, stellte sie fest.

Ich nickte.

Plötzlich ließ sie die Maske fallen. Ihr Gesicht wandelte sich zu einer höhnischen Fratze. »Das ist das Peinlichste, was ich je erlebt habe. Mama kämpft um ihren Jungen. Sie will nur sein Bestes. Und das ganz allein für sich. Vielleicht ist es gar keine so schlechte Idee mit uns beiden. Von Ihnen werden wir uns das auf jeden Fall nicht verbieten lassen. Ich hab bemerkt, dass er nicht gut drauf ist. Kein Wunder, wenn er so unter Ihrer Fuchtel steht.«

Ihre Stimme verzerrte sich, klang plötzlich rostig. Mir wurde schwindelig. Bloß jetzt nicht wieder einen Migräneanfall, dachte ich, ich musste an diesem Abend noch arbeiten.

»Haben Sie sich mal überlegt, warum Ihr Mann verschwunden ist?«, höhnte sie.

»Was geht Sie das denn an?«, erwiderte ich wütend.

»Ungefähr so viel, wie es Sie angeht, mit wem ich was habe«, antwortete sie schrill.

»Sie haben ja keine Ahnung!«, schrie ich.

»Seitdem sein Vater verschwunden ist, ist Johannes völlig neben der Spur«, keifte sie zurück. »Vermutlich, weil er jetzt alleine mit Ihnen ist. Ihr Mann hat es mit Ihnen einfach nicht mehr ausgehalten und ist aus dieser super Familie geflohen!« Sie fauchte jetzt wie eine Katze, die man in die Enge getrieben hatte.

Das Ohrklingeln wurde stärker. Sie wagte es, mich zu beleidigen und sich an meinem Unglück zu weiden. Wieder meldete sich eine innere Stimme, die mir sagte, dass es nicht gut gewesen war hierherzukommen, und dass es am besten wäre, jetzt zu gehen. Aber ich konnte ihre Äußerungen so nicht im Raum stehen lassen. Ich nahm all meine Beherrschung zusammen, ich wollte einen ruhigen und überlegenen Abgang.

»Mein Mann ist am Montagmorgen vorletzter Woche zu einer Geschäftsreise weggefahren und wird seither vermisst. Möglicherweise ist ihm etwas zugestoßen. Es zeugt wirklich von einem erbärmlichen Niveau, dass Sie sich darüber lustig machen«, sagte ich und stand auf.

»Am Montagmorgen zu einer Geschäftsreise weggefahren?«, fragte Jennifer nach. »Am 14. Juli?« Sie wirkte plötzlich still und nachdenklich. »Auf Wiedersehen«, sagte sie bloß noch und führte mich zur Tür.

Draußen schien die Nachmittagssonne. Noch konnte sie sich gegen die von Westen herandrängenden Wolken behaupten. Die Vögel sangen wieder, auf dem Fluss tuckerten die Schiffsmotoren. Am liebsten hätte ich mich an den Rhein gesetzt und über das Gespräch nachgedacht. Irgendetwas hatte mich irritiert. Warum hatte sich Jennifer für den Beginn von Phillips Geschäftsreise interessiert? Aber ich hatte keine Zeit mehr für solche Grübeleien. In zwei Stunden begann das Konzert im Schloss Johannisberg, in einer Stunde erwartete ich im Namen der Festivalleitung die Sponsoren zu einem kleinen Sektempfang. Ich atmete tief durch und lauschte auf die Welt um mich herum.

Dienstag, 29. Juli

»Wir haben jede Menge DNA-Spuren in der Wohnetage des Schlossturms gefunden«, sagte Hauptkommissar Horst Adler. Mayfeld hatte den korpulenten und gemütlich wirkenden Leiter der Spurensicherung eingeladen, an der Morgenkonferenz der Ermittlungsgruppe teilzunehmen. Adler war einer der gründlichsten Beamten, die Mayfeld kannte, und er besaß zugleich einen beträchtlichen analytischen Verstand. »Es sind vor allem Hautpartikel, Haare und Sperma«, fuhr er fort.

»Wir könnten von den Teilnehmern der Fete DNA-Abstriche nehmen und die mit den Spuren vergleichen. Dann wissen wir genau, wer es wo mit wem getrieben hat«, bemerkte Burkhard grinsend.

»Das mit den DNA-Bestimmungen werden wir tatsächlich machen müssen, wenn auch aus einem anderen Grund«, antwortete Adler in ruhigem Ton. »Und zwar wegen der Spuren in der Bibliothek ein Stockwerk darunter. Nebenbei bemerkt«, sagte er zu Mayfeld gewandt, »du hattest recht, die Sammlung ist eine Pracht. Alte Folianten und kolorierte Drucke, lauter historische Preziosen. Ich hätte dort am liebsten den ganzen Tag geschmökert. Aber zurück zur Sache: In der Bibliothek gibt es an der Südwand einen großen Erker mit Fenstern, durch die man auf den Teich und zurzeit auf die Seebühne blicken kann. Dort haben wir relativ frische Blutflecken auf den Fußbodendielen gefunden. Es handelt sich um einen etwas größeren Fleck, den irgendjemand versucht hat wegzuwischen, und einige kleinere Flecken, die von Spritzern stammen könnten, die unbemerkt geblieben sind. Die Analysen sind in Arbeit, Ergebnisse kommen im Laufe des Tages. Was das Labor des LKA jetzt schon sagen kann, ist, dass es sich um das Blut von zwei verschiedenen Personen handeln muss. Ansonsten haben wir in der Bibliothek nichts von Interesse für unseren Fall gefunden.«

Endlich eine konkrete Spur, dachte Mayfeld. »Gab es im Erker einen Kampf, Horst?«

»Wir können aus dem Muster der Blutflecken nicht mit Sicherheit auf einen Kampf schließen. Sie sind zum Teil verwischt, und der Rest ist zu spärlich. Es könnten auch völlig banale Verletzungen gewesen sein, die die Spuren hinterlassen haben.«

»Aber wir testen alle Partygäste und nehmen diejenigen, von denen das Blut stammt, in die Mangel, richtig?«, fasste Burkhard zusammen.

»So kann man es ausdrücken, Paul«, antwortete Adler.

»Habt ihr sonst noch was gefunden?«, fragte Mayfeld.

»Wir haben uns das Treppenhaus des Turms genau angeschaut. Dort gibt es keine Blutspuren. Die Taucher der Bereitschaftspolizei sind gestern leider nicht gekommen. Über den Grund des Teichs können wir also noch nichts sagen.«

Mayfeld wurde wütend. »Das ist ein Mordfall. Wollen die den Teich nächstes Jahr untersuchen? Oder irgendwann, wenn es gerade mal passt?«, fuhr er Adler an.

»Es ist Ferienzeit«, versuchte der Kollege ihn zu beschwichtigen. »Außerdem sind zwei der Taucher erkrankt, und zwei Stellen sind nicht besetzt wegen der Sparmaßnahmen des Landes. Ich hoffe, die machen das morgen oder übermorgen trotz all dieser Widrigkeiten. Wäre das Wasser nicht so trüb, könnte man an manchem Stellen übrigens auch ohne Taucher fast bis auf den Grund schauen. Der Teich ist nämlich maximal drei Meter tief, hat mir Herr Taler gesagt. Das ist eine Art Hausmeister auf Schloss Vollrads, ein pensionierter Gärtner, der noch unter den alten Grafen gedient hat, wie er sich ausdrückt.«

»Es wäre sehr wichtig, dass sich jemand den Grund des Teichs anschaut.« Mayfeld bemühte sich wieder um einen ruhigeren Ton. »Ich habe vorhin in der Rechtsmedizin angerufen. Dr. Enders ist aus dem Urlaub zurück und ab jetzt für unseren Fall zuständig. Er hat sich ebenfalls gewundert, dass Schönhells Leiche erst nach fünf Tagen wieder aufgetaucht ist. Er meinte, dass der Leichnam vielleicht irgendwo festgeklemmt war, er schaut ihn sich darauf hin noch einmal an. Wir sollten untersuchen, ob es im Schlossteich eine Stelle gibt, wo die Leiche hätte festhängen können.«

»Herr Taler hat mir bestätigt, dass die Seebühne am Wochenende, als Schönhell starb, schon aufgebaut war«, berichtete Adler. »Die Leiche könnte sich zum Beispiel irgendwo unter den Pontons verfangen haben.«

»Das ist eine Möglichkeit«, gab Mayfeld zu. »Dennoch brauchen wir die Taucher. Der Tathergang liegt noch völlig im Dunklen. Wir haben noch keine Vorstellung darüber, wie die Leiche überhaupt in den Teich hineingekommen ist. Ob sie auf dem Teichboden aufgeschlagen ist. Wir kennen die Tatwaffe nicht. Vielleicht liegt sie ja auf dem Grund des Teichs. Wir wissen auch noch nicht, wo die Tat begangen wurde. Hältst du es für möglich, dass Schönhell in der Bibliothek niedergeschlagen wurde?«

»Das hätte eigentlich mehr Spuren hinterlassen müssen«, antwortete Adler. »Aber ganz ausschließen kann ich es nicht, wenn jemand anschließend gründlich sauber gemacht hat.«

»Es besteht also die Möglichkeit, dass Schönhell die tödlichen Verletzungen in der Schlossbibliothek zugefügt wurden«, sagte Mayfeld. »Wie kam er dann in den Teich?«

»Ich kann mir nicht vorstellen, dass er von dort oben ins Wasser geworfen wurde«, antwortete Adler. »Das hätte meines Erachtens ein anderes Verletzungsmuster nach sich gezogen. Aber frag ruhig noch mal in der Rechtsmedizin nach. Für wahrscheinlicher halte ich es in diesem Fall, dass der bewusstlose Schönhell über die Treppe nach unten gebracht wurde. Das muss nicht unbedingt Spuren hinterlassen.«

»Das ist kein wahrscheinliches Szenario«, widersprach Winkler. »Wie soll das passiert sein, ohne dass irgendjemand etwas gehört hat?«

»Die stecken alle unter eine Decke«, sagte Burkhard.

»Es kann auch sein, dass die Blutflecken in der Bibliothek gar nichts zu bedeuten haben. Aber das kommt mir auch nicht besonders wahrscheinlich vor«, erklärte Mayfeld. »Möglicherweise hat die tätliche Auseinandersetzung in der Bibliothek nur begonnen und wurde später unten im Hof oder Garten des Schlosses fortgesetzt. Habt ihr im Bereich rund um den Schlossturm etwas gefunden?«

Adler schüttelte den Kopf. »Nein. Das war auch nicht zu erwarten. In den Tagen nach Schönhells Tod wurde dort viel gearbeitet, am Donnerstag waren ein paar hundert Konzertgäste auf dem Gelände.«

»Hast du den Gärtner oder Hausmeister, diesen Herrn Taler, gefragt, ob ihm etwas aufgefallen ist?«

»Es ist ihm nichts aufgefallen. Ich habe ihn gebeten, mir genau zu schildern, wie es um den Turm herum an dem Wochenende, als Schönhell starb, aussah. Das Tor zum Schlossgarten stand meistens auf, weil an der Bühne viel gearbeitet wurde und die Arbeiter meist vergaßen abzuschließen. Neben der Seebühne, direkt am Teich, an der Mauer zwischen dem Schlossgarten und der Wiese hinter der Orangerie, stand ein Container, in dem ein Teil des technischen Equipments für das Konzert lagerte. Er wurde am Donnerstag kurz vor dem Konzert abgebaut. Neben dem Container wurde kürzlich ein Stück der Mauer ausgebessert. Bis Mittwoch lag dort ein Haufen Bruchsteine. Mehr habe ich nicht herausgefunden.«

»Danke, Horst, das war ganz vorzügliche Arbeit. Natürlich kannst du für die Sparmaßnahmen der Landesregierung und den personellen Engpass nichts.«

»Ich hab sie nicht gewählt«, brummte der Leiter der Spurensicherung.

»Hat die Befragung der Angestellten des Schlosses etwas ergeben?«, fragte Mayfeld.

Burkhard schüttelte den Kopf. »Nichts. Niemand ist auch nur das Geringste aufgefallen.«

»Sagt jemandem der Name Sabrina Wallner etwas?«, fuhr Mayfeld fort.

Niemand im Raum meldete sich.

»Sie soll eine Freundin von Patrick Schönhell gewesen sein und ist vor ein paar Wochen in Mainz ertrunken«, erklärte Mayfeld. »Vielleicht gibt es irgendeinen Zusammenhang mit unserem Fall.«

»Ich frag bei den Kollegen in Mainz nach, was sie über den Unfall wissen«, sagte Meyer. Er hatte ein Dutzend Möhren vor sich gestapelt, deren Schale er in der letzten Viertelstunde sorgfältig abgeschabt hatte.

»Was gibt es sonst noch?«

»Die Telefonliste von Schönhells Handy ist da. Ich werde sie überprüfen.« Meyer steckte sich eine Möhre in den Mund, kaute sorgfältig und geräuschvoll, bevor er fortfuhr. »Manuela Vorholz hat die Kundenliste von Flieder gefaxt, außerdem seine geschäftlichen Termine der letzten drei Monate. Ich habe sie erst überfliegen können und schau sie mir später noch gründlicher an. Außerdem habe ich das Konto von Patrick Schönhell unter die Lupe genommen. Für das Konto eines Schülers habe ich dort ziemlich viele Umsätze gefunden. Jede Menge Bareinzahlungen und Abhebungen in den letzten Monaten, oft in der Größenordnung von ein paar tausend Euro. Zuletzt hat er am Freitag, dem 18. Juli, um dreiundzwanzig Uhr fünfzig zweitausend Euro und am Samstag, dem 19. Juli noch mal fünfhundert Euro abgehoben. Anschließend war das Konto völlig leer gefegt. Der Geldautomat steht in der Wiesbadener Spielbank.«

Mayfeld erinnerte sich an die Karte des Casinos, die sie in Patricks Wohnung gefunden hatten. »Gut gemacht, Hartmut, danke. Besorge das Video der Überwachungskamera und eine Liste der Croupiers, die zu dem Zeitpunkt in der Spielbank Dienst hatten, ich will mit denen sprechen. Das Mordopfer war mit Richi Teufel befreundet. Der hat Kontakt zur Drogenszene. Vielleicht hatte Patrick nicht nur als Kunde mit denen zu tun. Im Spielcasino sind immer wieder Geldwäscher für das organisierte Verbrechen unterwegs. Vielleicht gibt es da einen Zusammenhang. Gibt es Neues im Fall Flieder?«

»Wenn das überhaupt ein Fall ist«, lästerte Burkhard. »Das Auto Flieders wurde gefunden. Es steht in der Tiefgarage des Frankfurter Flughafens.«

»Hervorragend!« Endlich ging es auch in der Vermisstensache voran, dachte Mayfeld. »Horst, du schaust dir den Wagen an. Ich sage Brandt Bescheid. Er besorgt den richterlichen Beschluss.«

»Und das nennt sich Sommer«, schimpfte Mayfeld, als er aus seinem Volvo stieg. Ein Wolkenbruch ging über Walluf nieder. Er zog sich eilig einen Baumwollmantel über und setzte seinen Filzhut auf. Dann hastete er zusammen mit Winkler zur Villa Gruber.

»Deinem Wagen tut das gut«, rief die Kollegin lachend. Jetzt, wo der Himmel seine Schleusen geöffnet hatte, schien es ihr wieder besser zu gehen.

Clara Flieder wartete bereits unter der Tür auf die beiden Beamten und bat sie ins Trockene. Die wenigen Meter zwischen dem Parkplatz und der Villa hatten genügt, Mayfelds Mantel völlig zu durchnässen. Winkler mit ihrer roten Hightech-Regenjacke war für solche Wetterkapriolen besser gerüstet.

»Ich hänge Ihren Mantel auf«, sagte Clara Flieder, als sie in der Diele standen. Sie schob eine Lamellentür beiseite und hängte den Mantel auf einen Kleiderbügel der dahinter verborgenen Garderobe. Den Hut legte sie in das einzige freie Fach in dem Regal daneben. Es war mit »Besucher« beschriftet. Daneben und darunter befanden sich weitere Fächer, von eins bis dreiundzwanzig durchnummeriert. In jedem der Fächer lag ein Hut. Sommerhüte, Winterhüte, Hüte in verschiedenen Farben und aus verschiedenen Materialien. Jeder der Hüte hatte ein andersartiges Hutband. An einem Panamahut war eine Vogelfeder in das Hutband gesteckt.

Clara Flieder hatte Mayfelds neugierigen Blick bemerkt. »Sie meinten am Telefon, Sie wollten sich die Zimmer meines Mannes anschauen, um sich ein besseres Bild von ihm machen zu können«, sagte sie lächelnd. »Wie Sie bereits an seiner Hutablage erkennen können, ist er ein sehr systematischer Mensch. Er hat gerne den Überblick.«

Oder die Kontrolle, dachte Mayfeld. Er war irritiert von der gefassten Freundlichkeit der Ehefrau, die seit zwei Wochen ihren Mann vermisste. Auch sie schien sich gut unter Kontrolle zu haben.

»Ich behalte meine Jacke lieber an«, sagte Winkler.

»Kommen Sie mit!« Clara Flieder dirigierte die beiden Beamten durch die Diele zu einer schweren Eichenholztür, die in Phillip Flieders Büro führte. Sie blieb unter der Türbrüstung stehen.

Das Zimmer wirkte dunkel, schwere gelbe Stores hinderten das Tageslicht daran, durch das große Fenster in den Raum einzudringen. Unter dem Fenster stand ein Ledersofa, eines von den ausziehbaren Modellen, die sich in eine Liege verwandeln ließen. Mayfeld schob die Stores ein wenig zur Seite, das Fenster gab einen wunderschönen Blick auf den Rhein frei. Der massige Schreibtisch, der das Zimmer dominierte, war aus dunklem Eichenholz, aus demselben Material waren auch die Einbauschränke, die den Raum auf drei Seiten begrenzten. Auf dem Schreibtisch stand ein in einen Metallrahmen gefasstes Foto von Clara und Phillip Flieder, das wohl anlässlich ihrer Hochzeit aufgenommen worden war. Sie hatte einen geflochtenen Blumenkranz im Haar und blickte sehnsuchtsvoll zu ihrem Mann auf. Er starrte in die Kamera, so als ob er die Beobachter verjagen wollte, die Zeugen dieser Szene wurden. Neben dem Foto standen ein Notebook, ein Becher mit Kugelschreibern und einer mit Bleistiften. Daneben lagen ein Füllfederhalter und neun Radiergummis in dem Muster, das Mayfeld schon im Büro in der Wilhelmstraße bewundert hatte. Blau-Weiß-Rot-Rot-Blau-Weiß-Weiß-Rot-Blau.

»Kann ich den Füller mitnehmen?«, fragte er Clara Flieder.

Sie nickte. Mayfeld griff mit einem Taschentuch nach dem Schreibutensil und steckte es in ein Plastiktütchen.

Er öffnete die Schublade unter der Schreibplatte. Sie war in kleine Kästchen unterteilt, in mehreren der Kästchen lagen Schlüssel. Mit einem der Schlüssel ließen sich die Schubladen im rechten Teil des Schreibtischs öffnen.

In der oberen Schublade lagen verschiedene Listen, unter anderem eine Aufstellung von Flieders Hüten. »2 Borsalino schwarz, 2 Borsalino braun, 2 Borsalino rot leichte Qualität, 2 Borsalino schwarz, 2 Borsalino braun, 1 Borsalino dunkelgrün schwere Qualität, 1 Stetson schwarz, 1 Stanton braun, 1 Zapf Filz, 1 Mayser Trekking, 1 Mayser schwarz, 1 Mayser braun, 1 Regenhut Goretex, 1 Trekkinghut Känguru, 1 Trekkinghut Kaninchen, 1 Strohhut einfach, 1 Panamahut, 1 Panamahut mit Feder.«

Auf einer weiteren Liste waren sämtliche Anzüge und Mäntel Flieders vermerkt, darunter lag eine Liste mit dem Inhalt der Spirituosenbar vom 30. Juni.

Zuunterst fand Mayfeld ein Blatt Papier, auf dem vermerkt war: »2 Reitpeitschen, 3 Reitgerten, 1 Ochsenziemer, 1 Bullenpeitsche, 2 Latexpeitschen, 1 zwölfschwänzige Katze, 1 Rohrstockpeitsche leicht, 1 Rohrstockpeitsche schwer, 1 Klatsche Leder Boy, 1 Klatsche Leder Girl, 1 Klatsche Latex, 4 Paar Handschellen, 1 Bonding-Top, 1 Bonding-Body, 1 Halsfessel Leder, 1 Würgekette, 2 Ledermasken, 2 Knebel, 10 Meter Hanfseil, 1 Analstöpsel, 20 Stecknadeln, 5 mal 500 ml Gleitcreme.«

»Das ist ja widerlich«, entfuhr es Winkler, die mitgelesen hatte.

»Wo er das Zeug wohl hat?«, fragte sich Mayfeld.

In der Schublade darunter lagen zwei Dutzend Damenschlüpfer, einzeln in Plastiktütchen verpackt und mit Datumszetteln versehen.

»Können Sie damit was anfangen?«, fragte Mayfeld Clara Flieder, die die ganze Zeit höflich und unbeteiligt wartend in der Zimmertür gestanden hatte. Er zeigte ihr eines der verpackten Höschen.

Sie errötete, trat näher und betrachtete irritiert den Inhalt der Schreibtischschublade. Ihr Blick verfinsterte sich für einen Moment, bevor sie sich wieder fing. Sie schüttelte den Kopf.

»Das ist ja außerordentlich degoutant. Ich habe wirklich keine Ahnung, was es damit auf sich hat. Mir gehört diese Unterwäsche jedenfalls nicht.«

In einem der Wandschränke standen weinwirtschaftliche und betriebswirtschaftliche Literatur sowie einige Korrespondenzordner. In einem anderen Schrank befand sich ein großer Flachbildfernseher, ein DVD-Player, eine Sammlung von Pornovideos bevorzugt aus dem Bereich Sadomasochismus und Bondage und eine dazugehörige detaillierte Liste. Daneben fanden die beiden Beamten die Spirituosenbar, deren Bestand im Vergleich zur letzten Erfassung nur leicht geschrumpft war, außerdem Handschellen, mehrere Peitschen und Gleitcreme.

»Das ist also das Home-Office Ihres Mannes.« Mayfeld konnte sich eine leichte Ironie in der Stimme nicht verkneifen.

Clara Flieder lächelte verlegen. »Ich bin eigentlich nie hier drin. Meine Welt sind der Salon, die Küche und der Garten.«

Mayfelds Blick fiel auf ein in Neongrün gehaltenes Bild, das neben der Zimmertür hing. Es zeigte den Rücken einer nackten Frau, die vor einer Pyramide kauerte.

»Dahinter ist Phillips Tresor«, erklärte Clara Flieder. »Der Schlüssel dazu müsste im Schreibtisch liegen.«

Mayfeld hängte das Bild ab. Dahinter kam ein Wandtresor zum

Vorschein. Clara Flieder holte einen Schlüssel aus der Schublade unter der Schreibtischplatte und reichte ihn dem Kommissar.

Mayfeld öffnete den Tresor.

»Mein Mann bewahrt hier einige Dokumente und etwas Bargeld auf«, erläuterte die Ehefrau des Verschwundenen.

Mayfeld prüfte den Inhalt des Tresors. Zuoberst lag ein Gesellschaftervertrag mit seinen Kompagnons Korte und Meyfardt. Darunter lag ein Zettel, der mit »Ordnungsfanatiker« überschrieben war. Es folgten mehrere Ziffernreihen. »0009264851, 5234, 4872, 6968, 0092847916, 3306, 3085, 8426.« Abgeschlossen wurde das Blatt mit dem Satz »Horch was kommt von draußen rein« und »1&2«.

»Zeig mir das doch mal«, bat ihn Heike Winkler.

Mayfeld reichte seiner Kollegin den Zettel.

»Bargeld kann ich hier keines finden«, bemerkte er. »Wie viel Geld hat Ihr Mann denn normalerweise hier deponiert?«

»So genau weiß ich das nicht. Er sprach mal von fünftausend Euro. Vielleicht hat er die ja mit auf seine Geschäftsreise genommen.« Clara Flieders Stimme klang nicht besonders überzeugt.

Inzwischen hatte Winkler Flieders Notebook geöffnet. Da seine Frau nicht dagegen protestierte, ging Mayfeld davon aus, dass sie damit einverstanden war. Winkler versuchte an die Daten zu kommen. Der Zugang war durch ein Passwort geschützt.

»Ordnungsfanatiker!«, rief sie schließlich aus und tippte das Wort in die Maske.

Mayfeld schaute ihr bei der Arbeit über die Schultern. Nach kurzer Zeit war sie auf der Website des Providers, bei dem Flieder sein E-Mail-Konto hatte, meister@gmx.de. »Horch_was_kommt_von_draußen_rein_1«, tippte sie ein.

»Offensichtlich hat er alle E-Mails, die er mit seinem Blackberry verschickt oder empfangen hat, auf dem Internetserver liegen lassen, damit er sie später auf den Computer runterladen kann«, meinte sie. »Bei den gesendeten Mails finde ich noch zwei Nachrichten.«

Die letzte Mail war am 15. Juli um zwei Uhr dreißig an office@FKM.com abgeschickt worden und lautete: »Habe meine Pläne geändert. Bin die nächsten zwei Wochen für niemanden erreichbar. Sagen Sie alle Termine ab, lassen Sie sich eine Ausrede einfallen. Phillip Flieder.«

Die vorletzte Mail war an mausi@gmx.de adressiert und am 14. Juli um zwanzig Uhr dreißig abgeschickt worden. Sie lautete: »Mausi! Was soll das so kurzfristig? Kannst du dir keine Ausrede für deinen Alten einfallen lassen? Ich bin sehr böse. Dein Meister.«

»Ich geh jetzt mal zu den empfangenen Mails«, sagte Winkler.

Bei »empfangenen Objekten« fand Winkler mehrere Nachrichten von mausi@gmx.de. »Meister, bitte melde dich!« »Meister, was habe ich falsch gemacht, dass du mich verlässt?« »Meister, ich bin bereit, für meine Unartigkeit zu büßen!« Eine Nachricht vom 14. Juli, sechzehn Uhr lautete: »Mein Meister! Ich kann leider nicht kommen. Es tut mir so leid. Mein Mann kommt früher nach Hause. Ich erwarte Deine Bestrafung. Untertänig, Mausi.«

»Geschäftliche Mails finden sich hier gar keine«, wunderte sich Mayfeld.

»Wahrscheinlich hat er für geschäftliche Korrespondenz einen zweiten Account«, antwortete Winkler. Sie fand ein zweites Konto, das ausschließlich geschäftlich genutzt wurde, flieder@FKM.com. Der Account wurde mit »Horch_was_kommt_von_draußen_rein_2« geöffnet. Die letzte versendete Mail war vom 14. Juli und an info@weingut-schaefer.de gerichtet. Flieder bedankte sich darin für das konstruktive Treffen und den Auftrag und versprach, sich in den nächsten Tagen zu melden. Im Posteingang dieses E-Mail-Kontos befanden sich über zweihundert Mails.

»Die schau ich mir über die Website des Servers später in aller Ruhe an«, meinte Winkler. »Die bereits abgerufenen E-Mails hat Phillip Flieder in einem besonders verschlüsselten Bereich der Festplatte gespeichert. Da komme ich nicht rein.« Winkler schloss den Internetbrowser. Auf dem Desktop des Notebooks wies eine Verknüpfung auf ein Telefonprogramm hin.

»Öffne das bitte mal«, bat Mayfeld seine Kollegin.

»Hatten Sie nicht gesagt, dass am Samstag vor einer Woche jemand angerufen hat, der sagte, er wisse, wo ihr Mann steckt?«, fragte er Clara Flieder. Sie nickte.

»Mit dem Programm bekomme ich einen Zugang zur Telefonanlage des Hauses«, stellte Winkler fest. »Ich kann mir die eingegangenen Anrufe mal anschauen.«

Am 19. Juli war um dreiundzwanzig Uhr zehn ein Anrufer vermerkt, der die Mitteilung seiner Verbindungsnummer unterdrückt hatte. Er hatte zwei Minuten mit dem Anschluss der Flieders telefoniert. Clara Flieder bestätigte, dass das der Zeitpunkt sein musste, an dem der Mann angerufen hatte.

»Es gab noch einen zweiten Anruf an diesem Abend«, bemerkte Winkler.

Am 20. Juli um null Uhr vierzehn war erneut ein Anruf von einer unterdrückten Rufnummer aus verzeichnet. Er hatte fünfzig Sekunden gedauert.

»Da war ich bereits zu Bett«, sagte Clara Flieder. »Ich habe an diesem Abend keine Anrufe mehr erhalten.«

»Jemand ruft an und sagt, er wisse, wo ihr Mann sei, will Geld und kündigt an, dass er wieder anruft, und Sie liegen eine Stunde später im Bett, schlafen und hören den Anruf nicht?«, fragte Mayfeld verwundert.

»Sie glauben mir nicht?« Clara Flieder schien gekränkt. »Das Ganze hat mich ziemlich mitgenommen, ich bekam einen heftigen Migräneanfall. Wenn ich so eine Migräne bekomme, hilft gar nichts mehr, da muss ich mich ins Bett zurückziehen und mir wegen dieser fürchterlichen Geräuschempfindlichkeit Stöpsel in die Ohren stecken.«

»Könnte jemand anderer den Anruf entgegengenommen haben?«, fragte Mayfeld.

»Ich wüsste nicht, wer. Eduard ist in seine Wohnung gegangen, Johannes war auf einer Party.«

»Da ist ein Anrufbeantworter an die Telefonanlage angeschlossen«, stellte Winkler fest. »Gab es eine Nachricht auf dem AB?«

»Nein«, antwortete Clara Flieder. »Aber manchmal rufen Leute an, die ihren Namen nicht nennen. Wenn der Anrufbeantworter anspringt, sagen sie eine Weile nichts und legen dann auf. Das sind Leute, die auch ihre Rufnummern verbergen. Phillip hat mal versucht, so einen Anruf zurückzuverfolgen. Er hatte keinen Erfolg damit.«

»Gab es öfters solche Anrufe?«, fragte Mayfeld.

Clara Flieder verneinte das. »Ich kann Ihnen nicht sagen, ob ich so eine ›Nachricht‹ am nächsten Tag auf dem AB gefunden habe oder nicht. Solche Sachen lösche ich gleich. Es kann gut sein, dass es so war. Mein Gedächtnis ist leider nicht das beste.«

Die Erklärung war einleuchtend. Weitere Anrufe von unbekannten Anrufern hatte die Telefonanlage nicht erfasst.

Winkler notierte die Zeiten der Anrufe.

»Wir müssen noch mal mit Ihrem Sohn reden. Ist er zu Hause?«, fragte Mayfeld.

»Warum denn das? Er hat doch schon alles gesagt.« Clara Flieders Stimme klang besorgt.

»Es haben sich neue Fragen ergeben.« Wovor hatte die Mutter Angst, fragte sich Mayfeld.

»Er ist in Mainz bei Professor Schmid. In dessen Klavierzimmer gibt es kein Telefon. Leider hat Johannes sein Handy verloren, ich kann ihn deswegen nicht erreichen.«

»Sagen Sie ihm, er soll sich bei uns melden, wenn er zurückkommt.«

Winkler und Mayfeld verließen das Büro von Flieder und gingen zurück in die Diele.

»Gibt es sonst noch Orte hier im Haus, die für uns interessant sein könnten, Frau Flieder?«

»Nicht dass ich wüsste. Phillips Kleidung hängt in einem Schrank in unserem Schlafzimmer, aber er hat dort sonst nichts Persönliches. Draußen steht noch ein Gartenhaus, dass er vor fünfzehn Jahren hat bauen lassen. Aber da ist er auch so gut wie nie. Ich glaube, mehr persönliche Spuren als in seinem Büro hat er nirgendwo hinterlassen.«

Mayfeld ließ sich Mantel und Hut geben. Die beiden Beamten verabschiedeten sich von der Dame des Hauses und verließen die Villa. Mittlerweile wehte nur noch feiner Nieselregen vom Fluss zur Uferpromenade.

»Wenn Flieder dauerhaft verschwunden ist, ist das möglicherweise kein großer Verlust für die Menschheit«, frotzelte Winkler, als sie außer Hörweite von Clara Flieder waren. »Peitschen, Rohrstock und Würgekette. Alles für Mausi, die ihrer Bestrafung entgegenfiebert.«

»Wenn es Mausi doch gefällt«, versetzte Mayfeld trocken.

Seine Kollegin bedachte ihn mit einem Blick, als ob er nicht ganz bei Trost sei.

»War ein Scherz«, murmelte er.

»Selten so gelacht. Ist es möglich, dass Flieder ein Doppelleben geführt hat, von dem seine Frau nichts mitbekommen hat?«

»Möglich ist vieles«, sagte Mayfeld. »Vielleicht war er besonders geschickt darin, seine Neigungen im Geheimen auszuleben. Vielleicht hat sie es ihm leicht gemacht, indem sie bewusst oder unbewusst weggeschaut hat. Vielleicht lügt sie uns an.«

Aber Mayfeld war mit seinen Gedanken woanders. Irgendetwas hatte ihn an den Mails, die sie gelesen hatten, irritiert. Es war nicht der Einblick in eine sadomasochistische Beziehung gewesen. Doch er kam nicht darauf, was es gewesen war.

»Dann zeigen Sie mir mal Ihre Fotogalerie.«

Melanie Dinkel war die Erste aus der Clique, der Mayfeld die Fotos aller Kunden des Drogendezernats zeigte. Sie hatte etwas gemotzt, als sie zuvor eine Speichelprobe abliefern sollte, hatte sich aber gefügt, nachdem sie erfahren hatte, dass die DNA aller anderen aus der Clique ebenfalls untersucht werden würde.

Sie saß in Mayfelds Zimmer im zweiten Stock des Wiesbadener Polizeipräsidiums. Er drehte den Flachbildschirm des PCs zu ihr hin und begann, sich durch die Bilddateien durchzuklicken. Wenn die zwei fremden Besucher der Party in den Waldäckern zu Rainer Löffels Leuten gehörten, bestand eine Chance, dass sie mit in der Fotosammlung der Polizei waren.

Melanie wirkte selbstbewusster, wenn ihre Eltern nicht dabei waren. Sie wurde Mayfeld dadurch allerdings nicht sympathischer. Die gestärkte weiße Bluse und die Perlenkette ließen sie altbacken erscheinen, dem Eindruck schien sie mit hautengen Hüftjeans einer Designermarke entgegenwirken zu wollen. Seit ihrem letzten Gespräch hatte sie sich die Haare schwarz gefärbt, das Gesicht war weiß geschminkt, der Schmollmund kirschrot angemalt und das Parfüm viel zu aufdringlich. Eine misslungene Kopie von Jennifer Graf.

Sie sah sich alle Fotos gründlich an. Nach dem letzten Bild

lehnte sie sich auf ihrem Stuhl zurück. »Ich glaube, sie sind nicht dabei.«

»Was heißt, Sie glauben?«

»Genau genommen habe ich die beiden Typen gar nicht richtig gesehen. Sandra hat mir von ihnen erzählt.« Sie versuchte, schlau zu lächeln.

Mayfeld seufzte. Sie hätte sich und ihm eine halbe Stunde Zeit sparen können. Aber vermutlich hatte sie Zeit im Überfluss und gerade nichts Besseres zu tun.

»Ist Ihnen nach unserem letzten Gespräch noch etwas eingefallen, das in den Waldäckern oder im Schloss passiert ist?« Mayfeld dachte an die Eltern, die Melanie so aufdringlich umsorgt hatten. »Ich hatte den Eindruck, dass Sie beim letzten Mal nicht ganz frei sprechen konnten.«

»Keine Ahnung, wovon Sie reden«, antwortete die junge Frau schnippisch. »Aber Sie haben recht, mir ist tatsächlich noch etwas eingefallen.«

»Ich bin gespannt.«

»Es gab Streit.« Sie machte eine Pause. Mayfeld wartete ab. »Schon den ganzen Tag über. Patrick und Johannes hatten Streit.« Wieder eine Pause, in der sie ihn erwartungsvoll anschaute.

»Wissen Sie, worum es bei dem Streit ging?«

»Nein, leider nicht. Aber sie haben auch am späten Abend, als wir im Turm waren, gestritten. Ich habe mit Johannes in einem Zimmer gelegen. Er ist noch mal aufgestanden und nach unten in die Bibliothek gegangen. Ich bin ihm nach einer Weile gefolgt. Er hatte Streit mit Patrick, sie haben sich herumgestoßen und geschlagen.«

»Wie ging die Geschichte weiter?«

»Sie haben mich wieder nach oben geschickt und weiter gestritten.«

»Was genau haben Sie mitbekommen, nachdem Sie die Bibliothek wieder verlassen hatten?«

Melanie schaute ihn empört an. »Das war's, reicht das nicht? Die beiden haben miteinander gestritten und sich geschlagen.«

»Sie sagten bei unserem letzten Gespräch, dass sie später zu Richi Teufel gefahren sind. Wann war das genau?«

»Eine halbe Stunde später. Mir war es zu öde in dem Turm.«

»Johannes kam nicht zu Ihnen zurück?«

»Nein.«

»Wann sind Sie vom Schloss weggefahren?«

»Zwischen Viertel nach zwei und halb drei.«

»Der Streit, den Sie beobachtet haben, war also etwa um ein Uhr fünfundvierzig?«

Melanie nickte.

»Haben Sie Johannes oder Patrick gesehen oder sonst etwas beobachtet, als Sie wegfuhren?«

Sie schüttelte den Kopf.

»Frau Dinkel, warum erzählen Sie das alles erst jetzt?«

Sie schaute ihn trotzig an. »Ich dachte, es ist meine Pflicht, der Polizei zu helfen.

»Da haben Sie recht.« Mayfeld seufzte.

Was die Motive von Melanie Dinkel betraf, hegte er starke Zweifel an ihrer Aufrichtigkeit. Dennoch konnte ihre Aussage der Wahrheit entsprechen. Er musste Johannes Flieder genauer unter die Lupe nehmen.

»Noch mal vielen Dank für Samstag. Der Direktor hat mit meinem Vater gar nicht über unsere Party im Turm gesprochen.«

Udo Weinel grinste. Er war zusammen mit Sandra Maier in Mayfelds Büro erschienen. Die beiden standen Händchen haltend vor ihm, auch Sandra lächelte unsicher. Ein hübsches, etwas rundliches Paar gaben die beiden Blondschöpfe ab. Mayfeld erinnerten sie an zwei Hobbits.

Er platzierte sie auf Besucherstühle vor seinem Schreibtisch und ließ die Fotos all derer auf dem Bildschirm des Polizeicomputers erscheinen, die die hessische Polizei mit dem Drogenhandel im Rhein-Main-Gebiet in Verbindung brachte.

Diesmal war die Suche erfolgreich. Sandra Maier und Udo Weinel erkannten Jürgen Flicker, Sandra Maier darüber hinaus Michael Wüst als die zwei Besucher in den Waldäckern. Beide waren vorbestraft, Flicker wegen Drogenhandel und Diebstahl, Wüst wegen Körperverletzung. Sie gehörten zur Gruppe von Rainer Löffel.

»Die kamen irgendwann am frühen Abend zu uns in die Waldäcker«, erinnerte sich Sandra. »Sie haben eine ganze Weile mit Patrick geredet, ich habe aber nicht mitbekommen worüber. Sie haben sich außerhalb des Grundstücks unterhalten, in einiger Entfernung von unserem Grillplatz.«

»Die beiden sind mit einem Range Rover vorgefahren«, ergänzte Udo. »Richi hat Patrick irgendetwas zugeflüstert, und der ist dann zu den beiden gegangen.«

»Als Patrick zurückkam, hatte er einen ganz roten Kopf«, fuhr Sandra fort. »Ich habe ihn gefragt, ob alles okay ist. Er hat ganz verwundert getan und gemeint, bei ihm sei immer alles okay. Ich habe dem keine Bedeutung beigemessen und es sofort vergessen, aber jetzt, wo Sie sich so für die beiden Besucher interessieren, ist mir das alles wieder eingefallen.«

»Ist Richi Teufel mit den beiden weggefahren?«

»Direkt gesehen habe ich das nicht«, antwortete Sandra. »Aber eine Viertelstunde später hat er sich verabschiedet und ist gegangen.«

»Erinnern Sie sich sonst noch an etwas, was an diesem Tag auffällig gewesen ist? Es soll Streit zwischen Johannes und Patrick gegeben haben.«

»Wer behauptet denn so was? Ich hab nichts davon mitbekommen. Du etwa, Sandra?«

Udo Weinels Antwort war zu schnell gekommen und hatte zu entschieden geklungen, als dass sie Mayfeld überzeugt hätte.

Sandra lächelte verlegen und schüttelte nur den Kopf.

»Worum könnte es denn bei einem Streit zwischen Johannes und Patrick gegangen sein?« Mayfeld versuchte es mit einem Umweg.

»Es gab keinen Streit«, beharrte Udo Weinel auf seiner Aussage. Seine Freundin schüttelte wieder nur verlegen ihren blond gelockten Kopf.

»Ist Ihnen sonst noch etwas zu dem Wochenende eingefallen?«

Udo Weinel räusperte sich. »Den Range Rover von den beiden Typen habe ich am Sonntagmittag auf dem Parkplatz vor dem Schloss gesehen. Und den Giftzwerg, diesen Flicker, auch.«

»Sind Sie sicher?«

Udo Weinel nickte eifrig mit dem Kopf.

»Wieso haben Sie das eigentlich alles erst jetzt und nicht schon am letzten Samstag erzählt?«, hakte Mayfeld nach.

Weinel blickte betreten zu Boden. »Ich hatte Angst, dass ich Stress wegen der Benutzung des Schlossturms bekomme. Ich hab an nichts anderes gedacht. Die Besucher in den Waldäckern hatte ich komplett vergessen, und deswegen hab ich auch nicht mehr dran gedacht, dass dieser Typ am nächsten Tag wieder im Schloss war.«

»Und gibt es vielleicht auch neue Erinnerungen an die Nacht im Turm?«

»Ich habe jetzt wirklich alles gesagt. Wir haben noch was getrunken und uns dann auf die Zimmer verteilt. Ich bin ziemlich bald eingeschlafen«, sagte Udo.

»Patrick ist mit Jenny verschwunden und Johannes mit Melanie«, ergänzte Sandra.

»Von einem Streit haben Sie nichts mitbekommen?«

Beide schüttelten im Gleichtakt ihre Köpfe.

»Ich weiß nur noch, dass es eine wunderschöne Nacht gewesen ist.« Udo blickte glücklich zu Sandra hinüber.

»So ist es gewesen. Später hab ich nur noch sein Schnarchen gehört.« Auch Sandra strahlte.

Wirklich ein nettes Paar, dachte Mayfeld. Aber er hätte sie getrennt vernehmen sollen. Das war eine Grundregel der Polizeiarbeit und galt auch für die Kinder von guten Bekannten.

Jennifer Graf war in eine schwarze Tunika gekleidet, über der sie eine violettfarbene Regenjacke trug. Das Gesicht war weiß wie Schnee, die Haare schwarz wie Ebenholz.

»Ich hab nicht auf die Leute geachtet, die Richi abgeholt haben, also brauche ich mir Ihre Bilder gar nicht anzusehen. Wir beide können uns die Zeit sparen.« Sie kramte aus der Jackentasche einen Tabakbeutel hervor.

»Das Rauchen ist hier leider verboten. Tut mir leid.« Mayfeld öffnete eine Schreibtischschublade und kramte eine Tüte Weingummis aus der Manufaktur seines Schwagers hervor.

»Assmannshäuser Hölle 2007. Weingummis von einem Spätburgunder. Schmecken besser als Ihre Zigaretten, sind gesünder und hier erlaubt.«

Jennifer musterte die Tüte »Es gibt doch die unterschiedlichsten Irren.« Sie nahm drei Trauben heraus und steckte sich eine in den kirschroten Mund.

»Wie kann ich Ihnen denn weiterhelfen, wenn ich die Typen, die Sie suchen, nicht beachtet habe?«

»Sie könnten Ihr Gedächtnis durchforsten, was Sie sonst an dem Tag oder dem Abend beobachtet haben. Vielleicht fällt Ihnen ja etwas ein, was Sie mir noch nicht erzählt haben. Es soll Streit zwischen Patrick und Johannes gegeben haben, tagsüber und nachts im Turm.«

»Das hat Ihnen Melanie erzählt.«

»Wie kommen Sie darauf?«

»Ich hab sie vorhin im Flur getroffen. Das Mädchen hat ein Problem mit mir.«

Damit hatte Jennifer Graf womöglich recht. »Warum glauben Sie das?«, fragte Mayfeld.

»Privatsache.«

»Das dachte ich mir schon. Es interessiert mich trotzdem.«

Jennifer steckte sich das zweite Weingummi in den Mund. »Die schmecken gut.« Sie sah eine Weile zum Fenster hinaus. »Möglicherweise ist Melanie eifersüchtig«, sagte sie dann.

»Was ist in der Nacht im Turm passiert?«

»Da oben gibt es drei Zimmer. In zweien liegen Matratzen, in einem steht ein Himmelbett. Udo ist mit Sandra in das Himmelbett verschwunden, Johannes mit Melanie in das zweite Zimmer und ich mit Patrick in das dritte. Patrick war fahrig und unkonzentriert. Richtig schlecht drauf. Er ist irgendwann verschwunden. Ich dachte, hallo, hat der ein Problem, mit mir am nächsten Morgen aufzuwachen, und haut deswegen ab? Das hat er schon mal gebracht. Es hat mich sauer gemacht, aber nicht weiter verwundert. Ich bin eingeschlafen, ich hatte im Verlauf des Abends genug getankt. Eine Weile später bin ich noch mal aufgewacht. Johannes kam in mein Zimmer und hat sich brav neben mir auf die Matratze gelegt. Er ist gleich eingeschlafen.«

»Und worin genau besteht Melanies Problem mit Ihnen?«

Jennifer musterte Mayfeld mitleidig. Schwer von Begriff, schien ihre Miene zu sagen.

»Melanies Problem heißt Johannes. Sie steht auf ihn, aber er nicht auf sie. Johannes ist, glaube ich, in mich verliebt.«

»Aber Sie hatten doch ein Verhältnis mit Patrick?«

Jennifer lächelte schon wieder mitleidig. »Ich hab ein großes Herz.«

»Verstehe.«

»Wirklich?«

»Ist Ihnen an Johannes irgendetwas aufgefallen, als er zu Ihnen ins Zimmer kam?«

»Sie wollen doch nicht Johannes den Mord an Patrick anhängen? Hat Sie Melanie auf die Idee gebracht?« Jennifer Graf wurde wütend.

»Wir hängen hier niemandem etwas an. Ich will die Wahrheit herausfinden. Also, ist Ihnen an Johannes etwas aufgefallen, als er in Ihr Zimmer kam?«

Sie schwieg eine Weile.

»Nein, ich war nur kurz wach, ich war mehr oder weniger im Halbschlaf. Mir ist nichts aufgefallen. Und wenn Sie denken, dass Johannes irgendetwas mit Patricks Tod zu tun hat, dann irren Sie sich. Johannes würde so etwas nie tun. Der tickt anders. Selbst wenn er irgendeinen Streit mit Patrick gehabt haben sollte, würde er den deswegen nie umbringen. Der hat ganz andere Dinge im Kopf. Der ist ein Künstler. Vergessen Sie das nicht.«

Besonders logisch war es nicht, was Jennifer gerade gesagt hatte. Aber sie schien davon überzeugt zu sein. »Wissen Sie, wo Johannes steckt? Wir konnten ihn heute nicht erreichen.«

»Wenn ich ihn sehe, werde ich ihm ausrichten, dass Sie mit ihm reden wollen.«

»Tun Sie das.« Mayfeld verabschiedete sich von der jungen Frau.

Am Abend fuhr Mayfeld zur Spielbank. Er parkte seinen Volvo in der Wilhelmstraße und ging über den Bowling Green zum Kurhaus. Die Regenwolken hatten sich verzogen, der Himmel über der Kurstadt war wieder klar und färbte sich rot. Viele Spaziergänger nutzten die Gunst der Stunde und schlenderten unter den Kolonnaden umher, ließen sich auf den Bänken zwischen den neu gepflanzten Platanen nieder und betrachteten die Springbrunnen vor dem klassizistischen Bau. Mayfeld stieg die breite Treppe zum Eingang empor, ging durch das Säulenportal und betrat die marmorne Eingangshalle. Im hinteren Teil des Kurhauses befand sich die Spielbank.

Vor dem Eingang zum ehemaligen Weinsaal zeigte er der Mitarbeiterin des Casinos, die den Einlass kontrollierte, seinen Dienstausweis. Sie war bereits informiert und telefonierte. Kurze Zeit später erschien ein Mann in schwarzem Smoking, der sich als Herr Markwart von der Direktion vorstellte, und bat ihn ihm zu folgen.

»Von den Mitarbeitern, die vom achtzehnten auf den neunzehnten Dienst hatten, sind momentan sechs im Haus. Ich stelle sie Ihnen vor.«

Sie betraten einen holzgetäfelten Saal. An den hohen Decken hingen Kronleuchter und warfen ihr majestätisches Licht auf das Geschehen an den Roulettetischen, wo sich die ersten Spieler eingefunden hatten. Ältere Damen in großer Abendgarderobe, junge Streber in Businessanzügen, ein zerknitterter Alter mit schlohweißer Haarmähne, sie alle forderten ihr Glück heraus und versuchten es mit Gebeten, Talismännern oder mathematischen Systemen zu beeinflussen.

Markwart ging zu einem der Croupiers, flüsterte ihm etwas zu, deutete auf Mayfeld und übernahm den Platz am Kessel. Der klein gebaute Mann im Smoking kam auf ihn zu, stellte sich als Manfred Schüler vor. Mayfeld zeigte ihm ein Foto von Patrick Schönhell.

»Den kenne ich«, antwortete Schüler prompt. »Der war an meinem letzten Arbeitstag hier in der Spielbank.«

»Kam er öfters hierher?«

»Ich habe ihn ein paarmal gesehen. Er hat immer ganz schön viel Geld bei sich gehabt, zumindest viel Geld für so einen jungen Kerl.«

»Wissen Sie, ob er mehr verloren oder mehr gewonnen hat?«

»Ach Gott, über die Zeit gleicht sich das ja meist aus, wenn man zwischenzeitlich nicht pleite geht oder aufgibt. Der Gewinn des einen ist der Verlust des anderen. Die Einzige, die immer gewinnt, ist die Bank. Bei uns geht es zu wie im richtigen Leben.« Schüler lachte fett.

»Erinnern Sie sich noch an die Nacht vom achtzehnten auf den 19. Juli?«

»Ja freilich, das war mein letzter Arbeitstag. Ich war anschließend eine Woche in Urlaub, in Las Vegas. Eine tolle Stadt, kann ich Ihnen sagen.«

»Ich interessiere mich mehr für das, was Sie in der Nacht vom achtzehnten auf den 19. Juli hier in der Spielbank beobachtet haben.«

»Ach so, ja natürlich. Der Junge spielte lange Zeit an meinem Tisch. Er hatte wieder ganz schön viel Geld bei sich. In dieser Nacht hatte er kein Glück. Er hat viele tausend Euro verloren. Ich habe ihm Freitagabend so gegen elf Uhr gesagt, er soll aufhören, manchmal ist es das einzig Richtige, den Verlust zu begrenzen.«

»Sind Sie sicher, dass das um dreiundzwanzig Uhr war, nicht später?«

»Absolut sicher. Ich wechselte um dreiundzwanzig Uhr den Tisch. Vorher habe ich ihm den Tipp gegeben aufzuhören. Er hat mich nur wütend angeschaut. Er wollte sein Glück erzwingen.«

Vor dem 18. Juli, dreiundzwanzig Uhr fünfzig hatte Patrick aber mehrere Wochen keine größeren Beträge von seinem Konto abgehoben. Woher hatte er das ganze Bargeld gehabt?

»Später haben Sie ihn nicht mehr gesehen?«

»Doch. Ich bin zum American Roulette gewechselt.«

»Das sind die Tische da drüben?« Mayfeld zeigte hinter sich.

»Ja. Da kann man keine Chancen setzen, also kein Rouge, Noir, Pair, Impair und so weiter, sondern nur Zahlen. Das geht schneller und die Einsätze sind höher. Da ist er eine Weile später, vielleicht so um eins, aufgetaucht und hat innerhalb kürzester Zeit noch mal mindestens zwei- oder dreitausend Euro verspielt. Na ja, das Jüngelchen scheint es ja zu haben.«

»Das Jüngelchen ist tot.«

Schüler wurde blass. »Selbstmord?«

»Wirkte er auf Sie irgendwie auffällig?«

»Irgendwie wirken hier fast alle auffällig auf mich.«

»Und er?«

»Nicht mehr als die anderen.« Schüler hatte seinen fröhlichen Zynismus schnell wieder zurückgewonnen.

Den anderen Mitarbeitern war Patrick Schönhell an diesem Abend nicht aufgefallen. Mayfeld verließ die Spielbank wieder. Draußen tauchte das letzte Licht des Tages den Himmel über Wiesbaden in ein dämmriges Rot.

***

»Die Polizei sucht dich. Sie wollen eine Speichelprobe von dir.«

Johannes schreckte zusammen. Sein Magen revoltierte. Das hatte ihm gerade noch gefehlt! Als hätte er nicht schon genug Probleme.

Die Stunden bei Professor Schmid waren ernüchternd verlaufen. »Sie sind nicht konzentriert, und Sie arbeiten zu wenig an sich«, hatte der Professor gesagt. »Wenn Sie es zu etwas bringen wollen, müssen Sie alles, was Sie ablenkt, vergessen, alles, was sich Ihnen entgegenstellt, beiseiteschieben. Schön Klavier spielen können Sie schon lange, aber zum erfolgreichen Künstler gehört wesentlich mehr. Neben Talent vor allem ein unbedingter und unbeugsamer Wille.« Man hätte meinen können, der Professor und seine Mutter hätten sich abgesprochen. Sie redeten in völligem Gleichklang auf ihn ein. Jedenfalls hatte er nach dieser Ansprache keine Lust gehabt, nach Hause zu fahren, und war bei Jenny vorbeigeschneit. Jetzt saß er in ihrem Wohnzimmer auf dem weißen Sofa, sie hatte sich ihm gegenübergesetzt.

Er konnte seinen Blick nicht von ihr lassen. Jenny sah umwerfend aus. Unter dem schwarzen Kaftan zeichneten sich ihre Brustwarzen ab. Das bekam er auch noch mit, wenn er bis zum Hals im Schlamassel steckte. Ihr blasser Teint ließ das ebenmäßige Gesicht vornehm erscheinen, das schwarze Haar schimmerte seidig. Ihre tiefe und leicht angeraute Stimme hatte etwas Hypnotisierendes, und in ihre dunkelblauen Augen wäre er am liebsten sofort versunken. Eingetaucht in einen tiefen, geheimnisvollen See. Weg von dem Schlamassel.

»Drehst du mir eine?«

Jenny nahm ihren Tabakbeutel, fingerte ein Blättchen heraus

und drehte Johannes eine dünne Zigarette. Als sie sie ihm herüberreichte, konnte er die wilden Aromen von Tabak und Moschus riechen.

»Was wollen die von mir?«, fragte er.

»DNA-Proben haben sie von uns allen genommen, deswegen brauchst du dir keine Gedanken zu machen. Hoffentlich. Ich glaube, dass dich Melanie bei den Bullen ganz schön reingeritten hat. Sie hat denen erzählt, dass du dich mit Patrick gestritten hast.«

Johannes inhalierte den Zigarettenrauch und bekam einen Hustenanfall. Er war das Rauchen nicht gewohnt.

Jenny setzte sich neben ihn und klopfte ihm sachte auf den Rücken.

»Melanie ist eine blöde rachsüchtige Kuh. Sie erträgt es nicht, dass du von ihr nichts wissen willst.«

»Weißt du auch, warum ich nichts von ihr wissen will?«, fragte Johannes. Er hatte mit Jenny noch nie über seine Gefühle für sie gesprochen.

Sie fuhr ihm durchs Haar, ihr Gesicht kam dem seinen ganz nah. Er konnte die gelben Einsprengsel in den dunkelblauen Augen erkennen. Sie lachte hell auf, sprang zurück und setzte sich wieder auf den Sessel ihm gegenüber.

»Ich kann es mir denken«, antwortete sie, lächelte verführerisch und legte den Zeigefinger der rechten Hand auf ihre Lippen. »Alles zu seiner Zeit. Erzähl mir, was auf der Fete passiert ist.«

»Du warst doch dabei!«

»Nicht immer, sonst würde ich doch nicht fragen. Worum ging es bei dem Streit, den du am Nachmittag mit Patrick hattest?«

Johannes entspannte sich ein wenig. An den Nachmittag hatte er mittlerweile wieder ziemlich präzise Erinnerungen. »Eigentlich hatte ich am Nachmittag gar keinen Streit mit Patrick. Eigentlich hatte Udo Streit mit ihm. Es ging um Sabrina Wallner.«

»Das Mädchen, das in Mainz ertrunken ist?«

»Genau die. Patrick hatte eine Affäre mit ihr, er hat sie mit auf die Fete in Mainz genommen. Udo hat ihm vorgeworfen, er habe sie erst mit Drogen vollgepumpt und dann ihrem Schicksal überlassen.«

»Zuzutrauen wäre ihm das.« Jennifer lächelte kalt.

Manchmal verstand Johannes sie nicht. »Und wieso bist du mit ihm zusammen gewesen, wenn du ihm so etwas zutraust?«

»Ich war mit ihm im Bett«, korrigierte ihn Jenny. »Mit Liebe hatte das nichts zu tun.«

Das waren gute Nachrichten. Gleichzeitig wurde Jenny Johannes ein wenig unheimlich.

»Und warum hat das Udo so aufgeregt?«, fragte sie.

»Er kannte Sabrina, und er kennt ihren Bruder.«

»Verstehe. Der gute Udo. Dann kann er ja froh sein, dass ihm seine Sandra so ein schönes Alibi gibt.«

»Udo wäre nie dazu fähig, jemanden zu töten«, polterte Johannes lauthals los. In diesem Tonfall redete er normalerweise nie. Er durfte nicht zu heftig werden, schließlich wollte er Jenny nicht abschrecken.

Aber die blieb ganz gelassen. »Wir sind alle zu allem fähig. Es kommt nur auf die Umstände an.« Sie fuhr sich mit der Zunge über die Lippen, strich sich die Haare aus dem Gesicht, lächelte. »Und warum hast *du* dich mit Patrick gestritten?«

Sie ließ nicht locker.

»Ich hab mich über die zynische Art geärgert, mit der er Udo abgefertigt hat. Mit der er jede Verantwortung für das Schicksal des Mädchens abgestritten hat. Wie er über sie gelacht hat. EinReckskerl.«

»Der den Tod verdient hat?«

Johannes wurde heiß und kalt. »Worauf willst du hinaus? Glaubst du, ich habe Patrick etwas angetan?«

»Die Bullen wissen, dass du dich mit ihm gestritten hast. Du musst denen eine Geschichte erzählen, die sie dir abkaufen. Du musst cool bleiben.«

Verdammt, da hatte sie recht.

»Ich kannte Sabrina nicht. Ich kenne bloß ihren Freund Marcel aus der Schule. Ich war zwar nicht einverstanden mit dem, was Patrick sagte und wie er es sagte. Aber deswegen bringt man doch niemanden um.«

»Das gefällt mir schon viel besser. Hat es dich gestört, dass ich mit ihm geschlafen habe?« Sie sah ihm herausfordernd in die Augen.

»Na klar. Jeder Mann wäre gerne an seiner Stelle gewesen.« Ob das cool genug war?

»Danke!« Jenny lächelte. »Aber sag das der Polizei lieber nicht. Melanie hat den Bullen was von einer Prügelei in der Nacht erzählt. Am nächsten Morgen hast du neben mir auf der Matratze gelegen und hattest eine ziemlich dicke Beule. Wie willst du das der Polizei erklären?«

Jetzt begann der unangenehme Teil. »Kann ich nicht. Ich erinnere mich an kaum etwas. Ist alles wie von dichtem Nebel verschluckt.«

»Versuch es doch«, bat Jenny und zwinkerte ihm zu.

Es war ziemlich schwer, ihr einen Wunsch abzuschlagen. »Ich hatte eine ziemliche Wut auf Patrick, und ich hatte ziemlich viel getrunken. Melanie hat genervt. Deswegen bin ich nach unten gegangen. In der Bibliothek war noch Licht, und ich habe Patrick getroffen.«

»Sind ja doch einige Erinnerungen da.«

Je mehr er darüber redete, desto mehr Bilder tauchten aus dem Nebel auf. Johannes wusste gar nicht, ob das gut war. Manchmal war ein schlechtes Erinnerungsvermögen eine große Gnade.

»Mach weiter«, ermunterte ihn Jenny.

»Patrick telefonierte.«

Er sah ihn vor sich, wie er im Erker der Bibliothek stand und nach draußen starrte. Irgendetwas Unfreundliches hatte Patrick zu ihm gesagt, er solle sich verpissen oder so ähnlich. Er war zu ihm hingegangen, besser gesagt geschwankt oder getorkelt. Er hatte wissen wollen, was es da draußen zu sehen gab. Er hatte sich von diesem arroganten Idioten nicht einfach wegschicken lassen. War schon schlimm genug, dass der Kerl mit Jenny poppte. Patrick hatte ihn weggestoßen, und er hatte sich das nicht gefallen lassen. Hatte ihm eins auf die Birne gegeben. Und dann wurde es wieder zappenduster mit den Erinnerungen. Irgendwann war Melanie in die Bibliothek gekommen. Die hatten sie gemeinsam wieder nach oben gescheucht. Wieder wurde es dunkel. Später war Patrick weg gewesen, und er hatte nach unten auf den Schlossteich geschaut. Er konnte sich aber nicht erinnern, was er dort gesehen hatte. Am nächsten Morgen war er neben

Jenny aufgewacht und hatte eine Beule am Kopf und einen hässlichen Kratzer am Arm gehabt.

»Bist du noch da?« Jenny winkte ihm zu.

»Es gab eine kleine Rangelei zwischen Patrick und mir. Melanie wollte sich einmischen. Wir haben sie weggeschickt. Mehr weiß ich nicht mehr.«

»Die Beule auf deinem Kopf sah eher nach einer großen Schlägerei aus.«

»Glaubst du, dass ich ihn umgebracht habe?« Johannes spürte ein heftiges Bauchgrimmen. Ein ziemlich übles Gefühl, das er nicht näher beschreiben konnte, wanderte von seinen Gedärmen nach oben und breitete sich in der Magengegend und im Brustkorb aus. Wenn nicht gleich etwas passierte, würde er kotzen oder kollabieren oder beides.

Jenny bemerkte seine Not. Sie setzte sich wieder neben ihn auf das Sofa, legte ihren Arm um seine Schultern, gab seiner Wange mit ihrer Nase einen zarten Stups. Das üble Gefühl verschwand wieder. Johannes wurde ganz warm.

»Aber nein«, flüsterte sie ihm ins Ohr. »Und wenn doch, dann hat es keinen Engel getroffen. Irgendwie fände ich es sogar aufregend, wenn du es wegen mir getan hättest. Welche Farbe hat eigentlich der Wagen deines Vaters?«

Er fuhr herum und starrte sie an. Wieder irritierten ihn die gelben Einsprengsel in ihren dunkelblauen Augen. »Wie kommst du denn auf diese Frage?«

»Weiß nicht. Antworte doch einfach.«

»Rot. Das hat mich Patrick übrigens an dem Nachmittag auch gefragt.«

»Von mir wollte er das ebenfalls wissen. Ich hab ihm auch geantwortet, er sei rot.«

»Und warum fragst du mich dann, wenn du es schon weißt?«

»Er war mit der Antwort irgendwie nicht zufrieden.«

»Stimmt. Den Eindruck hatte ich auch. Ich hab ihm dann noch erzählt, dass er zuletzt einen silberfarbenen Leihwagen gefahren hat. Das hat ihm besser gefallen. Ich hab ihn gefragt, warum das wichtig ist, aber darauf hab ich keine Antwort bekommen. Warum ist das wichtig?«

»Weiß nicht«, antwortete Jenny und gab ihm den lang ersehnten Kuss. Johannes fühlte sich elend und glücklich zugleich.

Clara

An diesem Dienstag hätte ich vor Scham im Boden versinken wollen. Für einen Moment war alle Musik in mir verstummt, die Welt schwieg feindlich. Es war unglaublich, was Kommissar Mayfeld im Schreibtisch meines Mannes entdeckt hatte. Schlüpfer als Trophäen, akribisch katalogisiert, Schundfilmchen auf DVD und die widerlichen Peitschen und Handschellen. In was für einen Abgrund musste ich da blicken, welche Kakophonie drang da an mein Ohr! Natürlich hat mir der Kommissar nicht geglaubt, dass ich von diesen Dingen nichts wusste. Aber bis zu diesem Moment hatte ich tatsächlich keine Ahnung davon gehabt.

Nach der schauerlichen Entdeckung war ich aufgedreht und unruhig, fühlte mich gleichzeitig wie betäubt. Am liebsten hätte ich mich in Arbeit gestürzt. Aber es war wie verhext. Ausgerechnet in dieser Woche hatte ich nur noch ein Konzert am Samstag zu betreuen. Ein paar Stunden Arbeit im Büro waren noch zu erledigen, aber ich hatte viel Zeit, mir Sorgen zu machen. Sorgen um Johannes, Sorgen um Phillip, Sorgen um mich.

Als ich die Kommissare verabschiedet hatte, lief ich im ganzen Haus herum, öffnete alle Schränke, suchte nach weiterem Unrat. Zum Glück fand ich nichts mehr, aber auf der unseligen Liste meines Mannes waren viel mehr Folterinstrumente verzeichnet gewesen, als die Polizisten gefunden hatten.

Nachdem ich das Haus durchsucht hatte, versuchte ich mich abzulenken. Ich legte eine CD ein, Mikhail Pletnev und das Russische Nationalorchester spielten die »Toteninsel« von Rachmaninow. Die elegische Stimmung der Tondichtung umhüllte mich, die Wellen der dunklen, samtigen Streicher trieben mich davon. Im Wohnzimmer hängt eine Reproduktion des Bildes von Alfred Böcklin, das den russischen Komponisten inspiriert hatte: Eine von Pinien bewachsene Felsinsel mit Grabkammern, zu der eine weiße

Gestalt mit einem Sarg auf einem Nachen übersetzt. Vor der blieb ich lange Zeit stehen, vertiefte mich in das Gemälde.

Ich kenne diese Insel, ich habe sie schon einmal gesehen. Vor vielen, vielen Jahren. Genauer gesagt 1989, als mich meine Hochzeitsreise nach Italien führte. Das Inselchen auf dem Gemälde ähnelt einer Insel vor Capri, dort habe ich auch die Reproduktion des Bildes erstanden. Ein merkwürdiges Souvenir aus den Flitterwochen, ein Bild mit dem Titel »Die Toteninsel«.

Damals war ich glücklich. Ich war neunzehn Jahre alt und frisch verheiratet. Die schweren Jahre lagen hinter mir, so hoffte ich. Nach dem Schlaganfall meines Vaters hatte ich die Schule schleifen lassen, sobald ich achtzehn war, hatte ich sie abgebrochen. Ich hatte Papa gepflegt und versucht, den Untergang seiner Firma abzuwenden. Das war natürlich eine groteske Überforderung gewesen. Ich hatte mein Bestes gegeben, jedoch erkennen müssen, dass das nicht genug war. Die Firma ging pleite. Der Steuerberater meines Vaters, der alte Flieder, kaufte den Betrieb, übernahm die ganzen Schulden. Als mein Vater starb, hat er mir nichts außer der Sorge um meinen Bruder hinterlassen.

Und dann ereignete sich einer jener unwahrscheinlichen Glücksfälle, die alles verändern. Plötzlich ertönte das Lied meines Lebens in einer gänzlich neuen Tonart. Der Sohn des alten Flieder, Phillip, verliebte sich in mich. Er war eine richtig gute Partie, und ich wunderte mich, wieso sein Auge auf mich gefallen war. Schließlich war ich damals ein ziemlich sprödes Mädchen. Aber aus irgendeinem Grund hatte er einen Narren an mir gefressen.

Mein Vater war noch keine sechs Monate unter der Erde, als wir heirateten. Die Hochzeit war wunderbar, ganz in weiß. Da mein Vater tot war, führte mich Eduard zum Traualtar. Es war ein wehmütiges Gefühl. Eduard hatte die Idee, dass wir unsere Flitterwochen in Capri verbringen sollten, er hatte in jenem Sommer ein Stipendium für einen Studienaufenthalt auf der Insel. Er war schon damals, mit seinen sechzehn Jahren, einer der aufsteigenden Sterne am Pianistenhimmel.

Während ich so in Erinnerungen schwelgte, fiel mich plötzlich ein hässlicher Gedanke an, er hackte meckernd auf meiner armen Seele herum: Phillip hatte seine perversen Spielchen in meiner unmittelbaren Nähe getrieben, ohne dass ich es bemerkt hatte. Das konnte er eigentlich nur in den Zeiten getan haben, in denen ich krank im Bett lag, niedergestreckt von meiner Migräne. Wie hatte er das hingekriegt? Wie hatte er es geschafft, dass seine Gespielinnen just in dem Augenblick zur Verfügung standen, nachdem ich mich wegen meiner Kopfschmerzen zurückgezogen hatte? Dafür konnte es nur eine Erklärung geben. Die Person musste in seiner und damit auch in meiner unmittelbaren Umgebung leben.

Diese Erkenntnis zog mir den Boden unter den Füßen weg. Ein knirschendes, schepperndes Geräusch betäubte mich. Die letzten Takte der Toteninsel bekamen einen bedrohlich metallischen Klang. Wer war diese Person?

Es kamen nur wenige Menschen in Frage. In der Villa Gruber leben außer mir nur Johannes und Eduard. In unmittelbarer Nachbarschaft wohnt Rafaela. Rafaela, meine Schwester. Rafaela, meine Stiefschwester. Die Tochter von Doris, die in unsere Familie wie ein Fremdkörper eingedrungen ist. Der Tritonus. Der Ton, der immer stört, die musikalische Erinnerung daran, dass es den Teufel gibt. Du bist ungerecht, versuchte ich mir einzureden, ihre Stimme hat einen angenehm silbrigen Klang. Jemand mit solch einer Stimme mag oberflächlich und flatterhaft sein, aber zu solch einer Hinterhältigkeit passt diese Stimme ganz und gar nicht.

War es möglich, dass mich mein Mann mit Rafaela betrog? War es möglich, dass sie das vor uns allen, vor mir, vor Eduard, vor Johannes verborgen hatte, sollte Rafaela eine so begnadete Schauspielerin sein? Plötzlich bekamen viele Beobachtungen eine neue Bedeutung, wie in einem Kippbild. Man sieht die ganze Zeit einen Pokal und plötzlich entdeckt man zwei Gesichter, die einander zugeneigt sind. Plötzlich hörte ich Themen und Leitmotive, die ich bislang in der Flut der Lebensklänge nicht erkannt hatte.

Ich habe mich immer gewundert, woher Rafaela das Geld hatte, ihre Boutique in Wiesbaden zu finanzieren. Sie nennt sich Modedesignerin, aber das ist nur eine etwas interessanter klingende Bezeichnung für eine Schneiderin, die ab und zu ein paar überkandidelte Kleider an ebensolche Kundinnen verkauft. Und damit will sie einen teuren Laden in der Wiesbadener Fußgängerzone finanzieren und ihr Haus in Walluf unterhalten und ihre teuren Urlaube bezahlen, den vielen Schmuck, das große Auto? Das war kaum denkbar, aber ich habe mich nie darum gekümmert. Sie lebte ihr Leben, ich meines. Wieso hatte ihr Phillip angeboten, Kontakte mit einer italienischen Modefirma herzustellen?

Phillip ist kein Kostverächter, so sagt man wohl dazu. Er schaut gerne jungen Frauen hinterher, er äußert sich manchmal ziemlich vulgär. Mich hat es die ganzen Jahre gewundert, dass er mir gegenüber so zurückhaltend gewesen ist. Mir war das recht, deswegen habe ich diesen Gedanken nie weiterverfolgt. Er hat es sicherlich nicht immer leicht mit mir gehabt, meine häufigen Migräneattacken waren bestimmt eine Belastung für unsere Ehe. Aber er hat sich nie beschwert, was ich ihm hoch angerechnet habe. Jetzt bekam diese Rücksichtnahme, diese Toleranz eine ganz andere Bedeutung. Meine Erkrankung war ihm die ganzen Jahre egal, er wartete nur auf meinen Anfall, damit er freie Bahn hatte.

Vielleicht war alles aber auch ein Glücksfall für mich gewesen, wenn ich an seine sexuellen Vorlieben denke, die ich keinesfalls teile.

Ich wollte sofort mit Rafaela reden und ging in den Garten. Mittlerweile hatte es aufgehört zu regnen. Dort wo die Scheune an das Hauptgebäude angebaut ist, führt ein kleiner Torbogen zum Nachbargrundstück. Man kommt direkt von der Villa Gruber zum Hexenhäuschen. Ich lief durch das Tor zu ihrem Fachwerkhaus, klingelte. Niemand öffnete. Sie war vermutlich in ihrer Boutique. Aber um eine Aussprache würde sie nicht herumkommen, das nahm ich mir vor.

Ich lief wieder zurück in den Garten. Wie konnte es sein, dass Eduard nie etwas aufgefallen war? Schließlich musste sie jedes Mal, wenn sie zu Phillip ging, an seiner Wohnung vorbeigehen. Das musste er doch zumindest ab und zu beobachtet haben. Warum hatte er nie mit mir darüber gesprochen? Er ist doch mein Vertrauter! Und noch etwas anderes war merkwürdig: Wie konnte sich Phillip mit Rafaela in unserem Haus treffen, wenn Johannes da war?

Ich ließ meinen Blick über unser schönes Anwesen schweifen. Am Tempelchen blieb er hängen. Es steht im hinteren Teil des

Gartens, an der Mauer, die unser Grundstück zu den Weinbergen hin begrenzt. An jeder Seite des kleinen steinernen Gebäudes stehen vier halbe Rundsäulen, die in die Mauern integriert sind. Zwischen den Säulen sind Türen und Fenster eingebaut. Das Dach erinnert an die Akropolis. Phillip hat das Gebäude bald nach unserer Hochzeit errichten lassen, nach einem Urlaub, den wir in Griechenland verbrachten. Es sei mein Tempelchen, sagte er immer. Dabei halte ich mich nie dort auf. Ich mag diese Mischung aus Kitsch und Pomp nicht, halte den Bau für eine monströse Geschmacksverirrung. Aber das habe ich Phillip natürlich nie gesagt. Schließlich wollte er mir damit eine Freude machen.

Ich lief in Phillips Büro, holte die Schlüssel für das Tempelchen. Dann lief ich auf die Terrasse und überquerte den regennassen Rasen. Am alten Brunnen hielt ich einen Moment inne, streichelte einen Koi. Irgendwie machte das zutrauliche Tier mir Mut. Anschließend ging ich zur Tür des Tempels, öffnete sie und ging hinein.

Drinnen herrschte Dämmerlicht, vor den Fenstern hingen schwere rote Vorhänge. Es roch süßlich und muffig. Ich zog die Vorhänge zurück und öffnete die Fenster. Licht und die Klänge des Gartens ließen das Innere etwas freundlicher erscheinen. Zwischen den Fenstern waren Schränke aus Kirschholz eingebaut, der Boden bestand aus rotbraunen Terrakottafliesen, auf denen persische Teppiche lagen, die vorzugsweise in Rottönen gehalten waren. In der Mitte des großen Raums stand ein großer roter Diwan, daneben lagen mehrere Sitzkissen, auch sie in dunklem Weinrot gehalten. Der Stil passte gar nicht zu Phillip. Aber ich musste mich an den Gedanken gewöhnen, dass Phillip mehrere Gesichter hatte. Ich habe einmal in einer Zeitschrift gelesen, dass Menschen, die als Ordnungsfanatiker auffallen, häufig mit innerem Chaos zu kämpfen und eine geheime dunkle Seite haben. So musste das auch bei meinem Mann sein.

Ich durchsuchte die Schränke. Sie waren fast alle mit Kleidern und Schuhen gefüllt. Und zwar für eine Frau! Für eine Frau mit einem ziemlich eigentümlichen Geschmack. Die es für notwendig erachtete, mindestens zwanzig Paar High Heels zu besitzen. Die Seidenunterwäsche in allen erdenklichen und undenkbaren Variationen bevorzugte, immer in der Farbe Rot. Selbst die Strapse und die Strümpfe waren rot. Ebenso die Morgenmäntel, Kimonos und die wenigen Kleider, die man auch bei Tag und in der Öffentlichkeit tragen konnte.

Im vorletzten Schrank, den ich durchsuchte, fand ich die restlichen Foltergeräte von Phillips Liste, Peitschen, Gerten, Würgeketten, Tops und eine Ledermaske. Wenigstens die war nicht rot, sondern schwarz. Jetzt fehlte bloß noch eine Maske, schoss es mir kurz durch den Kopf, dann hatte ich alles von seiner Liste gefunden. Ich war eine Zeit lang wie betäubt, ich weiß gar nicht, ob ich damals noch etwas spürte, Schmerz, Traurigkeit oder Scham. Oder ob ich nur noch wie ein Roboter funktionierte.

Die letzte Tür, die ich öffnete, war gar keine Schranktür, wenngleich sie den anderen Türen täuschend ähnlich sah. Sie führte in ein Bad, das, wie nicht anders zu erwarten, in rötlichem Marmor schimmerte. Kein Tageslicht hatte sich je in diesen Raum verirrt, beleuchtet wurde er durch einen Kristalllüster, an dessen Armen zahlreiche in weißem und rotem Kristallglas gearbeitete Meerjungfrauen hingen. Vor dem Spiegel, der der Eingangstür gegenüberlag, standen auf einem Bord eine Unzahl von Flakons und Tiegeln mit Parfüms, Wässerchen und Salben, die zusammengenommen vermutlich ein kleines Vermögen gekostet hatten. Zwischen Spiegel und Dusche war eine weitere Tür. Der Schlüssel steckte. Ich öffnete sie – und stand wieder im Freien, zwei Meter vor der Mauer zu den Weinbergen. Die Tür war von außen kaum zu erkennen, war mit denselben Steinplatten verkleidet wie die Außenwände.

Ich erinnerte mich vage, dass Phillip mir das alles irgendwann einmal gezeigt hatte, aber ich bin in diesem Teil des Gartens sicher schon seit zehn Jahren nicht mehr gewesen. Trotzdem irritierte mich mein schlechtes Erinnerungsvermögen. Es plagt mich seit Jahr und Tag, und ich bin froh, dass es sich ausschließlich auf private Dinge bezieht und Berufliches ausspart. In diesem Moment war ich mir noch nicht einmal sicher, ob mir Phillip all das tatsächlich gezeigt hatte oder ob ich mir das nur einbildete.

Am anderen Ende der Hausmauer, zwischen zwei Säulen, entdeckte ich eine weitere Tür. Sie war verschlossen. Es gab also noch einen weiteren Raum in dem Gebäude. Verwirrt ging ich zurück zu dem rückwärtigen Ausgang des Tempelchens.

Dann fiel es mir wieder ein. An einer von Bäumen und Büschen verdeckten Stelle war eine kleine Gittertür in die Mauer zum benachbarten Weinberg eingelassen. Ein Trampelpfad führte zwischen dem Gehölz und der Mauer zu dem Türchen. Es war verschlossen, schien aber gut in Schuss, so als ob es des Öfteren benutzt würde. Wenn man die entsprechenden Schlüssel besaß, konnte man also von außerhalb in das Tempelchen, ohne dass das vom Garten aus zu beobachten war. Das erklärte möglicherweise, warum Eduard nie etwas aufgefallen war, wenn sich Rafaela und Phillip hier trafen. Rafaela hatte einfach einen Umweg eingeschlagen. Von ihrem Grundstück aus war es ein Leichtes, in den Weinberg zu gelangen, und von dort konnte sie unbemerkt den Hintereingang des Tempels erreichen.

Ich ging durch das Bad zurück in den Hauptraum.

»Hallo, Clara!«, rief eine bekannte Stimme. »Die Tür stand offen, und ich dachte, ich finde dich hier.« Eduard stand in der Mitte des Raums und strahlte mich freudig an.

Mir war nicht nach Freude zumute. »Ich muss sofort hier raus«, fuhr ich ihn an. Ich deutete auf die Reitgerte und die Ledermaske, die ich auf den Diwan geworfen hatte. »Weißt du, was das ist?«

»Eine Reitgerte und eine Maske«, antwortete er in naivem Ton.

»Weißt du, was die hier zu suchen haben?« Meine Empfindungen waren zurückgekehrt. Ich bebte vor Zorn.

Eduard antwortete nicht.

Ich schoss an ihm vorbei nach draußen, ging zum Brunnen und streichelte den Koi, der mir vorhin Mut gemacht hatte. Eduard folgte mir.

»Kannst du mir erklären, was das alles zu bedeuten hat?«, fragte ich streng.

»Ich verstehe gar nichts. Was ist denn los, Clara, worüber regst du dich denn so auf?«

Eduard lächelte gewinnend, aber seine Stimme bekam einen metallischen Klang. Auch das Vogelgezwitscher hörte sich falsch an. Aus der Ferne vernahm ich ein Donnergrollen. Nicht schon wieder eine Migräne, dachte ich wütend. Aber die Vorzeichen waren untrüglich. In wenigen Minuten musste ich mich zurückziehen, weil die ersten Blitze einschlagen würden.

»Phillip hat sich mit einer anderen Frau getroffen«, sagte ich, den Tränen nah.

»Das wundert mich nicht«, antwortete Eduard trocken. Er streichelte jetzt ebenfalls den Koi, der zu mir her geschwommen war.

»Du wusstest davon?« Ich wollte nicht glauben, was ich da hörte.

»Ich sagte bloß, dass es mich nicht wundert.« Eduard versuchte abzuwiegeln.

»In seinem Büro hat er ein ganzes Arsenal von Peitschen und sonstigem Folterwerkzeug, eine ganze Videothek mit Sadomaso-Pornos versteckt«, klärte ich meinen Bruder auf. »Er hat Schlüpfer wie Trophäen gesammelt und mit dem Datum ihrer Eroberung katalogisiert! Immer wenn ich krank war, hat er sich mit jemandem hier im Haus getroffen, vermutlich in diesem Liebesnest, und trieb es quasi vor meinen Augen mit ihr. Es kann sich nur um Rafaela handeln.«

»Aber Clara, Schatz, wieso denn Rafaela?«, fragte Eduard. »Immer verdächtigst du unsere Schwester.« Sein Ton gefiel mir immer weniger.

»Sie ist schnell zur Stelle, wenn ich weg bin oder krank.« Er würde mich nicht von meinem Verdacht abbringen können.

Eduard schaute mich völlig verständnislos an. »Er konnte sich mit ihr doch überall treffen. Und mit jeder anderen Frau auch. Er war am laufenden Band auf Geschäftsreisen.«

»Er hat sich aber hier mit ihr getroffen«, sagte ich verzweifelt. Meine Stimme wurde immer rauer. »Das sagt mir mein Gefühl. Irgendetwas geht hier vor sich, das ich nicht verstehe. Hast du dich da drinnen umgesehen, in diesem sogenannten Tempelchen, in diesem Liebesnest, das er für sich und seine Huren gebaut hat?«

Eduards Stimme klang jetzt roboterhaft, ich konnte kaum noch verstehen, was er sagte, es kam von weit her. »Clara? Was redest du denn da? Geht es dir nicht gut?« Er streichelte mir über das Haar.

»Nein, mir geht es nicht gut«, schrie ich mit letzter Kraft. »Ich bin völlig fertig und brauche meine Ruhe. Ich muss mich hinlegen. Wir reden ein andermal weiter.«

Eine ganze Kaskade von Blitzen fuhr in meinen Kopf, und ein Donnergrollen übertönte alles.

Ele

Eduard schlug mit der Reitgerte auf den Diwan. Das scharfe, zischende Geräusch, wenn die Gerte durch die Luft fuhr, stieß mich ab und erregte mich zugleich. Gefolgt wurde es von einem dumpfen Plopp, wenn sie auf das Polster schlug.

»Wenn man die Haut trifft, macht es Klatsch«, bemerkte ich.

Eduard lächelte etwas verlegen. »Was ist eigentlich an den Strapsen und Schlüpfern so schlimm?«, fragte er.

Bestimmt glaubte Eduard, dass Clara über Phillips Umtriebe seit Langem Bescheid wusste. Vermutlich glaubte er auch, dass es Phillip mit Clara auf diese Art und Weise getrieben hatte. Eduard hatte keine Ahnung. Sollte ich ihm die Wahrheit sagen? Würde er sie verstehen können? Oder würde sie ihm Angst machen? Würde das alles noch komplizierter machen? Würde er dann mit Clara und mir brechen?

»Dass er die Schlüpfer als Trophäen archiviert hat, ist ein wenig skurril, aber nicht mehr«, fuhr er fort. »Ich glaube nicht, dass das die Polizisten irritiert hat. Die wissen doch, dass die Welt ziemlich bunt ist und viele schräge Vögel beherbergt.«

Eduard verstand wirklich überhaupt nichts. Um die Polizei machte ich mir keine Sorgen, von ihr ging keine Gefahr aus. Die Gefahr ging von Clara aus. Sie war zutiefst verunsichert und konnte uns gefährlich werden.

Ich schmiegte mich eng an Eduard. Natürlich machte er sich Gedanken über die Dinge, die die Polizisten in Phillips Büro und die Clara im Tempelchen gefunden hatte. Die unbefangen joviale Art, wie er das alles abtun wollte, nahm ich ihm keine Sekunde ab.

Ich streichelte ihm über seinen Arm, meine Finger wanderten bis zu den Knöcheln der Hand, dann schnappte ich mir die Reitgerte und verpasste ihm einen deftigen Schlag auf den nackten Oberschenkel. »Wenn man die Haut trifft, macht es Klatsch.«

Eduard schaute mich verwirrt an und rieb sich die Stelle, an der sich ein roter Striemen gebildet hatte. »Was soll das?«, fragte er in einem Tonfall, in dem sich Empörung und Weinerlichkeit mischten.

»Das hat Phillip mit mir gemacht, seit wir uns kennen. Erst als du zurückgekommen bist, habe ich es mir nicht mehr gefallen lassen«, flüsterte ich ihm ins Ohr. »Er hat sich nur wohlgefühlt, wenn er der Stärkere war, wenn er die Kontrolle über alles hatte. Wenn er Macht ausüben konnte.«

Ich haute noch einmal zu.

»Entschuldige, ich wollte dir nicht wehtun«, log ich.

Es war sehr schwer, Eduard reinen Wein einzuschenken, ohne mich zu verraten. Oder sollte ich ganz offen sein und mich meinem Geliebten anvertrauen?

Als Clara heiratete, wunderte sie sich, was Phillip an ihr fand. Sie wunderte sich zu Recht, denn Clara war ein ziemlich sprödes Mädchen, völlig uninteressant für einen Kerl wie Phillip. An der Oberfläche passten die beiden ganz gut zusammen, der zwanghafte Phillip und die spießige Clara. Aber das war es auch schon. Seine tieferen Bedürfnisse befriedigte die brave Clara nicht im Geringsten. Den schwarzen Grund seiner Seele erreichte sie überhaupt nicht.

Da kam ich ins Spiel. Ich kannte das Leben, ich kannte die Männer. Ich kannte vor allem Männer wie Phillip, rücksichtslose Egoisten, Egomanen, Kontrollfreaks, die andere bestimmen und demütigen müssen, um sich selbst zu spüren. Denen Pfeifen im Dunkeln nicht reicht, um ihre Angst zu bekämpfen. Die schlagen, fesseln, missbrauchen müssen, um ihr armseliges Ego in Sicherheit zu bringen. Solche Männer habe ich erlebt und erlitten.

Als Phillips Vater, der alte Drecksack, unseren Vater in den Ruin getrieben und seinen Betrieb aufgekauft hatte, standen wir vor der größtmöglichen Katastrophe. Wir hatten nicht nur Mutter und Vater verloren, wir liefen sogar Gefahr, unser Heim und jede ökonomische Sicherheit zu verlieren. Die einzige Sicherheit, die wir in unserem Leben bislang gehabt hatten.

Also musste ich handeln. Und ich habe gehandelt. Ich spürte sehr schnell, worauf Phillip aus war. Ich habe ihm angeboten, was er haben wollte. Es ist so einfach, Männer wie Phillip zufriedenzustellen. Sie fühlen sich mächtig, wenn du dich ihnen unterwirfst, und merken gar nicht, dass du sie völlig im Griff hast. Anfangs musste ich meinen Ekel unterdrücken, es war zunächst auch nicht leicht, die Schmerzen zu ertragen, die er mir zufügte. Aber mit der Zeit gewöhnte ich mich daran, und das Gefühl des Triumphes, der Stärke, der Überlegenheit übertönte allen Ekel und alle Selbstzweifel.

Clara war mittlerweile schwanger von Phillip. Ich habe ihn überredet, sie zu heiraten. Ihm hat das gefallen. So hatte er uns beide, die anständige Clara und mich, das verdorbene Weib.

Wie, um Gottes willen, sollte ich das Eduard erklären?

Ich wollte, dass Clara glücklich wurde. Dass sie sich um den Jungen kümmern konnte, unbehelligt von den perversen Gelüsten seines Vaters. Ich wollte, dass Eduard sein Elternhaus nicht verlor. Was ich tat, habe ich für uns alle getan. Wenn man so will, habe ich mich für meine Familie aufgeopfert, auch wenn die Art, wie ich das getan habe, sich den Spießern dieser Welt nie erschließen wird. Was mich mit Bitterkeit erfüllte, war die Tatsache, dass auch Clara zu diesen Spießern gehörte, dass ich nie ein Wort der Dankbarkeit von ihr hörte. Aber wie sollte sie mir dankbar sein, wenn sie von gar nichts wusste?

Es war völlig aussichtslos, das Eduard erklären zu wollen.

Ich umfasste den Knauf der Reitgerte mit festem Griff und schlug zu. Die Peitsche hinterließ einen weiteren roten Striemen auf Eduards Oberschenkel. Er brüllte vor Schmerz.

»Das hat Phillip, dieser Scheißkerl, die ganzen Jahre mit mir gemacht!«, schrie ich. »Was glaubst du denn, warum er sich auf die Heirat eingelassen hat? Warum er unserer Familie die Villa Gruber erhalten hat? Warum er Johannes den Musikunterricht bezahlt hat? Warum er dir in der alten Scheune ein Musikstudio eingerichtet hat? Glaubst du, er hat das aus Menschenfreundlichkeit getan? Ein Kerl wie Phillip? Bist du wirklich so naiv? Oder willst du die Realität nicht sehen, weil deine sensible Künstlerseele sie nicht verträgt?«

Eduard weinte, er heulte Rotz und Wasser. »Das habe ich nicht gewusst«, stammelte er.

Natürlich hat er das nicht gewusst. Von den wesentlichen Dingen wusste er so gut wie nichts.

»Vielleicht ist es besser, nicht alles zu wissen«, sagte ich zu ihm. Ich warf die Peitsche weg, griff in seine verschwitzen Haare, zog seinen Kopf zu mir herunter und schob meine Zunge in seinen vor Angst ausgetrockneten Mund. Eine lange, intensive Nacht lag vor uns. Ich wollte sie genießen.

Ich ahnte, dass ich auf die Nähe meines Geliebten bald für immer verzichten musste.

Mittwoch, 30. Juli

Mayfeld schaute aus dem Fenster des Besprechungsraumes auf die Schrebergartenkolonie in der Nachbarschaft des Polizeipräsidiums: Unter den Nussbäumen, Verein der Gartenfreunde Wiesbadens. Heute wollte der Sommer offenbar beweisen, dass er seinen Namen doch zu Recht trug. Der Himmel war blau, die Sonne schien auf das grüne Idyll.

Adler kam herein und setzte sich zu den Kollegen. »Wir sind mit Flieders Leihauto fertig«, berichtete er. »Auf den Sitzen haben wir zwei verschiedene Textilfasern gefunden. Beigefarbenes Leinen und rote Seide. Wir haben Fingerabdrücke am Handschuhfach gefunden. Sie stimmen mit den Abdrücken auf dem Füllfederhalter aus Flieders Büro überein, vermutlich stammen sie also von ihm. Ansonsten gibt es in dem Auto erstaunlich wenige Fingerabdrücke, insbesondere keine an der Fahrertür und keine am Lenkrad. Am Lenkrad haben wir Partikel gefunden, die von einem Wildlederhandschuh stammen könnten, und Spuren eines Imprägniermittels, wie es unter anderem für die Behandlung von Wildleder benutzt wird. Das Navigationssystem des Cayennes hat am 14. Juli von acht Uhr dreißig bis kurz nach neun eine Fahrt von Walluf nach Oppenheim protokolliert und am Abend ab neunzehn Uhr die Fahrt zu dem Hotel in Hofheim. Danach wurde es nicht mehr eingeschaltet.«

»Ich habe mit Herrn Schäfer aus Oppenheim telefoniert«, meldete sich Meyer zu Wort. »Flieder war am 14. Juli viertel nach neun bei ihm, hat sich den Betrieb angeschaut, die Bücher geprüft und lange mit dem Winzer gesprochen. Er ist gegen neunzehn Uhr wieder gefahren. Er soll einen aufgeräumten Eindruck gemacht haben.«

»Das mit den fehlenden Fingerabdrücken ist merkwürdig«, sagte Winkler. »Kann sein, dass er prinzipiell mit Handschuhen fährt. Einem Snob wie ihm wäre das zuzutrauen.«

»Snob ist eine ziemlich freundliche Umschreibung für so einen Psychopathen«, grummelte Burkhard. Mayfeld gab ihm ausnahmsweise einmal recht.

»Und wenn er ans Handschuhfach langt, zieht er sie vorher aus?«, fragte Meyer und biss in eines der vielen weißen Rübchen, die er sich heute zum Frühstück vorgenommen hatte.

»Wenn er sie dort ablegt, hätten wir zumindest an der Fahrertür Abdrücke finden müssen. Wenn er sie immer anhat, machen die Abdrücke am Handschuhfach keinen Sinn«, bemerkte Adler. »Ich hab im Autohaus angerufen, die putzen die Fahrzeuge nach jedem Wechsel tatsächlich sehr penibel. Das erklärt, warum insgesamt so wenige Spuren zu finden sind. Flieder hat den Wagen ja auch nur ein paar Tage gefahren.«

»Eine andere Erklärung wäre, dass jemand anderes das Auto zum Flughafen gefahren hat«, sagte Mayfeld. »Dieser Jemand hat das Lenkrad und den Griff der Fahrertür abgewischt, weil er nicht entdeckt werden wollte.«

»Aber wenn er schon Handschuhe anhatte, war das völlig überflüssig«, wandte Winkler ein. »Das Fehlen von Spuren macht uns doch gerade misstrauisch.«

»Das sind alles bloß Spekulationen. Morgen kommt der Typ von seinem Tripper-Trip aus Bangkok zurück, ist um ein paar Euros ärmer und eine Geschlechtskrankheit reicher«, warf Burkhard ein.

»Hast du die Fluglisten überprüft, Paul?«, entgegnete Mayfeld.

»Hast du eine Ahnung, wie viele Flüge das pro Tag sind?«

Faul und dumm, dachte Mayfeld finster. »Mach das heute. Dann kannst du mir auch erzählen, wie viele Flüge es waren. Und sorge dafür, dass die Konten und Kreditkarten Flieders überwacht werden.«

»Ohne richterlichen Beschluss?«

»Rede mit Brandt. Er soll dafür sorgen, dass wir einen bekommen«, fuhr Mayfeld den Kollegen an.

In einem hatte Burkhard recht. In Flieders Fall waren sie über das Stadium der Spekulationen noch kaum hinausgekommen.

»Haben wir eine Chance herauszubekommen, wer diese mausi@gmx.de ist?«, fragte Mayfeld in die Runde.

Meyer verschluckte sich fast an einem Rübchen. »Ohne richterlichen Beschluss läuft da gar nichts. Und selbst mit so einem Beschluss führt das oft zu nichts. Bei der Anmeldung kannst du schummeln, und die Mails kannst du von einem Internetcafé abschicken.«

»Gibt es sonst noch was in der Vermisstensache Flieder?«

»Ich habe mir den Posteingang seines geschäftlichen E-Mail-Kontos angeschaut«, berichtete Winkler. »Das Passwort für den Account haben wir ja. Am 17. Juli hat ein Enrico Palleto von Vino Veronese gute Besserung gewünscht und nach einem neuen Termin gefragt. Alle anderen Mails sind für unseren Fall nicht von Belang.«

Hier schienen sie nicht weiterzukommen. Mayfeld wechselte das Thema.

»Gibt es was Neues im Fall Schönhell?«

»Allerdings«, meldete sich Adler zu Wort. »Die Blutflecke in der Bibliothek stammen von Patrick Schönhell und einer zweiten Person. Die zweite Person ist keiner der Freunde von Schönhell, von denen wir bislang Speichelproben untersucht haben. Die Gerichtsmediziner haben außerdem unter Schönhells Fingernägeln fremde DNA gefunden. Ein kleines Wunder, wenn man bedenkt, dass die Leiche fünf Tage im Wasser gelegen ist. Der Abgleich mit den Proben von Schönhells Freunden ist in Arbeit.«

»Die DNA von Johannes Flieder fehlt noch«, bemerkte Burkhard. »Vielleicht kriegen wir ja doch noch einen Fall Flieder. Nicht der Vater als Opfer, sondern der Sohn als Täter.«

»Die Probe von Richi Teufel fehlt auch noch«, ergänzte Winkler. »Die Blutspuren in der Bibliothek könnten von einem der beiden stammen.«

»Die DNA von Teufel besorgen wir uns«, sagte Mayfeld zu Winkler. »Hartmut, du hängst dich ans Telefon und suchst Johannes. Gibt es sonst noch was?«

»Die Taucher haben gestern den Teich untersucht«, berichtete Adler. »Die Leiche von Schönhell ist vor der Ostseite des Turms aufgetaucht. Dort haben wir lediglich ein paar Bruchsteine gefunden, die da noch nicht lange liegen können, es haften kaum Algen an. Wir untersuchen die Steine auf Blutspuren. An den Pontons der Seebühne haben wir keine Hinweise gefunden, dass die Leiche da irgendwie festgeklemmt gewesen sein könnte. Aber das muss nichts heißen, sie könnten vom Wasser weggespült worden sein. Ansonsten haben wir weiter entfernt ein paar leere Weinflaschen gefunden, D-Mark- und Euro-Münzen, einen Fotoapparat und ein Handy. Der Fotoapparat lag schon länger da unten, er dürfte für unseren Fall also uninteressant sein, aber das Handy ist noch recht gut erhalten. Wir versuchen, die Daten auf der SIM-Karte zu rekonstruieren, aber das kann dauern.«

»Wo habt ihr das Telefon gefunden?«, fragte Mayfeld.

»An der Westseite des Turms, unter der Brücke, die vom Turm auf den Schlosshof führt.«

»Sag das mit den Steinen und den Pontons Enders. Vielleicht hilft es ihm weiter. Gibt es weitere Informationen?«

Meyer meldete sich zu Wort. »Ich hab die Kollegen aus Mainz wegen Sabrina Wallner angerufen. Das war ein Unfall unter Drogeneinfluss, das Mädchen ist vor sechs Wochen ertrunken. Es gab keinen Hinweis für Fremdverschulden. Wie sie an die Drogen gekommen ist, konnte nicht geklärt werden. Wenn du Näheres wissen willst, musst du dich an die Kollegin Bischoff wenden, die war gestern nicht erreichbar.«

»Das werde ich tun. Danke, Hartmut.« Vielleicht bedankte er sich zu viel bei Meyer, überlegte Mayfeld. Aber möglicherweise half es bei der beruflichen Wiedereingliederung.

»Die Kollegen vom Drogendezernat haben vorhin angerufen«, ergänzte Meyer. »Wir wissen jetzt, wo Michael Wüst steckt. Das ist einer von Löffels Leuten.«

»Den knöpfen wir uns als Erstes vor«, entschied Mayfeld.

Michael Wüst machte seinem Namen alle Ehre. Er hatte die Statur eines Kleiderschranks und vermutlich auch dessen Intelligenzquotienten, war unrasiert und roch schlecht. Sein Kopf hatte in etwa die Form eines Riesenkürbisses. Mayfeld und Winkler hatten ihn im »Paradies« angetroffen, einer Kneipe im Wiesbadener Westend, die bereits morgens geöffnet hatte.

Der Tresen, an dem Wüst saß, sollte vermutlich einen ländlich bayerischen Stil imitieren. Dahinter stand ein Wirt, der Wüst in seiner Ausstrahlung sehr nahekam. Neben dem Tresen traktierte ein zweiter Gast einen Flipperautomaten, eine weitere reichlich schäbige Figur warf ihre vermutlich letzten Euros in einen Spielautomaten. Im Hinterzimmer spielten ein paar Leute Billard. Wenn es so im Paradies aussah, wollte Mayfeld lieber nicht wissen, wie es in der Hölle war.

Mayfeld zeigte Wüst seinen Dienstausweis. »Was haben Sie am Samstag, dem 19. Juli, in den Waldäckern gemacht?«, fragte er.

Wüst glotzte ihn verständnislos an. »Was ist das?«

»Die Schrebergärten oberhalb von Oestrich-Winkel.«

»Aha. Weiß nicht.«

»Sollen wir Sie ins Präsidium mitnehmen? Vielleicht hilft das Ihrer Erinnerung auf die Sprünge.«

Wüst blickte Hilfe suchend zum Wirt, der ununterbrochen dasselbe Bierglas abtrocknete. Er nahm eine Zigarette aus der Schachtel, die vor ihm auf dem Tresen lag und zündete sie umständlich an. »Hab einen Kumpel begleitet.«

»Sehen Sie, geht doch. Erinnern Sie sich auch an den Namen des Kumpels?«

Wüst glotzte bräsig durch Mayfeld hindurch.

»War es vielleicht der Jürgen Flicker?«, fragte Winkler.

Überrascht drehte sich der Kleiderschrank zu ihr herum. »Mhm«, brummte er.

»Und was haben Sie mit dem Jürgen Flicker dort gemacht?«, hakte Mayfeld nach.

Der Kleiderschrank wendete sich wieder Mayfeld zu. »Hab ihn halt begleitet. Machen wir immer so.«

»Der Jürgen macht, und Sie begleiten ihn?«

Wüst antwortete mit einem Nicken seines Kürbiskopfes.

Das war vielleicht tatsächlich die Wahrheit. Flicker führte irgendeinen Auftrag aus, und Wüst unterstrich die Ernsthaftigkeit und Dringlichkeit des Anliegens durch die schiere Anwesenheit von zwei Metern Körpergröße und einhundertdreißig Kilo Kampfgewicht.

»Dann besuchen wir jetzt mal den Jürgen«, befahl Mayfeld.

Wüst blickte empört auf das halb volle Bierglas, das vor ihm auf dem Tresen stand.

»Sie dürfen natürlich vorher austrinken. Ex und hopp.«

Wüst drückte seine Kippe aus und tat, wie ihm befohlen.

»Weiß gar nicht, wo der steckt«, sagte er dann.

»Hat der Jürgen denn kein Zuhause?«, fragte Mayfeld mit bekümmerter Stimme.

Wüst blickte ihn finster an. Möglicherweise kam er sich auf den Arm genommen vor. »Gehen wir«, grunzte er und stapfte davon.

Bevor der Wirt den Aschenbecher entsorgen konnte, angelte sich Winkler Wüsts Kippe und steckte sie in ein Plastiktütchen.

Jürgen Flickers Wohnung befand sich in der Rüdesheimer Straße im Erdgeschoss eines Mietshauses, das wohl zu Beginn des vorigen Jahrhunderts erbaut worden war. Flicker war ein kleiner hagerer Mann um die vierzig mit einer Hakennase, schütterem Haar und eng zusammenliegenden schwarzen Augen. An Ungepflegtheit stand er seinem Kumpel in nichts nach, das schwarze Sweatshirt, das er über der Trainingshose trug, war von Schuppen und ausgefallenen Haaren übersät.

Er war alles andere als erfreut, als sich die beiden Beamten auswiesen.

»Wen schleppst du denn hier an?«, moserte er und warf Wüst einen giftigen Blick zu. »Ohne Wisch vom Gericht kommen Sie hier nicht rein«, beschied er anschließend Mayfeld.

»Wir unterhalten uns mit Ihnen gerne hier auf dem Flur«, antwortete Mayfeld in eisigem Ton. »Ist vermutlich gemütlicher so. Sie waren am Samstag, dem 19. Juli, in den Waldäckern. Das sind die Schrebergärten oberhalb von Oestrich-Winkel. Was haben Sie dort gemacht?«

»Spazieren gegangen? Ist sehr schön dort oben.« Flicker grinste.

»Sie haben Richi Teufel abgeholt und zu Ihrem Chef gebracht.«

»Warum fragen Sie, wenn Sie schon alles wissen?«

»Ich will wissen, was Sie sonst noch dort oben gemacht haben.«

Flicker zuckte mit den Schultern. »Nichts.«

»Sie wurden beobachtet, wie Sie sich mit Patrick Schönhell unterhalten haben.«

»Wer ist das?«

»Der, mit dem Sie sich am Samstag vor einer Woche in den Waldäckern unterhalten haben.«

Flicker tat so, als ob er sich gerade erinnerte.

»Ach ja, der Patrick. Ein Freund von Richi. Ich hab den ein paarmal im ›Eimer‹ getroffen, Sie wissen, die Kneipe in der Altstadt. Hab am Samstag aus purer Höflichkeit ein paar Worte mit ihm gewechselt. Was ist mit ihm?«

»Er ist tot. Haben Sie noch nicht davon gehört?«

Flicker schüttelte erstaunt den Kopf. »Das ist ja fürchterlich. So jung und schon tot. War es ein natürlicher Tod oder ein Unfall?«

»Er wurde ermordet.«

»Wann war das?«

»Wo waren Sie in der Nacht vom neunzehnten auf den 20. Juli zwischen halb zwei und halb vier Uhr?«

Die Miene von Flicker hellte sich auf. »Warum haben Sie das denn nicht gleich gesagt, Herr Kommissar? Ich brauche für diese Zeit ein Alibi? In der Nacht waren wir beide zusammen mit vielen Freunden auf der Geburtstagsfete unseres Chefs. Wir haben bis vier Uhr gefeiert. Das können drei Dutzend Leute bezeugen.«

Drei Dutzend Leute, die alles bezeugen würden, was ihnen ihr Chef auftrug.

»Sie haben um zwei Uhr nicht zufällig Richi Teufel nach Hause gefahren?«

Das Grinsen wich gar nicht mehr aus Flickers Miene. »Ich fahr doch kein Auto, wenn ich getrunken habe. Wo kämen wir denn da hin!«

»Und was haben Sie am darauffolgenden Sonntag auf Schloss Vollrads zu suchen gehabt? Sie wurden dort gesehen.«

»Das ist ein wunderschönes Schloss. Ich war spazieren, habe ein Glas Wein getrunken und den Sommer genossen. Das ist doch nicht verboten, Herr Kommissar?«

»Na schön. Wären Sie mit einer DNA-Probe einverstanden?«

»Ohne Wisch vom Gericht?«

»Auf freiwilliger Basis. Eine einfache und schmerzlose Methode, sich zu entlasten.«

»Bin ich irgendwie belastet?« Flickers Grinsen grenzte mittlerweile schon an Körperverletzung. »Ich finde, der Staat sollte nicht zu viele Daten von uns Bürgern haben. Ich bin gegen diese Datensammelwut. Tut mir leid, keine Probe.«

Winkler zupfte ihm ein Haar vom Sweatshirt.

»Fassen Sie mich nicht an«, brüllte Flicker. Sein Dauergrinsen war schlagartig aus dem Gesicht verschwunden.

»War bloß ein Fussel«, log sie.

»Wir sehen uns wieder«, knurrte Mayfeld.

»Gerne«, antwortete Flicker missmutig.

»Dürfen wir Ihnen Ihren Kumpel hierlassen?«

Mayfeld und Winkler ließen den Kleiderschrank und den Dauergrinser stehen. Vor dem Haus steckte Winkler das Haar in eine Plastiktüte.

Die beiden Polizisten fuhren in den Rheingau. Winkler telefonierte mit dem Polizeipräsidium.

»Die Kollegen vom Drogendezernat haben Meyer erzählt, dass Flicker und Wüst für Löffel Geld eintreiben. Flicker regelt das Geschäftliche, und Wüst sorgt für den nötigen Nachdruck«, berichtete sie anschließend.

»Patrick hat ihrem Chef Geld geschuldet«, vermutete Mayfeld. »Er hat ziemlich viel in der Spielbank verloren. Ich vermute, er hat mit Drogen gedealt und wollte das Geld, das er Löffel schuldete, vorher am Spieltisch verdoppeln, bevor er es ihm zurückzahlt. Pech gehabt.«

»Aber bringt uns das in unserem Fall weiter?«, fragte Winkler. »Die verprügeln jemanden doch erst mal, damit er das Geld herbeischafft. Von einem Toten können sie nichts mehr abkassieren, und Schönhell war nicht so fertig, dass es völlig aussichtslos gewesen wäre, aus ihm noch Geld herauszuholen.«

Natürlich hatte Winkler damit recht. »Könnte ein Unfall gewesen sein«, mutmaßte Mayfeld.

»So ein Fehler wäre Wüst nicht passiert. Der kann vielleicht sonst nichts auf der Welt, aber Schläge in der richtigen Dosierung zu verteilen, das wird er können. Außerdem hätte man dann ein paar blaue Flecken an Schönhells Leiche finden müssen.«

Wieder hatte seine Kollegin recht.

In Winkel bog Mayfeld von der Bundesstraße entlang des Rheins ab und folgte der Beschilderung nach Schloss Vollrads. Richi Teufel wohnte in der Greiffenclaustraße. Als Mayfeld und Winkler vorfuhren, stand bereits ein Streifenwagen der Polizei vor dem Mehrfamilienhaus.

Ein uniformierter Kollege kam ihnen entgegen. »Ich hab doch eben erst mit dem Präsidium telefoniert«, wunderte er sich.

Mayfeld erklärte den Grund für ihr Kommen und ließ den Polizisten berichten.

»Die Wohnung Teufels befindet sich im Erdgeschoss«, führte Polizeihauptmeister Mertens aus. »Einem Nachbarn ist aufgefallen, dass die Tür zu dem Appartement offen stand. Herr Friedrich, so heißt der Nachbar, hat gemeint, ein Stöhnen zu hören, und ist deswegen in die Wohnung hineingegangen, um nach dem Rechten zu sehen. Dort hat er in der Diele den bewusstlosen Teufel gefunden und sofort die Polizei und den Notarzt verständigt. Wir waren zehn Minuten später vor Ort.«

»Kann man eigentlich noch stöhnen, wenn man bewusstlos ist?«, fragte Winkler.

»Nein, aber die Rheingauer schauen gerne nach dem Rechten«, klärte sie Mayfeld auf. »In dem Fall war es ja auch richtig.«

»Die Balkontür stand übrigens auch auf«, fuhr Mertens fort. »Vom Garten hinter dem Haus kommt man leicht auf den Balkon und von dort in die Wohnung. Der Notarzt hat Teufel ins Rüdesheimer Krankenhaus gebracht. Da war er schon wieder bei Bewusstsein.«

»Hat der Arzt was über seinen Zustand gesagt?«

»Nur, dass den jemand übel zugerichtet habe.«

»Er wurde zusammengeschlagen?«

»Genau so sah er aus.«

»Werfen wir einen Blick in die Wohnung«, schlug Mayfeld vor.

Winkler holte aus dem Kofferraum des Dienstwagens zwei weiße Overalls der Spurensicherung, gab einen Mayfeld und schlüpfte selbst in den anderen. »Wir müssen es den Kollegen ja nicht noch schwerer machen«, meinte sie.

In der Diele war eine kleine Anrichte umgestürzt, die Scherben einer Keramikvase lagen daneben auf dem Boden.

»Da hat er gelegen«, sagte der Streifenpolizist und deutete auf einen Webteppich, der in eine Ecke des Flurs gerutscht war.

Die Einrichtung in Küche, Wohn- und Schlafzimmer sah so aus, als ob sie vor Kurzem komplett in einem schwedischen Möbelhaus gekauft worden wäre. Die persönliche Note bestand in einer Unmenge von Kinoplakaten, die an den Wänden aller Zimmer hingen. Sie wiesen auf Horror- oder Splatterfilme hin.

Der Plasmabildschirm im Wohnzimmer war riesig, ebenso die DVD-Sammlung in einem Regal daneben, die vor allem Action- und Splatterfilme umfasste.

»Geistesverwandt mit Schönhell«, bemerkte Winkler. »Die Wohnung ist erstaunlich aufgeräumt«, wunderte sie sich.

»Haben Sie schon alle Nachbarn befragt?«, wandte sich Mayfeld an Mertens.

»Nur Herrn Friedrich.«

»Hat der heute Nacht etwas Auffälliges gehört?«

»Nein. Allerdings hat er auch den Eindruck gemacht, als ob er gestern ein Glas zu viel getrunken hätte. Der hat bestimmt tief und fest geschlafen.«

Mayfeld gab Mertens den Auftrag, die anderen Hausbewohner zu befragen und ihm darüber später Bericht zu erstatten. Der Beamte machte sich an die Arbeit. Mayfeld und Winkler schauten sich gründlich in der Wohnung um.

»Der Täter hat es nur auf Teufel abgesehen gehabt«, stellte Mayfeld nach einer Weile fest. »Die Wohnung wurde vermutlich nicht durchsucht. Der Täter war vorsichtig und hat es vermieden, Lärm zu machen. Es ist vermutlich nichts gestohlen worden.«

»Wir sollten die Spurensicherung rufen«, schlug Winkler vor.

Im Flur des Hauses trafen sie ihren Kollegen, der noch keine neuen Informationen bei den Nachbarn von Teufel hatte sammeln können.

»Sie sperren die Wohnung ab«, sagte Mayfeld zu Mertens. »Heike, du rufst Horst an. Wir fahren ins Sankt-Josef-Krankenhaus.«

Fünfzehn Minuten später betraten sie die Eingangshalle des Rüdesheimer Krankenhauses. An der Pforte erklärte ihnen eine Mitarbeiterin, die sich als Frau Peters vom Empfang vorstellte, Richi Teufel sei vermutlich noch im OP, und erklärte ihnen den Weg zur Aufnahmestation, wo man ihnen weiterhelfen könne.

Kurz danach standen sie in der Tür zum Büro der Aufnahmestation, einem kleinen Raum, der mit mehreren Schreibtischen zugestellt war.

»Wir kommen wegen Richi Teufel«, sagte Mayfeld und zeigte Schwester Adelheid seinen Dienstausweis. »Können wir mit einem der behandelnden Ärzte sprechen?«

»Nessun dorma! Nessun dorma!«

Im Flur ertönte die Arie des Kalaf aus Puccinis »Turandot«.

»Dr. Einod kann Ihnen bestimmt weiterhelfen. Das ist der, den Sie gerade hören. Unser singender Anästhesist.«

»›Nessun dorma‹ ist irgendwie nicht die passende Arie für einen Anästhesisten«, bemerkte Mayfeld.

»Er singt so was manchmal auch während der Narkose«, erwiderte die Krankenschwester lachend.

»Dilegua, o notte! Tramontate, stelle! Tramontate, stelle! All'alba vincerò! Vincerò! Vincerò!«

Dr. Einod, in grüner Arbeitskleidung und weißem Kittel, betrat das Dienstzimmer der Aufnahmestation. Die beiden Beamten applaudierten, Mayfeld stellte Winkler und sich vor und fragte nach Richi Teufel.

»Er wurde vermutlich Opfer einer Gewalttat«, erklärte er das polizeiliche Interesse.

»Genau so sieht er aus«, bemerkte Dr. Einod. »Aber die Operation hat der Patient gut überstanden, er liegt im Aufwachraum. Er wird aus der Sache vermutlich ohne bleibende Schäden herauskommen.«

»Was können Sie uns über die Verletzungen sagen?«, fragte Winkler.

»Mehrere Rippenbrüche, eine Platzwunde am Kopf, eine Gehirnerschütterung, eine gebrochene Schulter, Hämatome an beiden Oberschenkeln, massiver Blutverlust, ein komplizierter Unterschenkelbruch. Wegen Letzterem wurde er operiert.«

»Können Sie abschätzen, wann sich Teufel die Verletzungen zugezogen hat?«, fragte Mayfeld.

Dr. Einod zuckte mit den Schultern. »Er hat eine Menge Blut verloren. Vom Zustand der Wunden her würde ich schätzen, dass der Überfall ein paar Stunden zurückliegt. Aber das ist nur eine grobe Schätzung.«

»Was ist Ihrer Meinung nach die Ursache der Verletzungen?«, hakte Mayfeld nach.

»Den hat vermutlich jemand mit einem stumpfen Gegenstand zusammengeschlagen.«

»Wann werden wir ihn befragen können?«

»Frühestens morgen, wenn er ohne Komplikationen wach wird. Wollen Sie ihn sehen? Kommen Sie mit!«

Dr. Einod verließ die Aufnahmestation, durchquerte das Treppenhaus und ging mit den beiden Beamten durch eine Schleuse in den Aufwachraum.

Teufel war mit mehreren Kabeln an einen Monitor angeschlossen, der verschiedene Kurven und Zahlenwerte anzeigte.

»Wir überprüfen Herzaktion, Atemfrequenz, Puls, Sauerstoffsättigung, Blutdruck und Temperatur«, erklärte der Anästhesist.

Das linke Bein Teufels war von Desinfektionsmittel rot gefärbt und auf einer Schienenkonstruktion hoch gelagert. Ein Metallgestell war von außen in den Unterschenkel eingeschraubt, daneben kam aus einem Verband ein Plastikschlauch, durch den Wundsekret in eine Flasche tropfte. Die rechte Schulter von Teufel war in einen rucksackartigen Verband fest eingebunden, der Kopf bis zu den Augenbrauen mit Mullbinden umwickelt und ein Auge mit einer Kompresse verdeckt. Teufel sah aus wie eine Gestalt aus einem seiner Lieblingsfilme. Aus mehreren Infusionsflaschen tropften Nährlösungen und Blut in seine Adern.

»Was ist das?« Mayfeld deutete auf ein Plastiktütchen, das am Galgen über dem Bett hing.

»Das haben die Chirurgen aus der Wunde an der Schulter herausgeholt«, erinnerte sich Dr. Einod, griff nach dem Tütchen und schaute es sich genauer an. »Sieht aus wie ein Holzsplitter.«

»Kann ich das haben?«, fragte Mayfeld.

»Wenn's der Wahrheitsfindung dient«, antwortete der Arzt und lachte.

Auf dem Weg nach draußen passierten die beiden Beamten die Eingangshalle des Krankenhauses und verabschiedeten sich bei Frau Peters.

Die rollte mit den Augen. »Da ist noch Kundschaft für Sie.« Sie deutete auf den Wartebereich, der von ihrem Arbeitsplatz durch ein paar Grünpflanzen abgetrennt war.

Dort stand Melanie Dinkel. Als sie die Beamten erkannte, rannte sie auf sie zu.

»Sie müssen denen sagen, dass sie mich zu Richi lassen«, schrie sie, wobei sie theatralisch auf Frau Peters vom Empfang deutete, die ihrerseits demonstrativ wegschaute.

»Müssen wir nicht«, bemerkte Winkler ausgesprochen undiplomatisch.

»Es geht ihm den Umständen entsprechend gut, aber er schläft noch. Sie können jetzt nicht mit ihm reden.« Mayfeld wollte wenigstens den Versuch unternommen haben, Melanie Dinkel zu beschwichtigen.

Der Versuch ging gründlich daneben. Melanie Dinkel brach weinend zusammen, mit offenen Armen in Richtung Mayfeld, der sie pflichtschuldig auffing.

»Soll ich den Bereitschaftsarzt rufen?«, rief Frau Peters vom Empfang aus.

Winkler winkte ab. Sie half Mayfeld, die schluchzende junge Frau zu einem Stuhl zu führen und dort abzusetzen.

Melanie Dinkel trocknete sich das tränennasse Gesicht mit einem Taschentuch, das ihr Mayfeld gereicht hatte, und schmierte die Wimperntusche über die weiße Schminke ihrer Wangen.

»Sie wollten Richi ermorden«, rief sie aus. Ein Patient, der mit einem Infusionsständer aus den Gartenanlagen zurückkam, schaute erschrocken in ihre Richtung.

Mayfeld schlug vor, die Unterhaltung in Zimmerlautstärke fortzuführen. »Wer wollte Richi Teufel Ihrer Meinung nach ermorden, Frau Dinkel?«

Zumindest vorübergehend schien sich Melanie Dinkel auf den Vorschlag, die Lautstärke zu reduzieren, einzulassen. Sie schluchzte noch einmal laut auf, dann versuchte sie sich zu sammeln.

»Ich wollte ihn vorhin besuchen, da stand ein Polizeiwagen vor der Tür. Ein Polizist hat mir gesagt, dass er im Krankenhaus ist und dass Sie auch hier sind. Sie wollten Richi ermorden«, wiederholte sie sich. »Haben Sie von Sabrina Wallner gehört?«

»Das Mädchen, das in Mainz ertrunken ist? Was hat Sabrina Wallner mit dem Überfall auf Teufel zu tun?«, fragte Mayfeld.

»Richi hatte mit dieser Sabrina eigentlich nichts zu tun«, begann Melanie zu erzählen. »Aber Johannes und Patrick haben deswegen auf der Fete gestritten. Johannes hat Patrick vorgeworfen, dass er an Sabrinas Tod schuld sei.«

»Davon haben Sie gestern aber noch nichts gesagt.«

»Da wusste ich es ja auch noch nicht. Richi hat es mir gestern Nachmittag erzählt.«

»Sie waren bei ihm?«

»Er war bei mir, aber er musste abends noch arbeiten. Wäre er nur bei mir geblieben, dann wäre das nicht passiert.« Melanie begann wieder zu heulen.

»Warum sollte Patrick denn für Sabrinas Tod verantwortlich sein?«, fragte Mayfeld.

»Angeblich soll er ihr Drogen eingeflößt haben. So ein Blödsinn! Die war doch volljährig und selbst verantwortlich für das, was sie geschluckt hat.«

»Und wie soll das jetzt mit dem Überfall auf Teufel zusammenhängen?«, fragte Winkler.

»Das will ich doch die ganze Zeit erklären. Lassen Sie mich halt ausreden.« Melanie Dinkel schaute Winkler giftig an. Winkler lächelte zurück.

»Sie haben Richi angemacht. Meinten, dass er die Drogen beschafft habe. Was natürlich völliger Blödsinn ist.«

»Wen meinen Sie mit sie?«, hakte Mayfeld nach.

Melanie Dinkels Sprachfluss stockte für einen Moment. »Ich habe mich versprochen. Ich meine Johannes.«

»Können Sie Ihren Verdacht präzisieren?« Mayfeld wurde allmählich ungeduldig.

»Nein. Aber das kann doch kein Zufall sein. Erst beschuldigt man Patrick und Richi, am Tod dieser Tussi schuld zu sein, dann wird der eine ermordet und eine Woche später der andere fast auch. Ich hab Richi gleich gesagt, das musst du der Polizei sagen, aber er wollte mit den Bullen, ich meine mit der Polizei, lieber nicht reden. Er hat wohl mal schlechte Erfahrungen gemacht. Er hat gesagt, ich soll den Mund halten, aber jetzt, wo sie ihn fast umgebracht haben, dachte ich mir, dass es meine Pflicht ist, der Polizei zu helfen.«

»Danke, Frau Dinkel. Ist Ihnen sonst noch etwas aufgefallen? Irgendein Detail, eine Beobachtung?«

Sie schüttelte den Kopf.

»Wenn Ihnen noch was einfällt, Sie haben ja unsere Telefonnummer.« Mayfeld verabschiedete sich.

»Frau Peters, kümmern Sie sich mal um die junge Dame hier?«, rief Winkler.

Frau Peters lächelte gezwungen.

»Was hältst du von ihrer Aussage?«, fragte Mayfeld seine Kollegin, nachdem sie das Krankenhaus verlassen hatten. Sie gingen zu ihrem Wagen.

»Von dieser Melanie halte ich gar nichts. Ein aufgeblasenes Nichts mit affektiertem Getue. Ich weiß, das war nicht deine Frage. Musste aber mal raus.«

»Trotzdem kann an ihrer Aussage was dran sein. Dann wäre das Motiv für den Mord und den Überfall Rache.«

»Woher weißt du eigentlich von dieser Geschichte mit Sabrina Wallner?«, fragte Winkler.

»Hab ich vorgestern Abend in der Straußwirtschaft gehört. Rheingauer Tratsch. Ich hab eine Freundin gebeten sich umzuhören, was man sich sonst noch so erzählt.«

»Du mit deinen Ermittlungsmethoden!«

»Bis gerade eben habe ich das nicht für besonders wichtig gehalten. Aber jetzt werde ich mich mal bei den Kollegen in Mainz erkundigen. Vielleicht hängen die beiden Fälle zusammen. Aber wir dürfen uns nicht darauf versteifen. Die Handschrift der Täter ist unterschiedlich. Im einen Fall wurde jemand ermordet, und man ließ die Leiche verschwinden, im anderen Fall wurde jemand zusammengeschlagen, offensichtlich noch nicht einmal lebensbedrohlich.«

»Ausschließen können wir einen Zusammenhang aber auch nicht«, erwiderte Winkler. »Melanie will unbedingt Johannes Flieder belasten. Wir müssen prüfen, ob er Sabrina Wallner überhaupt gut genug kannte, um ein Rachemotiv zu haben.«

»Und alle anderen aus der Clique auch. Anfangs sprach sie von mehreren Leuten, die mit Patrick Krach hatten, bevor sie dann wieder alles auf Johannes schob.«

»Und wir müssen die Angehörigen von Sabrina Wallner unter die Lupe nehmen«, ergänzte Winkler.

Mayfeld stimmte ihr zu. Sie würden Menschen verhören müssen, die ihr Liebstes verloren hatten. Sie würden ihnen mit Misstrauen begegnen, sie verdächtigen müssen. Er wusste jetzt schon, dass er diesen Job hassen würde.

»Ich habe Ihnen schon ein Dutzend Mal gesagt, dass ich mich nicht erinnere! Ich erinnere mich wirklich nicht, deswegen kann ich Ihnen auch nicht sagen, was in der Nacht passiert ist, in der Patrick verschwunden ist!«

Johannes Flieder schlug seinen Kopf gegen die Tischplatte.

»Das Theater kannst du dir sparen, Freundchen«, fuhr ihn Burkhard an. »Ich glaube dir kein Wort. Du hast dich mit Patrick Schönhell geprügelt und ihn erschlagen.«

Mayfeld holte tief Luft. Meyer hatte ihn informiert, dass Johannes Flieder sich im Polizeipräsidium gemeldet hatte und Burkhard mit ihm in einen der Verhörräume im Keller gegangen war. Seit einer Minute beobachtete er das Verhör durch die Einwegscheibe. Die wenigen Sätze, die er durch die Lautsprecheranlage mitbekommen hatte, überzeugten ihn einmal mehr davon, dass die Verhörtaktik Burkhards unsäglich war. Er wollte einen Verdächtigen dingfest machen, die Wahrheit interessierte ihn dabei nur am Rande.

»Hauptkommissar Mayfeld betritt den Verhörraum«, sprach Burkhard in das Aufnahmegerät, als Mayfeld hereinkam. »Johannes Flieder bestreitet jede Erinnerung an den Abend vor Patrick Schönhells Tod.« Das war nichts Neues.

»Ich dachte, ich soll nur eine Speichelprobe abliefern. Ich weiß nicht, was Sie sonst noch von mir wollen«, rief Johannes. Er blutete aus einer Wunde an der Stirn.

»Holst du mal Alkohol und ein Pflaster?«, forderte Mayfeld seinen Kollegen auf.

»Das hat sich der Bursche selbst beigebracht«, fauchte Burkhard.

»Hoffentlich. Geh jetzt, Paul.«

Burkhard verließ den Raum.

»Die Wunde ist mir bereits am Sonntag aufgefallen«, stellte Mayfeld fest.

Johannes Flieder senkte den Blick. »Sie war fast verheilt. Jetzt ist sie wieder aufgeplatzt.«

»Wo haben Sie sich die zugezogen?«

»Weiß ich nicht. Hab mich irgendwo gestoßen.«

»Wenn es eine tiefe Wunde war, könnte es zeitlich hinkommen«, überlegte Mayfeld laut.

»Was könnte hinkommen?«

»Sie könnten sich am Samstag vor einer Woche gestoßen haben.«

»Ja und? Könnte sein.«

»Haben Sie die DNA-Probe schon abgegeben?«

Johannes' Blick begann zu flackern. Er ließ seine schwarzen Haarsträhnen über das Gesicht fallen. »Habe ich. Und ich habe mich tatsächlich in dieser verdammten Nacht gestoßen. Ich bin am nächsten Morgen aufgewacht und hatte eine Riesenbeule. Aber deswegen bin ich noch lange kein Mörder!«

»Wir sammeln zur Zeit lediglich Fakten«, entgegnete Mayfeld kühl. »Es wäre schön, wenn sich noch ein paar Erinnerungen bei Ihnen einstellen würden. Sonst bekommen wir den Eindruck, dass Sie nicht kooperieren wollen.«

Johannes Flieder blickte eine ganze Weile gegen die kahle Wand des Verhörraumes.

»Heute Morgen ist Richi Teufel zusammengeschlagen worden.«

»Sie verdächtigen mich?«

»Wo waren Sie gestern Nacht und heute Morgen?«

Flieder schaute Mayfeld trotzig ins Gesicht. »Bei Jenny Graf. Das können Sie nachprüfen.«

»Sind Sie jetzt mit ihr zusammen?«

Johannes Flieder verzog das Gesicht. »Weiß nicht«, murmelte er. »Ist es schlimm mit Richi?«

»Er wird es überleben. Haben Sie eine Idee, wer das getan haben könnte?«

Flieder schüttelte den Kopf.

»Sie hatten mit Patrick und Richi am Samstagnachmittag Streit. Daran werden Sie sich ja wohl noch erinnern. Worum ging es bei dem Streit?«

Flieder starrte auf das Aufnahmegerät, das vor ihm auf dem Tisch stand.

»Es ging um Sabrina Wallner. Eine Bekannte von Udo. Udo meinte, Patrick und Richi seien dafür verantwortlich, dass sie ertrunken ist. Er war wütend auf die beiden, und Patrick hat darauf dermaßen arrogant reagiert, dass ich ihn am liebsten ...« Flieder verstummte.

»... in den Schlossteich geschmissen hätte«, ergänzte Mayfeld.

Flieder schwieg weiter.

»Kannten Sie das Mädchen?«

Flieder schüttelte den Kopf. »Ich kenne ihren Freund, Marcel Boden. In der Schule sind wir zusammen in der Musik AG.«

»Der Unfall war kurz vor Beginn der Schulferien.«

»Ja.«

»War ihr Freund auch der Meinung, dass Richi und Patrick für den Tod Sabrinas verantwortlich waren?«

»Marcel? Der hatte keine Ahnung, was an dem Abend passiert ist. Zumindest als ich ihn am letzten Schultag gesprochen habe. Seither habe ich ihn nicht mehr gesehen. Ist kein so enger Freund von mir. Udo kennt ihn besser.«

Er schaute finster zu Mayfeld. »Scheiße! Jetzt denken Sie, der Udo war es. Oder Sie denken, ich will den Udo denunzieren, um mich selbst zu entlasten. Scheiße, Scheiße, Scheiße!«

Er schlug dreimal mit der Stirn gegen die Tischplatte. Genau in diesem Moment brachte Burkhard Pflaster, Alkohol und eine Kompresse.

Nachdem Flieder verarztet war, schickte Mayfeld ihn nach Hause. Burkhard protestierte, aber das war Mayfeld egal.

»Das Theater hättest du dir sparen können«, blaffte er Burkhard an. »Flieder wird nicht davonlaufen. Falls seine DNA zu den Spuren bei Schönhell passt, können wir ihn immer noch verhaften. Wenn er nicht der Täter ist, aber noch irgendetwas weiß, können wir ihn als Zeuge ab jetzt vergessen. Vielleicht denkst du mal darüber nach, dass wir nicht dazu da sind, irgendeinen Menschen zur Strecke zu bringen, sondern dass wir die Wahrheit finden sollen. Falls dir dieser Gedanke nicht zu kompliziert ist.«

Er ließ Burkhard stehen.

Hauptkommissarin Bischoff von der Mainzer Kriminalpolizei war den ganzen Tag unterwegs gewesen. Mayfeld hatte sich mit ihr für den späten Nachmittag verabredet.

Er fuhr auf den Parkplatz hinter dem Kasteler Bahnhof und ging durch das Sandsteintor der alten Kaserne. In dem Backsteingebäude hatten die Roten Husaren, die Meenzer Haubengarde, die Kostheimer Gecken und die Jokus Garde Mainz ihre Heimat gefunden. Auch wenn es noch hessisches Hoheitsgebiet war, die kulturelle Hegemonie der anderen Rheinseite war nicht zu übersehen. An der Südseite der Reduit verlief die Uferstraße und jenseits davon lag, abgegrenzt von Terrakottakübeln mit Hortensien, Bambus, Rhododendron und Oleander, der Kasteler Strand.

Bischoff saß auf einer der Bierbänke, die unter großen Kastanienbäumen standen, und blickte sehnsuchtsvoll zu dem weiter unten gelegenen aufgeschütteten Sandstrand mit seinen Liegestühlen und Sonnenschirmen. Sie nippte an einem Glas Rotwein. Vor sich hatte sie einen Aktenordner liegen.

»In diesem durchwachsenen Sommer ist das heute der perfekte Zeitpunkt, um ein Sonnenbad am Rhein zu nehmen«, sagte sie zur Begrüßung. »Morgen sind schon wieder Gewitter gemeldet.« Sie stand auf, umarmte Mayfeld und gab ihm einen Kuss.

»Versuch von dem Ingelheimer Rotwein. Da könnt ihr Rheingauer was von lernen«, forderte sie ihn lachend auf.

Mayfeld wollte keine Diskussion über Rheingauer und rheinhessischen Wein. Er tat, wie ihm geheißen.

»Warum interessiert dich der Fall Wallner?« Bischoff kam wie immer schnell zur Sache.

»Wir haben einen Mordfall in Oestrich. Es gibt Hinweise, dass er mit dem Tod von Sabrina Wallner zusammenhängen könnte.«

Bischoff deutete auf den Aktenordner vor sich. »Eine traurige Geschichte. Das Mädchen besuchte am Samstag, dem 7. Juni, eine Party in Mainz-Gonsenheim, die der Sohn eines bekannten Mainzer Bürgers veranstaltete. Dort hat sie einen ziemlich schwer verträglichen Cocktail aus allen möglichen Pillen eingenommen. Wenn dich die einzelnen Substanzen interessieren, lies es im Befund der Pathologie nach. Sie hatte in der Nacht ihres Todes Sex mit mindestens zwei Personen. Aber es gab keinerlei Hinweise, dass das gegen ihren Willen passiert ist, wenn man von einem freien Willen in ihrem Zustand noch reden kann. Irgendwann sind dann wohl alle eingeschlafen, und sie ist vermutlich noch mal zum Pool getorkelt, hineingefallen und ertrunken. Am nächsten Morgen hat sie einer der Gäste, die im Haus übernachtet haben, entdeckt. Wirklich eine traurige Geschichte.«

»Weiß man, mit wem sie an dem Abend noch Sex hatte?«

Bischoff schüttelte den Kopf. »Nein. Wir hatten keinerlei Anhaltspunkte für ein Gewaltverbrechen und deswegen auch keine Handhabe für eine DNA-Reihenuntersuchung der Partygäste. Wir haben bei den anderen Gästen auch keine Drogen gefunden. Außerdem ist der Vater des Gastgebers wie gesagt ein einflussreicher Mainzer Bürger. Welchen Zusammenhang soll es denn zu deinem Mordfall geben?«

»Mit wem ist sie auf das Fest gekommen?«

»Mit Patrick Schönhell aus Walluf.«

»Der ist mein Mordopfer.«

Bischoff pfiff leise durch die Zähne. »Die Mutter und der Bruder des Mädchens waren völlig fertig. Sie wollten unbedingt wissen, mit wem Sabrina auf der Fete war, aber die Staatsanwaltschaft hat entschieden, den Angehörigen keine Informationen aus der Ermittlungsakte zukommen zu lassen.«

»Das ist aber ein ziemlich formalistisches Vorgehen«, wandte Mayfeld ein.

»Es ist letztendlich Ermessenssache. Ich hätte das anders gehandhabt. Aber ich bin in Urlaub gefahren, den Fall hat mein junger Kollege Küster zu Ende gebracht, und der hat sich nicht getraut, ohne Rücksprache mit der Staatsanwaltschaft etwas zu entscheiden.«

»Warum hättest du anders entschieden?«

»Weil ich Schönhells Kaltschnäuzigkeit, mit der er den Tod seiner Begleiterin abtat, zum Kotzen fand. Hat noch nicht mal ein bisschen Mitgefühl geheuchelt. So was ist ja leider nicht strafbar. Aber der Staatsanwalt hatte den Eindruck, dass die Familie nach einem Schuldigen für den Unfall suchte, und befürchtete, dass sie versuchen würde, jemanden für den Tod Sabrinas zur Rechenschaft zu ziehen. Jetzt bin ich ganz froh, dass sich Küster korrekt verhalten hat. Wir würden sonst einigen Ärger bekommen.«

»Sagt dir der Name Richi Teufel etwas?«

Bischoff schüttelte den Kopf, dann griff sie jedoch nach der Akte, die vor ihr auf dem Tisch lag.

»Ich hab dir Kopien von dem ganzen Vorgang gemacht. Da haben wir es. Richi Teufel war auch auf der Fete. Was ist mit dem?«

»Er ist ein ziemlich übler Bursche. Ein Freund von Schönhell. Wir vermuten, dass er mit Drogen handelt. Er wurde heute Morgen zusammengeschlagen.«

»Du glaubst, dass jemand, der Sabrina nahestand, herausbekommen hat, mit wem sie an ihrem letzten Abend unterwegs war? Dass es sich um einen Rachefeldzug handelt?«

Mayfeld nickte. »Das ist denkbar. Nach allem, was wir über Schönhell und Teufel wissen, könnte ich es fast verstehen.«

Bischoff reichte ihm die Akte über den Tisch »Ich brauche übrigens noch eine offizielle Anfrage von dir«, sagte sie. »Ich geh jetzt baden, kommst du mit?«

»Ich hab noch was vor.« Mayfeld verabschiedete sich.

Mayfelds Vater spielte schon eine ganze Weile beim »Alten Wagner«. Er hatte den Gästen der Straußwirtschaft anhand eines Stückes von Bach die Kunst der Fuge erläutert und anhand der »Pathétique« von Beethoven die Struktur einer Klaviersonate. Seinem Spiel spendeten die Gäste freundlichen Applaus, seinen musiktheoretischen Ausführungen begegneten sie mit komplettem Desinteresse. Aber Herbert Mayfeld ließ sich davon nicht beeindrucken und redete unbeirrt weiter. Wenigstens begann er nicht, das Publikum ob seiner Banausenhaftigkeit zu beschimpfen, dachte Mayfeld beruhigt und zugleich etwas bang. Das Straußwirtschaftliche Quartett saß an einem der Holztische in der Nähe des Klaviers. Die Bedienung brachte halbe Schoppen Riesling, Rippchen mit Kraut, heiße Fleischwurst und Handkäs mit Musik an den Tisch.

»Was hast du denn über Sabrina Wallner herausgefunden?«, fragte Mayfeld Trude.

»Meine Frau hat von dem Verhältnis zwischen Patrick und Sabrina gewusst, da wussten die beiden es selbst noch nicht«, antwortete Batschkapp anstelle von Trude. Seit einiger Zeit wiederholten sich seine Witze.

Trude lächelte geschmeichelt. »Ich hab die Anne von unserem Homöopathiezirkel gefragt. Die hat den Patrick zwei- oder dreimal zusammen mit der Sabrina gesehen. Lang ging das noch nicht zwischen den beiden, die Sabrina war vorher ein paar Jahre mit Marcel Boden zusammen. Die Mutter wusste noch gar nicht, dass es zwischen den beiden aus war.«

»Sie hätten halt meine Trude fragen müssen oder die Homöopathie-Anne«, lästerte Batschkapp.

»Und jetzt, liebe Gäste, schreiten wir fort zur Musik der Romantik«, brachte sich Herbert Mayfeld in Erinnerung. »Ich erzähle euch jetzt was über Robert Schumanns ›Davidsbündlertänze Opus 6‹. Die Davidsbündler waren ein von Schumann ins Leben gerufener Kreis junger Künstler, deren Aufgabe es war, die Philister totzuschlagen, die musikalischen wie die sonstigen.«

»Schwätz nicht so viel, spiel«, rief ihm einer der Gäste zu.

»So einen Bund könnte man heute auch gut gebrauchen«, antwortete der alte Mayfeld kampfeslustig. »Ich spiel euch das dritte Stück vor. Es hat die schöne Tempobezeichnung ›Etwas hanebüchen‹.« Herbert Mayfeld setzte sich ans Klavier und begann.

»Das sind wirklich die ärmsten Leute, die man sich vorstellen kann«, nahm Zora den Gesprächsfaden wieder auf.

»Die Philister?«, fragte Batschkapp. »Was sind das denn für Leute?«

»Spießbürger, mein Lieber«, erklärte Gucki. »Ob hier beim alten Wagner viele am Leben blieben, wenn alle Spießbürger totgeschlagen würden?«

»Sei dir nicht so sicher, dass der alte Mayfeld dich überleben lassen würde, Gucki«, wies ihn Zora zurecht. »Außerdem wollte ich gerade nicht die Ansprache von Herbert kommentieren. Ich wollte seinem Sohn was über die Wallners erzählen.«

»Schieß los!«, bat Mayfeld sie.

»Die haben in den letzten Jahren einen Schicksalsschlag nach dem anderen einstecken müssen.«

»Der Georg Wallner hat vor zwei Jahren einen Herzinfarkt gehabt«, mischte sich Trude ein. »Mit siebenundvierzig Jahren! Die Ärzte haben ihn reanimiert und manche sagen, es wäre besser gewesen, wenn sie ihn hätten sterben lassen. Der Mann ist nur noch ein Schatten seiner selbst. Das Herz war zu lange stehen geblieben, bevor die Notärzte es wieder zum Schlagen gebracht haben. Und sein Sohn Mike ist viel zu jung, um den Betrieb richtig führen zu können, studiert noch in Geisenheim. Der Opa hilft zwar im Keller, aber der Opa ist viel zu alt.«

»Mit anderen Worten, der Betrieb ist so gut wie pleite«, fasste die Rote Zora zusammen. »Georg Wallner wurde falsch beraten. Als er das Weingut übernahm, hatte der Wein von Wallners einen guten, aber keinen überragenden Ruf. Er hat hohe Kredite aufgenommen, man hat ihm gesagt, dass er das Weingut nur mit modernster Kellereitechnik in die Spitzengruppe im Rheingau bringen könne. Als er in den Keller investiert hatte, hat man ihm gesagt, er brauche jetzt mehr Weinbergfläche, damit sich die Investition lohnt, also musste er noch mal Schulden machen. Und dann gab es 2003 Probleme mit der Säure und ein paar Jahre später mit Fäulnis. Also war erst mal Essig mit der Eroberung des Hochpreissegments. Jetzt ist er behindert, und der Betrieb sitzt auf einem Haufen Schulden.«

»Der Bank ist das egal«, ereiferte sich Batschkapp. »Wenn der Mike pleite geht, dann übernehmen die einfach das Weingut und verschachern es an einen Investor, falls sie es nicht selbst weiterbetreiben.«

»Was soll denn eine Bank mit einem Weingut? So ein Blödsinn«, kommentierte Gucki.

»Gar kein Blödsinn«, erwiderte Batschkapp. »Denk an Schloss Vollrads. Erst haben sie dem Grafen von Greiffenclau, Gott hab ihn selig, ihre Kredite aufgeschwatzt, dann haben sie an der Zinsschraube gedreht, und zum Schluss haben sie ihn in die Insolvenz getrieben. Als sich der Graf dann erschossen hat, haben sie das Schloss eingesackt und betreiben es jetzt in eigener Regie. Da kriegt das Wort ›Bankräuber‹ doch eine ganz neue Bedeutung!«

Neben dem umstrittenen Bau der Kellerei der Staatsweingüter am historischen Steinberg war die Übernahme des Weingutes von Schloss Vollrads durch die Hausbank des Grafen eines der Lieblingsthemen von Batschkapp. Es schien sich gut dafür zu eignen, seine These »Sind doch alles Verbrecher« zu belegen.

»Der Wein ist seitdem wieder spitze«, wandte Gucki ein.

»Und dafür gehst du über Leichen, was? Die Greiffenclaus haben das Weingut seit tausend Jahren betrieben. Und dann bricht Ihnen ein windiger Banker das Genick«, schimpfte Batschkapp. »Die miesesten Konditionen haben sie dem aufgezwungen. Das war doch ein abgekartetes Spiel!«

»›In all und jeder Zeit, verknüpft sich Lust und Leid: Bleibt fromm in Lust und seid dem Leid mit Mut bereit.‹ Das hat Schumann den Davidsbündlertänzen vorangestellt«, setzte Herbert Mayfeld mit lauter Stimme seine musikgeschichtlichen Ausführungen fort. »Es sind eigentlich keine Tänze, sondern musikalische Dialoge zwischen zwei Figuren, die Schumann geschaffen hat, zwischen zwei Aspekten seiner Persönlichkeit, dem ungestümen Florestan und dem lyrischen Eusebius.«

»Schwätz nicht so viel! Spiel oder trink einen Schoppen«, rief jemand aus dem Publikum.

»Schumann war ein reicher und vielgestaltiger Charakter, da reichte eine Person nicht«, belehrte Herbert Mayfeld seine Zuhörer. »Zum Abschluss noch ein Stück von Eusebius, ›zart und singend‹«.

Wieder erklang Schumanns Musik.

»Wer hat den Wallners denn zu der Kreditaufnahme geraten?«, fragte Mayfeld in die Runde.

»Bestimmt so ein windiger Unternehmensberater«, vermutete Batschkapp.

Aber genau wusste das niemand aus dem Straußwirtschaftlichen Quartett.

***

»Glaubst du, dass man manchmal Dinge tut, an die man sich später nicht mehr erinnern kann, die man verdrängt?«

Die Wunde an der Stirn schmerzte. Johannes war verzweifelt und hatte Angst. Bestialische Angst. Er war nach dem Verhör vom Polizeipräsidium direkt nach Hause gefahren. Im Bus war es ihm so vorgekommen, als ob ihn die anderen Fahrgäste wie einen Verbrecher angestarrt hätten. Aber vermutlich war das Blödsinn. Woher sollten die Leute wissen, was er getan hatte. Oder nicht getan hatte.

Zum Glück war Eduard da gewesen, mit seiner Mutter hätte er im Moment nicht reden wollen. Er hatte ihm alles erzählt. Alles, was er wusste. Sie saßen zusammen in seiner Wohnung, in der umgebauten alten Scheune, an der Küchentheke. Eduard hatte Kaffee gemacht.

»Wie kommst du darauf, dass du etwas getan und es verdrängt haben könntest?«, fragte Eduard.

»Ich traue mir nicht mehr über den Weg«, antwortete Johannes.

»Nimm ein paar Kekse.« Eduard schob ihm eine Dose mit italienischem Mandelgebäck zu. Er nahm sich selbst eines der Cantuccini und tunkte es in den Kaffee. »Schmecken auch prima mit Vino santo oder einer süßen Spätlese.«

Was redete sein Onkel da von italienischen Keksen und heiligem Wein?

»Nimm das bitte ernst. Die Polizei hat mich sehr hartnäckig befragt. Ich erinnere mich nicht, was in der Nacht passiert ist, und am nächsten Tag hatte ich diese beschissene Beule am Kopf.«

»Der Kommissar hat dich wieder nach Hause geschickt. Rede dir keinen Unsinn ein. Die Polizei musste dich befragen, weil Melanie dich verleumdet hat. Die war scharf auf dich, frustriert, dass du nichts von ihr wolltest, und hat versucht, dir das heimzuzahlen. Letztendlich ohne Erfolg.«

Johannes wollte seinem Onkel gerne glauben. Aber die Geschichte war leider nicht so einfach. »Wenn ich nur wüsste, warum ich mich mit Patrick gestritten habe.«

»Das hast du mir doch vorhin erzählt. Es ging um diese Sabrina, das arme Mädchen, dass Schönhell auf dem Gewissen hat. Ist doch prima, dass die Polizei diese Spur verfolgt. Irgendjemand wollte sie rächen, was ich ganz gut verstehen kann. Aber warum solltest du das sein? Du kanntest sie doch kaum.«

Das klang vernünftig und war vor allem günstig für ihn, aber Johannes konnte nicht so recht an diese Version der Geschichte glauben. Sie war zumindest nicht die ganze Wahrheit. »Als ich Patrick in der Bibliothek traf, hat er mit jemandem telefoniert«, erinnerte er sich.

»Aber du weißt natürlich nicht, mit wem.«

»Ich weiß es wirklich nicht. Er schaute beim Telefonieren die ganze Zeit aus dem Fenster.«

»Und was sagt uns das?«

»Dass immer mehr Erinnerungen hochkommen und ich Angst habe, was noch auftaucht.«

»Mach dich nicht verrückt. Denk an das, was dir Professor Schmid gesagt hat. Denk an deine Musik.«

Johannes starrte eine ganze Weile in seine Kaffeetasse. »Schmid hat mir die Briefe von Schumann zum Lesen gegeben. Der hat sein Leben auch nicht in den Griff bekommen.«

»Vergleichst du dich jetzt mit einem romantischen Genie?« Eduard lächelte amüsiert.

Johannes fühlte sich unbehaglich. Düstere Ahnungen, kaum greifbar, umfingen ihn.

»Es geht nicht um sein Genie. Es geht um seinen Wahnsinn. Er war unglücklich verliebt, hat getrunken, hat sich gehen lassen. Seine Mutter wollte nicht, dass er sich mit brotloser Kunst beschäftigt.«

»Und deine Mutter wäre die glücklichste Frau der Welt, wenn du als Pianist erfolgreich wärst. Das ist das genaue Gegenteil«, widersprach Eduard heftig. »Hör mit dem verdammten Selbstmitleid auf! Das macht dich keineswegs interessanter.«

Wie kam Eduard bloß darauf, dass er sich interessant machen, sich aufspielen wollte? Johannes hatte den Eindruck, dass ihn sein Onkel nicht verstehen wollte. Was wollte er bloß mit diesem arroganten Lächeln zum Ausdruck bringen? Es fiel Johannes schwer weiterzureden, aber er hatte keinen anderen Gesprächspartner.

»Phillip wollte nicht, dass ich weiter an einer Pianistenlaufbahn arbeite. Nach dem zweiten Platz bei ›Jugend musiziert‹ meinte er: ›Das wird nichts, du bist nicht gut genug.‹ Er hat es noch viel unfreundlicher ausgedrückt.«

»Ich weiß, Clara hat mir davon erzählt.«

»Er hat gesagt, das sei für mich ein schönes Hobby, aber Geld sollte ich lieber mit BWL oder Jura verdienen. Er wollte mir die weitere Klavierausbildung nicht bezahlen. Bei ihm ging es immer nur ums Geld.«

»Ging?«

»Ich glaube nicht, dass er noch am Leben ist. Ich fühle, dass ihm etwas zugestoßen ist. Ist doch komisch, dass ich so ein Gefühl habe. Woher kommt das?« Johannes' Ahnungen wurden immer düsterer.

»Willst du dir jetzt auch noch die Verantwortung für das Verschwinden deines Vaters aufbürden? Das ist doch lächerlich.« Eduard wirkte wütend und entsetzt. Er schien wirklich nicht daran zu glauben, dass Johannes damit etwas zu tun hatte.

Aber Johannes war sich da nicht so sicher. »So eine Ausbildung ist teuer, wenn man sie bei einem renommierten Lehrer machen will. Ich weiß nicht, ob ich ein Stipendium bekommen würde. Die Probleme bin ich jetzt los.«

Eduard fasste Johannes an den Schultern und schüttelte ihn. »Willst du wohl aufhören, so einen Müll zu erzählen? Dein Vater war damals einfach nur enttäuscht, er hat es sich mittlerweile bestimmt schon wieder anders überlegt. Außerdem ist deine Mutter noch da, bin ich noch da, wir würden dich nie im Stich lassen. Und mit dem Verschwinden deines Vaters hast du nichts zu tun. Ich will kein Wort mehr darüber hören«, sagte er mit Bestimmtheit.

Johannes riss sich los, stand auf und ging zum Fenster, das sich zum Garten hin öffnete. Draußen schien eine warme und freundliche Nachmittagssonne.

»Warum hat Patrick mich nach der Farbe von Phillips Auto gefragt?«

»Was redest du da? Hör doch auf mit dem Grübeln!« Eduard stand auf und ging zu Johannes, legte seinen Arm auf dessen Schulter.

Johannes schob sie weg. »Patrick hat mich am Samstagnachmittag, ein paar Stunden vor seinem Tod danach gefragt. Warum?«

»Wieso beschäftigt dich das?« Eduard legte seine Hand erneut auf Johannes Schulter.

Der schob sie wieder weg. »Weil mich Jenny dasselbe gefragt

hat. Und weil Patrick Jenny danach gefragt hat. An dem Abend, nachdem Phillip zu dieser Geschäftsreise aufgebrochen war. Ich versteh das einfach nicht.«

Johannes drehte sich zu Eduard um. Das Gesicht seines Onkels sah besorgt aus, ängstlich. Seine Stimme wurde rauer. »Du denkst zu viel nach. Dein Freund ist tot, und du hattest vorher Streit mit ihm. Es ist ganz natürlich, dass man in so einer Situation mit Zweifeln und Schuldgefühlen reagiert. Aber dass du dich nach einem Besäufnis an nichts mehr erinnern kannst, heißt doch noch lange nicht, dass du mit seinem Tod etwas zu tun hast.«

»Ich könnte es verdrängt haben. An den Abend, als Patrick Jenny nach der Farbe von Phillips Auto gefragt hat, habe ich auch keine Erinnerung mehr. Wer weiß, was da passiert ist.«

»Hör bloß auf mit dieser Küchenpsychologie. Du hast auch an diesem Abend zu viel getrunken und deinen Rausch ausgeschlafen. So was kommt bei jungen Männern vor. Und was deinen Vater betrifft, der war schon längst unterwegs. Du hattest in der letzten Zeit viel Krach mit ihm, und jetzt ist er verschwunden. Auch da ist es sehr nahe liegend, dass du mit Schuldgefühlen reagierst.«

»Ist das jetzt was anderes als Küchenpsychologie?«

Eduard schmunzelte, aber sein Lachen klang gequält.

»Lass uns über was anderes reden«, schlug er vor und ging hinter den Küchentresen. Er holte zwei Gläser aus dem Küchenregal, aus dem Kühlschrank eine Flasche Wein. Er goss eine bernsteinfarbene, ölige Flüssigkeit in die Gläser. »Eine edelsüße Auslese vom Rauenthaler Rothenberg. Solltest du mal probieren. Ist gut gegen Grübeleien aller Art.« Er reichte Johannes ein Glas. »Kommst du mit der Kreisleriana voran?«

Johannes trank das Glas in einem Zug aus und hielt es Eduard zum Nachfüllen hin.

Der goss nach. »Sachte, sachte«, ermahnte er ihn.

»Es geht so. Schmid meint, ich solle alles beiseiteschieben, was mich von der Musik entfernt. Es gehe bei mir nicht um das Talent, sondern um den unbedingten Willen. Aber ich weiß nicht.«

»Was weißt du nicht? Professor Schmid hat absolut recht. Er war schon mein Lehrer, und er hat mir dabei geholfen, dass ich etwas aus mir mache.«

Johannes sah Eduard in die Augen. »Ich weiß wirklich nicht. Schau dich doch an. Es stimmt ja, du hast eine tolle Karriere hinter dir. Aber du hast sie hinter dir. Seit einem Jahr hast du diesen Krampf in der Hand und kannst nicht mehr spielen. Dieselbe Geschichte wie bei Schumann, dieselbe Geschichte wie bei hunderten oder tausenden Musikern, die fanatisch geübt haben, um alles aus sich rauszuholen und an die Spitze zu kommen.«

Eduards Gesichtsausdruck bekam etwas Mürrisches. Oder war es Verzweiflung, die Johannes in seinem Gesicht entdeckte? Er schenkte sich das Glas voll und leerte es in einem Zug. »Ach was, das siehst du zu pessimistisch. Was ich bisher an Anerkennung bekommen habe, das kann mir niemand mehr nehmen. Die Zeit war ganz wundervoll. Ich mache jetzt eine schöpferische Pause und lasse mich behandeln. Die Botulinusinjektionen schlagen bereits an. In einem halben Jahr ist die Sache ausgestanden.«

»Der Finger von Mama ist nie wieder geworden«, entgegnete Johannes.

»Das ist doch etwas ganz anderes. Deine Mutter hatte einen Unfall, als sie vierzehn war.« Eduard goss sich ein weiteres Glas ein.

»Bekomm ich auch noch eins?«

Eduard goss auch ihm nach.

»Ich habe sie nie danach gefragt, was genau passiert ist«, fuhr Johannes fort. »Ich habe den Eindruck, dass sie nicht gerne darüber redet. Was ist damals geschehen?«

»Ich weiß es nicht genau, ich war nicht dabei. Sie hat mir erzählt, sie sei ausgerutscht und die Treppe hinuntergefallen. Hier im Haus. Dabei hat sie sich den Finger gebrochen und ist nicht gleich zum Arzt gegangen. Oder der Arzt hat den Bruch nicht erkannt und sie falsch behandelt. Nach ein paar Tagen war es zu spät, man konnte die Versteifung nicht mehr korrigieren. Sie hatte verdammtes Pech.«

»Und jetzt muss ich das hinkriegen, woran ihr gescheitert seid. Findet ihr nicht, dass ihr mir zu viel aufladet? Was ist, wenn ich das nicht schaffe? Was ist, wenn ich das gar nicht schaffen will? Habt ihr euch das mal überlegt?«

Eduard wirkte nun sehr angespannt und zugleich resigniert.

Das Thema und der Wein schienen ihn mitzunehmen. »Ich bin mir ganz sicher, dass du das schaffst«, sagte er mit belegter Stimme. »Hör endlich auf zu grübeln, lass alles Unwichtige beiseite, konzentriere dich auf das Wesentliche. Tu es für dich!«

Der Wein stieg auch Johannes zu Kopf, er fühlte sich müde und dennoch aufgewühlt.

Tu es für uns, hörte er seinen Onkel sagen.

Johannes hatte das alles so satt. Den Ehrgeiz der Mutter, den Ansporn des Onkels. Sein ganzes Leben lang hatte er geglaubt, dass Musik sein Leben bedeutete. Aber seit er Jenny kannte, war er unsicher geworden. Es gab noch andere Dinge im Leben.

Wahrscheinlich war diese Frau nicht gut für ihn. Er soff zu viel, seit er näher mit ihr zu tun hatte, und hasste sich dafür. Vielleicht war er wegen ihr zum Mörder geworden. Dass Jenny das aufregend fand, versetzte ihn in heillose Panik.

Aber die Nacht mit ihr war die aufregendste seines Lebens gewesen. Sie hatte Sachen mit ihm gemacht, von denen er zuvor nicht einmal geträumt hatte. Dennoch war ein schales Gefühl zurückgeblieben. Hatte er Patrick aus dem Weg geräumt? Hatte er etwas mit dem Verschwinden seines Vaters zu tun? Steckte ein Ungeheuer in ihm oder bildete er sich das alles nur ein?

Johannes war voller Lebenshunger. Gleichzeitig hatte er sich und das Leben gründlich satt.

Clara

Ich mag Rafaela nicht, ich habe sie nie besonders gemocht. Mit diesem Gedanken wachte ich am Mittwochmittag auf. Wieder hatte ich nach einer Migräneattacke den halben Tag verschlafen.

Ich warf mir den Morgenmantel, den mir Phillip zum fünfzehnten Hochzeitstag geschenkt hatte, über und ging nach unten in die Küche. Auf dem Weg dorthin kam ich an dem großen Spiegel gegenüber der Treppe vorbei und musterte mein Spiegelbild. An diesem Tag mochte ich es nicht.

Ich brühte mir einen Hagebuttentee auf und ging auf die vordere Veranda. Es war ein heißer Sommertag, und die Vögel hielten bereits Siesta. Vom Rhein wehte das Tuckern der Schiffsmotoren herüber. Allmählich nahmen die Migräneanfälle überhand. Ich nahm mir wieder einmal vor, deswegen einen Arzt aufzusuchen. Aber eine innere Stimme sagte mir, dass alles, was ich bräuchte, Ruhe und Erholung sei. Das Leben würde seinen Lauf nehmen, unabhängig davon, ob ich mich überall einmischte oder nicht. Und mir würde es guttun, mich zurückzunehmen.

Doch diesen bequemen Weg konnte ich nicht gehen. Wenn man eine Familie gründet, übernimmt man Verantwortung. Ich verließ die Veranda, ging nach oben und klopfte an Johannes' Zimmertür. Niemand antwortete. Johannes kann es nicht leiden, wenn man ohne Aufforderung in sein Zimmer kommt, und ich bin gerne bereit, seine Empfindlichkeiten zu respektieren. Deswegen öffnete ich die Tür ganz vorsichtig. Das Bett war unbenutzt. Ich wusste, dass ich ihn nicht festhalten durfte, aber dennoch machte ich mir Sorgen. Hoffentlich hatte er seine Stunde bei Professor Schmid nicht wieder versäumt.

Ich ging wieder nach unten. In der Hausdiele hatte ich vor dem großen Spiegel, den Phillip zu unserem fünften Hochzeitstag hat anbringen lassen, noch einmal das zweifelhafte Vergnügen mit meinem Spiegelbild. Ich ging in die Küche, mischte mir mein Vollkornmüsli und brühte eine weitere Kanne mit Hagebuttentee auf.

Während ich das Müsli in mich hineinlöffelte, kam mir die Idee, dass ich über Rafaela nur nachdachte, weil ich mich von anderen Sorgen ablenken wollte. Von Sorgen um Johannes. Ich bin seine Mutter, und ich habe ein feines Gespür für seine Nöte. Irgendetwas trieb ihn um. Vermutlich war er über Nacht bei Jenny gewesen. Ich hatte ihr also umsonst ins Gewissen geredet. Das ist der Lauf der Dinge, sagte ich mir, du kannst es letztendlich nicht verhindern, so gerne du es auch möchtest. Aber da war noch etwas viel Bedrohlicheres. Was war, wenn er eine Dummheit begangen hatte? Wenn er in den Tod von Patrick verwickelt war? Die Vorstellung, ihn in den Klauen der Polizei zu sehen, war mir unerträglich. So weit durfte es nicht kommen, das würde ich zu verhindern wissen. Für Johannes würde ich alles tun.

Ich trank Hagebuttentee. Das gab mir Kraft. Rede dir keinen

Unsinn ein, sagte ich mir. Vielleicht war es ja anders herum. Vielleicht grübelte ich über Johannes, um mich von der Sache mit Rafaela abzulenken, die vor meinen Augen und Ohren ein Verhältnis mit meinem Mann hatte.

»Sag doch Schwester zu ihr«, hatte mein Vater mich gebeten, als Rafaela mit Doris zu uns ins Haus kam. Das war zwei Jahre nach Mamas Tod gewesen.

Erst dachte ich, Doris sei bloß ein weiteres Kindermädchen. Vier oder fünf waren es vor ihr gewesen. Die einzige Erinnerung an sie ist, dass ich sie alle nicht gemocht habe. Keine von ihnen und keinen ihrer Freunde, die sie in unser Haus einschleppten wie Seuchen.

Also mochte ich auch Doris nicht. Ich konnte ihre Stimme nicht leiden. Eine schrille und scheppernde Stimme. Ich wollte meine Mama zurück. Oder wenigstes meinen Papa öfters haben. Aber Papa war immer arbeiten und hatte keine Zeit für uns, nicht für Eduard und nicht für mich.

Zumindest brachte Doris keinen Freund mit. Und mit der Zeit war Papa abends häufiger zu Hause. Aber auch dann hatte er keine Zeit für seine Kinder, die verbrachte er jetzt mit Doris.

Am Anfang hat Doris so getan, als ob sie Eduard und mich gerne hätte. Und Rafaela, die ein Jahr jünger ist als ich, wollte immer mit mir spielen. Vor allem aber hat sich Rafaela um Eduard kümmern wollen. Wenn Doris nicht geschaut hat, habe ich sie von seinem Bettchen weggeschubst.

Eines Tages erklärte mir Papa in feierlichem Ton, dass Doris unsere neue Mutter werden würde. Ich erinnere mich noch genau an diesen Moment. Ich saß in der Küche und schob die Fischstäbchen, die sie hatte anbrennen lassen, auf meinem Teller hin und her. Im Radio lief gerade mein Lieblingslied, »Mamma mia« von Abba. Heute mag ich solche Musik nicht mehr, aber damals konnte ich gar nicht genug davon bekommen. Als mein Vater diesen Satz sagte, Doris wird deine und Eduards neue Mutter, veränderten sich die Töne und Geräusche der Welt. Aus dem Radio drang nur noch blecherner Lärm, alles klang metallisch. So hatte es schon geklungen, als mir Papa sagte, dass Mama gestorben sei.

Ich rannte in mein Zimmer, warf mich aufs Bett und schrie, als ob man mir gerade die Eingeweide aus dem Leib reißen würde. Papa kam mir nach und wollte mich beruhigen, aber ich habe ihn nur angebrüllt, er solle weggehen. Das hat er dann auch gemacht, und ich lag die ganze Nacht weinend und allein in meinem Bett.

Die nächsten Tage ging der metallene Klang, mit dem die Welt in mich eindrang, gar nicht mehr weg. Ich befürchtete, dass ich jetzt sterben müsste. Manchmal hoffte ich es auch. Doris redete mit ihrer hässlichen Stimme auf mich ein, ich solle doch ein wenig nett zu ihr sein, sie gebe sich doch Mühe mit mir und ich sei ein undankbares Kind. Wenn sie so mit mir sprach, brüllte ich nur noch mehr. Ich war damals wahrscheinlich eine ganz schöne Zicke, aber das war meine Art, Mama die Treue zu halten.

Als Papa und Doris heirateten, sollte ich zusammen mit Rafaela vor den beiden her rennen und Blumen streuen und lachen. Die Blumen, rosa Lilien, habe ich auf den Weg geworfen, wie Papa es von mir verlangt hat, aber gelacht habe ich nicht. Die beiden haben die Blumen zertreten. Arme rosa Lilien.

Auf der Feier, die nach der Kirche begann und bis in die Nacht dauerte, gab es Spanferkel am Spieß. Eine Kapelle spielte Schlagermusik. Seit Papa mir gesagt hatte, dass er Doris heiraten würde, mochte ich keine Musik mehr, aber diese fand ich besonders grässlich. Ich erinnere mich noch an den Text eines Liedes. »Es fährt ein Zug nach Nirgendwo, mit mir allein als Passagier. Mit jeder Stunde, die vergeht, führt er mich weiter weg von Dir.« Doris' Mutter hat während des Festes auf uns Kinder aufgepasst, sie hat sich nur um Rafaela gekümmert, die alte Hexe. Und Papa tanzte nur mit Doris.

Ich glaube, ich war damals eine ganze Weile ziemlich ungerecht und habe Doris das Leben schwer gemacht. Schließlich habe ich mich aber in mein Schicksal gefügt. Papa musste mir versprechen, dass ich Klavierstunden bekomme, sobald ich alt genug dafür war. Das hat mich ein wenig besänftigt. Ich wollte Klavier spielen wie Mama, das Klavier stand in einem staubigen kleinen Abstellzimmer und wartete auf mich. Ich wurde vernünftiger und habe versucht, mit meiner Stiefmutter Frieden zu schließen. Was blieb einem Mädchen, das sonst ganz allein auf der Welt gewesen wäre, auch anderes übrig? Mir war klar, dass sie bleiben würde. Ich musste mich arrangieren, denn sonst wäre Papa böse mit mir gewesen.

Ich habe mir Mühe gegeben. Ich habe Doris zum Muttertag Gedichte vorgetragen. »Wenn Du noch eine Mutter hast, so danke Gott und sei zufrieden, nicht allen auf dem Erdenrund ist dieses hohe Glück beschieden.« Ich habe Lieder für sie gesungen. »Es waren zwei Königskinder. Aber das Wasser war viel zu tief.« Sie hat höflich zugehört, Papa zuliebe. Ich habe mehr für Papa und Eduard gesungen als für sie.

Immerhin habe ich so meine Liebe zur Musik wieder zurückgewonnen. Die Welt nahm wieder ihren alten und freundlichen Klang an. Ich versuchte, mit Doris klarzukommen wie mit einer Tante oder einer Erzieherin, und ich bemühte mich, sie ein wenig zu mögen. Es war schwer, aber es funktionierte, zumindest für eine Weile.

Ich habe eine Zeit lang auch versucht mich mit Rafaela anzufreunden. Papa erklärte mir, dass er Rafaela adoptiert habe und sie jetzt auch vor dem Gesetz seine Tochter und meine Schwester sei. Das mit dem Gesetz habe ich damals nicht verstanden. Aber ich habe verstanden, dass es meinem Vater ernst war. Also habe ich sie Schwester genannt. Ich versuchte mich darüber zu freuen, dass sie so gerne mit Eduard spielte. Auf diese Art und Weise hatte Eduard zwei Schwestern, die ihn liebten. Doch ich selbst konnte mit ihr trotz aller Bemühungen nicht viel anfangen. Ich wollte singen, Flöte und Klavier spielen, sie spielte lieber mit ihren Barbiepuppen, für die ihr Doris alle möglichen Kleidchen kaufte.

Immer öfter schlich ich mich in die Abstellkammer, wo das Klavier auf mich wartete. Es war ein kirschbaumrotes Ibach-Klavier mit einem wunderbar hellen, singenden Klang. Ich habe versucht, Melodien nachzuspielen. Mamma mia. Es waren zwei Königskinder. Ich hab es ziemlich schnell hingekriegt. Ich spürte, dafür hatte ich ein Händchen. Das Klavier wurde mein Freund.

Wenn mich Doris in der Abstellkammer erwischte, schimpfte sie. »Dafür bist du noch zu klein. Du machst das schöne Klavier von Papa kaputt.« So ein Blödsinn. Ich bin zu meinem Papa gegangen und habe ihn an sein Versprechen erinnert, dass ich Klavier lernen dürfte. »Dafür bist du noch zu klein«, antwortete er. Als ich in die vierte Klasse kam, hab ich unsere Lehrerin, Frau Schuster, gefragt, wie alt man sein müsse, damit man mit dem Klavierspielen anfangen könne. »Je jünger, desto besser«, hat sie gesagt. Sie ist mit mir in das Musikzimmer der Schule gegangen, und ich habe ihr vorgespielt, was ich mir alleine beigebracht hatte. Am Abend des nächsten Tages hat Frau Schuster meinen Papa besucht und hat mit ihm geredet. Einen Monat später hatte ich meine erste Klavierstunde bei Herrn Geiger.

Es begann eine wunderbare Zeit in meinem Leben. Ich lernte schnell, und Herr Geiger lobte mich jede Stunde aufs Neue. Ich war stolz, fleißig und wissbegierig. Ich spielte den »Fröhlichen Landmann«, das »Notenbüchlein für Anna Magdalena Bach«, »Für Elise«. Ich spielte für Mama. Ich wollte Pianistin werden, aber das habe ich niemandem verraten.

Als Eduard sieben oder acht wurde, habe ich ihn mit in die Abstellkammer genommen. Es war eine ganz eigene Stimmung in der Kammer. Es roch nach Staub, es war immer kühl, und das Licht, das die schweren gelben Vorhänge durch das Fenster hereinließen, war gedämpft. Neben dem wunderschönen, singenden Instrument aus rotem Kirschbaumholz standen lauter hässliche stumme Dinge, ein Besen, ein Schrubber, ein Putzeimer. Neben einer Abfalltonne lagen in einem Metallregal Putzlappen und Klopapierrollen im senfgelben Licht. Das alles störte mich überhaupt nicht. Ich sah nur das Pianoforte, hörte seinen hellgoldenen Klang. Ich habe Eduard in die Geheimnisse des Klavierspielens eingeweiht. Zumindest kam mir das damals in einer romantischen Anwandlung so vor.

Mittlerweile versuchte ich, Rafaela so gut wie möglich zu ignorieren. Meine so genannte Schwester war neidisch auf mich und meine Liebe zur Musik. Sie hatte nichts außer ihrer Mutter. Und die war immer seltener in der Villa Gruber, ging am frühen Nachmittag weg, kam spät abends zurück. Wenn sie nach Hause kam, war sie entweder albern oder gereizt. Manchmal war sie verzweifelt und still. Wegen der Kopfschmerzen, sagte sie. Doris behauptete, sie sei krank und vertrage deswegen den Lärm, den ich mit dem Klavier mache, nicht. Doris zitterte oft und war unsicher auf den Beinen. Irgendwann habe ich herausbekommen, dass sie trank.

Für mich wurden die Zeiten wieder schwieriger. Ich wurde älter und ließ mir nicht mehr alles gefallen. Rafaela hatte zu Hause nichts zu melden, wenn ihre Mutter nicht da war. Eduard und ich waren unzertrennlich. Aber Rafaela versuchte sich zu rächen. Sie hat mich bei Doris verpetzt. Jedes Mal, wenn meine Stiefmutter zu Hause war und ich Klavier in der Abstellkammer spielte, lief sie zu Doris und beschwerte sich über den Krach. Meine Stiefmutter kam dann in die Kammer gerannt, hat mit ihrer schrillen Stimme geflucht, mich beschimpft und aus dem Zimmer gejagt. Sie hat die Abstellkammer abgeschlossen und die Schlüssel versteckt.

Natürlich habe ich Rafaela zur Rede gestellt. Sie hat alles geleugnet. »Ich hab dich nicht verpetzt«, hat sie immer wieder beteuert. »Ich weiß nicht, warum meine Mutter sagt, dass ich mich beschwert habe, ich hab es bestimmt nicht getan«, sagte sie. »Mir ist es doch egal, was du und Eduard in der Abstellkammer treibt.« Das war wieder so eine ihrer Gemeinheiten. Um ihre Unschuld zu beweisen, hat sie mir verraten, wo ihre Mutter den Schlüssel zur Abstellkammer versteckte. Damit hat sie meinen Zorn besänftigt. Vielleicht war sie ja doch nicht so schlimm, wie ich immer vermutete.

Es war wirklich eine schwierige Zeit damals. Eduard war ein lernbegieriger Schüler. Ein lieber Junge. Aber manchmal war er auch garstig. Wollte seine Ruhe, wollte nichts mit der großen Schwester zu tun haben, war richtiggehend abweisend. Er kam jedoch immer wieder.

An all diese Dinge dachte ich an jenem Mittwoch, als ich in der Küche saß und meinen Hagebuttentee schlürfte. Ich musste versuchen, mir Gewissheit zu schaffen. Ich musste mit Rafaela reden. Ich duschte und kleidete mich an. Dann ging ich über die Terrasse und den Rasen zum Torbogen zwischen Haupthaus und Scheune und von dort hinüber zu ihrem Hexenhaus und klingelte.

»Wie schön, dich mal wieder zu sehen«, zwitscherte Rafaela, als sie die Tür öffnete. Sie hatte ein knöchellanges Leinenkleid an, dessen Ausschnitt ziemlich gewagt ausgefallen war.

»Kann ich reinkommen?«, fragte ich.

»Natürlich, warum denn so förmlich.« Sie machte eine einladende Handbewegung, drehte sich auf dem Absatz um und ging mir voraus ins Haus. In der Unordnung, die drinnen herrschte, hätte ich mich nie im Leben wohlgefühlt. Sie steuerte auf ihr knallrotes Sofa zu, räumte ein paar Zeitschriften und mehrere Decken weg, indem sie sie auf die Holzdielen pfefferte. Dann bat sie mich Platz zu nehmen.

»Likörchen?«

»Es ist noch nicht sechs.«

»Auch kein Bitterorangenlikörchen? Mich fröstelt plötzlich. Der Likör wärmt von innen.«

»Man kann sich auch warm anziehen«, antwortete ich mit einem höflichen Lächeln und warf einen Blick auf ihr Dekolleté.

Sie lächelte zurück. »Tee, Kaffee, Wasser?«, fragte sie unbeirrt weiter.

Ich bat sie, mir ein Wasser zu bringen, um das Geplänkel zu beenden. Sie ging quer durch den Raum zur Küchenzeile, wobei sie auf ihren demonstrativen Hüftschwung nicht verzichten mochte, obwohl kein Mann in der Nähe war. Als sie zurückkam, hielt sie in der einen Hand ein Glas mit Wasser, Zitronenschale und Eiswürfeln, in der anderen ein Likörglas mit einer gelblichen Flüssigkeit. Sie reichte mir das Wasserglas mit den Eiswürfeln.

»Du bist ja warm angezogen«, zwitscherte sie und setzte sich auf einen roten Sessel mir gegenüber. Dessen Polster hatte genau den Ton ihres Kleides. »Also, was verschafft mir die seltene Ehre deines Besuchs?«

»Ich mache mir Sorgen um Phillip. Er ist von einer Geschäftsreise nicht zurückgekommen«, sagte ich.

»Das weiß ich«, flötete Rafaela. »Ich kann gut verstehen, dass du dir Sorgen machst. Aber du warst am Sonntag doch dabei, als mich die Polizei dazu befragt hat. Wie kann ich dir helfen?« Sie nippte an ihrem Likör.

»Du hast doch manchmal beruflich mit ihm zu tun gehabt, vielleicht hast du ja eine Ahnung, wo er sich zurzeit aufhält«, antwortete ich.

»Das verstehe ich gerade gar nicht«, tirilierte Rafaela. »Ich kenne doch seinen beruflichen Terminkalender nicht.«

»Vielleicht macht er Urlaub«, wandte ich ein.

Sie schien einen Moment nachzudenken. »Wenn es so wäre, wie

ich vermute, dass du denkst, dann wäre ich nicht hier, stimmt's?« Ein silbriges Lachen begleitete ihre Frage.

Das hatte ich mir auch schon überlegt. Falls er mit einer Freundin unterwegs war, dann musste es eine andere Frau als Rafaela sein. Aber ich vermutete schon seit geraumer Zeit nicht mehr, dass sich Phillip irgendwo vergnügte.

»Seid ihr geschäftlich weitergekommen? Hat er dir mit deinem Modestudio weiterhelfen können?« Ich versuchte, meiner Stimme den Klang freundlichen Interesses zu geben.

Rafaela lächelte ihrerseits, als sei ich ihre beste Freundin. »Er sprach von einem Textilfabrikanten in Florenz, mit dem er einen Kontakt herstellen wollte«, erinnerte sie sich. »Er wollte ihn dieser Tage treffen.«

Sie gab sich keine Blöße. Ich musste direkter werden. »Ich denke manchmal, dass Phillip und du ziemlich gut miteinander klargekommen seid.«

Wieder antwortete sie mit einem silbrigen Lachen. Dann wurde sie ernst. »Sprich doch von deinem Mann nicht in der Vergangenheit«, ermahnte sie mich. »Er taucht vielleicht morgen wieder auf. Es kann doch sein, dass er eine Affäre hat. Obwohl ich glaube, dass er das besser verbergen würde.«

Ich hörte ein hässliches Ohrklingeln. »Daran habe ich auch schon gedacht«, antwortete ich kühl. »Ich bin mit meiner ständigen Migräne vielleicht nicht die Frau, die er sich gewünscht hat.«

»Das wusste ich gar nicht mit deiner Migräne. Das tut mir leid für dich«, heuchelte sie Anteilnahme. Wieder ließ sie ihr silbriges Lachen hören. Offensichtlich wollte sie mich auch noch verspotten.

Ich überwand meinen Ekel und meine Scham und erzählte ihr von meinem Verdacht, dass er seine speziellen sexuellen Vorlieben hier auf dem Grundstück mit irgendjemandem ausgelebt habe.

Sie schüttelte ihren roten Haarschopf und lachte ungläubig. »Aber das kann er doch überall und jederzeit tun. Er ist doch dauernd unterwegs.«

»Vielleicht hat es ihm einen besonderen Kick verschafft, es zu Hause zu machen«, bemerkte ich bitter. »Während ich krank im Bett lag.«

»Mit deiner Migräne? Was sind das denn für spezielle sexuelle Vorlieben?« Ein ironisches Lächeln umspielte jetzt Rafaelas Mund.

»Leder, Peitschen, Fesseln«, antwortete ich angewidert. Ich berichtete ihr von den Dingen, die ich im Büro und im Tempelchen gefunden hatte.

»Ach, und so was magst du nicht?« Sie tat überrascht.

»Nein!«, rief ich empört.

»Auch nicht ein kleines bisschen?«

Ich wurde wütend. »Ich würde es wissen. Ich rede offen mit dir, und du machst dich über mich lustig!«, giftete ich sie an.

Rafaela stand auf und ging mit ihrem provozierenden Hüftschwung zu der Theke, auf der die Flasche mit dem Likör stand und goss sich nach. Dann kam sie wiegenden Schrittes zurück, wobei sie mich nicht aus den Augen ließ. »Sei nicht so spießig, Clara«, sagte sie. »Was ist denn so schlimm an ein paar SM-Spielchen, wenn es beiden Beteiligten gefällt? Ich finde das ganz lustig, wenn man es nicht übertreibt. Aber ich habe nichts mit deinem Mann, wenn du das wissen wolltest.« Sie kippte ihr Likörglas mit einem Schwung hinunter. »Vielleicht sind andere Frauen gar nicht das Problem. Vielleicht bist du das Problem.«

Erst wollte ich sie zurechtweisen, dann nachfragen, wie sie das meinte, aber meine Intuition sagte mir, dass alles sinnlos war. Rafaela, die Spottdrossel, würde nicht aus ihrer Deckung hervorkommen. Resigniert verließ ich ihr Hexenhaus.

Draußen hatten die Vogelstimmen diesen fremden, metallischen Klang angenommen, der oft einen Migräneanfall ankündigte. Zumindest signalisierte er, dass jetzt die kleinste Aufregung ein Gewitter in meinem Hirn auslösen würde.

Vielleicht bist du das Problem, hatte sie gesagt. Ganz schön dreist! Es war am besten, wenn ich mich ablenkte. Putzen, aufräumen, irgendetwas in dieser Richtung. Ich sollte Ordnung schaffen.

Ich ging zurück nach Hause und trank den restlichen Hagebuttentee. Das Telefon klingelte. Ein Polizist mit knurriger Stimme fragte nach Phillips Kontonummern und Kreditkarten. Ich ging in Phillips Büro, kramte in seinem Schreibtisch und in den Schränken. Schließlich fand ich die Ordner mit den Auszügen in dem Regal unterhalb seiner Pornosammlung und rief den Polizisten im

Präsidium zurück. Der Polizist bedankte sich. Ich zog die senfgelben Vorhänge in Phillips Büro zurück. Die würde ich als Nächstes entfernen. Aber vorher sollte ich mir seine Konten näher anschauen. Wenn sich die Polizei dafür interessierte, warum dann nicht auch ich?

Phillip hatte mehrere Konten. Ich schaute mir die Auszüge durch, aber es war nichts Besonderes in ihnen zu finden. Schließlich fiel mir auf, dass die Kontonummern mit einigen Zahlenfolgen auf dem Zettel übereinstimmten, den die Kommissare am Tag zuvor im Tresor entdeckt hatten. Ich dache einen Moment nach. Die anderen Nummern mussten Pins für seine Kredit- und Scheckkarten sowie Codes für den Onlinezugang zu den Konten sein.

Ich holte den Zettel aus dem Tresor und öffnete Phillips Notebook. Das Passwort hatte die nette junge Kriminalbeamtin am Vortag herausgefunden. »Ordnungsfanatiker«. Ich besuchte die Websites der Banken, bei denen Phillip Konten unterhielt, und gab die Zahlenfolgen, die auf dem Zettel standen, in die Eingabemasken ein. Es funktionierte, ich kam an seine aktuellen Bankdaten.

Dann sah ich es. Zweitausend Euro Barabhebung von einem Geldautomaten am 20. Juli um null Uhr dreißig. Da war Phillip bereits seit einer Woche verschwunden. Ich war schockiert. Ich ging zu einer weiteren Website. Mit Phillips Kreditkarte wurden am 20. Juli von demselben Konto tausend Euro abgehoben. Mir stockte der Atem, das Ohrenklingeln nahm zu. Die Konten zu checken war keine gute Idee gewesen, zumindest fand ich so weder Beruhigung noch Ablenkung. Ich ging auf die Websites einer weiteren Bank, bei denen Phillip Kunde war und gab die Pins ein, die auf dem Zettel standen. Dort wurden ebenfalls zweitausend Euro abgehoben. Was war hier los? Hatte jemand Phillip überfallen und stahl jetzt sein Geld? Oder war Phillip noch am Leben und in irgendwelchen Schwierigkeiten? Die wildesten Spekulationen jagten durch meinen Kopf, wobei sie ein schwirrendes Geräusch hinter sich herzogen, ähnlich dem Zischen durch die Luft fliegender Pfeile.

Ich verließ das Büro und ging zurück in den Salon. Ich fühlte mich plötzlich sehr allein. Ich wollte mit jemandem reden. Normalerweise wäre ich jetzt zu Eduard hinübergelaufen. Aber irgendetwas hinderte mich daran. Ich war so erschrocken, als ich ihn am Tag zuvor im Tempelchen getroffen hatte. Es war mir so vorgekommen, als ob er sich dort auskannte. Er war über meine Entdeckungen überhaupt nicht überrascht gewesen, hatte sie heruntergespielt. War es wirklich möglich, dass er nie bemerkt hatte, was sich in der Villa oder im Tempelchen abspielte, wenn ich mich in mein Bett zurückgezogen hatte? Natürlich war es möglich, dass Phillips Huren durch das kleine Tor hinter dem Tempelchen auf das Grundstück kamen und durch den Hintereingang in das Liebesnest gelangten, aber war das wahrscheinlich? War es vielleicht Eduard, der sich dort mit irgendwelchen Gespielinnen traf? Wieso hatte ich mich bislang nie darüber gewundert, dass es keine Frau in seinem Leben gab?

All diese Gedanken sirrten in meinem Kopf umher und beunruhigten mich. Mir wurde plötzlich klar, in welch erbärmlicher Situation ich mich befand. Das Rauschen in meinem Kopf wurde stärker. Es war ein Rauschen wie von einer Welle, von einer großen Brandungswelle. Mein Mann war verschwunden. Es war ihm entweder etwas zugestoßen, oder er hielt uns alle zum Narren. Er hatte mit anderen Frauen Affären gehabt. Ich hatte meine Stiefschwester in Verdacht, dass sie eine dieser Frauen war. Meinem Bruder konnte ich nicht mehr vertrauen, er verheimlichte mir irgendetwas. Und mein Sohn entglitt mir, er hatte Geheimnisse vor mir und war in eine polizeiliche Ermittlung verwickelt.

Die Welle drohte über mir zusammenzuschlagen.

Eine innere Stimme redete begütigend auf mich ein. Sie sagte, ich solle mich nicht aufregen, ich sollte nicht alles in Zweifel ziehen, was mir bislang wertvoll und wichtig gewesen war, ich sollte weiterhin Vertrauen in meine Familie setzen. Angst sei ein schlechter Ratgeber. Das klang alles sehr vernünftig. Aber Angst war genau das, was ich im Übermaß hatte.

Im Garten rief Eduard nach mir. Mir wurde übel. Ein heftiger Schmerz fuhr mir in den Schädel.

Ele

»Ich mache mir Sorgen um Johannes, der Junge redet sich was ein«, sagte Eduard am späten Mittwochabend.

Wir lagen in seinem Bett in der alten Scheune. Ich war in einer wehmütigen Stimmung, ich fühlte, dass eine ganze Ära meines Lebens bald zu Ende gehen würde. Wir hatten uns geliebt, um zu vergessen. Aber es gab kein Vergessen. Ich fuhr ihm durch die verschwitzten Haare.

»Du meinst, diese Zicken reden ihm was ein?«, fragte ich Eduard.

»Melanie auf jeden Fall«, erwiderte er. »Sie versucht vor allem, der Polizei etwas einzureden. Sie behauptet, dass sich Johannes mit Patrick vor dessen Tod gestritten hat, und der Junge nimmt sich das sehr zu Herzen. Absurd!«

Das war allerdings absurd, ich konnte meinem Geliebten da nur zustimmen. Aber war er auch überzeugt von dem, was er da sagte? »Du meinst, diese Melanie ist eifersüchtig und versucht deswegen Johannes in Schwierigkeiten zu bringen?«

»Sieht so aus«, pflichtete Eduard mir bei.

»Und was glaubst du? Dass Melanie finstere Absichten hat, heißt ja nicht, dass ihre Anschuldigungen falsch sind.«

Eduard zögerte mit einer Antwort. Das hatte ich befürchtet.

»Ich habe ihm gesagt, dass er sich nichts einreden lassen soll. Er war betrunken und kann sich deswegen an nichts mehr erinnern. Das ist alles«, antwortete er mir.

»Das war nicht meine Frage. Ich wollte wissen, was du glaubst«, insistierte ich.

Wieder zögerte Eduard viel zu lange mit einer Antwort. Dann kam ein klägliches »Ich glaube, er hat damit nichts zu tun«. Eine klare Meinungsäußerung hörte sich anders an. Das Gift der Verleumdung war also auch in seine Gehirnwindungen gesickert. Wie sollte ich ihm das bloß klarmachen? Wie konnte ich ihn darin bestärken, dass Johannes mit Patricks Tod wirklich nichts zu tun hatte?

Aber vielleicht war das gar nicht nötig. Immerhin sprach Eduard seine Zweifel nicht offen aus, noch nicht einmal mir gegenüber. Das musste wohl reichen.

Für diesen Tag hatte ich genug davon, Probleme zu wälzen und mir Sorgen zu machen. Ich begann an seinem Ohr zu knabbern. Vielleicht konnte ich ihm helfen, seine Aufmerksamkeit wieder auf die wichtigen Seiten des Lebens zu richten. Auf uns beide und unsere Liebe.

»Ich glaube, der Tod von Patrick Schönhell hat was mit dem Tod von Sabrina Wallner zu tun«, sagte er nach einer Weile.

Das Am-Ohr-Knabbern hatte also nichts genutzt. All das Schreckliche, das passiert war, drang allmählich in unsere Beziehung ein, prägte sie immer mehr. Wie hatte ich nur hoffen können, dass es anders kommen würde?

»Dann lässt die Polizei Johannes bestimmt bald in Ruhe«, sagte ich. »Mit diesem Mädchen hatte er ja wohl nichts zu tun.« Hoffentlich würde Eduard seinen absurden Verdacht gegen Johannes wieder fallen lassen.

Ich streichelte und küsste ihn an all den Stellen, an denen er es mochte, und an Stellen, an denen ich ihn noch nie liebkost hatte. Aber er wollte das nicht, er war unruhig, besorgt, abgelenkt. Er schob mich weg.

»Wie kannst du jetzt an so was denken?«, fragte er mich irritiert.

Wir haben doch nur uns, dachte ich. Die guten Zeiten gehen vorbei, schwere Zeiten werden kommen. Noch haben wir uns. Ich klammerte mich an ihn. Wieder schob er mich weg.

»Ich befürchte, er redet sich auch ein, am Tod seines Vaters Schuld zu haben«, fuhr Eduard fort.

»Am Verschwinden seines Vaters, nicht an seinem Tod. Der Tod von Phillip ist offiziell nicht erwiesen, vergiss das nicht, Eduard«, flüsterte ich ihm zu.

Er sah mich an, als sei ich nicht ganz bei Trost.

»Johannes ist ein sensibler Junge, wir müssen ihn schützen«, flüsterte ich weiter. Ich machte mir Sorgen um Johannes. Und ich machte mir Sorgen um Clara. Wenn man Johannes eines Mordes beschuldigen würde, sei es an Patrick oder an Phillip, würde Clara das nicht verkraften. Ich hatte Angst vor ihrer Reaktion, sie wäre dann unberechenbar. Aber ich wusste nicht, wie ich das Eduard erklären sollte. Ich war mir sicher, er würde es nicht verstehen.

»Und wie soll das gehen?«, wollte Eduard wissen. »Wie sollen wir ihn schützen, wie ihn beruhigen? Du musst mit ihm reden, ich habe bereits getan, was ich konnte. Ich glaube nicht, dass er auf mich hört.«

»Auf jeden Fall mehr als auf mich.«

Ich sehe Johannes nur selten, ich rede nicht viel mit ihm. Ich mag ihn, aber ich habe keinen richtigen Zugang zu ihm. Natürlich hätte ich trotzdem versuchen können, mit ihm ins Gespräch zu kommen, aber ich wusste nicht, wann und wie ich ihn treffen sollte, ohne dass mir Clara in die Quere kommen würde.

Alles wäre einfacher, wenn mein Verhältnis zu Clara besser wäre. Aber das war nun einmal so wie es war. Sie ignorierte mich einfach. Sie hörte nicht hin, wenn ich mit ihr reden wollte, manchmal hatte ich den Eindruck, dass sie meine Worte zwar hörte, aber dass sie ihren Sinn nicht verstand, nicht verstehen wollte.

Wir sind seit Claras viertem Lebensjahr zusammen. Unsere Eltern, Doris und Alfred, haben sich nie richtig um uns gekümmert. Erst haben die beiden viel miteinander unternommen, und wir durften nicht stören, dann ging jeder seine Wege, und wir konnten sehen, wo wir blieben. Ich wollte immer, dass Clara und ich uns verstehen. Ich wollte Clara beschützen. Ich wollte uns alle beschützen.

Aber Clara hat gar nicht bemerkt, dass sie Schutz brauchte, sie dachte, die Musik sei ihr Schutz und Zuflucht genug. Singen und Klavierspielen genügten ihr.

Ich war so gotterbärmlich alleine als Kind.

Doris, meine sogenannte Mutter, interessierte sich nicht für mich, Alfred, mein sogenannter Vater genau so wenig. Clara ignorierte mich. Bloß Eduard war für mich da. Immer wenn Clara mit dem Klavierspielen fertig war und ihre Ruhe wollte oder schlief, schlich ich mich zu ihm, und wir kuschelten zusammen. So war das schon, als wir kleine Kinder waren.

Und genau so fern, wie mir Clara ist, so fern ist mir auch Johannes. Dass ausgerechnet ich mit ihm reden sollte, das war eine ziemlich blöde Idee von Eduard.

»Johannes hat eine anstrengende Zeit hinter sich«, sagte Eduard. »Er hat Sorgen mit zwei Mädchen, er hat Angst vor dem Scheitern in der Musik und in der Liebe. Er kommt mit dem Tod seines Freundes und mit dem Verschwinden seines Vaters nicht zurecht. Deswegen ist er so verunsichert und meint, er sei an allem Unglück Schuld. Du musst mit ihm reden.«

So einfach machen es sich die Männer, so einfach machte es sich selbst mein geliebter Eduard. Er war mein Liebster, aber er war schwach. Ich fühlte mich an diesem Abend so einsam wie schon lange nicht mehr. Es hatte keinen Zweck, mit ihm zu diskutieren.

»Wir alle kommen nicht gut klar mit dem, was passiert ist«, sagte ich deshalb beschwichtigend. »Johannes trinkt zu viel, aber er ist ein guter Junge.«

»Das alles ist ein Alptraum«, flüsterte Eduard und weinte.

Seit Langem, seit Langem ist es das.

Donnerstag, 31. Juli

Eine drückende Schwüle lag über dem Rheintal. Bereits auf dem Weg zur Arbeit war Mayfeld der Schweiß in Strömen über das Gesicht gelaufen. Wieder einmal hatte er sich geschworen, seinen alten Volvo gegen ein modernes Auto mit Klimaanlage einzutauschen, aber er vermutete, dass er diesen Schwur genau wie alle anderen diesbezüglichen Eide brechen würde. Letztlich würde er sich von dem kantigen Gefährt aus dickem Stahl nicht trennen können. Du übertreibst es mit der Treue. Es reicht doch, wenn du mir treu bleibst, spottete Julia des Öfteren.

Im Besprechungsraum des K 11 herrschte brütende Hitze. Mayfeld hatte die Kollegen gerade über den Überfall auf Richi Teufel und die Ermittlungen der Mainzer Kollegen informiert.

»Wir haben in Teufels Wohnung jede Menge Spuren gesammelt«, berichtete Adler. »Auf die Art und Weise sind wir auch an DNA-Material von Teufel selbst gekommen, das brauchen wir, um das fremde Material zu identifizieren. Es gibt nichts, was wir jetzt schon eindeutig dem Überfall zuordnen können, Fingerabdrücke oder DNA-Spuren können von irgendwelchen harmlosen Besuchern stammen. Wir werden sie natürlich alle analysieren und mit den Daten, die wir im Fall Schönhell gesammelt haben, vergleichen. Das kann aber eine ganze Weile dauern. Bei dem Überfall hat es sich mit großer Wahrscheinlichkeit nicht um Raub gehandelt. Die Wohnung wurde augenscheinlich nicht durchsucht, es scheint auf den ersten Blick nichts zu fehlen.«

»Gibt es Hinweise auf die Tatwaffe?«, fragte Mayfeld.

»In der Wohnung nicht«, antwortete Adler. »Aber ich hab mir den Holzsplitter, den die Ärzte aus der Wunde von Teufel gezogen haben, genauer angesehen. Könnte von einem unbehandelten Rundholz stammen.«

»Das heißt was?«

»Der Splitter könnte zum Beispiel von einem Pflock stammen, mit dem man junge Bäume festbindet«, erläuterte Adler.

»Der Mörder ist immer der Gärtner«, witzelte Burkhard.

»Er könnte auch von einem Wingertstickel stammen.« Adler schmunzelte. »Mehr kann ich zum Fall Teufel noch nicht sagen.«

»Hat sich der Kollege Mertens aus Oestrich-Winkel gemeldet?«, fragte Mayfeld in die Runde.

»Ja, bei mir«, sagte Meyer. Er holte aus der Tupperwaredose, die auf seiner Aktenmappe stand, einen ziehharmonikaartig aufgeschnittenen Rettich, brach ein Stück ab und steckte es genüsslich in den hungrigen Mund, bevor er weitersprach. »Er hat alle Bewohner des Hauses in der Greiffenclaustraße vernommen. Niemand hat etwas gehört oder gesehen.«

»Dann hängen wir, was die Tatzeit betrifft, noch ziemlich in der Luft«, stellte Mayfeld fest. »Hoffentlich kann Teufel heute aussagen.«

»Pack schlägt sich, Pack verträgt sich«, bemerkte Burkhard süffisant.

»Mag sein«, entgegnete Mayfeld. »Dennoch werden wir diesen Fall mit aller gebotenen Intensität untersuchen. Insbesondere, solange der Verdacht nicht ausgeräumt ist, dass der Überfall auf Teufel mit dem Mord an Schönhell zusammenhängen könnte. Aber machen wir erst mal mit dem Fall Schönhell weiter. Ich habe mit Schönhells Eltern telefoniert. Sabrina Wallner kennen sie nicht, von ihrem Unfall in Mainz wissen sie auch nichts.«

»Die wissen überhaupt recht wenig über ihren Sohn«, sagte Winkler. »Von seinen finanziellen Transaktionen hatten sie auch keine Ahnung.«

»Wir wissen auch noch ziemlich wenig«, warf Burkhard ein. »Wir vermuten bloß.«

Der spöttische Ton missfiel Mayfeld. »Das hast du bereits gestern festgestellt, Paul.«

»Und heute ist es immer noch richtig.« Burkhard grinste.

»Solange deine Kommentare nicht hilfreicher sind, solltest du sie dir und uns ersparen«, entgegnete Mayfeld in eisigem Ton. »Hast du neue Fakten?«

Burkhards Augen verengten sich zu Schlitzen, seine Stimme

wurde rau. »Ich habe den Taxifahrer gefunden, der Teufel Samstagnacht von Wiesbaden nach Winkel gefahren hat. Er bestätigt Teufels Angaben.«

»Für den Fall Schönhell kommt Teufel als Täter also nicht in Betracht«, sagte Mayfeld. »Ich habe noch mal mit Enders telefoniert. Das Wasser in Schönhells Lunge stammt aus dem Teich. Er ist also dort ertrunken. Enders ist definitiv der Meinung, dass die Leiche früher hätte auftauchen müssen. Er ist bislang leider nicht dazu gekommen, sie noch mal gründlich zu untersuchen. Haben wir neue Ergebnisse über die Funde im Schlossteich?«

»Über die SIM-Karte des Handys können wir noch nichts sagen«, berichtete Adler. »An einem der Steine, die wir untersuchen, haben wir Reste von Blut gefunden. Wir können aber noch nicht sicher sagen, ob es von Schönhell stammt. Die DNA, die unter Schönhells Fingernägeln gefunden wurde, stammt nicht von Dinkel, Weinel, Maier oder Graf. Das Material von Teufel, Flieder, Wüst und Flicker wird noch untersucht.«

Sonst gab es keine neuen Erkenntnisse im Fall Schönhell. Auch wenn die Puzzleteile zahlreicher wurden, ergaben sie noch kein Bild.

»Wir haben einen toten jungen Man aus gutem Hause, der mit Geld nur so um sich warf, der häufiger Kunde in der Spielbank war und der Beziehungen zum Drogenhandel gehabt hat. Wir wissen, dass er zuletzt in Geldnöten war. Wir haben eine Leiche, die im Wasser zwar verwest, aber nicht aus dem Wasser aufgetaucht ist. Wir haben eine tote junge Frau, mit der der tote Mann Kontakt hatte. Wir haben einen Drogendealer, der zusammengeschlagen wurde. Und wir haben zwei Geldeintreiber der örtlichen Drogenmafia.«

»Vergiss deinen verschwundenen Unternehmensberater nicht«, sagte Burkhard.

»Gut dass du mich daran erinnerst. Haben wir Neuigkeiten in der Vermisstensache Flieder?«

»Über die Unternehmensberatung Flieder, Korte und Meyfardt gibt es bei uns keine Erkenntnisse«, meldete sich Winkler zu Wort. »Die Kollegen vom Wirtschaftsdezernat meinten, dass es sich bei FKM um eine gut beleumundete Firma handelt, die in den letzten Jahren ziemlich expandiert ist.«

»Paul, hast du die Passagierlisten im Frankfurter Flughafen gecheckt?«, fragte Mayfeld.

»Ja. Er ist nicht von Frankfurt aus geflogen. Aber er kann mit dem Zug verreist sein. Er kann mit dem Zug zu einem anderen Flughafen gefahren und von dort geflogen sein.«

Mayfeld pflichtete Burkhard bei. »Theoretisch ist das eine Möglichkeit. Das würde bedeuten, dass er uns auf eine falsche Fährte führen wollte. Aber warum sollte er das tun? Ich glaube eher, dass uns jemand anderes auf eine falsche Fährte führen will.« Das Problem war nur, dass er keine Ahnung hatte, wer das sein könnte.

»Hast du die Konten Flieders überprüft, Paul?«

»Neue Kontobewegungen werden uns sofort gemeldet.«

»Und die Kontobewegungen in der Vergangenheit?«

»Hab ich noch nicht überprüft.«

»Was machst du eigentlich den ganzen Tag?«, schnauzte ihn Mayfeld an. »Morgen habe ich eine genaue Aufstellung.«

»Die Daten kamen erst heute Morgen«, verteidigte sich Burkhard wütend.

»Kommen wir noch mal zum Fall Schönhell zurück«, schlug Mayfeld vor. Ein Streit mit Burkhard brachte sie nicht weiter. »Was meint ihr, was könnten die Motive für den Mord sein?«

»Es ist möglich, dass der Mord an Schönhell durch Auseinandersetzungen im Drogenmilieu motiviert ist«, meinte Winkler. »Die Anwesenheit der beiden Geldeintreiber und die finanziellen Nöte von Schönhell sprechen dafür. Das zweite Opfer, Teufel, kommt überdies auch aus dieser Ecke. Allerdings ist es merkwürdig, dass ein Konflikt um ein paar Tausend Euro so schnell eskaliert.«

»Es sind schon Leute wegen weniger umgebracht worden«, gab Meyer zu bedenken.

»Der Überfall auf Teufel lässt auch ein anderes Szenario denkbar erscheinen«, sagte Mayfeld. »Es könnte sich um Rache für den Tod von Sabrina Wallner handeln. Schönhell und Teufel waren auf der Party, auf der Sabrina Wallner zu Tode kam. Sie hatte zuvor Sex mit zwei Personen. Deren DNA haben die Mainzer Kollegen bestimmt. Wir sollten Sie mit der DNA von Schönhell und Teufel vergleichen.«

»Machen wir.« Adler nahm die Kopien der Mainzer Akte, die ihm Mayfeld über den Tisch reichte, entgegen. »Aber hast du nicht gesagt, dass die Mainzer Kollegen die Gästeliste der Fete nicht herausgegeben haben? Wenn es sich um Rache handelt, woher haben die Täter dann gewusst, an wem sie sich rächen sollten? Wen hast du überhaupt in Verdacht?«

»Melanie Dinkel hat von einem Streit zwischen Patrick Schönhell und Johannes Flieder erzählt«, sagte Winkler. »Von Johannes Flieder wissen wir, dass auch Udo Weinel an dem Streit beteiligt war. Vielleicht haben Flieder und Weinel etwas über den Tod Sabrinas herausbekommen.«

»Auf jeden Fall müssen wir die Familie von Sabrina Wallner befragen«, stellte Mayfeld fest. »Und Udo Weinel genauer unter die Lupe nehmen. Das machen Heike und ich.«

Meyer hatte mittlerweile seinen Rettich fast ganz verspeist. »Wallner, Wallner, Wallner«, murmelte er mit halb vollem Mund. »Wo hab ich den Namen bloß schon mal gehört?« Dann war es ihm offensichtlich wieder eingefallen. Er räumte seine Gemüsebox von der Aktenmappe weg und stöberte in seinen Unterlagen. Schließlich hatte er gefunden, was er gesucht hatte. »Hier haben wir's!« Er hielt ein Blatt Papier triumphierend in die Höhe. »Es gibt ein Weingut Wallner in Oestrich. Es steht auf der Kundenliste von Phillip Flieder, die uns Frau Vorholz zugefaxt hat.«

Mayfeld erinnerte sich an das Gespräch in der Straußwirtschaft. »Die Wallners stehen vor dem Ruin. Flieder war ihr Berater. Vielleicht ist das die Verbindung zwischen unseren Fällen. Die Leute schauen wir uns ganz genau an.«

Heike Winkler steuerte ihren BMW den asphaltierten Wirtschaftsweg entlang durch die Weinberge. Kurz bevor sie den Waldrand erreichte, bog sie nach rechts ab.

»Nimm jetzt den Schotterweg, der wieder zurück ins Tal führt«, sagte Mayfeld. »Da unten im Oestricher Klosterberg haben die Wallners ihre Weinberge.«

Mike Wallner und Marcel Boden sollten heute Vormittag hier arbeiten, hatte Mikes Mutter Mayfeld am Telefon gesagt.

»Marcel Boden ist ein guter Freund von Mike Wallner«, informierte Mayfeld seine Kollegin. »Eine Bekannte von meinem Rheingauer Stammtisch hat mir erzählt, dass er ein paar Jahre mit Sabrina Wallner zusammen war. Er gehört sozusagen zur Familie.«

Sie fuhren an Wiesen, Brombeerhecken und kleinparzelligen Weinbergen vorbei.

»In dem Waldstück da unten liegt übrigens der alte jüdische Friedhof«, erzählte Mayfeld. »Der Friedhof ist über dreihundert Jahre alt. Vor dem Krieg gab es hier genauso wie in Eltville eine jüdische Gemeinde, Handwerker, Gewerbetreibende und Weinhändler. Sie wurden alle vertrieben. Die Nazis haben gründlich gearbeitet und die Rheingauer sind leider nicht durch besonderen Widerstand aufgefallen.«

Nach ein paar hundert Metern erreichten sie den Friedhof. Verwitterte und bemooste Grabsteine aus Sandstein erinnerten unter alten Eichen, Buchen und Ahornbäumen an die ehemalige jüdische Gemeinde. Hundert Meter weiter unten im Tal sahen sie einen grünen Opel Kadett am Wegesrand stehen. Zwischen den Weinbergzeilen war das Schnappen von Rebscheren zu hören.

Winkler griff nach ihrem Handy und tippte eine Nummernfolge ein. Nicht allzu weit entfernt hörte man im Wingert ein Handy klingeln. »Wir sind an Ihrem Auto«, sprach sie in das Telefon.

Wenige Minuten später kamen zwei junge Männer in Jeans und T-Shirt auf sie zu.

Mike Wallner war ein kräftig gebauter großer Mann um die zwanzig mit rotblondem Wuschelkopf, Stupsnase und jeder Menge Sommersprossen im runden Gesicht. Er machte einen etwas behäbigen Eindruck und musterte die beiden Beamten misstrauisch. Sein Begleiter, Marcel Boden, hatte eine schmächtige Gestalt, lange schwarze Locken und ein scharf geschnittenes Gesicht. Er bemühte sich um ein freundliches Lächeln, das aber nicht über seine Anspannung hinwegtäuschen konnte.

Mayfeld und Winkler zeigten ihre Dienstausweise.

»Seid ihr am Gibbeln oder dünnt ihr aus?«, fragte Mayfeld. Vielleicht konnte er mit ein bisschen Fachsimpeln die Atmosphäre entspannen.

»Gibbeln«, war Wallners kurze Antwort.

»Im Moment wachsen die Triebe wahnsinnig schnell«, fuhr Mayfeld fort. »Ich muss auch wieder in meinen Wingert.«

»Wo ist der?«, wollte Boden wissen.

»Rauenthaler Rothenberg. Kein Lösboden wie hier, Phyllitschiefer.«

»Schöne Lage. Aber Sie sind bestimmt nicht hier, um mit uns über Weinberglagen zu diskutieren. Was gibt es?« Mike Wallner schien nicht an freundlicher Konversation gelegen zu sein.

Winkler übernahm die Befragung. »Kennen Sie Patrick Schönhell?«

»Muss man den kennen?«, erwiderte Wallner patzig.

»Kennen Sie ihn?«, wiederholte Winkler ihre Frage.

Wallner schüttelte den Kopf.

»Der war an meiner Schule in der Parallelklasse«, antwortete Boden in bemüht freundlichem Ton.

»Haben Sie ihn in letzter Zeit gesehen?«

»Das ist doch der, den sie bei Vollrads aus dem Teich gezogen haben«, brummte Wallner.

»Sie kennen ihn also doch«, stellte Winkler fest.

»Nicht persönlich.«

»Ich habe ihn zuletzt vor den Ferien in der Schule gesehen«, antwortete Boden.

»Warum fragen Sie das?«, wollte Wallner wissen.

Winkler ließ sich nicht beirren. »Kennt einer von Ihnen Richi Teufel?«

Beide jungen Männer schüttelten sofort und im Gleichtakt den Kopf. Die beiden waren schlechte Lügner.

»Was ist mit dem?«, fragte Boden.

»Ist ein Freund von Patrick Schönhell. Er wurde Dienstagnacht oder Mittwochmorgen zusammengeschlagen.«

»Wird es verdient haben.« Wallners Miene wurde immer düsterer.

»Sie wollten wissen, warum wir Sie das alles fragen«, schaltete sich Mayfeld wieder ein.

»Allerdings.« Wallner schaute die beiden Beamten finster an.

»Ihre Schwester soll mit Schönhell ein Verhältnis gehabt haben«, begann Mayfeld zu erklären.

Wallner fiel ihm ins Wort. »Das ist eine verdammte Lüge!«

»Ich war mit Sabrina zusammen«, bemerkte Boden leise und schaute auf seine Füße.

»Wieso regen Sie sich so auf, Herr Wallner?«, fragte Winkler.

Wallner schwieg.

»Sabrina Wallner ist mit Patrick Schönhell auf die Party gefahren, auf der sie umgekommen ist.«

»Interessant, das zu erfahren«, knurrte Wallner. »Die Mainzer Polizei wollte uns das nicht sagen. Meine Trauer um seinen Tod hält sich jetzt, wo ich das weiß, in Grenzen.«

Das hatte sie bereits vorher getan, dachte Mayfeld.

»Bloß weil sie mit ihm auf einer Party war, hat sie noch lange kein Verhältnis mit ihm gehabt«, protestierte Boden. »*Wir* waren zusammen. Vielleicht gab es eine kleine Krise in unserer Beziehung. Das war alles.«

»Und Schönhell nutzte das aus, verschaffte ihr Drogen, an denen sie zugrunde ging«, sagte Winkler. »Grund, ihn zu hassen.«

»Ich weiß seit einer Minute, dass dieser Schönhell meine Schwester nach Mainz auf diese Scheißfete geschleppt hat. Und du, Marcel?« Wallners Gesicht lief rot an.

Boden nickte eifrig. »Mir geht es genauso.«

»Warum also sollten wir den Drecksack vor elf Tagen erschlagen haben?«

»Stimmt, das war vor elf Tagen.« Winkler lächelte Wallner freundlich an. »Dafür, dass Sie ihn kaum kennen, wissen Sie ziemlich genau über den Fall Bescheid.«

Wallners Gesicht wurde immer dunkler. »Stand in der Zeitung«, giftete er zurück. »Worauf wollen Sie eigentlich hinaus?«

»Wir wollen wissen, wo Sie in der Nacht vom neunzehnten auf den 20. Juli gewesen sind.« Winkler holte einen Notizblock aus ihrem Lederrucksack.

»Wir waren angeln«, meldete sich Boden zu Wort. »Wir beide zusammen. Wir haben am Geisenheimer Rheinufer Feuer gemacht, ein Biwakzelt aufgestellt und geangelt. Wir haben drei Zander und einen Hecht gefangen. Die haben wir gebrutzelt und ein paar Bierchen dazu getrunken.«

»So war es.« Die Gesichtsfarbe Wallners normalisierte sich wieder.

»Und Sie haben dafür Zeugen?« Winklers Gesicht und Stimme waren voller Zweifel.

»Keine Ahnung, wer uns da gesehen hat«, antwortete Boden.

»Ich bin sein Zeuge, er ist meiner«, ergänzte Wallner und lachte feist.

»Na prächtig«, entfuhr es Mayfeld. »Und vorgestern Nacht und gestern Morgen, wo waren Sie da?«

Wallner schien jetzt Oberwasser zu bekommen. Er grinste triumphierend. »Da haben wir mit meiner Mutter und meinem Opa zu Hause Doppelkopf gespielt. Die können Sie gerne befragen. Marcel hat bei uns übernachtet, und um zehn Uhr morgens sind wir hier in den Wingert gefahren. Marcel hilft mir in den Ferien. Gestern hatten wir sogar noch zwei Polen mit dabei. Können Sie alles nachprüfen.«

»Sie spielen mit Ihrer Mutter und Ihrem Opa Doppelkopf?«, fragte Winkler skeptisch.

»Was dagegen, dass sich unterschiedliche Generationen gut verstehen?« Wallner musterte die beiden Beamten mit höhnischem Blick.

»Überhaupt nicht«, sagte Mayfeld. »Wären Sie mit einer DNA-Probe einverstanden? Dann wäre jeder Verdacht ausgeräumt.«

»Sind wir nicht«, blaffte Wallner ihn an. »Dafür brauchen Sie eine richterliche Anordnung. Vorher läuft da gar nichts. Das siehst du doch auch so, Marcel?«

Boden nickte. Er wirkte verschüchtert.

»Was soll das denn überhaupt für ein Scheißverdacht sein?«, schimpfte Wallner.

»Kennen Sie Phillip Flieder?«

Boden schüttelte den Kopf.

Wallners Miene verfinsterte sich wieder. »Das ist dieser sogenannte Berater, der meinem Vater einen Haufen Kredite zu Scheißkonditionen aufgeschwätzt hat, damit er den Keller mit lauter teuren Maschinen vollstellen kann. ›Dann entwerfe ich eine ausgefeilte Marketingstrategie für Sie, und wir erobern das Hochpreissegment, den amerikanischen und den chinesischen Markt‹, hat dieser Dummschwätzer rumgetönt. Es lief zwei Jahre ganz gut, dann hatten wir ein paar Probleme mit Fäulnis. Die ganzen Journalisten, die Papa vorher über den grünen Klee gelobt haben, haben ihn fallen gelassen, und er hat einen Herzinfarkt bekommen. Heute kämpft der Betrieb ums Überleben, und der Herr Berater lässt sich nicht mehr blicken. Ja, ich kenne Flieder näher, als mir lieb ist. Aber warum interessiert Sie das?«

»Er ist verschwunden.«

Wallners Gesicht hellte sich schlagartig auf, so als hätte ihm Mayfeld gerade mitgeteilt, dass er im Lotto gewonnen habe. »Sie sind doch von der Mordkommission. Heißt das, irgendjemand hat diesen Drecksack totgeschlagen?« Er stieß einen etwas gewollt klingenden Jauchzer aus. »Es gibt doch noch so etwas wie Gerechtigkeit auf der Welt! Ist es so, ist er tot?«

»Er ist verschwunden.« Winkler schien von diesem ungezügelten Hassausbruch ziemlich angewidert zu sein. »Freuen Sie sich nicht zu früh.«

Wieder wechselte Wallners Gesichtsausdruck. Jetzt blickte er voller Wut auf Winkler. »Sie haben keine Ahnung, wie es ist, wenn ein Betrieb, den es schon in der fünften Generation gibt, stirbt, Sie mit Ihrer Beamtenpension!«

»Wann haben Sie Flieder zuletzt gesehen?«, fragte Mayfeld.

»Weiß ich nicht«, sagte Wallner. »Ist aber bestimmt schon ein paar Jahre her. Würden Sie uns jetzt weiterarbeiten lassen?«

Bei den beiden jungen Männern war momentan nichts mehr auszurichten. Mayfeld und Winkler traten den Rückzug an.

»Rase nicht so«, ermahnte Mayfeld seine Kollegin. »Wir haben es nicht eilig.«

Winkler gab noch etwas mehr Gas. Sie schien irgendeinen Geschwindigkeitsrekord auf Schotterwegen brechen zu wollen. Links und rechts flogen Weinberge und Schrebergärten an ihnen vorbei.

»Ist dieser Wallner nun so dreist oder so blöd?«, schimpfte sie.

»Vielleicht beides.« Mayfeld tat der junge Mann trotz seines unbeherrschten Verhaltens leid. »Möglicherweise ist er dennoch unschuldig. Er ist verletzt und wütend. Der Betrieb ist fast pleite, der Vater schwer krank und die Schwester tot. Der junge Mann ist verzweifelt. Da zeigen sich die Leute nicht von ihrer besten Seite.«

»Verteidige du ihn auch noch! Wo geht es nach Oestrich?«

Winkler raste auf eine etwas breitere asphaltierte Straße zu.

»Links. Die Straße sind wir vorhin heraufgekommen. Ich wäre dir wirklich dankbar, wenn du etwas langsamer fahren würdest. Es gibt hier durchaus Spaziergänger.«

Sie rasten an einer Kapelle am Wegesrand vorbei.

»Wenn dieser Depp wüsste, wie mickrig meine Beamtenpension mal ist«, schimpfte Winkler weiter.

Innerhalb der Ortschaft mäßigte sie ihren Fahrstil etwas. Der Bahnübergang in der Ortsmitte wurde dennoch eine harte Prüfung für die Stoßdämpfer des Dienstwagens. Anschließend verhielt sich Winkler wieder wie eine zivilisierte Autofahrerin.

Das Weingut Wallner befand sich in der Römerstraße. Winkler stellte den Wagen direkt vor dem Eingang ab. Durch ein braunes Gittertor gelangten die beiden Kriminalbeamten in den Hof des Weinguts. Rechter Hand waren unter einer Überdachung alte Weinkisten gestapelt, Paletten mit Weinflaschen, ein Müllcontainer, Wingertstickel und ein paar ausrangierte Holzfässer. Quer dazu schloss sich eine Kelterhalle an, die durch eine große metallene Schiebetür geschlossen war. Auf der linken Seite des Hofs stand das gräulich gelbe Haupthaus, das dringend einen neuen Putz hätte gebrauchen können.

Eine Frau Mitte, Ende vierzig trat aus der Eingangstür. Sie war ganz in Schwarz gekleidet, und ihre Augen schauten erschöpft auf die Welt. Sie hatte einen Müllbeutel in der Hand und schien überrascht über den Besuch zu sein.

»Ich bring gerade noch den Müll weg«, sagte sie, stapfte zum Container und kam dann zu den Beamten zurück. Müde sah sie sich die Dienstausweise der beiden Polizisten an. Dann bat sie sie herein. Sie folgten ihr in das Büro des Weingutes, wo sich Margot Wallner auf einen Schreibtischsessel fallen ließ und Mayfeld und Winkler Platz auf zwei billigen Bürostühlen anbot.

»Was wollen Sie wissen?«, fragte sie. »Kommen Sie ruhig gleich zur Sache.« Sie zündete sich eine Zigarette an und nahm einen tiefen Zug.

»Wir möchten wissen, wo Sie am Abend des vergangenen Dienstags waren«, sagte Mayfeld.

Die Antwort kam prompt. »Da habe ich mit meinem Schwiegervater, meinem Sohn und seinem Freund Marcel Doppelkopf gespielt, den ganzen Abend. Ich finde es nett von den jungen Leuten, dass sie das mit uns machen. Es lenkt ein bisschen ab.«

»Wann ging Marcel nach Hause?«, fragte Winkler.

Margot Wallner sah sie mit leeren Augen an. »Er ist geblieben, es wurde spät, wir hatten alle etwas getrunken. Am nächsten Morgen hab ich für alle Frühstück gemacht. Um zehn sind die beiden mit Jan und Lech in die Weinberge gefahren.«

Das war genau die Aussage, die auch Mike Wallner gemacht hatte.

»Wissen Sie, wo Ihr Sohn in der Nacht vom neunzehnten auf den 20. Juli gewesen ist?«, fuhr Winkler mit der Befragung fort.

Margot Wallner schüttelte den Kopf. »Da muss ich nachdenken.« Sie rauchte, drückte die Kippe in einem überfüllten Aschenbecher aus. »Ich hab den Jungen doch nicht dauernd unter Kontrolle. Ich meine, er war mit Marcel unterwegs, vielleicht waren sie an dem Abend angeln, aber ich bin mir nicht sicher. Es fällt mir aber bestimmt noch ein.«

»Erzählen Sie mir von Phillip Flieder«, bat Mayfeld.

Margot Wallners Gesicht verzog sich, als ob sie Zahnweh hätte. »Das ist unser ehemaliger Unternehmensberater. Wir waren nicht besonders zufrieden mit ihm. War's das?« Sie zündete sich eine neue Zigarette an.

»Mich wundert, dass Sie gar nicht wissen wollen, warum wir Sie das alles fragen«, bemerkte Mayfeld leise.

»Wie bitte?« Margot Wallner legte die Kippe auf den Aschenbecher.

»Sie antworten, als ob Sie mit den Fragen gerechnet hätten.«

Sie starrte Mayfeld an. »Sie wollen mich aufs Glatteis führen, Herr Kommissar. Ich weiß, warum Sie fragen. Mein Sohn hat mich gerade angerufen und mir von Ihrem Gespräch mit ihm berichtet. Wir haben unsere Antworten nicht abgesprochen, wenn Sie das jetzt behaupten wollen. Wenn es notwendig gewesen wäre, hätten wir das übrigens auch schon früher machen können.«

Sie deutete mit dem Kopf zu Decke.

»Da oben liegt mein Mann. Er hatte einen Herzstillstand. Die Ärzte haben ihn reanimieren können, aber er ist seitdem ein Wrack.

Flieder hat ihn auf dem Gewissen. Verlangen Sie bitte nicht, dass ich besorgt darüber bin, dass dieser Kerl verschwunden ist. Gegen Leute wie den können Sie nichts unternehmen. Nur gegen Menschen wie uns.«

Mayfeld befürchtete, dass Margot Wallner recht haben könnte.

Jetzt deutete sie mit dem Kopf zum Fenster des Büros hinaus. »Drüben liegt meine Tochter auf dem Friedhof. Irgendein Schurke hat sie mit Drogen vollgepumpt. Sie hatte früher nie damit zu tun. Diese Drogendealer erwischen Sie meistens auch nicht. Aber meinem Sohn, dem würden Sie jetzt gerne Schwierigkeiten machen, ihm sogar den Mord an Schönhell in die Schuhe schieben, oder ihm zumindest anhängen, dass er diesen Teufel zusammengeschlagen hat. Doch das wird Ihnen nicht gelingen.«

»Woher kennen Sie den Namen von Teufel?«, fragte Winkler.

Margot Wallner lachte verächtlich. »Den hat mir gerade mein Sohn genannt, als ich mit ihm telefoniert habe.«

Sie stand auf. »Mein Schwiegervater sowie Jan und Lech sind im Lager hinter der Kelterhalle. Sie finden den Weg dorthin bestimmt alleine. Meinen Mann zu befragen ist völlig sinnlos. Er kann nur noch lallen. Ich muss jetzt wieder zu ihm. Sie entschuldigen mich bitte. Da geht's raus.«

Sie deutete auf die Tür und wartete, bis die Kommissare aus dem Büro verschwunden waren.

Die Vernehmung des alten Wallner und der beiden polnischen Hilfskräfte war unergiebig. Sie bestätigten lediglich die Aussagen von Margot und Mike Wallner.

Auf dem Rückweg blieb Winkler vor dem Stapel Holzpflöcke neben dem Müllcontainer stehen. »Das sind jetzt also Wingertstickel?«, fragte sie Mayfeld.

»Stimmt. In jedem Rheingauer Weingut liegen welche.«

Winkler schaute nachdenklich auf den Stapel. »Als wir vorhin in den Hof kamen, hattest du da nicht auch den Eindruck, dass Frau Wallner überrascht war?«

Mayfeld stimmte seiner Kollegin zu. Sie hatte eine genaue Beobachtungsgabe.

»Aber drinnen, als wir sie befragten, machte sie den Eindruck, als ob sie mit unserem Besuch gerechnet hätte.«

Auch das war richtig, und der Widerspruch offensichtlich. Mayfeld hatte noch gar nicht darüber nachgedacht.

»Vielleicht war sie ja nicht darüber überrascht, *dass* wir kamen, sondern *wann* wir kamen«, überlegte sie weiter.

»Den Besuch hatte ihr Mike angekündigt.«

»Wir kamen zu früh. Du erinnerst dich, ich bin ganz schön gerast.«

»Natürlich erinnere ich mich daran. Warum warst du eigentlich so schnell? Mir wird jetzt noch übel, wenn ich daran denke.«

»Ich hatte mich über Mike geärgert und wollte mich abreagieren. Außerdem spüre ich das nächste Gewitter. Ich hab dir doch von meiner Wetterfühligkeit erzählt. Ich möchte nur wissen, warum sie so überrascht reagierte, als wir etwas früher als erwartet bei ihr aufkreuzten.« Sie blickte auf den Müllcontainer. »Sie hat Müll entsorgt.«

»Das tue ich auch jeden Morgen.«

»Dir tun die Leute leid.«

Mayfeld nickte.

»Du hast mir beigebracht, dass Voreingenommenheiten in unserer Arbeit nichts zu suchen haben. Dazu gehören auch Sympathie und Mitleid.«

Mayfeld nickte abermals.

Winkler holte ein paar Plastikhandschuhe aus ihrem Rucksack, ging auf den Müllcontainer zu und öffnete ihn. Sie beugte sich hinein und griff nach einem Müllsack.

»Nimm es als eine Art weibliche Intuition«, sagte sie, als sie den Sack öffnete und darin herumzuwühlen begann. Nach einer Weile zog sie zwei Arbeitshandschuhe hervor und prüfte sie von allen Seiten. Sie zeigte sie Mayfeld und wies ihn auf braune Flecken an den Fingern hin.

»Das könnte Blut sein.« Sie holte eine Plastiktüte aus ihrem Rucksack und steckte die Handschuhe hinein. »Fragen wir Margot Wallner, woher sie die Dinger hat und warum sie sie wegwerfen wollte, oder fahren wir nach Wiesbaden und bringen sie zum Erkennungsdienst?«

»Wir fahren erst nach Rüdesheim zu Teufel und dann nach Wiesbaden«, entschied Mayfeld.

»So schnell kann es gehen mit dem Wiedersehen«, begrüßte Mayfeld Richi Teufel.

Teufel lag mittlerweile auf der chirurgischen Normalstation in einem Einzelzimmer. Die Schläuche und Kabel waren bis auf eine Infusion und eine Wunddrainage entfernt worden. Dennoch machte der Patient mit dem Kopfverband, der Augenklappe, dem Schulterverband und dem in den Unterschenkel gebohrten Metallgestänge einen ziemlich desolaten Eindruck.

»Sie hat es ganz schön erwischt«, bemerkte Mayfeld ohne sonderliches Mitleid. Winkler setzte sich auf einen Besucherstuhl, Mayfeld blieb daneben stehen.

Teufel starrte Mayfeld durch das intakte, wenn auch verquollene Auge an. »Sie haben eine tolle Beobachtungsgabe«, nuschelte er. In seinem Mund schienen ein paar Zähne zu fehlen.

»Was ist passiert?«, fragte Winkler.

»Das sehen Sie doch.«

Winkler ließ sich nicht aus der Ruhe bringen. »Wir hätten es gerne etwas detaillierter gewusst. Wann ist das passiert, haben Sie jemanden erkannt oder jemanden in Verdacht, Herr Teufel?«

Teufel schloss das verquollene Auge und den zerschlagenen Mund, schwieg eine Weile, bevor er beide wieder öffnete.

»Kam um halb drei nach Hause. Hatte in Wiesbaden gejobbt und mir danach noch einen Absacker genehmigt. Erinnere mich noch daran, wie ich die Tür aufgeschlossen habe. Dann ist Funkstille. Mattscheibe, Amnesie.«

»Wo haben Sie gearbeitet, mit wem den Absacker genommen?«, fragte Winkler nach.

»Ist meine Privatsache, oder?« Er schloss Auge und Mund wieder.

»Wir können den Anschlag auf Sie möglicherweise nicht aufklären, wenn Sie nicht kooperieren.«

Teufel schwieg. Es schien ihm egal zu sein.

»Haben Sie einen Verdacht, wer Ihnen das angetan haben könnte?« Winkler gab noch nicht auf.

Teufel schwieg weiter.

»Erinnern Sie sich vielleicht an den 7. Juni? Da waren Sie auf einem Fest in Mainz«, fragte Mayfeld.

»Amnesie«, war Teufels lakonische Antwort.

»Sehr witzig«, versetzte Mayfeld. »Sehr witzig finde ich den Fall eigentlich nicht und auch nicht, was damals in Mainz passiert ist.«

»Was ist passiert?«, fragte Teufel.

»Es gab damals eine Tote. Sabrina Wallner, ein junges Mädchen aus Oestrich. Sie hat einen Drogencocktail genommen, ist nachts in den Pool gefallen und ertrunken. Sie waren vor Ort.«

»Jetzt entsinne ich mich. Danke für die Erinnerung. Und nun?«

»Ihre Freundin Melanie meint, der Überfall auf Sie könnte mit dieser Geschichte in Zusammenhang stehen.«

»Ist nicht meine Freundin. Bloß ein günstiger Fick. Redet zu viel Bockmist.«

Allmählich begann Mayfeld eine gewisse Sympathie für die Schläger zu entwickeln, die Teufel so zugerichtet hatten.

»Es gab wegen dieser Sache Streit zwischen Ihnen und Johannes Flieder«, bohrte er weiter.

Jetzt musste Teufel lachen, er versuchte es zumindest. Aber so wie er das Gesicht verzog, schien der Versuch recht schmerzhaft zu sein. »Sie meinen, so ein Milchbubi kann mich fertigmachen? Völlig bekloppt.«

Das waren offensichtlich die letzten Worte, die Teufel an diesem Tag an die Polizei zu richten bereit war. Alle weiteren Fragen quittierte er nur noch mit einem scharfen, pfeifenden Atemgeräusch, zu dem ihn seine zahlreichen neuen Zahnlücken befähigten. Winkler und Mayfeld verließen das Krankenzimmer grußlos.

Sie fuhren am Oestricher Kran vorbei, mit dem in früheren Zeiten Weinfässer auf Lastkähne verladen worden waren, als Mayfelds Handy klingelte. Clara Flieder bat Mayfeld, dringend bei ihr vorbeizuschauen. Sie habe ihm etwas Wichtiges zu zeigen. Zehn Minuten später parkte Winkler ihren BMW am Wallufer Rheinufer.

»Kommen Sie am besten gleich in das Büro meines Mannes«, begrüßte Clara Flieder die beiden Beamten. Sie sah blass und mitgenommen aus und führte sie in den düsteren Raum mit dem großen Eichenschreibtisch und den schweren gelben Vorhängen.

»Diese Geschichte ruiniert mir noch meine Gesundheit. Heute

Nacht hatte ich schon wieder einen schweren Migräneanfall. Sonst hätte ich mich früher gemeldet.«

Clara Flieder setzte sich an den Schreibtisch und bat die beiden Beamten hinter sie zu treten. Sie öffnete das Notebook ihres Mannes, stellte eine Verbindung ins Internet her und rief eine Seite mit den Kontodaten Phillip Flieders auf.

»Am 20. Juli um null Uhr dreißig wurden mit verschiedenen Scheck- und Kreditkarten Phillips an einem Geldautomaten in Eltville fünftausend Euro abgehoben. Hier zweitausend Euro.« Sie wechselte zu einer anderen Website. »Hier tausend Euro.« Sie öffnete ein weiteres Konto. »Und hier zweitausend Euro. Ich verstehe das nicht.«

»Sind das Ihre gemeinsamen Konten?«, fragte Winkler.

Clara Flieder schüttelte den Kopf. »Wir haben getrennte Konten. Als Ihr Kollege nach den Bankverbindungen meines Mannes fragte, kam mir der Gedanke, dass die Nummern hier die Zugangsdaten sein könnten.« Sie wies auf den Zettel, den Mayfeld zwei Tage zuvor in Flieders Tresor entdeckt hatte.

»Haben Sie eine Idee, wer das Geld abgehoben haben könnte?«, fragte Mayfeld.

»Soweit ich weiß, hat nur Phillip die Zugangsdaten. Er hat die entsprechenden Scheck- und Kreditkarten immer bei sich«, antwortete Clara Flieder. »Mein Mann war also nicht in Italien«, fügte sie nach einer Weile hinzu.

»Oder er war schon wieder zurück. Oder jemand anderes hat mit seinen Karten das Geld abgehoben. Dafür müsste er allerdings die Karten-Pins gehabt haben«, sagte Mayfeld.

»Ist es denkbar, dass er die Geheimzahlen in seinem Blackberry oder auf einem Zettel, den er in der Brieftasche mitführte, notiert hat?«, fragte Winkler.

»Ich weiß nicht.« Clara Flieder ließ die Schultern hängen. Sie beendete den Internetbrowser und schloss das Notebook. »Aber ich kann es mir nicht vorstellen. Phillip hat mir tausendmal gepredigt, solche Zahlen nie zusammen mit den Karten aufzubewahren. Er hatte panische Angst davor, beklaut zu werden.«

Eine Weile war es ganz still in Flieders Büro.

»Was heißt das für Phillips Schicksal?«, fragte seine Frau dann.

Mayfeld wich aus. »Wir können nichts mit Bestimmtheit sagen.«

»Entweder ist mein Mann untergetaucht, oder jemand anderes hat sich seine Karten unter den Nagel gerissen. In diesem Fall muss es jemand sein, der Zugang zu den Geheimzahlen hat. Da käme ich dann wohl selbst als Erste in Frage. Aber ich kann Ihnen versichern, ich habe mit dieser Sache nichts zu tun.«

Das fand Mayfeld glaubhaft. Warum sollte sie all dies inszenieren? »Wir sammeln im Moment nur Fakten, Frau Flieder.«

»Aber wer kommt sonst noch an die Daten? Wer konnte sich Zutritt zum Büro verschaffen?«

»Vielleicht hat er die Pins doch noch irgendwo abgespeichert?«

»Das ist völlig unwahrscheinlich«, sagte Clara Flieder mit großer Bestimmtheit.

»Einbruchspuren sind Ihnen nicht aufgefallen?«, fragte Winkler.

Clara Flieder schüttelte den Kopf.

»Wer kann sonst noch ins Haus?«, wollte Winkler wissen. »Hatten Sie in der letzten Zeit, insbesondere zwischen der Abreise Ihres Mannes und den Abhebungen Besuch? Gibt es eine Putzhilfe?«

»Die Putzfrau ist die Ferien über bei ihrer Familie im Kosovo.«

»Hat sie einen Schlüssel für das Haus?«, hakte Mayfeld nach.

»Nein, Phillip war dagegen. Ich musste immer im Haus bleiben, wenn sie da war. Ich selbst hatte in der letzten Zeit keinen Besuch. Johannes hatte Besuch von einer Klassenkameradin, Melanie Dinkel. Aber das war nach dem 20. Juli. Eduard hatte meines Wissens auch keinen Besuch.«

»Aber er hat einen Schlüssel für das Haus?«, fragte Mayfeld.

»Natürlich, er geht hier ein und aus.«

»Gibt es sonst noch jemand, der unbemerkt ins Haus konnte?«

»Die Terrassentür steht des Öfteren offen. Aber immer nur, wenn Johannes oder ich zu Hause sind. Rafaela könnte von ihrem Grundstück aus leicht in den Garten und über die Terrasse ins Haus kommen.«

»Das könnte aber jeder andere auch, der sich Zugang zum Grundstück Ihrer Schwester verschafft«, wandte Mayfeld ein. »Und das Grundstück Ihrer Schwester ist offen.«

»Rafaela geht kein großes Risiko ein, wenn sie hier entdeckt wird. Sie könnte behaupten, dass sie mich besuchen wollte, und ich würde keinen Verdacht schöpfen.«

»Hat sie Sie in letzter Zeit oft besucht?«

Clara Flieder schüttelte den Kopf.

»Am ehesten konnten also Sie, Ihr Bruder, Ihr Sohn und Ihre Stiefschwester an die Bankdaten Ihres Mannes kommen«, fasste Mayfeld zusammen.

»So ist es.« Clara Flieder sank in sich zusammen. »Ich habe schon seit einiger Zeit den Eindruck, dass hier in meinem Haus etwas vor sich geht, von dem ich nichts weiß. Etwas Unheimliches und Böses. Manchmal befürchte ich, dass ich durchdrehe.«

»Erzählen Sie. Trauen Sie sich«, versuchte der Kommissar ihr Mut zu machen. »Sie verlieren nicht den Verstand. Hier geht tatsächlich etwas Ungewöhnliches vor sich. Ihr Mann ist verschwunden. Irgendjemand hebt mit seinen Karten Geld ab. Was vermuten Sie?«

Clara Flieder erhob sich von dem ledernen Schreibtischstuhl und ging im fahlen gelben Licht des Zimmers unruhig auf und ab.

»Seit Jahren leide ich unter Migräne. In letzter Zeit kommt das ziemlich oft vor. Ich wundere mich die ganze Zeit schon, wie das mein Mann aushält. Mittlerweile glaube ich es zu wissen. Er hat eine Geliebte. Das Deprimierende ist, dass er sich offensichtlich hier in unserem Haus mit ihr trifft. Die Sachen, die Sie vor zwei Tagen hier gefunden haben, mit denen habe ich nichts zu tun. Weder mit der Unterwäsche, die er wie Trophäen aufbewahrt, noch mit diesen Fesseln und Peitschen. Ich habe mehr von dem Dreck in unserem Gartenhaus gefunden. Da bin ich seit Jahren nicht mehr gewesen. Ich kann mir das nur so erklären, dass Phillip sich immer dann, wenn ich Migräne habe – ich bin dann völlig weggetreten und ziehe mich in mein Bett zurück –, mit seiner Freundin trifft. Und das kann nur jemand sein, der hier ganz in der Nähe lebt. Rafaela zum Beispiel.«

»Sie trauen das den beiden offensichtlich zu«, stellte Mayfeld fest.

»Mein Verhältnis zu Rafaela ist schon immer reichlich unterkühlt gewesen. Sie hat, soweit ich weiß, keine andere Beziehung, und sie ist eine attraktive Frau. Sie hatte berufliche Verbindungen zu meinem Mann. Er wollte für sie Kontakte zur italienischen Modeindustrie knüpfen.«

»Wie lange sind Sie denn abwesend, wenn Sie so einen Anfall haben?«, fragte Winkler.

»Zum Glück schlafe ich ganz schnell ein. So lassen sich die Schmerzen aushalten. Wenn ich dann wieder aufwache, bin ich noch etwas benommen, und meistens sind zwölf oder auch mehr Stunden vergangen.«

»Und wann kommen diese Anfälle?«, fragte Winkler weiter.

»Unterschiedlich. Meistens am Abend.«

»Ihr Mann hat dann also den Abend und die ganze Nacht freie Bahn«, schloss Winkler. »Da könnte er auch eine Freundin von weiter her kommen lassen. Wobei mir nicht einleuchtet, warum er diese Frau nicht einfach besucht. Hier läuft er doch immer Gefahr, entdeckt zu werden. Schließlich leben Ihr Sohn und Ihr Bruder hier.«

»Das verstehe ich auch nicht«, gab Clara Flieder zu. »Aber vielleicht verschafft es ihm irgendeinen besonderen Kick.«

Das war denkbar, aber es schien Mayfeld weit hergeholt. Andererseits lehrte ihn seine berufliche Erfahrung, dass alles, was denkbar war, irgendwann auch geschah.

»Wir werden mit Ihrer Stiefschwester noch einmal reden«, sagte er. »Aber wir müssen in Erwägung ziehen, dass es ganz anders sein könnte. Auch Ihr Sohn und Ihr Bruder haben Zugang zum Büro Ihres Mannes.«

Clara Flieders Körper straffte sich. »Johannes hat mit der Sache nichts zu tun«, fauchte sie Mayfeld an. »Er lebt nur für seine Musik.«

Da hatte Mayfeld seine Zweifel, aber es war wohl zwecklos, mit der Mutter darüber zu diskutieren. »Wo ist er überhaupt?«, fragte er.

»Weiß ich nicht«, entgegnete sie bitter. »Vermutlich bei dieser Jennifer.«

»Und wo ist Ihr Bruder?«, fragte Winkler.

»Ich weiß nicht. Meinen Sie, er hat mit der Sache etwas zu tun?«

»Hat Ihr Bruder eine Freundin oder einen Freund?«, hakte Winkler nach.

»Nicht dass ich wüsste.« Clara Flieder schien beunruhigt. Ihr

Blick wurde unstet. »Wollen Sie damit sagen, Eduard und Rafaela haben ein Verhältnis?«

Winkler hob ratlos die Schultern.

»Meine Kollegin will damit nur sagen, dass es viele Erklärungen für Ihre Beobachtungen gibt«, stellte Mayfeld fest. »Verrennen Sie sich bitte nicht in diese eine Idee. Nach dem, was Sie sagen, spricht einiges dafür, dass Ihr Mann ein Verhältnis hat. Und es ist klar, dass Sie das beschäftigt. Aber das Verschwinden Ihres Mannes muss gar nichts mit irgendwelchen Beziehungen zu tun haben. Beruhigen Sie sich. Wir finden Ihren Mann.« Er versuchte, all seine Überzeugungskraft in diese Behauptung zu legen. »Und wenn ihm etwas zugestoßen ist, dann finden wir den, der dafür verantwortlich ist. Das verspreche ich Ihnen.«

Erstaunlicherweise beruhigten diese Sätze Clara Flieder. Sie schien Mayfeld zu glauben. »Wollen Sie sich noch das Gartenhaus anschauen?«, fragte sie. »Wir nennen es das ›Tempelchen‹.«

Natürlich schauten sich die beiden Polizisten auch das Gartenhaus an. Sie verließen das düstere Büro und gingen durch den Salon auf die Terrasse des Anwesens und von dort durch den Garten zum »Tempelchen«. Da hat jemand Mut zum pompösen Kitsch gehabt, dachte Mayfeld, als er sich den Bau genauer ansah.

Auf dem Weg dorthin kamen sie an einem Brunnen vorbei, auf dessen gemauerte Brüstung ein Fischbassin aufgesetzt worden war. Clara Flieder holte aus der Tasche ihres grauen Leinenrocks ein paar Bröckchen Fischfutter und warf sie ins Wasser. Sofort kamen einige Zierkarpfen herangeschwommen, schnappten nach dem Futter und ließen sich von der Hausherrin bereitwillig streicheln.

»Eine wunderschöne Idee von Eduard, hier ein Fischbecken mit Kois zu installieren, finden Sie nicht auch?«, sagte sie. »Sie ahnen ja gar nicht, wie viel Arbeit er sich in den letzten Wochen damit gemacht hat.«

»Ist das Becken nicht zu flach?«, fragte Winkler. »Ich meine, diese Karpfen brauchen tieferes Wasser.«

Mayfeld konnte mit Zierfischen nichts anfangen, Fische gehörten in Flüsse, Seen und das Meer, fand er. Oder in die Pfanne. Er schwieg höflich.

Sie betraten das Tempelchen.

Die Inneneinrichtung des Gebäudes verschlug Mayfeld den Atem. Im Vergleich dazu war das Äußere des Baus dezent und schlicht. Eine Orgie in Rot, ein schwülstiger orientalischer Harem hinter der Fassade griechischer Klassik.

Clara Flieder zeigte den beiden Beamten die Dessous, Negligés, Kleider und Schuhe, die sie entdeckt hatte. Dann die Peitschen, Fesseln und die Maske. Lauter Kram, den man in jedem Sexshop erstehen konnte, geschmacklos, aber dem Zeitgeist entsprechend nicht besonders skandalös. Den Kronleuchter mit den weißen und roten Nixen im Bad fand Mayfeld sogar amüsant. Sie begutachteten den hinteren Ausgang aus dem Bad und den Weg zur Außenmauer des Anwesens.

»Hier hätte jemand unbemerkt in das Tempelchen kommen können.« Clara Flieder zeigte auf den Trampelpfad und das Gittertürchen, das in die Mauer eingelassen war. Sie bahnten sich den Weg durch das Gestrüpp bis zu der Tür. »Den Schlüssel dazu habe ich noch nicht gefunden.«

Der Pfad machte den Eindruck, als wäre er in der letzten Zeit ab und zu benutzt worden.

»Was mich erstaunt, ist, dass Sie das alles erst jetzt entdecken. Das Gartenhaus und der Weg befinden sich doch die ganze Zeit direkt vor ihrer Nase«, sagte Winkler.

»Mich wundert das noch mehr als Sie, das können Sie mir glauben. Aber das Anwesen ist ziemlich groß, und ich hatte anderes im Kopf. Nur so kann ich mir das erklären.«

Genau genommen war das keine Erklärung. Doch Clara Flieder schien es selbst nicht besser zu wissen.

Als sie den Weg zurückgingen, fiel Mayfelds Blick auf eine weitere Tür an der Rückwand des Gebäudes. »Dahinter muss sich noch ein Raum befinden«, stellte er fest. »Haben wir den schon gesehen?«

»Den Schlüssel habe ich ebenfalls noch nicht gefunden«, antwortete Clara Flieder.

»Sollen wir zusammen suchen?«, schlug Mayfeld vor. »Zur Not kriegen wir die Tür auch ohne Schlüssel auf.«

»In Phillips Büro, wo die anderen Schlüssel sind, liegt er nicht.

Ich schaue selbst noch mal im Tempelchen nach. Falls ich ihn nicht finde, hole ich den Schlüsseldienst. Aber vielen Dank für das Angebot. Wenn ich etwas Interessantes finde, sage ich Ihnen Bescheid.«

Mayfeld stimmte notgedrungen zu. Die Kontobewegungen, von denen Clara Flieder berichtet hatte, hatten ihn alarmiert. Die Verhältnisse in der Familie waren bizarr. Doch die Indizien waren zu schwach, um einen richterlichen Durchsuchungsbefehl für das Haus erwirken zu können. Die beiden Beamten verabschiedeten sich. Mayfeld hatte das Gefühl, etwas versäumt zu haben.

»Willst du sie wirklich danach fragen, ob sie ein Verhältnis mit ihrem Schwager hatte und ihn umgebracht hat, weil sie seiner oder er ihrer überdrüssig war?«, fragte Winkler ironisch, als sie auf der Schnellstraße nach Wiesbaden waren.

Eduard Gruber war nicht zu Hause gewesen, ebenso wenig Johannes Flieder. Flieder hatte immer noch kein neues Handy, und bei Jennifer Graf war niemand an die Tür gegangen, als Mayfeld an ihrem Haus klingelte. Lediglich Rafaela Gruber hatten Sie ausfindig machen können. Sie war in ihrer Boutique in der Wiesbadener Fußgängerzone. Dorthin waren Mayfeld und Winkler jetzt unterwegs.

Mayfeld lachte. »Ganz so blöd wollte ich mich eigentlich nicht anstellen. Aber hast du einen besseren Vorschlag, als Rafaela Gruber noch einmal zu vernehmen? Die Geldabhebungen sind verdächtig. Das Liebesnest vor den Augen der Ehefrau ist reichlich bizarr. Vielleicht hat sie als Nachbarin ja etwas beobachtet, das uns weiterbringt.«

Sie fuhren über Biebricher Allee und Moritzstraße in die Wiesbadener Innenstadt. In der Schwalbacher Straße fanden Sie einen Parkplatz auf dem Mittelstreifen und gingen die letzten Meter zu Fuß. »Rafaelas Modetreff« befand sich in der Kirchgasse gegenüber dem Verlagshaus des Wiesbadener Kuriers, zwischen einer Espressobar und einem Schuhgeschäft.

Rafaela Gruber verabschiedete gerade eine Kundin, die mit prall gefüllten Einkaufstüten den Laden verließ. Die Inhaberin der Boutique trug ein lilafarbenes gerüschtes Seidenkleid mit tiefem

Ausschnitt. Eine grüne Korallenkette kontrastierte mit ihrer feuerroten Haarmähne.

»Vermutlich wollen Sie sich nicht von der Qualität meiner Kollektion überzeugen, sondern haben berufliche Gründe für Ihr Erscheinen.« Sie begleitete ihre Begrüßung mit einem silbrigen Lachen. »Was kann ich für Sie tun?«

»Wir sind immer noch auf der Suche nach Ihrem Schwager«, begann Mayfeld das Gespräch.

»Und glauben, dass ich Ihnen dabei weiterhelfen kann? Wie kommen Sie darauf?« Sie schüttelte verwundert den Kopf. »Ich habe Ihnen doch schon am Sonntag gesagt, dass mir nichts aufgefallen ist.«

»Sie haben auch gesagt, dass Sie keinen näheren Kontakt zu Phillip Flieder hatten. Aber er hatte vor, Ihnen geschäftlich zu helfen, wollte Kontakte zu einer italienischen Modefirma herstellen.«

»Das hat Ihnen Clara erzählt.« Ihre silbrige Stimme wurde jetzt etwas ungehalten. »Die naive Clara. Manchmal glaube ich, dass sie ihren Mann gar nicht kennt. Es war an meinem Geburtstag im Februar. Da lade ich die Familie ein. Einmal im Jahr muss das sein. Er hat groß getönt, er könnte mir Kontakte zu italienischen Modemachern verschaffen. Der große Weinspezialist kann natürlich auch das. Ich bin freundlich geblieben und habe gesagt: ›Ja, mach doch.‹ Aber geglaubt habe ich daran keinen Moment.«

»Es gab also keine geschäftliche Vereinbarung zwischen Ihnen beiden?«

»Dazu ist es nicht gekommen. Er hat sein Angebot ein paar Wochen später erneuert, aber ich habe abgelehnt. Der Preis hat mir nicht gepasst.«

Mayfeld wurde hellhörig. »Was meinen Sie damit?«

»Wären Sie so nett und würden Clara nichts davon erzählen?«

Mayfeld schwieg.

»Na gut, ist mir auch egal. Er ist ein Mann, ich bin eine Frau, das meine ich damit. Aber an einem Pedanten, der seine Hüte inventarisiert, habe ich kein Interesse. Das habe ich ihm ziemlich schnörkellos erklärt. Wahrscheinlich inventarisiert der auch seine Affären.«

Rafaela Gruber kam da der Wahrheit näher, als sie wissen konnte. Oder wusste sie mehr? »Er hat Ihnen also geschäftliche Hilfe im Austausch gegen sexuelle Gefälligkeiten angeboten?«, fragte Mayfeld.

»Wenn ich Polizeibeamtin wäre, könnte ich es vermutlich nicht schöner ausdrücken.«

»Und sind Sie auf den Vorschlag eingegangen?«, schaltete sich Winkler in das Gespräch ein.

Rafaela Gruber musterte sie ärgerlich. »Nein. Hören Sie denn nicht zu?«

»Was konkret hat er Ihnen denn vorgeschlagen?« Winkler ließ sich von Rafaela Grubers Ärger nicht beeindrucken.

Der Teint der Boutiquebesitzerin wurde einen Hauch blasser, sie schien jetzt wütend zu werden. Aber sie hatte sich im Griff und lächelte gleich wieder. »Das Übliche. Vollzug des Beischlafs, um in Ihrer Sprache zu bleiben.«

»Hat er auch einen Vorschlag gemacht, wo er sich mit Ihnen treffen wollte?«, hakte Winkler ungerührt nach.

»So weit sind wir nicht gekommen. Er hat irgendetwas von einem Hotel im Taunus gefaselt. Aber ich war wie gesagt nicht interessiert.«

»Das Waldschlösschen«, vermutete Mayfeld. Rafaela Gruber zuckte mit den Schultern. »Ihre Schwester glaubt, dass ihr Mann auch in der Villa Gruber Kontakt mit anderen Frauen hatte«, fuhr er fort. »Möglicherweise im Gartenhaus. Können Sie uns dazu etwas sagen? Haben sie etwas beobachtet, Frau Gruber?«

Sie schüttelte unwillig den Kopf. »Ich glaube, wir beenden das Gespräch jetzt. Ich vögle nicht mit meinem Schwager, und ich spioniere ihn und seine Familie auch nicht aus. Was sich Clara da zusammenphantasiert, ist absurd. Sie ist doch fast immer zu Hause, wie soll er das denn anstellen? Und dann sind da noch Eduard und Johannes. Einfach absurd. Manchmal glaube ich, meine Schwester ist nicht ganz richtig im Kopf.«

»Waren Sie mal im Tempelchen?«, fragte Mayfeld.

»In dieser Stein gewordenen Geschmacksverirrung? Nein.«

»Gehört das Haus, in dem Sie wohnen, eigentlich Ihnen?«, fragte Winkler.

»Ich wüsste nicht, was Sie das angeht. Aber wenn es wichtig ist: Ja, ich habe es von meiner Mutter geerbt.«

Die Ladentür klingelte. Eine elegante, etwas streng wirkende Frau in lilafarbener Lederhose und blauem Nadelstreifenjackett betrat die Boutique.

»Hallo, Lara!«, begrüßte Rafaela Gruber sie. »Schön, dass du da bist! Ich muss los.« Sie stellte den beiden Kommissaren Lara Michaelis als ihre Geschäftspartnerin vor. Lara würde für den Rest des Tages in der Boutique sein. »Ich muss zurück nach Walluf ins Atelier, bis morgen muss eine Maßanfertigung für eine Kundin fertig sein«, erklärte sie den beiden Beamten. »Sie haben doch bestimmt keine weiteren Fragen?«

»Gehen Sie ruhig«, antwortete Mayfeld. Nach dieser Unterhaltung hatte er genauso viele Fragen wie zuvor.

Winkler und Mayfeld fuhren zurück ins Polizeipräsidium. Winkler wollte die Plastiktüte mit den Handschuhen, die sie im Weingut Wallner gefunden hatte, zum Erkennungsdienst bringen, Mayfeld stieg gleich am Parkplatz vor dem geschwungenen Bau in seinen alten Volvo. Er musste dringend in seinen Weinberg im Rauenthaler Rothenberg. Dort wartete viel Arbeit, und über den Fall nachdenken konnte er dort eh am besten.

Eine knappe halbe Stunde später passierte er die Rauenthaler Madonna. Die stämmige Frauenfigur aus Stein sollte die Mutter Gottes bewegen, diejenigen, die an ihr vorbeikamen, in ihre Gebete mit einzubeziehen. Er parkte den Volvo an einer Brombeerhecke und stieg aus, warf sein Leinenjackett in den Fond, wechselte die Jeans gegen eine Arbeitshose aus grobem Drillich und zog seine Weinbergstiefel an. Aus einer Kiste im Kofferraum des Kombis holte er eine Rebschere. Mayfeld machte sich an die Arbeit.

Nach den von der Sonne verwöhnten letzten Jahren war dieses Jahr für die Winzer bislang eher schwierig, zu wenig sonnig und zu feucht gewesen. Aber die entscheidenden Dinge würden in den nächsten zehn Wochen geschehen. Es war wichtig, dass er jetzt im Weinberg sein Bestes gab. Die Rebschere schnappte zu. Mayfeld schnitt von jeder Weintraube die untere Hälfte ab, die Reste fielen auf den rot schimmernden Boden. In ein paar Wochen würden die Weintrauben ihre alte Form wiedergewonnen haben. Aber da die Beeren lockerer am Weinstock hingen, wären sie weniger anfällig für Feuchtigkeit und Pilzbefall. Außerdem war Mengenreduzierung der Königsweg zu einem aromatischen und konzentrierten Wein.

Den ganzen Tag hatten sich Sonne und Regenwolken einen zähen Kampf um die Vorherrschaft am Himmel geliefert. Jetzt wurde die Sonne schwächer, und die Wolken schienen den Sieg davonzutragen. Das Rheintal, das sich an anderen Tagen so anmutig am Fuß des Taunus entlangzog, strahlte an diesem Abend etwas Düsteres, fast Dämonisches aus. Am Horizont, über dem Rheinhessischen Hügelland und dem Hunsrück, hatten sich Gewitterwolken zusammengebraut. Die Sonne vergoss ihr fahles Licht. Die Ortschaften entlang des Rheins schienen sich in Erwartung des kommenden Unwetters zwischen den Hügeln wegzuducken. Mayfeld musste sich beeilen.

Im Weinberg kam er zügig voran. Er musste immer wieder dieselben Handgriffe machen, das rhythmische Schnappen der Rebschere versetzte ihn in eine kontemplative Stimmung. Er ließ seine Gedanken schweifen und betrachtete sie aus großem Abstand.

Er hatte mittlerweile drei Fälle aufzuklären, den Tod Patrick Schönhells, das Verschwinden von Phillip Flieder und den Überfall auf Richi Teufel. Möglicherweise hingen einige oder alle Fälle zusammen, möglicherweise hatten sie gar nichts miteinander zu tun. Möglicherweise war der Fall Flieder gar kein Fall.

Im Fall Schönhell hatten sie bislang drei Richtungen, in die sie ermitteln konnten. Eine Spur führte in Kreise der organisierten Drogenkriminalität. Aber für die Summen, um die es ging, wenn man den Aussagen des Croupiers und den Kontoauszügen des Ermordeten folgte, wurde niemand ermordet. Zumindest nicht von Löffel und seinen Leuten. Das waren für die Peanuts.

Körperverletzung, um jemanden einzuschüchtern, wie im Falle Teufels, konnte sich Mayfeld bei diesen Leuten schon eher vorstellen. Aber es gab keinerlei Belege dafür, dass der Überfall auf Teufel von Löffels Schlägern ausgeführt worden war.

Die zweite Richtung der Ermittlungen hatte mit Sabrina Wallners Tod zu tun. Vielleicht konnte man den Anschlag auf Teufel Wallner oder Boden anlasten. Aber sollten die beiden auch den Mord an Schönhell begangen haben? Als Rache für den Tod Sabrina Wallners?

Dann mussten sie einen Mittäter in der Clique haben, der ihnen genau gesagt hatte, wo Schönhell zu finden gewesen war. Oder aber jemand aus der Clique hatte Schönhell ermordet. Udo Weinel und Johannes Flieder hatten Streit mit ihm gehabt. Aber beide standen, soweit er bislang wusste, Sabrina Wallner nicht so nahe, als dass man daraus ein Mordmotiv konstruieren konnte.

Drittens war natürlich auch Eifersucht als Motiv denkbar. Aber dass Johannes Flieder Patrick Schönhell getötet hatte, weil er ihm bei Jennifer Graf im Weg stand, daran wollte Mayfeld ebenfalls nicht glauben. Vielleicht würden die Ergebnisse der DNA-Analysen, die er morgen erwartete, in dieser Frage etwas mehr Klarheit bringen.

Blieb der Fall Flieder. Nach allem, was er bisher über ihn herausgefunden hatte, war Phillip Flieder ein unsympathischer Zeitgenosse, der seine Frau vernachlässigte, seine Geliebten fesselte und schlug und Kunden schlechte Ratschläge gab. Lauter Dinge, mit denen man sich unbeliebt machte, in der Regel aber nicht in Lebensgefahr brachte. Doch ein Mord war immer etwas, das außerhalb der Regeln lag.

Der Himmel zog sich zu. Heute würde er mit der Arbeit im Weinberg nicht fertig werden. Die Lösung seiner Kriminalfälle konnte noch Wochen oder Monate auf sich warten lassen, wenn nicht etwas Neues passierte. Seine Intuition sagte ihm allerdings, dass bald etwas Unerwartetes geschehen würde. Es gefiel ihm überhaupt nicht, dass er sich darauf so unvorbereitet fühlte.

Das Wissen über die Opfer brachte ihn im Moment nicht weiter. Vielleicht sollte er sich mehr auf die möglichen Täter konzentrieren.

Da war zum einen Mike Wallner. Er hatte ein Motiv in allen drei Fällen. Flieder hatte Wallners Familie und Betrieb ruiniert, Schönhell und Teufel hatten aus seiner Sicht seine Schwester auf dem Gewissen. Wallner hatte zwar Alibis für beide bisher bekannten Tatzeiten. Die waren für Mayfeld als Kriminalisten jedoch nicht viel wert, sie kamen von Leuten, die die Opfer genauso hassten wie Wallner. Der junge Mann wurde von einer explosiven Mischung aus Trauer, verletztem Stolz und Wut beherrscht, und Mayfeld traute ihm eine Tat im Affekt durchaus zu. Dass Mike Wallner allerdings in der Lage sein sollte, kaltblütig den Mord an mehreren Menschen zu planen, das konnte er sich beim besten Willen nicht vorstellen.

Dann war da Johannes Flieder. Er hatte Konflikte mit Teufel und Schönhell. Er war vielleicht der Letzte, der Schönhell lebend gesehen hatte. Er hatte möglicherweise eine tätliche Auseinandersetzung mit ihm gehabt und erinnerte sich an nichts. Er kam als Täter im Fall Schönhell in Frage, für den Anschlag auf Teufel musste sein Alibi noch überprüft werden. Aber mit dem Verschwinden von Phillip Flieder konnte er kaum etwas zu tun haben. Warum sollte er seinen Vater umbringen? Mayfeld fragte sich, wieso er da so sicher war. Vielleicht stimmte die Geschichte des jungen Künstlers, der nur für seine Musik lebt, nicht. Das war möglicherweise nur das Wunschbild seiner Mutter. Wie stand Phillip Flieder zu den kostspieligen Karrierewünschen seines Sohnes? Er hatte sich noch nicht intensiv genug mit Johannes Flieder befasst.

Bestimmt war es ein Fehler, die Fälle gedanklich immer in Verbindung zu bringen, überlegte Mayfeld. Sie hatten möglicherweise doch nichts miteinander zu tun. Möglicherweise verstand er nichts, weil er nach Zusammenhängen suchte, die nicht vorhanden waren.

Wenn er den Fall des verschwundenen Phillip Flieder für sich allein betrachtete, dann musste er sich auch Gedanken um dessen Ehefrau machen. Phillip Flieder hatte sie schwer gekränkt, sie hätte durchaus ein Motiv gehabt, ihn zu töten. Sie wirkte ausgesprochen angespannt. Aber wäre sie nicht aktiv geworden, wüsste er möglicherweise noch gar nichts vom Verschwinden ihres Mannes. Er wüsste auch nichts über dessen Affären und sexuellen Obsessionen, die Clara Flieder jetzt verdächtig machten. Darüber hinaus hatte Mayfeld den Eindruck gehabt, dass sie von ihren Entdeckungen wirklich überrascht war. Die Verdächtigungen gegen ihre Stiefschwester kamen ihm zwar konstruiert vor, sie schien jedoch keine Schauspielerin zu sein, die mit einer Inszenierung irgendetwas bezweckte.

Der Verdacht gegen Rafaela Gruber kam ihm gänzlich an den Haaren herbeigezogen vor. Er konnte sich diese selbstbewusste

Frau nicht in der schwülen Atmosphäre des »Tempelchens« vorstellen. Sie schien in persönlicher und finanzieller Hinsicht unabhängig zu sein, und er fand kein Motiv, warum sie ihren Schwager verschwinden lassen sollte.

Über Bingen entluden sich die ersten Gewitterwolken. Blitze zuckten über den Himmel, der im Westen ganz schwarz geworden war. Der Wind frischte auf. Er würde das Unwetter in der nächsten halben Stunde nach Eltville und den vorderen Rheingau bringen. Mayfeld nahm sich für heute nur noch eine Rebzeile vor. Das war zu schaffen, aber er musste sich beeilen. Er beschleunigte seinen Arbeitstakt. Traubenspitze für Traubenspitze fiel auf den Boden.

Irgendetwas in diesem Fall, oder in diesen Fällen, war nicht so, wie es zu sein schien. In irgendeiner der Personen täuschte er sich gründlich. Irgendwo versagte seine Intuition. Irgendjemanden übersah er.

Der Wind wurde stärker. Das Gewitter kam schneller als erwartet zum Rothenberg. Als er die letzten Trauben gekappt hatte, fielen die ersten dicken Tropfen. Mayfeld hastete zu seinem Auto.

Er fuhr durch das Gewitter nach Hause.

***

Seit Stunden tobten immer neue Unwetter über dem Rheintal. Johannes saß am Fenster seines Zimmers und schaute nach draußen. Es war dunkel geworden, doch ab und zu erhellten Blitze für Sekunden den Garten, als wäre es Tag. Eine Viertelstunde lang waren taubeneiergroße Hagelkörner auf das Land herniedergeprasselt. Hoffentlich überlebten das die Kois, dachte er. Er ließ den Abend an sich vorbeiziehen.

Clara hatte sein Klavierspiel gelobt. Er habe die Kreisleriana schon ganz prima gespielt. Ganz prima! Das glaubte sie doch selbst nicht, zuvor hatte sie ganz anders geredet. Die Bemerkung über ihre Hand war unfair gewesen. Er hatte gespürt, dass er ihr einen Stich versetzt, eine schwere Verletzung zugefügt hatte. Deswegen hatte er sich entschuldigt, und sie hatte die Entschuldigung angenommen. Danach hatte sie sein Spiel nur noch gelobt. Sie hatte ihn wie einen kleinen Jungen behandelt. Fehlte bloß noch, dass sie jetzt in sein Zimmer kam und ihn fragte, ob alles in Ordnung sei. Ihm sagte, er solle sich nicht fürchten, das Gewitter könne ihm nichts anhaben. Natürlich, Mama, würde er dann sagen, es ist alles in Ordnung. In Wahrheit war nichts in Ordnung. Aber was war schon die Wahrheit? Er kannte sie nicht. Und aus seiner Mutter wurde er nicht schlau.

Etwas stimmte nicht in diesem Haus, etwas lief ganz grundlegend falsch in dieser Familie, da war sich Johannes sicher. Bloß wusste er nicht, was. Und vor allem wusste er nicht, was er damit zu tun hatte. Die Polizei war heute schon wieder da gewesen. Mama hatte sie gerufen, weil irgendjemand nach Phillips Verschwinden mit seinen Karten Geld abgehoben hatte. Vielleicht war es sein Vater ja selbst gewesen. Bevor Johannes in sein Zimmer gegangen war, hatte er noch mit Eduard über die Geschichte gesprochen. Der war ganz überrascht über die neue Entwicklung der Geschichte gewesen.

Johannes ging zu Bett. Er lag lange wach, versuchte sich zu erinnern, grübelte. Dachte an all die Gespräche, die er in den letzten Tagen geführt hatte. Mit Jennifer, mit Clara, mit Eduard, mit Melanie, mit Professor Schmid und der Polizei. Zwischendurch gingen ihm Passagen aus der Kreisleriana durch den Kopf, die aberwitzig schnellen, die besinnlichen, der irrsinnige Kontrast. Schließlich schlief er verwirrt und erschöpft ein.

In dieser Nacht träumte Johannes, wie er Patrick getötet hatte.

Er sah die alte Bibliothek im Schlossturm. Die Bodendielen knarrten. In einer Ecke stand eine Puppe, die den Ornat eines Ritterordens trug. Überall der Geruch von Staub und alten Büchern. Über dem Kamin und seitlich davon hingen Schwerter, Lanzen und ein Sauspieß.

Im Turmerker stand Patrick. Die Fenster waren geöffnet, und ein lauer Nachtwind ließ die weißen Vorhänge in den Raum hineinwehen. Patrick telefonierte, dazwischen schaute er immer wieder nach draußen.

»Verschwinde von hier«, hörte er sich brüllen, aber Patrick zeigte ihm nur den Stinkefinger und grinste hämisch. »Geh schlafen, Bubi!« Er drehte ihm den Rücken zu und schaute angestrengt in die Nacht. Er sprach irgendetwas in das Telefon, irgendjemand sollte nicht anhalten. Johannes wankte auf Patrick zu, zog ihn an der Schulter zu sich herum.

»Lass Jenny in Ruhe!«, keuchte Johannes, doch Patrick lachte nur und gab ihm einen heftigen Stoß. Er torkelte zurück, stolperte, fiel und schlug auf den Holzdielen auf. In einer Spalte zwischen zwei Dielen krabbelte eine Ameise, die den gefallenen Riesen voller Hohn ansah. In der Tür zur Bibliothek erschien eine junge Frau, die auf sie einredete. Patrick und er brüllten beide, sie solle verschwinden.

Johannes richtete sich halb auf und schaute zu seinem Gegner hinüber. Ein Windstoß ließ die Vorhänge aufwallen. Der Mond tauchte im Rechteck eines der Fenster auf und lachte feixend. Die Puppe in der Ecke wurde lebendig. »Lass dir das nicht gefallen, Junge«, flüsterte der Ritter in der Ordenstracht. »Lass dir das nicht gefallen, verteidige deine Ehre. Der nimmt dir dein Mädchen weg. Der nimmt dir alles weg.«

Der Ritter hatte recht. Johannes raffte sich auf, rannte auf den Schuft zu, riss ihn herum und versetzte ihm einen Schlag ins Gesicht. Patrick blutete aus der Nase. Er ließ das Handy fallen, schrie auf. Dann schlug er zurück, traf Johannes am Kopf, kratzte mit Teufelskrallen über seine Stirn. Warmes Blut floss über Johannes' Gesicht.

»Gib nicht auf«, rief ihm der Ritter zu, und Johannes gab nicht auf. Er stürzte zum Kamin, griff nach einem der Schwerter, löste es aus der Halterung und griff Patrick an. Der wich zurück, in Richtung des Fensters. Johannes holte aus, versuchte Patricks Kopf zu treffen. Der wich wieder aus, stand direkt vor dem offenen Fenster. Noch ein Schlag, Patrick sprang zurück, kippte, schrie auf. Und fiel in die Tiefe.

Johannes stürzte ans Fenster, blickte nach unten. In der Düsternis sah er konzentrische Kreise, die sich auf der Wasseroberfläche des Teichs ausbreiteten. Johannes wurde schwarz vor Augen.

Er fand sich auf dem Boden liegend wieder. Die Ameise mit dem höhnischen Blick krabbelte über sein Gesicht. Das alles war nicht wirklich, es war ein Traum, versuchte er sich zu sagen. Aber er ahnte, dass das vielleicht nicht stimmte. Er stand auf und ging erneut zum Fenster, um Ausschau zu halten. Keine Spur von Patrick, die dunkle Oberfläche des Teichs gähnte wie ein offenes Grab. Am Rand des Schlossteichs stand jemand und starrte auf das Wasser. Er kannte die Person, das fühlte er, er wusste aber nicht, wer es war.

Johannes wandte sich ab, ein müder, aber siegreicher Krieger.

Er wachte auf. Einen Moment wähnte er sich in der alten Bibliothek des Schlossturms, wollte fliehen. Dann erkannte er, dass er in seinem Bett in der Villa Gruber lag, und entspannte sich. Doch die Entspannung dauerte nur wenige Sekunden. Solange, bis ihm gewahr wurde, was er gerade geträumt hatte. Angst durchflutete ihn. Er hatte es geahnt, befürchtet, nun war er überzeugt. Die Last wurde immer schwerer. Er war ein Mörder. Es ist doch nur ein Traum gewesen, versuchte er sich zu beruhigen. Aber das funktionierte nicht mehr.

Benommen ging er zum Regal neben dem Fenster. Draußen tobte das Gewitter immer noch. Oder war es ein neues? Oder gehörte das noch zu dem Traum? Er griff nach der halb vollen Flasche Scotch, drehte den Verschluss ab und setzte sie an. Der Whisky brannte in der Kehle, als er ihn in sich hineinschüttete. Er trank die Flasche bis zur Neige aus, torkelte zurück ins Bett und fiel in tiefen Schlaf.

In den frühen Morgenstunden wurde Johannes' Schlaf oberflächlicher, er wurde immer wieder wach. Das Gewitter hatte sich verzogen. Sein Gehirn begann sich von der Vergiftung zu erholen, sein Geist tauchte aus dem schottischen Moor, in das er sich gestürzt hatte, wieder auf, um in den vergifteten Fluss seiner Erinnerungen, Befürchtungen und Obsessionen einzutauchen.

Er wandelte zwischen Wachsein und Traum.

Draußen fuhr Phillip mit seinem Cayenne vor. Die breiten Reifen des Wagens knirschten auf dem Kiesweg. Die Eingangstür schlug zu. Eine Weile herrschte Stille, dann hörte er einen Tumult. Ein Mann brüllte in der Ferne, eine Frau schrie im Garten gellend auf.

Ehe Johannes es sich versah, stand er unten im Salon. Er rannte durch die Terrassentür nach draußen. Dort sah er Phillip, der eine Frau an den Haaren gepackt hatte und sie über den Rasen schleifte. Plötzlich hatte Johannes ein Tischchen in der Hand, das aus einem gedrechselten Klavierbein und einer Marmorplatte bestand. Er rannte auf den Mann und die Frau zu. Lass die Frau los, wollte er rufen. Aber stattdessen schlug er zu. Phillip fiel wie ein nasser Sack auf die Erde zwischen zwei Blumenrabatten. Rechts Rosen und Lavendel, links Isländischer Mohn, dazwischen gesplitterte Knochen, Blut und Hirnmasse. Wirf ihn weg, rief er der Frau zu, wirf ihn zu den Fischen.

Er drehte sich um und ging zurück ins Haus. Er lachte laut auf. Immer lauter wurde das Gelächter, bis es im ganzen Haus widerhallte.

Johannes wachte auf. Für dieses Lachen würde er sich sein Leben lang hassen.

Clara

Am Donnerstagabend saß ich im Salon in meinem Lieblingssessel und hörte Johannes zu, der die Kreisleriana übte. Die Kreisleriana ist wirklich ein verteufelt schwieriges Stück, die alles von einem Pianisten fordert. Er spielte sie gut, aber nicht wirklich brillant. Er versuchte all sein technisches Können in die Geschwindigkeit zu legen, in der die bewegten Passagen des Werks zu spielen sind. Ich bemerkte, dass er das noch nicht beherrschte, ich konnte seine Anstrengung spüren. Genau das darf nicht sein. Eine Aufführung darf nur deswegen getrieben wirken, weil der Aufführende es so will, weil er diesem Gefühl in künstlerisch souveräner Form Ausdruck verleihen möchte, nicht weil ihn technische Probleme treiben. Den Unterschied hören nicht viele, aber ich höre ihn. Er verhedderte sich. Ich habe versucht es ihm zu erklären, aber er schien gar nicht richtig zuzuhören. Ich habe ihn gebeten, langsamer zu spielen, die Schnelligkeit solle erst dann hinzukommen, wenn er das Stück wirklich beherrsche, nicht jetzt, wo er noch mit den spieltechnischen Herausforderungen kämpfe.

»Spiel es doch selber, wenn du alles besser weißt«, schnauzte er mich an. »Aber das kannst du mit deiner verkrüppelten Hand ja nicht. Du kannst nur reden.«

Einen solchen Ton hatte er mir gegenüber noch nie angeschlagen. Mit einem Mal hörten sich alle Klänge so an, als ob sie aus einem alten Transistorradio kommen würden, leblos, herzlos, kratzig, ohne Zentrum und Tiefe. Sofort spürte ich den Finger. Den Ringfinger der rechten Hand, den verkrüppelten Finger, der meine Karriere als Pianistin beendete, bevor sie begonnen hatte. Warum sagte Johannes das, warum verletzte er mich so? Hätte er mir einen Dolch in die Eingeweide gerammt und ihn langsam um die eigene Achse gedreht, es wäre nicht schmerzhafter gewesen.

Johannes spielte weiter. Eine innere Stimme sagte mir, es wäre jetzt besser, sich zurückzuziehen. Der Junge fühle sich kontrolliert durch eine übermächtige Mutter, er müsse frei atmen und sich entfalten können. Am besten wäre es, wenn ich ihn in Ruhe ließe.

Wahrscheinlich war es richtig, was ich mir da sagte. Aber ich konnte nicht immer davonlaufen. Ich wollte es nicht mehr. Ich war noch ganz benommen von meinem Anfall letzte Nacht, ich hatte vermutlich Unmengen von Schmerzmitteln eingenommen. Jetzt wollte ich mich nicht schon wieder ins Bett legen. Plötzlich kam mir Puccinis Arie in den Sinn. Nessun dorma. All'alba vincerò. Ein Ohrwurm, der nicht mehr verstummen wollte und den Wettstreit von Florestan und Eusebius, den Schumann in der Kreisleriana so wunderschön vertont hat, überlagerte. Die beiden Klangwelten rieben sich aneinander und führten zu einer Kakophonie, die schwer zu ertragen war.

»War es so besser, Mama?«, fragte Johannes. Was für ein braver Junge. Bestimmt tat es ihm leid, dass er mich so verletzt hatte. Aber das würde er nie sagen können. So sind die Männer eben. Ich muss mich daran gewöhnen, dass er ein Mann geworden ist.

»Viel besser, mein Junge«, sagte ich. »Du hast das ganz prima gemacht. Wenn du etwas langsamer spielst, ist sehr viel Ausdruck in deinem Vortrag, und die technische Sicherheit kommt bestimmt mit der Zeit.« Es war sicherlich gut, ihm Mut zuzusprechen.

Johannes spielte weiter, und ich lobte ihn weiter. Schließlich verabschiedete er sich für diesen Tag. Geh ins Bett, sagte mir meine innere Stimme, ruh dich aus, lass die Dinge auf sich beruhen, aber ich wollte nicht. Es war noch viel zu früh. Ich war unruhig, ich spürte, dass ich noch etwas zu erledigen hatte.

Als Johannes den Salon verlassen hatte, ging ich nach draußen. Es war kühler geworden, und der Wind hatte aufgefrischt. Ich spürte, dass ein Gewitter in der Nähe lauerte, darauf wartete, über uns herzufallen. Mein Blick fiel auf das Tempelchen. Ich ging zurück ins Haus, in Phillips Büro, holte den Schlüssel für das Gartenhaus, ging wieder nach draußen, überquerte die Terrasse und den Rasen, kam am Brunnen mit dem Fischbassin vorbei. Die Karpfen schwammen unruhig auf und ab, bestimmt spürten auch sie das nahende Gewitter. Als sie bemerkten, dass ich mich näherte, kamen sie an die Oberfläche. So flach, wie das Becken war, war das keine große Bewegung. Genau genommen schwammen sie immer an der Oberfläche, sie konnten gar nicht anders. Aber mir war die Vorstellung angenehm, dass sie das taten, weil sie gestreichelt werden wollten. Es war fast ein Wunder, wie sehr sie in der kurzen Zeit, die wir uns kannten, meine Freunde geworden waren. Ich betrat das Tempelchen. Die Schwüle des Interieurs ließ in mir einen Brechreiz aufsteigen. Ich riss mich zusammen und durchsuchte erneut alle Schränke, wühlte in den Dessous, kramte zwischen den Folterwerkzeugen, betrachtete voller Abscheu die Ledermaske. Mir kam es so vor, als ob der Raum nicht in dem Zustand wäre, in dem ich ihn am Dienstag vorgefunden hatte. Diesen Eindruck hatte ich schon gehabt, als ich ihn den Polizisten gezeigt hatte. Aber das konnte an meiner Zerstreutheit und Nervosität liegen. Ich ging ins Bad, schaltete den Kronleuchter mit den weißen und roten Nixen an. Zwischen den roten Badehandtüchern, die neben der Dusche gestapelt waren, fand ich endlich den Schlüssel. Ich verließ das Bad durch den Hintereingang, ging zu der zweiten Tür. Der Schlüssel passte. Ich öffnete das Kabuff. Das Kabuff hatte sogar Licht, eine schwache Funzel erleuchtete den Raum. Ein paar alte, verstaubte und längst vergessene Gartengeräte, ein Spaten, ein Pickel und ein paar Blumentöpfe fristeten hier ihr armseliges Kerkerdasein.

Dazwischen stand die rindslederne Reisetasche von Phillip. Die, die ich für ihn am 14. Juli die Treppe hinuntergeschleppt hatte. Ich war starr vor Schreck. Das war unmöglich, ich zwickte mich, ich musste träumen. Ich schloss die Augen. Von draußen drang ein Rauschen und ein stetes dumpfes, immer stärker werdendes Trommeln in meine Ohren. Schade, dass man die Ohren nicht genauso verschließen kann wie die Augen. Jetzt kam noch ein gespenstiges Heulen dazu. Ich öffnete die Augen wieder. Die Reisetasche stand immer noch da, drohte mir im trüben Licht der Funzel. Ich trat nach der Tasche. Sie ließ sich nicht provozieren. Vorsichtig berührte ich sie. Sie ließ es sich gefallen. Ich öffnete sachte den Reißverschluss. Keine Gegenwehr. Als ich in das Innere der Tasche blickte, wusste ich sofort, dass mein Leben von diesem Augenblick an nicht mehr dasselbe sein würde. In der Reisetasche lag ein Haufen Euroscheine, Fünfer, Zehner, Zwanziger, Fünfziger und Hunderter. Obendrauf Euroscheckkarten und Kreditkarten, ausgestellt auf den Namen Phillip Flieder. Daneben lag eine schwarze Ledermaske.

Ein bösartiges Krachen betäubte meine Ohren, erschütterte meine Glieder, drang mir in die Gedärme. Noch ein Schlag. Und noch ein Schlag, zischend, schneidend. Als sich meine Sinne wieder meldeten, war das Trommeln draußen stärker geworden.

Jemand rief nach mir. Eduard. Tags zuvor hatte ich ihm misstraut und war ihm ausgewichen. Nun fühlte ich mich hilflos, fast gelähmt. In solchen Situationen hatte ich mich immer an meinen Bruder gewandt. Ich konnte nicht plötzlich der ganzen Welt misstrauen.

Ich öffnete die Tür und rief ihn nach hinten. Erst jetzt bemerkte ich den heftigen Regen. Eduard erschien völlig durchnässt vor der Tür und blinzelte in das trübe Licht der Lampe, die von der Decke baumelte.

»Was machst du denn bei diesem Wetter hier?«, fragte er verwundert. Er war wirklich verwundert, ich hörte das am Ton seiner Stimme. Seine Verwunderung beruhigte mich. Er hatte mit der Tasche also nichts zu tun.

Ich zeigte ihm meinen Fund. Er wurde ganz blass. Ich erzählte ihm von den Kontobewegungen, die ich entdeckt hatte, und von dem Bargeld, das aus Phillips Tresor verschwunden war.

»Ich muss das morgen der Polizei bringen.«

»Bist du verrückt?«, versetzte er in schneidendem, heftigem Ton. Dann modulierte er seine Stimme, sprach sanfter weiter. »Ich meine, ist das vernünftig? Das Geld gehört dir, warum solltest du es zur Polizei bringen?«

»Ich habe Kommissar Mayfeld von den Abhebungen erzählt, er sucht nach dem Geld.«

»Das war vielleicht nicht besonders klug«, meinte er.

Ich war empört. »Du meinst, jemand hebt fünftausend Euro von Phillips Geld ab, und ich soll so tun, als ob nichts geschehen wäre?«

Eduard deutete auf die Tasche. »Wenn du die Tasche der Polizei zeigst, wird das den Verdacht auf die Familie lenken. Das kannst du doch unmöglich wollen. Lass den Kommissar ruhig suchen. Irgendwann hört er damit auch wieder auf.«

Ich war entsetzt. War das mein Bruder, der da redete? Was hatte er zu verbergen? Die misstrauischen Fragen, die der Kommissar und seine Kollegin wegen Eduard gestellt hatten, kamen mir in den Sinn. Plötzlich war ich nicht mehr so sicher, ob es eine gute Idee gewesen war, ihn ins Vertrauen zu ziehen. Gestern war ich vorsichtiger gewesen.

Schließlich fasste ich mir ein Herz. »Eduard«, sagte ich, »du kannst ganz aufrichtig zu mir sein. Sag mir bitte, ob du mit diesem Geld etwas zu tun hast?«

Ich sah ihm direkt in die Augen, achtete auf jede Nuance seiner Stimme.

Er lächelte. »Genau dasselbe wollte ich dich gerade fragen.«

»Wie kommst du denn darauf?«, fragte ich empört.

»Du fragst es mich doch auch.« Natürlich hatte er damit recht. Aber er hatte meine Frage noch nicht beantwortet.

»Ich kann dir mit gutem Gewissen versichern, dass ich mit diesem Geld nichts zu tun habe«, sagte ich. »Wie steht es mit dir?« Ich ließ ihn nicht aus den Augen.

Er schien verwundert und ratlos. »Ich kann dir ebenfalls versichern, dass ich mit diesem Geld nichts zu tun habe«, sagte er mit fester Stimme. Diese Stimme log nicht. »Aber wer ist es dann? Johannes?«

»Wie kannst du es wagen, meinen Sohn zu verdächtigen«, fauchte ich ihn an. Aber auch ich hatte kurz an diese Möglichkeit gedacht.

»Du hast recht«, antwortete er, erschrocken über die Heftigkeit meiner Reaktion. »Die Spekulationen bringen nichts. Deswegen bin ich ja der Meinung, dass man das Geld nicht der Polizei zeigen sollte. Als Verdächtiger kommt für die nur jemand aus der Familie in Frage.«

Ich spürte, wie Ärger in mir hochstieg. Wieso erwähnte er Rafaela mit keinem Wort? Wollte er sie schützen?

»Es ist Rafaela«, rief ich. »Warum willst du das nicht sehen? Alles passt. Sie konnte sich die Geheimzahlen besorgen. Sie konnte das Geld hier deponieren.«

Eduard schüttelte den Kopf, als ob ich von allen guten Geistern verlassen wäre. »Das ist eine fixe Idee von dir«, säuselte er. »Rafaela würde das Geld bei sich im Haus verstecken, nicht bei dir auf dem Grundstück. Und wie soll sie denn an die Tasche gekommen sein? Verrenn dich bitte nicht, Liebes.«

Er versuchte mich zu umarmen. Das war mir sehr unangenehm. Mir wurde schlecht.

Es war Zeit zu verschwinden.

Ele

Clara wollte nicht mit mir reden, auch an diesem Donnerstag nicht, als das heftige Gewitter über uns herniederging. Richtig geredet haben wir, glaube ich, noch nie miteinander, obwohl wir schon so viele Jahre, ja, Jahrzehnte zusammen sind. Clara verfolgte eine einfache Strategie. Was sie störte, leugnete oder ignorierte sie. So machte sie es mit Problemen, und so machte sie es mit Personen, die ihr nicht in den Kram passten.

Es hat mich oft traurig gestimmt, dass ich so wenig von ihr mitbekam. Dennoch wusste ich schon immer viel mehr über sie als umgekehrt sie von mir. Ich habe wenigstens eine vage Vorstellung von dem, was sie tut. Das hängt damit zusammen, dass ich nicht wegschaue wie sie, dass ich mich für sie interessiere. Ich bin offener für Personen, die anders sind als ich. Ich schließe die Augen nicht, wenn es schwierig wird. Manchmal erzählt mir auch Eduard etwas von Clara, wobei ich immer darauf achte, dass er nicht den Eindruck bekommt, ich wollte ihn über sie aushorchen. Ich bin mir sicher, dass er das nicht verstehen würde. Niemand würde die Art der Beziehung zwischen Clara und mir verstehen. Deswegen sollte auch niemand etwas darüber wissen. So dachte ich zumindest bis vor Kurzem.

Ich bin ungern allein, wenn es gewittert. Also ging ich durch den Regen zu Eduard in die alte Scheune. Die Wohnungstür war wie immer offen.

Eduard saß am Flügel. »Kommst du doch noch«, sagte er, als er mich erblickte.

Er stand auf, ging hinter den Tresen zu der Küchenzeile und holte eine Flasche Wein aus dem Kühlschrank. Mit der Flasche und zwei Gläsern kam er zu mir zurück. Wir setzten uns auf das rote Ledersofa.

»Ich habe eine Flasche Rauenthaler Rothenberg gekauft, den dieser Kommissar Mayfeld herstellt«, sagte er. »Seine Familie hat ein Weingut in Kiedrich. Ich dachte, das interessiert dich, wo er doch dauernd hier im Haus ist.«

So viel Vorwitzigkeit hätte ich Eduard gar nicht zugetraut. Er war mir in letzter Zeit ängstlich und unsicher vorgekommen. Ich bedauerte, dass ich nicht wusste, was Clara diesem Kommissar erzählt hatte. Bei mir verstärkte sich der Eindruck, dass sie gefährliche Dinge tat. Gefährlich für uns alle. Aber was sie selbst betraf, war sie völlig uneinsichtig. Clara, die Helle, die Heilige.

Eduard schenkte mir ein. Wir stießen an.

»Auf uns«, sagte Eduard. »Auf dass alles wieder gut wird.«

Er setzte sich ans Klavier und improvisierte. Seitdem er keine Konzerte mehr gibt, spielt er weniger Klassik, mehr Jazz und Blues. Ich schlich mich langsam und auf Zehenspitzen an ihn heran. Bald war er ganz versunken in sein Spiel. Ich bin nicht so musikalisch wie Clara, aber wenn Eduard am Klavier sitzt, schmelze ich dahin. Lange Zeit stand ich hinter ihm, wagte kaum zu atmen, weil ich ihn nicht stören wollte. Draußen tobten Blitz, Donner und Sturm, hier drinnen spielte der Blues.

Als er aufhörte, umarmte ich ihn ganz fest, biss ihm zärtlich in den Nacken, fuhr ihm mit meinen Fingern durchs feuchte Haar.

»Hast du mit Johannes gesprochen?«, fragte ich ihn. »Erzähl mir, was er gesagt hat.«

Eduard berichtete, dass Johannes wieder bei Professor Schmid in Mainz gewesen war. Dass er sich unsicher war, ob die Klavierlaufbahn für ihn das Richtige sei, dass er sich aber dieses Jahr und das nächste noch Zeit geben wolle, das herauszufinden. Dass er sich Sorgen wegen der DNA-Probe mache und sehr beunruhigt darüber sei, dass er nicht wisse, was er in der Nacht, in der Patrick Schönhell gestorben war, getan habe.

»Er darf in die Sache mit dem Geld keinesfalls hineingezogen werden«, sagte Eduard zum Schluss.

»Was hat er dazu gesagt?«, fragte ich. Ich war alarmiert. Ich wusste nicht, was Clara da schon wieder ausgeheckt hatte.

»Dass jemand von Phillips Konten Geld abgehoben hat, scheint ihm genauso ein Rätsel zu sein wie uns auch«, antwortete Eduard.

»Das ist gut«, antwortete ich. »Er hat mit dieser Sache bestimmt nichts zu tun.« Ich steckte Eduard meine Zunge ins Ohr.

Er wehrte mich halbherzig ab. »Deswegen darf die Polizei von Phillips Reisetasche nichts erfahren«, sagte er.

»Natürlich nicht«, stimmte ich Eduard zu. Er schien erleichtert zu sein. Dabei war es doch überhaupt nicht wichtig, was ich meinte, wichtig war allein Claras Standpunkt.

Unser Gespräch näherte sich einer gefährlichen Zone. Ich wollte mich ungern weiter über die Reisetasche unterhalten. »Was hat Johannes sonst noch gesagt?«, fragte ich möglichst gelassen.

»Er hat sich vor allem wegen der Bemerkung über den Finger geschämt.«

Claras Ringfinger, dachte ich, Claras Handikap.

»Er weiß, dass er das nicht hätte sagen dürfen«, fügte Eduard hinzu.

Das Thema interessierte mich momentan nicht besonders. Mir wurde klar, dass ich heute nichts Wesentliches mehr von Eduard erfahren würde. Dass er mir nichts mehr über Clara erzählen würde, ohne dass ich ihn direkt danach fragte. Und das konnte ich nicht tun, ohne ihn zu irritieren. Es war auch besser, wenn er mich nichts weiter fragte. Es war am besten, heute überhaupt nicht mehr allzu viel zu reden. Ich versuchte, meine Zunge in sein anderes Ohr zu stecken. Jetzt ließ er es zu. Ich zog ihn vom Klavierhocker zu mir hoch, öffnete seinen Hosengürtel.

»Ich will dich jetzt«, flüsterte ich ihm zu.

Wenige Sekunden später waren wir unsere Kleider los und lagen in seinem Bett in dem kleinen Nebenraum der alten Scheune.

Nachdem wir uns geliebt hatten, schlief Eduard ein. Normalerweise würde ich jetzt aufstehen und in mein eigenes Bett gehen. Wie wäre es, überlegte ich, wenn ich bei ihm bliebe? Eduard wollte das nicht, niemand sollte uns sehen, niemand sollte von unserer Beziehung wissen. Ich malte mir aus, wie Clara reagieren würde, wenn sie davon erfuhr. Ein bisschen schadenfroh war ich, als ich mir ihr verdutztes, angeekelt dreinschauendes Gesicht vorstellte. Dann könnte sie mich nicht mehr ignorieren. Aber irgendetwas müsste ich dann auch Johannes sagen, und das war mir ein bisschen peinlich. Also würde ich doch aufstehen und gehen.

Aber nicht gleich. Ich wollte noch eine Weile neben meinem Geliebten liegen, ihn anschauen, mein Glück festhalten.

In den letzten Tagen hatte ich immer wieder Vorahnungen gehabt, dass meine Liebe bald zu Ende gehen würde. Ich war schon drauf und dran gewesen, mich in mein Schicksal zu fügen. Aber nun nahm ich mir fest vor, mir mein Glück von niemandem kaputt machen zu lassen. Auch nicht von Clara. Die Gedanken an Clara begannen mich zu stören. Immer wieder Clara. Clara ging mir auf den Wecker. Sie verstand nichts vom Glück, dabei brauchte sie es so dringend wie kein anderer. Seit ihrem Unfall war sie ein gebrochener Mensch.

Was hieß schon Unfall. Jetzt übernahm ich schon ihre Version der Ereignisse. Dabei wusste ich es besser.

Ich sah alles genau vor mir.

Clara hatte sich wieder einmal heimlich in das Klavierzimmer geschlichen und spielte »Fürchten machen« aus den Kinderszenen von Schumann. Doris, unsere betrunkene Mutter, kam mit einer hexenhaften Fratze ins Zimmer gewankt und schlug die Klappe des Pianos zu.

Ich sah Clara, die ihre Finger zu langsam zurückzog.

Ihr Schrei, ihr Jammern und Klagen schallten aus der Vergangenheit bis in jene Nacht, in der ich schlaflos neben Eduard lag.

Schließlich verließ ich ihn.

Freitag, 1. August

Clara

In der Nacht von Donnerstag auf Freitag hatte ich einen fürchterlichen Alptraum. Zunächst hatte ich wie eine Tote geschlafen. Seit Langem wundere ich mich, wie man so tief und fest schlafen und am nächsten Tag trotzdem noch müde sein kann. Aber an diesem Morgen wunderte mich das nicht. In der zweiten Hälfte der Nacht war mein Schlaf sehr unruhig gewesen, zerhackt von bösen Träumen, schreienden Gedanken und stillen, abgründigen Ängsten.

Mir träumte, ich sei in einen Kerker geworfen worden. Einen tiefen Brunnenschacht, in den nur noch spärliches Licht von weit oben hineinfiel. Der Schacht war feucht, er roch muffig, und an seinem Boden sammelten sich Schmodder und Blut.

Die ganze Zeit quälte mich eine Stimme, eine flüsternde Stimme, deren Echo von den steinernen Brunnenwänden vervielfältigt und verstärkt wurde.

Zunächst erkannte ich niemanden. Aber dann sah ich sie. Direkt vor mir, so nah, dass ich sie erst gar nicht zur Kenntnis genommen hatte, löste sich eine Person aus den Wänden des Schachtes. Ihre Hände, mit denen sie mir zärtlich über das Gesicht strich, waren blutbesudelt.

Ich schrie laut auf, das Echo des Brunnenschachtes verstärkte meinen Schrei zu einem Heulen und Jaulen, wie es sonst wohl nur in der Hölle zu hören ist. Aus der Fratze der Frau sprang mir die pure Mordlust entgegen. Sie riss sich ihr besudeltes Kleid vom Leib und stand nackt vor mir, ließ ihr Becken und ihre Hüften kreisen. Griff sich an die Scham. Lachte dreckig. Fuhr sich mit den Händen durch das blutrote Haar.

Ich wusste, sie war eine Mörderin und Blutschänderin. Und ich war mit ihr in diesem Verlies eingesperrt. Ihr müsst auf immer zusammenbleiben, rief eine Stimme von oben herab.

Der Schacht wurde enger. Wir standen ganz dicht aneinander, unsere Körper berührten sich. Sie rieb sich an mir. Wir gehören zusammen, flüsterte sie mir zu. Mir wurde übel, ich wollte meinen ganzen Ekel auf sie erbrechen, konnte es aber nicht. Was hatte ich getan, dass man mich mit so einer Person zusammenpferchte? Wir gehören zusammen, wiederholte sie immer wieder. Zusammen.

Ich packte sie an der Gurgel, drückte fest zu. Ihre Augen traten aus den Höhlen, sie öffnete den Mund mit der Verzweiflung eines Fisches, der ans Land geworfen worden war und dort jämmerlich verenden musste. Ich drückte zu, ließ nicht mehr los. Endlich sackte sie zusammen, fiel in die Brühe aus Blut und Schlamm, die mir bis zu den Knien stand.

Aber kaum hatte ich sie losgelassen und mich ein wenig entspannt, wurde sie wieder lebendig, raffte sich auf, lachte ihr irres Lachen, umarmte mich und drückte mir ihre Zunge in den Mund.

Wir gehören zusammen, wir kommen hier nicht mehr raus, schrie sie.

Ich wachte auf und fürchtete, den Verstand zu verlieren. Seit Jahren habe ich den Eindruck, dass hier im Haus etwas vor sich geht, von dem ich keine Ahnung habe. Seit Jahren habe ich den Eindruck, dass mir jemand meine Zeit stiehlt. Seit Jahren sterbe ich fast vor Schmerzen, wenn mich ein Migräneanfall niederstreckt. Seit Jahren schlafe ich wie eine Tote und bin morgens dennoch völlig erschöpft. Aber dieser Morgen war der absolute Tiefpunkt meines Lebens.

Ich blickte mich um. Ich lag im selben Schlafzimmer wie immer, draußen sangen die Vögel. Der Wecker zeigte halb zwölf. Ich zog mir den Kimono über, den mir Phillip zu unserem zwölften Hochzeitstag geschenkt hatte, schlüpfte in meine Plüschpantoffeln und ging unsicheren Schrittes nach unten in die Küche, wo ich mir einen Hagebuttentee aufbrühte. Als ich eine Tasse getrunken hatte, fühlte ich mich etwas sicherer. Jetzt war ich ein wenig besser gewappnet für den Tag.

Immer noch benommen, öffnete ich die Terrassentür und ging nach draußen. Nach dem Unwetter war es deutlich kühler geworden. Einige Rosenbüsche sahen aus, als ob sie in der Nacht von einem Granatwerfer unter Beschuss genommen worden wären. Am Rand der verwüsteten Blumenrabatten hatte sich Wasser zu Pfützen gesammelt, vermutlich die Reste zusammengeschmolzener Hagelkörner, die für die nächtliche Zerstörung gesorgt hatten. Zerfledderte Rosen, zerhackter Lavendel, geknickter Isländischer Mohn.

Ich schlich mich weiter zum alten Brunnen. Hatte ich in der Nacht von ihm geträumt? Als ich an den Traum dachte, wurde mir gleich wieder übel. Mit einer Mörderin und Blutschänderin zusammen in einen engen Kerker gesteckt. Schauderhaft. Am besten fing ich gar nicht erst an, über die Bedeutung des Traumes nachzudenken. Entfernt hatte mich die Frau an Rafaela erinnert, vor allem die roten Haare. Was für ein Spiel trieb diese hinterhältige Hexe?

Ich erreichte den Brunnen mit dem Fischbassin. Auch hier ein Bild der Zerstörung. Die Karpfen trieben zerfetzt an der Oberfläche des von ihrem Blut rot gefärbten Wassers. Die Mörderin hatte sie niedermetzeln wollen, schoss mir durch den Kopf. Die Mörderin und Blutschänderin. Warum tat Rafaela das alles, fragte ich mich. Einen Moment lang glaubte ich wirklich daran, dass sie es gewesen sein könnte, die Eduards Kois massakriert hatte, aber dann besann ich mich eines Besseren. Die armen Tiere waren dem Eishagel der letzten Nacht ausgesetzt gewesen. Das Wasser war nicht tief genug, sie hatten den grausamen Geschossen, die der Himmel auf sie herabgeschickt hatte, nicht ausweichen können, hatten keinen Raum zum Abtauchen gehabt, keinen sicheren Ort. Meine Freunde mussten einen verzweifelten Kampf um ihr Überleben geführt haben.

Ein inneres Zittern durchlief mich. Die Hand mit dem verkrüppelten Finger schmerzte. In dieser Nacht war etwas in mir zerbrochen, etwas war unwiederbringlich zu Ende gegangen.

***

Die Luft war klar und frisch nach den heftigen Unwettern der vergangenen Nacht. Mayfeld war früher aufgestanden, um noch vor Dienstbeginn nach seinem Weinberg zu sehen. Derart ausgiebigen und heftigen Hagelschlag wie in dieser Nacht hatte er in einem Rheingauer Sommer schon lange nicht mehr erlebt. Er hatte am Vorabend seinen Volvo unter dem riesigen Kastanienbaum vor der alten Villa geparkt. Zum Glück. Der Sturm hatte zwar einige Zweige abgerissen und auf das Dach seines Wagens geschleudert, doch das hatte nur ein paar unbedeutende Kratzer auf dem Lack verursacht. Die Autos der Nachbarn standen weiter weg von der schützenden Kastanie und die eisige Hagelattacke dieser Nacht hatte auf ihren Dächern eine Vielzahl von Beulen hinterlassen.

»Dabei wäre es bei meiner alten Kiste noch am wenigsten aufgefallen«, brummte Mayfeld in seinen Dreitagebart, als er den Volvo bestieg.

Er fuhr voller Besorgnis an der Rauenthaler Domäne vorbei zum Rothenberg. Am Wegesrand sah er die Zeichen der Verwüstung. Aber als er den Bergrücken erreicht und die Rauenthaler Madonna passiert hatte, verschwanden die Spuren des nächtlichen Hagelschlages abrupt. Mayfeld fuhr bis zu seinem Wingert. Dort atmete er auf. Das Unwetter hatte den Weinberg verschont. »Danke«, sagte er, als er auf dem Rückweg wieder an der Madonna vorbeikam.

Eine halbe Stunde später versammelten sich seine Kollegen im Besprechungsraum des K 11. Heute war auch Oskar Brandt dabei.

Winkler berichtete von dem Gespräch mit Clara Flieder, von den Kontobewegungen, die sie beobachtet hatte, und ihren Entdeckungen im Gartenhaus.

»Wir brauchen die Aufzeichnungen der Videokamera an dem Bankautomat«, meinte Mayfeld. »Vielleicht können wir erkennen, wer das Geld abgehoben hat. Klemmst du dich dahinter, Paul? Ich will die Videos spätestens morgen früh auf meinem PC haben.«

»Wenn es sein muss«, antwortete Burkhard.

»Wir sollten uns im Tempelchen umschauen, Horst.«

Adler stöhnte auf. »Du weißt, wie begeistert wir beim Erkennungsdienst sind, wenn wir uns ohne genauen Suchauftrag nur mal umschauen sollen. Stochern im Nebel ist eine gezielte Aktion im Vergleich dazu.«

Mayfeld wurde ärgerlich. »Es wäre trotzdem nützlich. Vielleicht würdest du Blutspuren finden. Wir haben noch keine Ahnung, wo

Phillip Flieder etwas zugestoßen ist. Vielleicht finden wir was in dem verschlossenen Raum im Gartenhaus. Es ist tatsächlich ein bisschen wie Stochern im Nebel. Aber was bleibt uns anderes übrig?«

Brandt schaltete sich ein. »Wie soll das bei der Indizienlage gehen, Robert? Wir wissen noch nicht einmal mit Sicherheit, dass das Verschwinden von Flieder auf ein Verbrechen zurückzuführen ist. Wir kriegen nie einen richterlichen Beschluss, bloß damit wir im Nebel stochern können.«

Damit hatte Brandt leider recht. Mayfeld hatte das Gefühl, dass ihm die Zeit davonlief. Clara Flieder hatte davon gesprochen, dass etwas Merkwürdiges im Gange sei. Diesen Eindruck hatte er auch. Am liebsten würde er schnell und unkonventionell handeln. Das ganze Anwesen der Villa Gruber auf den Kopf stellen. Aber er musste sich an Gesetze und Verfahrensregeln halten. Das war natürlich richtig so, sagte ihm sein Verstand. Aber sein Herz sagte etwas anderes.

»Ich rede noch mal mit Clara Flieder. Vielleicht gestattet sie uns ja doch, dass wir uns dort umschauen. Was gibt es sonst noch?«

»Udo Weinel hat am Abend des 19. Juli mit Mike Wallner telefoniert.« Meyer schob sich eine grüne Paprikaschote in den Mund. Vor ihm lagen weitere aufgeschnittene Schoten, drei grüne, vier gelbe und vier rote Hälften. »Er könnte also seinem Kumpel mitgeteilt haben, was er über Patrick und Sabrina in Erfahrung gebracht hat.« Er schob eine gelbe Paprikaschote nach.

»Und Wallner hat einen Rachefeldzug für seine tote Schwester gestartet«, sagte Winkler.

»Pure Spekulation«, wandte Burkhard ein.

»Eine Arbeitshypothese halt«, entgegnete Winkler.

»Wir laden Weinel und Wallner vor«, entschied Mayfeld. »Das macht Paul.«

»Ich hab ein bisschen Druck gemacht und vor einer Stunde ein vorläufiges Ergebnis der Untersuchung der Handschuhe bekommen, die Heike aus dem Müll der Wallners herausgezogen hat«, berichtete Adler. »Wir haben an einem Handschuh, neben anderen Spuren, die möglicherweise von Wallner oder Boden stammen, DNA von Teufel gefunden. Der definitive Nachweis dauert zwar noch eine Weile, aber das Ergebnis ist jetzt schon neunundneunzigprozentig.«

Burkhard pfiff durch die Zähne. »Dann ist Wallner doch unser Mann. Oder Boden.«

»Auf jeden Fall, was den Überfall auf Teufel betrifft«, bemerkte Mayfeld. Er konnte sich den schwerfälligen Winzer oder den schüchternen Gymnasiasten immer noch nicht als Mörder vorstellen.

»Im Mordfall Schönhell weisen die Indizien auf jemanden anderen«, fuhr Adler fort. »Wir haben die Hautspuren unter Schönhells Fingernägeln analysiert und verglichen. War ein bisschen schwierig und hat eine Weile gedauert, weil es nur ganz wenig Material war, aber es stammt eindeutig von Johannes Flieder. Von dem stammen auch die Blutspuren in der Bibliothek, so weit sie nicht von Schönhell sind.«

Burkhard wollte zu einer Äußerung ansetzen, wurde von Mayfeld jedoch unsanft gestoppt. »Spar dir deinen Kommentar, Paul. Es ist schön, wenn intelligente Ermittlungsarbeit zu Ergebnissen führt«, fügte er zu Adler gewandt hinzu. »Hartmut, du holst dir Unterstützung von der Eltviller Polizei und bringst Johannes Flieder ins Präsidium. Vorher schaust du bei Jennifer Graf vorbei und überprüfst das Alibi von Flieder für den Überfall auf Teufel.«

Meyer verschluckte sich fast an einer roten Paprikaschote. Es war sein erster Außeneinsatz während der beruflichen Wiedereingliederung.

»Ich hab noch was«, sagte er, blätterte in seinen Unterlagen und zog einen Zettel hervor. »Das Autohaus Poch hat angerufen. Sie haben einen Bußgeldbescheid wegen zu schnellen Fahrens für den Wagen bekommen, den sie Phillip Flieder ausgeliehen hatten. Ich hab mir das Foto von der Radarfalle kommen lassen. Es zeigt Flieder, wie er am Montag, den 14. Juli um acht Uhr vierzig mit achtzig Sachen über die Schiersteiner Brücke braust.«

»Sehr gut«, kommentierte Mayfeld. »Dann wissen wir jetzt, dass Phillip Flieder am Montagmorgen tatsächlich auf dem Weg zu seinem Kunden im Rheinhessischen war.«

»Das hat doch schon der Oppenheimer Winzer bestätigt«, bemerkte Burkhard.

»Und jetzt haben wir außerdem eine objektive Bestätigung«, erwiderte Mayfeld.

»Wir wussten das auch schon von den Daten des Navigationssystems«, legte Burkhard nach.

»Die haben nur bewiesen, dass der Wagen dorthin gefahren wurde, nicht, wer am Steuer saß«, korrigierte ihn Mayfeld. »Kann ich das Foto haben?«

Meyer reichte ihm den Abzug über den Tisch. Mayfeld warf einen kurzen Blick darauf. Es zeigte Flieder mit Hut am Steuer eines silberfarbenen Porsche Cayenne.

»Gibt es neue Erkenntnisse über das Handy, das ihr im Teich von Schloss Vollrads gefunden habt?«, fragte Mayfeld Adler.

»Ja, Erfreuliches. Die Daten der SIM-Karte lassen sich rekonstruieren. Mit Ergebnissen rechne ich im Verlauf des Tages. Man kann davon ausgehen, dass das Telefon Johannes Flieder gehört hat. Den Provider haben wir auch schon.«

»Dann besorge bitte so schnell als möglich die Verbindungsdaten. Falls das mit der Datenrekonstruktion doch nicht klappen sollte. Oskar, machst du das mit der richterlichen Anordnung klar?«

Brandt nickte.

»Gibt es sonst noch was?«, fragte Mayfeld in die Runde.

»Ich bin gestern Abend noch nach Hofheim gefahren«, berichtete Winkler. »Der Kellner des Waldschlösschens hat Phillip Flieder am 14. Juli und den folgenden Tagen nicht gesehen. Der Nachtportier ist auch wieder an seinem Arbeitsplatz. Ich habe ihm ein Foto von Manuela Vorholz gezeigt. Das hab ich mir vom Einwohnermeldeamt geborgt. Er hat sie erkannt. Manuela Vorholz ist die Frau, mit der sich Flieder dort des Öfteren getroffen hat.«

»Wie kamst du denn auf die?«, fragte Mayfeld verblüfft.

»Weibliche Intuition«, antwortete Winkler und lachte spitzbübisch. »Ich fand, mausi@gmx.de passt gut zu ihr. Du weißt schon: ›Womit kann ich dienen, ich tue es gerne‹ und so weiter.«

»Wir beide werden sie noch mal vernehmen. Es ist Bewegung in unsere Ermittlungen gekommen«, schloss Mayfeld die Besprechung. »An die Arbeit!«

Winkler und Mayfeld gingen an dem elfenbeinfarbenen Schild mit dem goldenen Aufdruck vorbei, das die Büroräume der Unternehmensberatung Flieder, Korte und Meyfardt ankündigte, schritten über den weißen Marmor des Empfangsbereichs und gelangten zum Schreibtisch von Manuela Vorholz. Die Assistentin des Vorstands trug heute einen kurzen schwarzen Lederrock und einen roten Blazer über der tief dekolletierten rosa Seidenbluse.

»Womit kann ich dienen?«, fragte sie mit ihrer unendlich samtenen Stimme, als sich die beiden Kommissare auf den Stühlen vor ihrem Arbeitsplatz niederließen.

Mayfeld kramte einen Zettel aus seinem Jackett und las vor. »›Mein Meister! Ich kann leider nicht kommen. Es tut mir so leid. Mein Mann kommt überraschenderweise früher nach Hause. Ich erwarte deine Bestrafung. Untertänig, Mausi.‹ ›Meister, ich bin bereit für meine Unartigkeit zu büßen!‹ ›Meister, was habe ich falsch gemacht, dass du mich verlässt? Meister, bitte melde dich!‹ Kommt Ihnen das irgendwie bekannt vor?«

Mausi lächelte allerliebst. »Sollte es das?« Ihre Stirn kräuselte sich über den gezupften Augenbrauen.

»Es sollte«, erwiderte Mayfeld.

»Ich war gestern im Waldschlösschen«, ergänzte Winkler. »Der Portier hat Sie erkannt. Sie sind die Frau, mit der sich Phillip Flieder dort getroffen hat.«

Vorholz neigte ihren Kopf zur Seite, öffnete die Lippen. Sie schaute mit einem demütigen Augenaufschlag zu Mayfeld auf. »Dann wissen Sie ja bereits alles«, sagte sie in einem zickigen Tonfall, der ihre untertänige Mimik Lügen strafte.

»Versuchen Sie es doch einfach mal mit der Wahrheit«, fuhr Mayfeld sie an. »Erzählen Sie uns über Ihr Verhältnis mit Flieder und lassen Sie möglichst nichts aus.« Hoffentlich nahm Mausi die Aufforderung nicht allzu wörtlich. »Wie lange sind Sie schon mit Ihrem Chef zusammen?«

Vorholz schlug die Augen nieder, dachte eine Weile nach. Dann schien sie sich entschieden zu haben. »Sie haben recht«, sagte sie in bravem Ton. »Ich werde tun, was Sie von mir verlangen.« Nach einer kleinen Pause fuhr sie fort: »Ich arbeite seit fünf Jahren bei FKM. Als ich hier anfing, hatte ich für kurze Zeit eine Affäre mit Phillip.«

»War das für Ihre Einstellung hilfreich?«, fragte Winkler.

Für einen kurzen Moment blitzten in Vorholz' Augen Trotz und Ärger auf, dann nahm sie wieder ihre Demutshaltung ein. »Dafür und für die finanzielle Eingruppierung meiner Tätigkeit. Es ging nur wenige Wochen. Danach hatten wir eine ganz normale Arbeitsbeziehung.«

»Gehörte es zu Ihren Aufgaben die privaten Arrangements von Phillip Flieder in Hotels wie dem Waldschlösschen zu organisieren?«, wollte Winkler wissen.

»Selbstverständlich. Ich bin seine persönliche Assistentin. Aber früher kam das nicht so oft vor.«

»Geht es etwas konkreter?«, hakte Mayfeld nach.

»Aber sicher, wie Sie wünschen. Etwa alle zwei Monate habe ich für ihn so ein Arrangement getroffen. Seit einem oder eineinhalb Jahren wurden diese Arrangements häufiger. Und vor einem Jahr sind wir beide dann wieder zusammengekommen.«

»Kennen Sie andere Frauen, mit denen Ihr Chef etwas hatte?«, fragte Mayfeld.

Sie schüttelte den Kopf.

»Was geschah am Montag, dem 14. Juli?«

»Wir wollten uns abends im Waldschlösschen treffen. Mein Mann ist Pilot bei der Lufthansa und sollte eigentlich einen Langstreckenflug nach Schanghai fliegen. Aus irgendeinem Grund wurde sein Dienstplan geändert. Kurz bevor ich nach Hofheim aufbrechen wollte, schickte er mir eine SMS, dass er gleich zu Hause sein würde. Also habe ich versucht, Phillip anzurufen, er hatte jedoch sein Blackberry ausgeschaltet. Ich habe ihm eine E-Mail geschickt, dass ich nicht kommen kann. Die haben Sie gerade vorgelesen.«

»Schreiben Sie immer in dem Stil?«, fragte Winkler.

Vorholz musterte sie fast mitleidig. »Das ist doch nur ein Spiel. Ein Spaß, eine Inszenierung. Haben Sie damit ein Problem?«

»Wie ging die Geschichte weiter? Bleiben wir bei den Fakten.« Mayfeld wollte mit dieser Frau keine Diskussion über sexuelle Vorlieben führen.

»Er hat mir eine Mail geschickt, die sehr verärgert klang. Er wollte meine Absage nicht akzeptieren, aber was sollte ich tun? Er meinte, ich solle mir eine Ausrede einfallen lassen, aber meine Ehe wollte ich nicht gefährden. In derselben Nacht hat er dann noch eine sehr förmliche Nachricht an das Büro geschickt, dass er seine Pläne geändert habe und die nächsten zwei Wochen nicht erreichbar sei. Die habe ich am nächsten Morgen gelesen. Aber das wissen Sie ja schon.«

»Ist Ihnen zu der Nachricht noch etwas eingefallen?«

»Nein. Es war eine geschäftsmäßige Mitteilung, wie er sie mir oft geschickt hat. Was soll daran Besonderes sein? Ich habe mich über den Inhalt der Nachricht gewundert. Dass er den Termin in Italien sausen ließ, das passte nicht zu ihm. Er ist normalerweise in geschäftlichen Dingen sehr penibel, aber sonst?« Sie dachte eine Weile nach. »Ich fand es allerdings merkwürdig, dass er für diese Nachricht seinen privaten E-Mail-Account benutzt hat, statt des geschäftlichen.«

Das war es gewesen, was Mayfeld schon am Dienstag in Flieders Büro irritiert hatte, aber er hatte den Grund dafür nicht benennen können. Der bizarre Ton der E-Mails, die meister@gmx.de versandte, war ein völlig anderer als der geschäftsmäßige Duktus von flieder@fkm.com. Bloß in dieser einen Mail wurde davon abgewichen, wandte sich meister@gmx.de in einer geschäftlichen Sache an office@fkm.com.

»Wie ging die Geschichte zwischen Ihnen beiden weiter?«, fragte Mayfeld.

»Ich hab ihm noch ein paar Mails geschrieben, in denen ich ihn bat, sich zu melden, aber er hat das bis heute nicht getan. Erst dachte ich, das gehört zum Spiel, das er sich ausgedacht hat, aber mittlerweile habe ich da meine Zweifel.«

»Und warum haben Sie uns das alles nicht schon am Montag gesagt?«, fragte Winkler.

Vorholz blickte schuldbewusst zu Boden. »Es war mir peinlich«, behauptete sie. »Ich habe mich geschämt, und ich wollte nicht, dass mein Mann davon erfährt. Außerdem wollte ich Phillip schützen. Ich habe zwar nicht den Eindruck, dass er sich viel darum schert, was seine Frau von ihm denkt. Die Ehe ist ziemlich auf den Hund gekommen. Aber möglicherweise wollte er doch nicht, dass Frau Flieder von seinen Affären erfährt.«

Diese Erklärung klang halbwegs plausibel. »Kam ihr Mann denn wie angekündigt an besagtem Montag nach Hause?«, fragte Mayfeld.

Sie nickte. »Er war um halb sieben zu Hause und blieb bis Mittwochnachmittag.«

»Danach werden wir ihn fragen müssen.«

Die Augen von Manuela Vorholz weiteten sich vor Schreck. »Das dürfen Sie nicht tun«, bat sie flehentlich. »Er hat doch keine Ahnung von Phillip und mir. Er würde mir das nicht verzeihen.«

Das hätten Sie sich vorher überlegen sollen, wollte Mayfeld schon antworten. »Ist er zur Zeit denn in Deutschland erreichbar?«, fragte er stattdessen.

Manuela Vorholz schüttelte den Kopf. »Er ist schon die ganze Woche im Ausland unterwegs. Er kommt am Sonntag zurück.«

»Das Verhältnis mit Ihrem Chef muss vielleicht gar nicht erwähnt werden«, beschwichtigte er die verängstigte Assistentin.

»Waren Sie mal bei Phillip Flieder zu Hause?«, fragte Winkler.

Manuela Vorholz schüttelte den Kopf. »Aber nein, wo denken Sie hin? Dafür gab es doch gar keinen Anlass.«

»Sie haben sich also immer im Waldschlösschen mit ihm getroffen?«, fragte Winkler weiter.

»Nicht nur dort, aber bestimmt nicht in Walluf. Da leben doch seine Frau, sein Sohn und sein Schwager. Wie sollte das denn gehen?«

Es ging schon, dachte Mayfeld, aber offensichtlich nicht mit Manuela Vorholz. Wenn sie denn die Wahrheit sagte. Aber auch wenn sie im Moment den Eindruck erweckte, ehrlich und kooperativ zu sein, wollte sich Mayfeld darauf lieber nicht verlassen. Mayfeld fragte sich, ob in dieser Ermittlung überhaupt irgendjemand die Wahrheit sagte.

Sie verabschiedeten sich.

Im Präsidium wartete bereits Udo Weinel auf sie. Er saß im Flur des K11 und begrüßte ihn mit einem Armer-Sünder-Blick. Mayfeld bat ihn in sein Zimmer und bot ihm Platz auf dem Besucherstuhl vor dem Schreibtisch an. Weinel starrte auf den Boden, als ob es dort etwas Besonderes zu entdecken gäbe.

»Sie haben am 19. Juli abends mit Mike Wallner telefoniert. Worum ging es da?«

»Kann ich mich nicht mehr erinnern.« Weinel schaute kurz hoch, bevor er den Blick wieder senkte. Seine Stimme klang trotzig und passte nicht zu seiner demütigen Haltung.

»Sie haben zuvor mit Richi Teufel und Patrick Schönhell gestritten«, fuhr Mayfeld den jungen Mann an. »Sagen Sie jetzt bloß nicht, Sie hätten vergessen, worum es dabei ging! Zu Ihrer Erinnerung: Der eine wurde kurze Zeit danach ermordet, der andere später schwer verletzt. Wenn Sie die beiden Verbrechen begangen haben, sollten Sie mit der Polizei kooperieren, weil sich das positiv auf das Strafmaß auswirken wird. Wenn Sie die beiden Verbrechen nicht begangen haben, sollten sie erst recht kooperieren. Vielleicht wurden Sie ja nur ausgenutzt. Wenn Sie nicht kooperieren, sorge ich dafür, dass Sie mindestens wegen Beihilfe zum Mord und zu schwerer Körperverletzung angeklagt werden. Wollen Sie das Abitur machen? Wollen Sie anschließend studieren? Das können Sie dann alles vergessen. Wenn Sie kooperieren und kein schweres Verbrechen begangen haben, helfe ich Ihnen, dass Sie unbeschadet aus der Sache herauskommen. Habe ich mich klar und verständlich ausgedrückt?«

»Sie haben sich klar und verständlich ausgedrückt.«

»Worum ging es bei dem Streit zwischen Ihnen, Teufel und Schönhell? Und keine Ausweichmanöver mehr!«

Udo Weinel standen die Schweißperlen auf der Stirn, seine strohblonden Haare waren verschwitzt. Fast tat er Mayfeld leid, aber mit den andauernden Lügen aller Beteiligten musste es ein Ende haben.

»Ich erzähle Ihnen jetzt die Wahrheit«, begann Weinel kleinlaut. »Es stimmt, ich habe mich mit den beiden gestritten. Anfang Juni ist Sabrina Wallner in Mainz auf einer Fete ertrunken. Ich kenne ihren Bruder ganz gut. Der ist logischerweise völlig fertig. Niemand wusste, mit wem sie auf der Party in Mainz gewesen war, die Mainzer Polizei hat der Mutter von Sabrina nur gesagt, dass sie mit Drogen vollgepumpt war und kurz vor ihrem Tod noch Geschlechtsverkehr mit zwei Männern gehabt hat. Sehr einfühlsam, finden Sie nicht? Ich hab dann zufällig mitbekommen, wie zwischen Patrick und Richi der Name Sabrina gefallen ist und habe nachgefragt, ob sie Sabrina Wallner kennen. Patrick hat sich wie ein richtiger Drecksack benommen. Natürlich kenne ich die, hat er gesagt, mit der war ich in Mainz, ein günstiger Fick. Traurig, dass sie in den Pool gefallen ist, Richi hat es wohl ein bisschen zu gut mir ihr gemeint. Aber wenigstens hatte sie mit uns eine paar schöne letzte Stunden, hat er gesagt. Anschließend hat er damit angegeben, mit wem er in der Nacht sonst noch gepoppt hat. Einfach widerlich.«

»Hat sonst noch jemand das Gespräch mitbekommen?«

»Johannes. Er war auch ziemlich angewidert. Er meinte, Patrick hätte nicht zulassen dürfen, dass sich das Mädchen so volldröhnt, wenn sie sich mit dem Zeug nicht auskennt. Er hatte auch schon von der Sache gehört.«

»Von Marcel Boden?«

Weinel nickte.

»Wie ging die Geschichte weiter?«

»Gar nicht.«

Mayfeld wurde ungehalten. »Fangen Sie bitte nicht wieder mit dem Lügen an!«

»Ich meine, das Gespräch ging nicht weiter. Richi wurde abgeholt, und mit Patrick hatte ich an dem Abend nicht mehr so viel zu tun.«

»Sie haben an dem Abend noch mit Mike Wallner telefoniert.«

Weinels Gesicht lief rot an. »Der hat mit Patricks Tod nichts zu tun, ganz bestimmt nicht!«

»Das war nicht meine Frage.«

»Gut, ich habe mit ihm telefoniert, ich habe ihm gesagt, ich wüsste jetzt, wer mit Sabrina in Mainz war, wer ihr den Stoff besorgt und wer es vor ihrem Tod mit ihr getrieben hat. Er war völlig fertig. Aber mit dem Tod Patricks hat er nichts zu tun.«

»Was macht Sie da so sicher?«

»Als ich ihn angerufen habe, war er schon ziemlich angetrunken. Der hat an dem Abend bestimmt nichts mehr auf die Reihe gekriegt außer die Angel in den Rhein zu halten. Außerdem hab ich geschwindelt. Ich hab ihm gesagt, dass Patrick nicht mehr bei uns auf der Fete ist.«

»So ganz sicher waren Sie nicht, was er vielleicht doch noch auf die Reihe kriegen könnte.«

»Ja, genau.«

»Wenn Sie mich mit dieser Geschichte angelogen haben, bekomme ich das raus. Dann krieg ich Sie dran«, versetzte Mayfeld schroff.

»Es ist die Wahrheit. Bitte glauben Sie mir!«

»Das habe ich in der Vergangenheit viel zu oft getan.« Mayfeld schickte Weinel nach Hause.

Mayfeld blickte aus dem Fenster seines Dienstzimmers über die Gartenkolonie »Unter den Nussbäumen«. Ein kräftiger Wind blies vereinzelte Wolken über den blauen Himmel. Es war Bewegung in die Ermittlungen gekommen. Auch wenn es noch eine Weile dauern sollte, bis sich Ergebnisse zeigten, so spürte Mayfeld doch, dass sie sich der Lösung des Falles, oder der Fälle, näherten.

Burkhard betrat Mayfelds Dienstzimmer.

»Klopf ruhig an, bevor du hereinkommst.«

Burkhard schnaubte verächtlich. »Wallner und Boden sind verschwunden. Wallners Mutter meint, die beiden seien mit dem Boot los und würden heute bestimmt nicht mehr nach Hause kommen. Normalerweise würden sie in der großen Schütt angeln und die Nacht über im Stillwasser der Mariannenaue ankern. Ich glaube, die Alte lügt, die will bloß einen Vorsprung für ihre Jungs herausschlagen. Wir sollten die beiden zur Fahndung ausschreiben und die Wasserschutzpolizei benachrichtigen.«

»Vielleicht sollten wir auch Hubschrauber und eine Hundestaffel einsetzen«, ergänzte Mayfeld und lachte. »Man kann es auch übertreiben, Paul. Die beiden sind der Körperverletzung verdächtig, nicht mehrfachen Mordes. Die gehen uns nicht durch die Lappen. Vermutlich sind sie wirklich in der Nähe der Mariannenaue. Man fängt dort ganz vorzüglich Hechte und Zander. Ich werde eine richterliche Anordnung beantragen, dass wir die beiden offiziell einem DNA-Test unterziehen dürfen. Vermutlich wird man anschließend einem der beiden den Anschlag auf Richi Teufel nachweisen können. Ruf bei beiden zu Hause an. Sie sollen sich bei uns melden, wenn sie zurück sind.«

Burkhard stürmte aus dem Zimmer und schlug die Tür hinter sich zu.

Mayfeld telefonierte mit Brandt und unterrichtete ihn von der neuesten Entwicklung der Ermittlungen.

Kurze Zeit später klopfte es an Mayfelds Tür und Meyer streckte seinen Kopf durch den Türspalt. »Ich war bei Jenny Graf. Sie hat Johannes Flieders Alibi für den Überfall auf Teufel bestätigt. Den jungen Herrn habe ich mitgebracht. Er wartet draußen.«

»Soll reinkommen«, ordnete Mayfeld an.

Meyer brachte Johannes Flieder in Mayfelds Zimmer.

»Ruf bitte Heike«, bat Mayfeld.

Johannes Flieder war bleich und unrasiert, sein Blick flackerte unstet.

Als Winkler das Zimmer betrat, schaltete Mayfeld das Aufnahmegerät, das zwischen ihm und Flieder auf dem Schreibtisch stand, ein.

»Vernehmung von Johannes Flieder am ersten August, dreizehn Uhr«, begann er zu diktieren. »Anwesend der Verdächtige selbst sowie Erster Hauptkommissar Robert Mayfeld und Oberkommissarin Heike Winkler vom Polizeipräsidium Westhessen. Zunächst wird der Verdächtige über seine Rechte aufgeklärt.« Das tat Mayfeld dann auch. Einen Rechtsanwalt wollte Johannes Flieder nicht zum Verhör hinzuziehen.

»Wir haben Hautfetzen von Ihnen unter den Fingernägeln von Patrick Schönhell gefunden und Blutspuren von Ihnen und Patrick auf dem Fußboden der Schlossbibliothek. Wie erklären Sie das?«, begann Mayfeld seine Fragen.

Flieder schwieg eine ganze Weile, während er seine filigranen Finger verknotete. »Wir haben gestritten«, gab er dann zu.

»Es kam zu einer körperlichen Auseinandersetzung?«, hakte Mayfeld nach.

»Er hat nach mir geschlagen und mich dabei gekratzt.«

»Nachdem Sie ihn angegriffen hatten?«

»Nein, er hat angefangen. Das heißt, so genau weiß ich das alles nicht mehr.« Johannes lächelte schief und fuhr sich über die Narbe an der Stirn.

»Sie haben ihn verletzt?«

»Ich erinnere mich vage, dass er aus der Nase geblutet hat.«

»Wo fand der Streit statt?«

»In der Bibliothek des Schlossturms.«

»Wann war das?«

»Keine Ahnung. Irgendwann in der Nacht. Es war vielleicht eins oder zwei.«

»Wissen Sie noch, worum es bei dem Streit ging?«

Johannes schwieg wieder eine Weile und blickte unter sich. Die langen dunklen Haare bedeckten sein Gesicht. »Ich habe viel getrunken an diesem Abend, meine Erinnerung ist ziemlich lückenhaft«, antwortete er schließlich.

»Ging es um den Tod von Sabrina Wallner?«

»Ich glaube nicht«, antwortete Flieder müde. »Ich glaube, dass wir uns über Jenny gestritten haben.«

»Sie waren eifersüchtig?«, hakte Mayfeld nach.

Johannes nickte.

»Es kam also zum Streit, in dessen Verlauf Patrick Schönhell Sie am Kopf verletzt hat. Was passierte anschließend?«

Flieder schwieg erneut eine ganze Weile.

»Melanie kam dazu.«

»Melanie Dinkel?«

»Ja. Wir haben sie weggeschickt. Das war ein Streit unter Männern.«

»Der wie weiterging?«

Flieder sah ihn verzweifelt an. »Ich bin völlig fertig. Ich habe keine Ahnung, was in der Nacht passiert ist. Bloß unklare Bilder, wie hinter einer Nebelwand.«

»Erzählen Sie von den Bildern!«, forderte ihn Mayfeld auf. Er durfte jetzt nicht locker lassen, der Junge war mürbe.

Johannes Flieder saß geraume Zeit versunken da. Irgendetwas arbeitete in ihm, man konnte seine Zähne knirschen hören. Dann schien er eine Entscheidung getroffen zu haben. »Waren Sie mal in der Schlossbibliothek?«, fragte er mit zittriger Stimme.

»Natürlich.«

»Da hängen Schwerter und sonstige Waffen über dem Kamin. Ich hab nach einem Schwert gegriffen und bin auf Schönhell los.

Er ist zurückgewichen, aus dem Fenster gefallen und nach unten gestürzt.«

Mayfeld war perplex. Mit einer so schnellen Lösung des Falls hatte er nicht gerechnet. »Sie geben also zu, dass Sie Patrick Schönhell getötet haben?«

»Ich wollte das nicht«, stammelte Flieder. »Er ist aus dem Fenster gefallen.« Flieder wollte es wie einen Unfall aussehen lassen. Diese Wendung der Geschichte gefiel Mayfeld ganz und gar nicht.

»Von welchem Fenster sprechen Sie?«, hakte er sofort nach.

»Ich verstehe Ihre Frage nicht. Warum lassen sie mich denn jetzt nicht in Ruhe? Ich habe doch gestanden.« Johannes lehnte sich auf seinem Stuhl zurück und schaute Mayfeld mit gequältem Blick an.

»Es gibt mehrere Fenster in dem Turm.«

»Ich glaube, es war ein Erkerfenster.«

»Aber Sie sind sich nicht sicher?«

»Ich war betrunken.«

»Was ist weiter passiert?«

Johannes stieß einen müden Seufzer aus. »Ich bin zum Fenster und habe nach unten geschaut. Patricks Leiche war schon untergegangen. Dann habe ich für kurze Zeit die Besinnung verloren.«

»Was geschah dann?«

»Keine Ahnung. Meine Erinnerung bricht hier ab. Ich bin am nächsten Morgen mit einer Beule am Kopf im Bett neben Jennifer Graf aufgewacht.«

Mayfeld schaute zu Winkler. Die schien ebenso überrascht wie er selbst. Alles schien plötzlich ganz schnell zu gehen, nach Tagen des Lügens und Leugnens legte einer der Verdächtigen plötzlich einfach ein Geständnis ab. Einige seiner Aussagen waren zwar mit Sicherheit falsch, aber Johannes Flieder war zum Tatzeitpunkt betrunken gewesen, und seine Erinnerung war ungenau und lückenhaft. Er konnte trotz der Ungereimtheiten in seiner Aussage der Täter sein.

»Sie sind vorläufig festgenommen wegen des Verdachts, Patrick Schönhell getötet zu haben«, sagte er zu Flieder. »Wollen Sie nicht doch einen Anwalt anrufen?«

»Kann ich mit meiner Mutter telefonieren? Mit Anwälten kenn ich mich nicht aus.«

Mayfeld gestattete es. Johannes erzählte seiner Mutter, dass er gerade den Mord an Patrick Schönhell gestanden hatte und schilderte einige Details. Er stotterte und stammelte dabei. Clara Flieder schien außer sich zu sein. Mayfeld hörte sie schimpfen, obwohl er sich in einiger Entfernung zum Telefonhörer befand. Dann legte Johannes Flieder abrupt auf.

Mayfeld griff zum Telefonhörer und rief zwei uniformierte Kollegen, die Johannes Flieder abführten. Anschließend versuchte er, Dr. Enders vom Rechtsmedizinischen Institut in Frankfurt zu erreichen.

Horst Adler strahlte wie ein Honigkuchenpferd, als er die graue Aktenmappe auf Mayfelds Schreibtisch warf und sich in den Besuchersessel fläzte.

»Unmögliches erledigen wir sofort, Wunder dauern etwas länger. Wir haben den Speicher der SIM-Karte des Handys aus dem Schlossteich gerettet. Kannst du alles in der Mappe nachlesen. Soll ich dir erklären, wie wir es gemacht haben, Robert?«

Mayfeld lehnte dankend ab. »Erst mal interessieren mich die Ergebnisse. Die technischen Details würde ich sowieso nicht verstehen.«

Adler schien betrübt, fügte sich aber. »Das Handy gehört, wie wir vermutet haben, tatsächlich Johannes Flieder. Es stellte am 20. Juli um ein Uhr neunundfünfzig seine Funktion ein. Vermutlich fiel es zu diesem Zeitpunkt ins Wasser. In den Stunden davor wurde mit zwei Telefonanschlüssen telefoniert, einem im Festnetz und einem mobilen. Jetzt rate, wem die gehören!«

»Ich brauche nicht zu raten, ich habe ja dich.«

Horst Adler grinste. »Du Glücklicher. Die Anschlüsse gehören beide Clara Flieder.«

»Johannes hat mit seiner Mutter telefoniert?« Mayfeld merkte sofort, dass diese Schlussfolgerung etwas zu weit ging.

»Von Johannes' Telefon wurde mit den beiden Anschlüssen seiner Mutter telefoniert, wer das getan hat, wissen wir nicht«, korrigierte ihn Adler. »Es wurde immer nur in dieser Richtung telefoniert. Johannes' Handy wurde nie vom Festnetzanschluss oder dem Handy seiner Mutter angerufen.«

»Wann war der erste Anruf an diesem Tag?«

Adler blätterte in seinen Unterlagen und gab Mayfeld einen Ausdruck. »Ich habe dir eine Kopie der Verbindungsnachweise gemacht. Am 19. Juli wurde von Johannes Flieders Handy um dreiundzwanzig Uhr zehn mit dem Festnetzanschluss seiner Mutter telefoniert. Ein zweiter Anruf zu dieser Nummer erfolgte am 20. Juli um null Uhr vierzehn.«

Genau zu diesen Zeiten hatte die Telefonanlage der Flieders zwei Anrufe von Teilnehmern registriert, die ihre Rufnummer unterdrückt hatten, erinnerte sich Mayfeld.

»Der zweite Anschluss, mit dem telefoniert wurde, ist das Mobiltelefon Clara Flieders«, erläuterte Adler. »Es gab drei Anrufe, der letzte erfolgte von ein Uhr dreißig bis ein Uhr einundvierzig.«

»Clara Flieder behauptet, zu diesem Zeitpunkt fest geschlafen zu haben. Entweder hat sie uns angelogen, oder jemand anderes hat ihr Telefon benutzt.«

Johannes hatte behauptet, sein Handy sei im Verlauf des Samstags verschwunden. Warum hätte er seine Mutter mehrfach in der Nacht anrufen sollen? Warum sollte Clara Flieder das der Polizei verschweigen? Warum sollte sie einen Erpresser erfinden? Und wenn Clara Flieder etwas zu verschweigen hatte, warum hatte sie dann der Polizei überhaupt etwas von dem Anrufer erzählt? Eine andere Person musste ihr Telefon benutzt haben. Aber wer? Und wer hatte sie angerufen?

Und da war noch etwas, das Mayfeld Kopfzerbrechen bereitete. »Hast du Fotos vom Schlossturm, dem Teich und der Seebühne?«, fragte er Adler.

»Na klar.« Adler reichte ihm einige Abzüge aus der Akte über den Tisch. Der Erker befand sich an der Südseite des Turms. Auch an der Ostseite des Turms gab es auf jeder Etage Fenster. An der Südostecke des Turms wuchs ein großer Baum aus dem Wasser. Davor war die Seebühne installiert. Wenn Patrick Schönhell auf der Südseite des Turms in den Teich gestürzt war, wie war dann die Leiche auf die Ostseite des Turms gelangt? Das Geständnis von Johannes Flieder erschien Mayfeld immer fragwürdiger.

Es klopfte an der Tür, Winkler kam ins Zimmer. »Clara Flieder ist draußen. Sie will unbedingt mit dir sprechen.«

Clara Flieder wirkte blass und angegriffen. Sie schien sich kaum noch aufrecht halten zu können und sank erschöpft auf den Besucherstuhl vor Mayfelds Schreibtisch. Er bot ihr einen Espresso an, sie bat um einen doppelten, den sie in einem Zug austrank.

»Sie haben meinen Sohn verhaftet«, sagte sie in einem Ton, in dem sowohl Vorwurf als auch Verwunderung mitschwangen.

»Es blieb mir kaum etwas anderes übrig. Er hat zugegeben, Patrick Schönhell getötet zu haben.«

»Das ist völliger Unfug«, wies sie ihn zurecht. »Er könnte so etwas nie tun. Haben Sie denn keine Menschenkenntnis?«

Seine Berufserfahrung sagte Mayfeld, dass Menschen alles tun können, auch Dinge, die ihnen niemand zutrauen würde. Dass seine Mutter Johannes nicht für einen Mörder hielt, spielte überhaupt keine Rolle. Schwerer wog die Tatsache, dass er selbst nicht an die Geschichte glaubte, die ihm Johannes Flieder aufgetischt hatte.

»Wenn er es nicht getan hat, dann sollte er das gegenüber der Polizei auch nicht behaupten. Sie besorgen ihm am besten einen guten Anwalt. Es spricht einiges gegen ihn.«

Alle Farbe war aus Clara Flieders Gesicht gewichen. Die Frau, die auf Mayfeld noch vor ein paar Tagen trotz aller Sorgen um ihren Mann so lebendig gewirkt hatte, schien jetzt nur noch ein Schatten ihrer selbst zu sein, leer und ausgehöhlt. Am Leben gehalten lediglich durch die unbedingte Bereitschaft ihren Sohn zu verteidigen. Sie tat ihm leid.

»Was spricht denn gegen ihn?«, fragte sie fast tonlos.

»Ihr Sohn ist volljährig, streng genommen darf ich Ihnen über die Ermittlungen nichts sagen.«

»Ich muss also erst einen Anwalt besorgen, der mit Johannes spricht und Akteneinsicht nimmt, damit der mir dann erzählt, was er in Erfahrung gebracht hat.« Sie schüttelte verärgert den Kopf.

»Wir haben erstens genügend Spuren, die beweisen, dass es zwischen Patrick Schönhell und Ihrem Sohn einen Kampf gegeben hat. Er hatte zweitens ein Motiv.«

»Jennifer Graf!«

»Und er hat drittens zugegeben, dass er Schönhell aus dem Fenster der Bibliothek hinausgestoßen hat.«

Sie sah ihn entsetzt an. »Das stimmt nicht«, rief sie fast flehend.

»Wir haben sein Handy im Schlossteich gefunden. Er hat in dieser Nacht mehrfach mit Ihnen telefoniert.«

Clara Flieder starrte ihn entgeistert an.

»Mit Ihrem Festnetzanschluss und mit Ihrem Mobiltelefon.«

Sie schüttelte stumm den Kopf.

»Die Anrufdaten auf dem Handy stimmen mit den Daten Ihrer Telefonanlage überein, die wir am Dienstag überprüft haben. Zwei Anrufe von einem Teilnehmer, der seine Nummer unterdrückt hat.«

Sie schaute ihn völlig verständnislos an, wie abwesend.

»Das würde bedeuten, dass Ihr Sohn der Anrufer war, der behauptet hat, er wisse, wo Ihr Mann sei.«

»Wie bitte, was sagten Sie?« Clara Flieder schien wieder zu sich zu kommen.

Mayfeld wiederholte seine letzten Sätze. »Er hat anschließend mehrfach Ihr Mobiltelefon angerufen.«

»Das kann nicht sein«, widersprach sie, holte aber immerhin ihr Telefon aus der Handtasche und bat um die Zeiten, in denen das angeblich geschehen sein sollte. Mayfeld nannte sie ihr.

Wieder schien Clara Flieder eine Weile wie weggetreten. »Ich kann nicht glauben, was ich da höre«, sagte sie schließlich, tippte ein paar Befehle in ihr Handy und starrte voller Angst auf das Display. Sie zeigte Mayfeld das Mobiltelefon. »Ich kann auch nicht glauben, was ich da sehe.«

Zu den entsprechenden Zeiten waren auf der Liste der entgegengenommenen Anrufe jeweils Gespräche mit einem unbekannten Teilnehmer vermerkt.

»Was bedeutet das?«, fragte sie Mayfeld. Sie sank in sich zusammen, richtete ihren Blick in die Ferne, schien nachzudenken. Lange saß sie so da. Dann ging ein Ruck durch ihren Körper, sie richtete sich wieder auf.

»Ich habe Sie die ganze Zeit angelogen«, sagte sie. »Ich möchte ein Geständnis ablegen.«

Zum zweiten Mal an diesem Nachmittag traute Mayfeld seinen Ohren nicht. Er griff zum Telefonhörer, wählte Winklers Nummer und bat sie herüberzukommen. Dann holte er sein Tonbandgerät aus der Schreibtischschublade und machte es aufnahmebereit.

»Frau Flieder will ein Geständnis ablegen«, erklärte er Winkler, als die Kollegin im Zimmer erschien. Ihrem Gesichtsausdruck nach zu urteilen schien sie über diese Wendung ähnlich überrascht zu sein wie er.

»Vernehmung von Clara Flieder am ersten August 2008 durch den Ersten Hauptkommissar Robert Mayfeld und Oberkommissarin Heike Winkler«, sprach er ins Mikrofon, erklärte Clara Flieder ihre Rechte und machte sie darauf aufmerksam, dass sie einen Anwalt hinzuziehen könne. Clara Flieder lehnte das ab.

»Was wollen Sie gestehen, Frau Flieder?«

»Ich habe Patrick Schönhell getötet.«

»Wann, wo und wie haben Sie das getan?«

»Ich habe ihn aus einem Fenster des Turms von Schloss Vollrads gestoßen. Das war in der Nacht vom neunzehnten auf den 20. Juli.«

»Wann präzise?«, fragte Winkler.

»Das weiß ich nicht mehr genau. Es war auf jeden Fall nach eins, ich glaube, es war gegen zwei, vielleicht auch etwas später.«

»Warum haben Sie das getan?«

»Mein Sohn hat mich angerufen. Es ging ihm schlecht. Er hat gedroht sich umzubringen. Er hat dreimal angerufen, die Nachrichten wurden immer bedrohlicher.« Sie schaute auf ihr Handy und nannte die Zeiten, zu denen sie die Anrufe ihres Sohnes entgegengenommen haben wollte.

»Was haben Sie genau getan?«, fragte Mayfeld.

»Nach dem letzten Anruf bin ich in aller Eile nach Schloss Vollrads gefahren.«

»Von wo aus?«, hakte Mayfeld nach.

»Von zu Hause aus natürlich. Ich bin also zum Schloss gefahren. Ich wusste ja, wo mein Sohn sich aufhielt. Den Schlossturm kenne ich von einer früheren Führung, die Tür zum Turm stand offen. Ich bin in die Bibliothek hinaufgerannt und habe dort Patrick Schönhell und meinen Sohn angetroffen. Sie schienen sich geschlagen zu haben. ›Spring doch, du Feigling‹, schrie Patrick Schönhell meinen Sohn an und schubste ihn in Richtung Fenster. Ich bekam eine fürchterliche Angst um Johannes, gleichzeitig eine große Wut auf Schönhell, bin auf ihn zugerannt und habe ihn aus dem Fenster gestoßen.«

»Aus welchem Fenster haben Sie ihn gestoßen?«

Clara Flieder überlegte einen Moment. Dann schien es ihr einzufallen. »Aus dem Erkerfenster«, antwortete sie.

»Das war's?«, fragte Mayfeld.

»Reicht das denn nicht?«

»Was haben Sie anschließend gemacht?«

»Ich habe mit meinem Sohn geredet und bin wieder nach Hause gefahren.«

»Sie haben Ihren Sohn im Schloss gelassen?«, fragte Winkler ungläubig.

»Offensichtlich. Am nächsten Morgen war er doch noch da.«

»Obwohl er zuvor gedroht hatte sich umzubringen?«, insistierte Winkler.

»Er war von dem Vorfall so geschockt, dass er wieder zur Vernunft kam, zumindest war das mein Eindruck.« Clara Flieder machte eine Pause. »Außerdem habe ich befürchtet, dass sonst der Verdacht auf ihn gefallen wäre. Mich hatte niemand gesehen, aber dass er am Vortag Streit mit Patrick gehabt hatte, war seinen Freunden ja bekannt.«

Die Anspannung schien von Clara Flieder abzufallen. War sie froh, dass nun alles heraus war oder war sie glücklich darüber, dass sie eine halbwegs plausible Erklärung zumindest für den letzten Teil ihrer ganz und gar unplausiblen Geschichte gefunden hatte?

»Eine weitere Frage, Frau Flieder.« Mayfeld holte sich ein Weingummi aus seinem Jackett, bot Winkler und Flieder welche an. Clara Flieder lehnte ab, seine Kollegin griff sich gleich drei. »Wann genau sind Sie von Walluf aus nach Schloss Vollrads gefahren? Gleich nach Beendigung des letzten Telefonats oder erst später?«

»Ich bin sofort nach dem Telefonat gefahren. Ich habe mein Handy zugeklappt, mir die Autoschlüssel geschnappt und bin losgerast.«

»Können Sie uns erklären, wie das Handy Ihres Sohnes in den Vollradser Schlossteich gekommen ist?«

Clara Flieder überlegte einen Moment. »Das habe ich da hineingeworfen. Ich wollte nicht, dass jemand von unseren Telefonaten erfährt.«

»Wo genau haben Sie das Telefon in den Teich geworfen?«

»Daran erinnere ich mich nicht mehr.«

»Die Vernehmung wird unterbrochen«, diktierte Mayfeld ins Mikrofon und schaltete das Aufnahmegerät aus. Er telefonierte und bat einen Bereitschaftspolizisten zu sich.

»Bringen Sie Frau Flieder in den Besucherraum und leisten Sie ihr Gesellschaft«, trug er dem Beamten auf. »Wenn sie das Präsidium verlassen möchte, informieren Sie mich bitte.«

»Bin ich nicht verhaftet?«

»Vorläufig noch nicht. Gehen Sie jetzt bitte.«

Clara Flieder und der uniformierte Kollege verließen den Raum.

Mayfeld stöhnte auf, als die Tür sich geschlossen hatte. »Wenn jetzt Weinel und Wallner den Mord an Schönhell auch noch gestehen, hänge ich meinen Beruf an den Nagel!«

»Vermutlich will die Mutter nur ihren Sohn entlasten«, sagte Winkler, »aber die Geschichte könnte auch wahr sein.«

»Könnte sie das wirklich?«

»Wir müssen sie überprüfen.«

»Genau das habe ich vor.«

Mayfeld erklärte Winkler seinen Plan. Winkler machte sich auf den Weg.

Anschließend versuchte Mayfeld noch mal Dr. Enders zu erreichen. Der Gerichtsmediziner war nicht in seinem Institut und hatte sein Handy ausgeschaltet oder leise gestellt. Mayfeld sprach auf die Mailbox und bat um einen Rückruf.

Nach vierzig Minuten rief Winkler an. »Ich bin von der Villa Gruber in Walluf bis zum Schloss Vollrads gefahren wie eine gesengte Sau. Ich hoffe, es waren keine Blitzer am Straßenrand. Es ist zum Glück Ferienzeit, und der Feierabendverkehr hat noch nicht eingesetzt. Es war also wirklich wenig los auf der Straße. Ich habe zwanzig Minuten gebraucht. Viel schneller schafft das, glaube ich, auch in der Nacht keiner. «

»Danke, Heike. Komm wieder zurück, aber lass dir mehr Zeit als auf dem Hinweg.«

Wenn Clara Flieder direkt nach dem letzten Anruf in Walluf losgefahren war, war das um ein Uhr zweiundvierzig gewesen. Dann konnte sie das Schloss frühestens kurz nach zwei Uhr erreicht haben. Wer aber hatte dann das Handy um ein Uhr neunundfünfzig in den Teich geworfen? Selbst wenn Mayfeld annahm, dass Clara Flieder in der Nacht noch schneller als Winkler gefahren war, so war es dennoch ganz und gar unwahrscheinlich, dass sie es fertiggebracht hatte, in den wenigen Minuten, die sie möglicherweise früher im Schloss eingetroffen war, die Treppe hochzurennen, Patrick aus dem Fenster zu stoßen und das Handy im Teich zu entsorgen. Vom Fenster der Bibliothek konnte man es nämlich unmöglich so werfen, dass es dort landete, wo es die Taucher gefunden hatten. Die Geschichte, die ihm Clara Flieder weismachen wollte, war erfunden. Und das nicht nur aus diesem Grund. Es konnte einfach nicht das Erkerfenster auf der Südseite des Turms sein, aus dem Patrick Schönhell hinausgestoßen worden war.

Mayfelds Telefon klingelte. Es war Dr. Enders, der endlich zurückrief.

»Du hast doch hoffentlich nicht noch eine Leiche?«, fragte der Rechtsmediziner.

»Es geht um den Fall Schönhell.«

»Und das hat nicht Zeit bis Montag? Wir haben Urlaubszeit. Ich bin im Institut mehr oder weniger allein, war gerade hier in Frankfurt am Fundort einer Leiche, die ich gleich sezieren werde.« Mayfeld hörte, wie Enders sich eine Zigarette anzündete.

»Rede einfach eine Zigarettenlänge lang mit mir.«

»Okay!«

»Bist du dazu gekommen dir die Leiche von Schönhell noch mal genau anzuschauen?«, fragte Mayfeld.

»Heute Morgen. Ich hätte dich schon noch angerufen.«

»Dein Kollege Neubert hat geschrieben, dass die Schädelverletzung von Schönhell mit großer Wahrscheinlichkeit durch einen Schlag und nicht durch einen Sturz hervorgerufen wurde. Siehst du das genauso?«

»Es gibt die Hutkrempentheorie. Die besagt, dass eine Schädelverletzung oberhalb einer Linie, an der normalerweise die Hutkrempe verläuft, kaum durch einen Sturz hervorgerufen werden kann.«

»Sicher ist das aber nicht?«

»Bei einem Sturz kopfüber in die Tiefe könnte es auch anders sein. Allerdings würde ich dann Verletzungen an der Halswirbelsäule erwarten. Es hängt letztendlich alles von der Wassertiefe, der Fallhöhe und dem Aufprallwinkel ab.«

»Es geht um einen Sturz aus zehn bis fünfzehn Metern Höhe. Der Teich ist zwischen einem Meter fünfzig und drei Meter tief.«

»Das müsste ich mir noch mal genau ansehen. Die Wucht des Aufpralls reicht auf jeden Fall für eine schwere Schädelverletzung. Merkwürdig wäre das Fehlen von Verletzungen der Halswirbelsäule.«

»So könnte es aber gewesen sein?«

Enders atmete tief und geräuschvoll ein, schien zu überlegen, hustete.

»Prinzipiell ist das möglich, aber in diesem speziellen Fall kann es so nicht gewesen sein. Wenn er senkrecht, so wie bei einem Kopfsprung, ins Wasser eingetaucht wäre, würde man zusätzlich zu der Schädelverletzung einen Genickbruch erwarten. Wenn er in einem anderen Winkel auf dem Wasser aufgekommen wäre, würde man Spuren des Aufpralls am Körper feststellen. Wenn einer aus zehn oder fünfzehn Metern auf eine Wasseroberfläche aufprallt, ist diese Oberfläche ganz schön hart. Hast du schon mal einen verunglückten Köpper vom Dreimeterbrett gemacht?«

Mayfeld hatte das schon gemacht, und die Erinnerungen daran waren schmerzhaft.

»Die Wucht, die sich bei einem Sturz aus fünfzehn Metern entwickelt, ist um ein Vielfaches höher als bei einem Sturz aus drei Metern. Als Patrick Schönhell ins Wasser eintauchte, war er noch am Leben, das beweist das Wasser in seinen Lungen. Bei einem Sturz aus dieser Höhe kommt es bei einem Lebenden zu Blutungen unter der Haut. An Schönhells Leiche finden sich aber keine Unterblutungen.«

»Er ist also sicher nicht aus einem Fenster des Turms gestoßen worden, ins Wasser gefallen und dabei zu Tode gekommen?«

»Wenn sich das Fenster in zehn oder fünfzehn Metern Höhe befindet, mit Sicherheit nicht. Wer hat dir denn diesen Unsinn erzählt?«

»Das ist eine Geschichte, die dauert ein paar Zigarettenlängen mehr. Eine letzte Frage: Hast du inzwischen eine Idee, warum die Leiche erst so spät aufgetaucht ist?«

»Sie muss mit irgendetwas beschwert gewesen sein. Ich halte es für so gut wie unmöglich, dass die Leiche irgendwo festgeklemmt war, ohne dass das wenigstens minimale Spuren hinterlassen hätte. Solche Spuren gibt es aber nicht. Es gibt lediglich ein paar leichte Druckstellen am Bauch der Leiche.«

»Die auf was hinweisen?«

»Dass die Leiche möglicherweise eine Weile auf ein paar Steinen gelegen hat. Oder dass ein paar Steine auf der Leiche gelegen haben. Man sollte die Kleidung des Toten noch mal daraufhin untersuchen. Können wir den Rest am Montag besprechen?«

»Du hast mir sehr weitergeholfen.«

Also war auch Johannes' Version des Tathergangs völlig unglaubwürdig. Wenn er Schönhell auf der Südseite aus dem Turm gestoßen hätte, hätte dessen Körper um den Baum an der Südostseite des Turms herum oder unter den Pontons der Seebrücke hindurch zur Ostseite treiben und dort unter Wasser verharren müssen. Aber auch wenn Mayfeld annahm, dass sich Johannes bei seinem Geständnis mit der Angabe des Fensters geirrt und er Patrick aus einem Fenster an der Ostseite des Turms gestürzt habe, konnte die Geschichte nach dem, was ihm Enders gerade erklärt hatte, nicht stimmen.

Nach einer halben Stunde war Winkler zurück. Sie besprachen die Ergebnisse des Tages. »Wir haben also einen Toten, einen Verschwundenen und einen Verletzten, jede Menge Verdächtige, zwei Geständige und keinen Täter«, fasste Mayfeld am Ende zusammen.

Der Kommissar führte mehrere Telefonate. Nach dem letzten Anruf brachte der Beamte der Bereitschaftspolizei Clara Flieder in Mayfelds Zimmer.

»Sie können gehen, Frau Flieder. Halten Sie sich zu unserer Verfügung, verlassen Sie den Rheingau oder die Stadt Wiesbaden nicht ohne unsere Zustimmung. Unten an der Pforte treffen Sie Ihren Sohn. Den können Sie mit nach Hause nehmen.«

»Ich verstehe nicht?«

»Ich auch nicht. Behinderung von Ermittlungen, uneidliche Falschaussage, das war es auf jeden Fall. Ersparen Sie mir für heute weitere Erklärungen. Da ist die Tür!«

Samstag, 2. August

Bereits am Morgen war es drückend schwül. Für den Verlauf des Tages waren Gewitter angekündigt. Über dem Rheintal lag ein Dunstschleier, der das Blau des Himmels mit einem trüben Weiß-Grau überdeckte.

Mayfeld war in seinen Weinberg gefahren. Er wollte die Arbeit, die am Donnerstag übrig geblieben war, zu Ende bringen. Nicht unbedingt die ideale Beschäftigung für einen heißen und gewittrigen Sommertag. Aber das war das Los eines engagierten Winzers. Er schlüpfte in seine Arbeitskleidung, packte die Rebschere und setzte die grüne Lese fort.

In der Nacht hatte er schlecht geschlafen. Daran war nicht die Hitze schuld gewesen, auch wenn zweiundzwanzig Grad entschieden zu viel für einen erholsamen Schlaf waren. Mayfelds Unruhe speiste sich aus anderen Quellen.

Er war sich nicht sicher, ob es richtig gewesen war, Clara und Johannes Flieder wieder nach Hause zu schicken. Immerhin hatten beide einen Mord gestanden. Ihre Schilderungen des Tathergangs konnten zwar in manchen Punkten nicht stimmen, aber das bewies ihre Unschuld keineswegs. Erinnerungen konnten trügen. Genauso wie Johannes anfangs keinerlei Erinnerungen an die Mordnacht gehabt hatte, so konnte er jetzt teilweise falsche Erinnerungen haben. Erinnerungen, die besonders unangenehme und brisante Aspekte der Tat verschleierten. Und wenn Clara ihren Sohn hatte schützen wollen, dann war ihr das mit ihrer Aussage bestens gelungen. Er selbst hatte den Fehler begangen, ihr zu viel von seinen Ermittlungsergebnissen und dem Geständnis ihres Sohnes mitzuteilen. So hatte sie eine genau dazu passende Aussage machen können, die Johannes entlastete und sie selbst nur auf eine sehr unglaubwürdige Weise belastete.

Sie wussten nach einer guten Woche immer noch viel zu wenig über den genauen Tathergang. Schönhell hatte noch gelebt, als er in den Schlossteich stürzte. Das relativierte die Bedeutung der Spuren, die sie in der Bibliothek gefunden hatten. Natürlich war es möglich, dass der Streit zwischen Johannes oder Clara Flieder und Patrick Schönhell in der Bibliothek begonnen hatte und unten im Garten fortgesetzt wurde, wo es dann zum Mord kam. Aber warum erwähnte das keiner der Geständigen, warum sollte gerade das dem Gedächtnis entfallen sein? Vielleicht, weil man nur so die Ereignisse wie einen Unfall aussehen lassen konnte.

Die ganze Familie Flieder war Mayfeld ein Rätsel. Warum hatte sich Johannes belastet, wenn er den Mord nicht begangen hatte? Warum behauptete er nicht, dass er einen Streit mit Patrick Schönhell gehabt, aber mit dessen Tod nichts zu tun habe? Welche Art Schuldgefühle trieben ihn um?

Bei Clara Flieder schienen ihm die Rätsel sogar noch verwickelter zu sein. Dass sie nach dem Geständnis von Johannes die Tat selbst gestanden hatte, war für Mayfeld nur auf den ersten Blick nachvollziehbar. Sie wollte ihren Sohn schützen. Aber passte solch eine unüberlegte Aktion zu ihr? Er hätte sie trotz aller Anspannung für kontrollierter gehalten. Nahe liegend wäre gewesen, einen teuren Anwalt zu besorgen, der ihren Sohn vermutlich aus der Sache rausgehauen hätte. Der einen Unfall mit tödlichem Ausgang konstruiert hätte. Wenn das nicht geklappt hätte, hätte sie die Schuld immer noch auf sich nehmen können.

Wenn sie aber tatsächlich mit dem Mord an Schönhell zu tun hatte? Dann machte ihr Geständnis erst recht keinen Sinn. Sie hätte darauf vertrauen können, dass ein guter Anwalt die Widersprüchlichkeit von Johannes Aussage darlegen und ihn damit entlasten würde. Sie selbst war bis zu ihrem Geständnis von niemandem mit dem Fall Schönhell in Verbindung gebracht worden. Und was für einen Grund sollte sie für den Mord an dem jungen Mann haben? Dass sie ihn im Affekt getötet haben wollte, als er sich mit Johannes stritt, schien Mayfeld völlig unglaubhaft. Doch ein anderes Motiv konnte er nicht erkennen.

Irgendwann verflüchtigten sich die Gedanken, die um die Kriminalfälle kreisten. Für eine Weile war Mayfelds Aufmerksamkeit nur noch auf die Trauben seines Weinbergs gerichtet, und die Zeit floss ruhig und gleichmäßig dahin.

Gegen Mittag zogen Gewitterwolken auf, die Sonne verschwand hinter einer grauschwarzen Wolkenbank. Der Kommissar beschleunigte seinen Arbeitstakt. Mit etwas Glück konnte er alle Trauben gekappt haben, bevor der Regen den Rothenberg erreichte.

Die ungelösten Fälle meldeten sich wieder. Genauso rätselhaft wie der Fall Schönhell blieb Mayfeld das Verschwinden von Phillip Flieder. Inwieweit die Fälle zusammenhingen, das wusste er immer noch nicht. Wenn ja, dann war die Verwicklung von Mitgliedern der Familie Flieder sehr wahrscheinlich. Aber es blieben die Fragen, die ihm seit Tagen immer wieder durch den Kopf gingen. Warum hatte Clara Flieder das Verschwinden ihres Mannes so früh angezeigt, das Aktivwerden der Polizei mehr oder weniger erzwungen? Wenn man in der Familie suchte, war Clara Flieder eine der Hauptverdächtigen. Ihre Ehe war zerrüttet, sie hatte von daher ein Motiv ihren Mann verschwinden zu lassen. Sie hatte die Gelegenheit gehabt, an die Bankdaten ihres Mannes zu kommen und Geld von seinen Konten abzuheben. Aber warum sollte sie sich selbst belasten?

Vielleicht hatten ihr Bruder oder ihr Sohn etwas mit dem Verschwinden von Phillip Flieder zu tun. Das Problem dabei war, dass es für die beiden kein erkennbares Motiv gab. Mayfeld war sich mittlerweile ziemlich sicher, dass dem Unternehmensberater etwas zugestoßen war, auch wenn noch nicht einmal das erwiesen war. Solange er aber keinerlei Anhaltspunkte hatte, wann und wo ihm etwas geschehen war, gab es für ihn keine Ansätze für Ermittlungen, keine Tatorte, die untersucht, keine Alibis, die überprüft werden konnten.

Eine weitere Ungereimtheit in dem Fall waren die Anrufe bei Clara Flieder. Zunächst hatte sie ausgesagt, dass ein ihr unbekannter Mann angerufen habe. Seine Worte waren laut ihrer Aussage die folgenden gewesen: »Soll ich Ihnen erzählen, wo Ihr Mann ist?« Oder auch: »Ich weiß, wo Ihr Mann ist.«

Clara Flieder war davon ausgegangen, dass es sich um einen Erpresser handelte, der ihren Mann entführt hatte, und er hatte diese Theorie übernommen. Später behauptete sie dann, die Anrufe seien Hilferufe ihres Sohnes gewesen. Warum hatte sie dann die Polizei überhaupt auf die Anrufe aufmerksam gemacht? Wollte sie eine falsche Spur legen? Oder war ihre erste Aussage richtig? Aber dann musste entweder Johannes oder jemand aus seiner Clique bei ihr angerufen haben. »Soll ich Ihnen erzählen, wo ihr Mann ist? Ich will Geld.« Das konnte bedeuten, dass jemand Phillip Flieder entführt hatte und seine Frau erpressen wollte. Es konnte aber auch bedeuten, dass jemand etwas über Phillip Flieder wusste und sich sein Schweigen bezahlen lassen wollte. An diese Möglichkeit hatte Mayfeld gar nicht gedacht, weil es keinen Sinn ergab, wenn Clara Flieder sich als Adressatin einer solchen Erpressung an die Polizei wandte. Oder wusste jemand etwas über Phillip Flieders Entführung und wollte seiner Frau gegen Bezahlung einen Tipp geben? Oder glaubte jemand irrtümlich, dass Clara Flieder in ein Verbrechen an ihrem Mann involviert war? Hatten die Anrufe doch etwas mit Patrick Schönhells Tod zu tun?

Die ersten Blitze durchzuckten den Himmel über dem Rheintal. Noch etwa eine Viertelstunde blieb Mayfeld, um seine Arbeit im Weinberg zu beenden.

Wallner und Boden hatten sich noch nicht im Präsidium gemeldet, das hatte Mayfeld in Erfahrung gebracht, bevor er in den Weinberg gefahren war. Den Überfall auf Teufel würde man Wallner nachweisen können, da war sich Mayfeld sicher. Wenn er einen Moment seine Polizistenrolle beiseiteschob, konnte er die beiden verstehen, auch wenn ihm Selbstjustiz zutiefst zuwider war. Was Schönhell und Teufel Sabrina Wallner angetan hatten, war mit den Mitteln des Strafrechts nicht angemessen zu ahnden. Handel mit kleinen Mengen Rauschgift, noch nicht einmal das konnte man nachweisen. Geschlechtsverkehr mit einer hilflosen Person? Es war schwer bis unmöglich, die Hilflosigkeit zu beweisen. Unterlassene Hilfeleistung? Konnte man nur vermuten. Ein Mensch war zerstört worden, mit ihm eine ganze Familie, und nichts passierte. Natürlich mussten Wallner und Boden bestraft werden, wenn sie versucht haben sollten, das Recht in die eigene Hand zu nehmen. Aber Mayfeld wünschte ihnen einen verständnisvollen Richter.

Obwohl er hoffte, dass sie mit dem Mord an Schönhell nichts zu tun hatten, musste er sie auch als Täter in diesem Fall in Betracht ziehen. Sie hatten von Weinel erfahren, dass Teufel und

Schönhell die Schwester beziehungsweise die Verlobte auf dem Gewissen hatten. Sie hatten also einen guten Grund ihn zur Rechenschaft zu ziehen. Das Alibi für die Tatzeit im Fall Teufel klang perfekt, bestätigt von vielen Familienmitgliedern. Vermutlich war es falsch. Und das Alibi für die Tatzeit des Mordes an Schönhell war schlecht, die beiden konnten sich nur gegenseitig entlasten. Wenn sie Patrick Schönhell außerhalb des Turms ermordet hatten, dann spielte es auch keine Rolle, dass innerhalb des Turms von den beiden keine Spuren gefunden worden waren.

Mayfelds Handy klingelte. Es war Burkhard. »Gestern am späten Abend kam die Videoaufzeichnung von dem Bankautomaten«, informierte ihn der Kollege. »Wenn du sie anschauen willst, sie liegt auf deinem PC im Präsidium.«

Der Wind über dem Rothenberg wurde zum Sturm. Der Himmel war schwarz geworden, das Mittagslicht dämmerig. Plötzlich erhellte ein Blitz den Wingert, gefolgt von einem krachenden Donner. Heftiger Regen prasselte auf die Weinberge herab. Mayfeld sprintete zu seinem Auto. Als er dort ankam, war er bereits völlig durchnässt.

Der Kommissar fuhr durch das Unwetter ins Präsidium nach Wiesbaden. Er parkte direkt vor dem Eingang des ehemaligen Militärlazaretts, hastete in das Gebäude und ging in sein Büro. Dort betrachtete er die Videosequenzen der Überwachungskamera mehrere Male. Er wurde daraus nicht schlau. Er kopierte sie sich auf einen USB-Stick und fuhr zurück in den Rheingau.

Zu Hause stellte er seinen Wagen unter den großen Kastanienbaum und lief durch den Regen zum Eingang der alten Villa. Die Wohnung war leer. Als er die Kleidung gewechselt hatte, wich das rabiate Prasseln des Gewitterregens allmählich dem sanfteren Trommeln eines Landregens. Mayfeld setzte sich mit einer Tasse Cappuccino und seinem Notebook auf den Balkon unter die Markise. Die Vögel, die noch vor einigen Stunden den neuen Tag euphorisch begrüßt hatten, hatten sich von der Sintflut, die über sie hereingebrochen war, noch nicht wieder erholt. Die Lastkähne auf dem Rhein schleppten sich mühsam flussaufwärts.

Mayfeld schloss den USB-Stick an sein Notebook an und öffnete die Videodateien von der Überwachung des Bankautomaten. Eine schlanke mittelgroße Person in einem langen Baumwollmantel trat vor den Bankautomaten. Sie hatte eine schwarze Ledermaske über den Kopf gestülpt, Gesicht und Haare waren unter der Maske versteckt. Vom Körperbau konnte es sowohl eine Frau als auch ein schlanker Mann sein. Mayfeld ließ die Videos vor- und zurücklaufen. Aber das hatte er auch schon im Präsidium getan. Ohne Erfolg. Er versuchte sich auf die Bewegungsmuster der Person zu konzentrieren. Aber sie erinnerten ihn an niemanden, der in dem Fall eine Rolle spielte. Nicht an Clara Flieder, nicht an Rafaela Gruber, nicht an Eduard Gruber, nicht an Johannes Flieder und nicht an Marcel Boden. Mike Wallner, Richi Teufel und die beiden Schläger von Löffel kamen schon von Körperbau und Größe her nicht in Frage.

Er hatte eine Videoaufzeichnung des mutmaßlichen Mörders vor sich und konnte ihn nicht erkennen. Die Hände der Person steckten in Handschuhen aus Wildleder. Irgendetwas kam Mayfeld daran merkwürdig vor, aber er kam nicht darauf, was es war.

Schließlich betrachtete er das Foto, das von Phillip Flieder bei der Radarmessung auf der Schiersteiner Brücke aufgenommen worden war. Er war achtzig Stundenkilometer statt der erlaubten sechzig gefahren. Den Panamahut mit der Feder im Hutband hatte er in den Nacken geschoben. Er schien den Blitzer im letzten Moment gesehen zu haben, jedenfalls konnte man das aus dem wütenden Blick, den er in die Kamera warf, schließen. Auch auf diesem Bild kam Mayfeld etwas merkwürdig vor, auch hier kam er nicht darauf, was es war.

Die Wohnungstür öffnete sich. Julia kam auf den Balkon.

»Willst du denn den ganzen Tag arbeiten?« Sie gab ihm einen Kuss in den Nacken. »Heute Abend ist das Konzert im Schloss Johannisberg. Anschließend werden wir wohl mit deinem Vater noch in eine Straußwirtschaft gehen. Für uns bleibt dann wieder einmal nicht viel Zeit. Was hältst du davon, wenn wir sie uns jetzt nehmen?«

Das war ein Angebot, das Mayfeld nicht ablehnen konnte.

Ele

Ich konnte nicht fassen, was Clara getan hatte. Ein Geständnis bei der Polizei abzulegen, das war so ungefähr das Dümmste, was sie hatte unternehmen können. Aber ihr war offensichtlich nicht klar, dass sie damit uns alle in Bedrängnis brachte. Alles wäre gut geworden, hätte sie einfach nur die Klappe gehalten.

Seit Donnerstag hatte ich kaum geschlafen, und ich hatte es auch für die nächsten Tage nicht vor. Ich musste wachsam sein. Clara war zu jeder Dummheit imstande, und ich musste sie unbedingt davon abhalten.

Hör mir zu, du verdammte selbstgerechte Idiotin, herrschte ich sie an, hör mir endlich zu! Ich war nicht sicher, ob sie das tat, aber es war mir egal. Ich habe einfach auf sie eingeredet, während sie in der Küche saß und ihren grässlichen Hagebuttentee schlürfte. Irgendetwas würde hängen bleiben, und vielleicht käme sie dadurch zur Vernunft. Heute weiß ich, dass das ein Fehler war, aber es war mein letzter, verzweifelter Versuch das Unheil abzuwenden, das ich auf uns zukommen sah. Ich hörte Blanche in ihrer Einsamkeit wimmern, und ich spürte, dass Liz nicht mehr lange stillhalten würde. Mein ganzes Leben lang habe ich versucht, Unheil von uns abzuwenden. Heute weiß ich, dass ich damit gescheitert bin. Aber damals hatte ich noch ein letztes Quäntchen Hoffnung.

Ich habe also versucht Clara zu erklären, was in jener Nacht passiert ist, in der Nacht vom neunzehnten auf den 20. Juli.

Als der Schuft zum zweiten Mal anrief, hatte sich Clara bereits zurückgezogen, und ich war mit Eduard zusammen. Er ging ans Telefon. »Es ist der Mann von vorhin«, sagte er zu mir. Mehr wollte er nicht wissen, mehr habe ich ihm später auch nicht gesagt. Eduard ist eine sensible Künstlerseele, zartfühlend und herzlich, aber nicht stark und entschlossen.

Zum Glück hielt mich der Anrufer für Clara. So etwas passiert immer wieder, auch wenn unsere Stimmen eigentlich recht unterschiedlich klingen, wenn man genau hinhört. Aber wer tut das schon?

Zunächst habe ich nicht verstanden, was er wollte, ich hatte das Gespräch zwischen ihm und Clara ja nicht richtig mitbekommen.

Ich ahnte lediglich, worum es ging. Aber vermutlich ahnte ich mehr, als Clara wusste, denn ich kannte die Vorgeschichte. Als der Kerl sagte, er wüsste, wo Phillip sei, und er wolle Geld für sein Wissen, hatte ich verstanden. Er war dann noch so dreist, Andeutungen über mich und das Tempelchen zu machen, über mich und Phillip, über mich und Eduard. Er verhöhnte mich als Schlampe und kündigte an, er würde Johannes alles erzählen, wenn ich nicht spurte.

Das war sein erster Fehler.

Er wollte zwanzigtausend Euro noch in derselben Nacht. Ich fragte ihn, wie er sich vorstelle, dass ich so viel Geld beschaffe. Das sei mein Problem, sagte der Anrufer. Er schien mir ziemlich unter Druck zu stehen. Meinte, sein Wissen werde mit jedem Tag, den ich verstreichen lassen würde, teurer. Er verlangte, dass ich ihm Claras Handynummer gebe. Ich kochte vor Wut. Aber ich gab ihm die Nummer und versprach, mich um das Geld zu kümmern. Was blieb mir auch anderes übrig? Ich ließ mir eine Ausrede für Eduard einfallen und bin in Phillips Büro gegangen, habe den Tresor geplündert, das Bargeld und die Karten genommen, den Zettel mit den Pins und Phillips Reisetasche. Mehr als fünftausend Euro wollte der Geldautomat für die zwei Eurochequekarten und die Kreditkarte nicht ausspucken. Zusammen mit dem Geld aus dem Tresor machte das zehntausend Euro.

Dann hat der Kerl wieder angerufen. Wollte wissen, ob ich das Geld hätte, und wo ich gerade wäre. Ich habe ihm gesagt, wie viel ich hatte zusammenkratzen können. Er war nicht begeistert, akzeptierte das aber. Später hat er noch mal mit mir telefoniert. Hat mich ins Schloss Vollrads bestellt. Als ich dort ankam, hat er wieder angerufen.

Das war sein zweiter Fehler.

So prompt wie er auf meine Ankunft reagierte, musste er in der Nähe sein. Er hat mich zur Seebühne dirigiert, dort sollte ich die Tasche mit dem Geld abstellen. Mir fiel auf, dass die Tasche eigentlich viel zu groß war. Zehntausend Euro machen gar nicht so viel her. Es wäre bestimmt nicht das letzte Geld gewesen, das er von mir oder Clara verlangen würde.

Ich überlegte, wo der Kerl stecken könnte. Ich sah mich um.

Zwischen dem Schlossteich und der Mauer, die die Obstwiese vom Garten der Orangerie trennte, stand ein Container. Ich habe ihn mir genauer angeschaut, aber da war niemand. »Machen Sie jetzt, dass sie wegkommen«, befahl die Stimme am Telefon. Mir blieb nichts anderes übrig als zu gehorchen.

Mit dem Handy am Ohr ging ich zurück zu meinem Wagen, stieg ein und fuhr auf der Vollradser Allee zurück Richtung Winkel. Der Schurke hielt weiter telefonischen Kontakt mit mir.

Das war sein dritter Fehler.

Nach wenigen Metern hörte ich, dass es am anderen Ende der Verbindung Probleme gab. Das Schwein hatte mit irgendjemandem Streit, das Gespräch wurde unterbrochen.

Ich löschte die Wagenlichter und wendete. In aller Eile fuhr ich zurück zum Schloss auf den hinteren Parkplatz. Ich hatte Glück, der Hintereingang zur Orangerie stand offen, ich rannte über die Terrasse und den Garten zur Mauer, sprang nach unten und versteckte mich hinter dem Container. Ich wollte herausfinden, wer mich und Clara erpresste. Sonst hatte ich keinen Plan. Es dauerte eine Weile, dann hörte ich Schritte auf dem Kiesweg.

Patrick Schönhell näherte sich der Seebühne. Patrick, der kleine Mistkerl aus der Nachbarschaft. Patrick hatte uns ausspioniert. Einen Moment war ich unschlüssig, was zu tun sei.

Er nahm die Tasche, verließ die Bühne und setzte sie am Ufer des Teichs ab, ganz in der Nähe des Containers. Er öffnete sie und betrachtete seine Beute.

Plötzlich, wie aus dem Nichts tauchte Liz auf. Liz ist eine Art Schwester, wir sind unzertrennlich. Manchmal taucht sie auf und tut Dinge, die ich mich nicht traue. Ich hätte es mir denken können, aber dennoch war ich überrascht. Sie griff sich einen dicken Wackerstein, der neben dem Container lag, und schaffte es, sich unbemerkt an Patrick heranzuschleichen. Ich hörte das Splittern der Schädelknochen, als sie zuschlug. Dann verschwand sie wieder.

Ich war erschrocken, aber auch erleichtert. Liz hatte bestimmt das Richtige getan. Was war jetzt meine Aufgabe? Ich tat das Nötige. Patrick lag regungslos da. Es war ein sauberer Schlag gewesen, ein echter Befreiungsschlag. Ich griff mir ein paar weitere Wackersteine und stopfte sie unter Patricks Pulli. So ähnlich wie im Märchen. Einen Moment dachte ich daran, ihm den Bauch aufzuschneiden und die Geißlein herauszuholen. Aber ich hatte kein Messer dabei. Und es war wohl auch nicht nötig. Ich hievte seinen Körper hoch und warf ihn in den Teich. Es blubberte ein paarmal, dann war der böse Wolf weg.

Das alles erzählte ich Clara, während sie in der Küche der Villa Gruber saß und eine Tasse Hagebuttentee nach der anderen in sich hineinschüttete. Es war tiefe Nacht, und der nächste Tag sollte unsere Beziehung von Grund auf verändern. Damals hoffte ich noch, dass sie endlich verstehen würde, was ich für sie getan hatte.

Aber Clara war von Dankbarkeit oder Verständnis weit entfernt. »Ich werde dich anzeigen, einer Mörderin wie dir muss das Handwerk gelegt werden«, sagte sie bloß.

Ich wollte ihr erklären, dass ich unschuldig war, dass sie mich verwechselte, dass ich nicht für die Taten von Liz verantwortlich war. Und dass es auch Liz nur gut gemeint hatte, dass sie uns alle hatte schützen wollen.

Aber Clara verschwand einfach.

»Du wirst uns keine Schwierigkeiten machen«, schwor ich.

Ich ging in die alte Scheune. Die Tür stand wie immer offen. Ich weckte Eduard.

Es wurde eine wilde Nacht. Unsere letzte.

Irgendwann ist Eduard eingeschlafen. Ich fand keine Ruhe. Ich war wütend. Ich habe alles getan, um unsere Familie zu schützen. Es war völlig richtig gewesen, dass Liz Patrick Schönhell getötet hatte. Er hat meine Liebe zu Eduard in den Dreck gezogen. Er wollte Clara erpressen. Und was tat diese blöde Kuh? Gestand einen Mord, den sie gar nicht begangen hatte. Und jetzt wollte sie zur Polizei, um mir das Handwerk zu legen, wie sie sich ausdrückte. Niemand würde mir glauben, dass Liz diesen Mistkerl erschlagen hatte. Aber selbst wenn, es kam gar nicht in Frage, Liz der Polizei auszuliefern.

Ich war verzweifelt, ich sah keine Möglichkeit mehr, Clara zur Vernunft zu bringen. Ich musste sie loswerden. Ich wusste allerdings nicht, ob ich das konnte. Es war so, wie sich selbst etwas anzutun.

Ich lag die ganze Zeit neben Eduard und kämpfte gegen den Schlaf. Ich würde nicht verschwinden, es war mir egal, wer von uns erfuhr. Die Heimlichkeit sollte ein Ende haben.

Nach vielen Stunden des Wachliegens, des Kampfes gegen den Schlaf erwachte die Welt aufs Neue. Ich hörte das Gebrüll der Vögel. Amsel, Drossel, Fink und Star und die ganze Vogelschar. Ich gab Eduard einen Schubs, er sollte endlich aufwachen, für mich da sein. Er wälzte sich im Bett hin und her und schnarchte und sägte weiter. Vielleicht sollte er Baumfäller werden nach seiner verpatzten Karriere als Pianist. Was für ein gemeiner Gedanke.

Eduard schlief weiter, und ich lag weiter wach, hing meinen düsteren und bösen Gedanken nach. Je länger ich so dalag, je länger ich grübelte, desto klarer wurde mir, dass Clara meine Feindin geworden war. Das war eine Idee, die ich vor nicht allzu langer Zeit nicht einmal im Traum zugelassen hätte. Aber es war die Wahrheit, die traurige und schreckliche Wahrheit.

Das Gebrüll der Vögel wurde aggressiver und bedrohlicher. Eduard röchelte. Er glaubte bestimmt, dass ich mich schon längst davongeschlichen hatte. Wie einfach es sich die Männer machen. Er ging einfach davon aus, dass ich alles tun würde, um uns beide zu beschützen, unser Verhältnis im Verborgenen zu halten. Er schlief den Schlaf der Gerechten. Dass ich nicht lache.

Ich schubste ihn immer wieder. Endlich, viel zu spät, wurde er wach. Ich umarmte ihn heftig, bedeckte sein Gesicht mit überhitzten Küssen.

Als er zu sich kam, weiteten sich seine Augen vor Schreck. »Was machst du denn hier?«, stammelte er. »Wir hatten doch ausgemacht, dass wir nicht zusammen aufwachen.«

Was für ein erbärmlicher Feigling.

»Ich brauche dich«, sagte ich. Das war einmal gewesen. In diesem Moment war es eine Lüge.

»Aber doch nicht morgens«, brummte er in seinen mickerigen Bart.

Eduard, dich habe ich einmal geliebt.

Ich machte einen letzten, verzweifelten Versuch. Ich umarmte ihn, gab ihm weitere unverdiente Küsse.

Allmählich wurde er ganz wach. »Du musst jetzt gehen. Es ist schon viel zu spät«, grummelte er vor sich hin.

Ja, es war wirklich viel zu spät. Zu spät für mich, zu spät für uns. Zu spät für Clara.

»Geh jetzt! Wenn Johannes etwas merkt! Oder sonst wer«, sagte er unwirsch.

Das schien seine einzige Sorge zu sein: Was denken die Leute?

»Brich mir nicht das Herz«, flehte ich ihn an.

»Was redest du da für einen Blödsinn?«, antwortete er. »Wir waren uns doch einig, dass niemand von unserer Beziehung erfahren darf.«

Es war genug. Ich klaubte meine Kleider zusammen, zog mich an. Es war vorbei. Ich verließ die alte Scheune.

Draußen war es schwül und stickig. Johannes saß am alten Brunnen und glotzte auf das Bassin, wo die Kois vor sich hin moderten. Als er mich sah, winkte er mir unsicher zu. Seine Augen waren voller Fragen, aber er sagte nichts. Stumm wie ein Fisch. Sollte ich ihm erklären, dass Liz seinen Freund Patrick getötet und ich die Leiche beseitigt hatte? Dass ich gerade mit seinem Onkel Eduard geschlafen hatte? Er würde es nicht verstehen. Johannes tat mir leid.

Ich ging über die Terrasse in die Villa, machte mir in der Küche eine große Kanne Kaffee, den ich schwarz und ohne Zucker trank. Als die Kanne leer war, brühte ich mir eine weitere auf und verzog mich in Phillips Büro. Hier würde mich niemand suchen. Ich verschloss die Tür. Ich musste warten, bis Eduard und Johannes aus dem Haus waren.

Ich zog die Vorhänge zu. Das fahle senfgelbe Licht im Büro machte mich noch gereizter.

Ich dachte nach. Es war ein Fehler gewesen, dass ich mich Clara offenbart hatte. Das wusste ich jetzt. Vielleicht konnte ich sie davon überzeugen, nicht noch mal zur Polizei zu gehen. Vielleicht würde ihr die Polizei keinen Glauben schenken. Aber selbst wenn das so wäre, würde sie mir das Leben zur Hölle machen. Mir, Eduard und Johannes. Sie würde mich verachten, insbesondere wenn sie erführe, was zwischen mir und Eduard geschehen war. Sie würde Eduard aus dem Haus werfen und ihm damit das Herz brechen. Sie würde Johannes mit ihrer Fürsorglichkeit ersticken, noch mehr, als sie das bisher getan hatte. Sie würde ihn mit ihrem Ehrgeiz vergiften. Sie würde alles ans Licht ihrer penetranten Redlichkeit zerren, diese verdammte Moralistin. Sie würde Zerknirschung und Sühne fordern. Eduard würde verkümmern, das hatte selbst dieser Feigling nicht verdient. Und Johannes würde sich unter ihrer Knute nie entfalten können, er würde eine blasse Kopie ihrer Wünsche und Vorstellungen bleiben.

Ich hatte viel zu viel Kaffee getrunken. Ich war viel zu aufgedreht. Stationen meines Lebens zogen an mir vorbei. Ich hörte das jämmerliche Wimmern von Blanche, dem kleinen Mädchen, das so viel Schreckliches hatte erdulden müssen. Ich sah die betrunkene Fratze von Doris und hörte ihre scheppernde Stimme, hörte, wie sie das Klavier zuschlug. Ich sah meinen Vater auf dem Totenbett. Und ich erinnerte mich an Phillip, an das, was ich mit mir hatte machen lassen. Ich blickte in den dunklen Schacht.

Johannes rief nach Clara und holte mich zurück in die Gegenwart. Clara antwortete nicht. Dann verließ er die Villa. Eine Weile später hörte ich Eduard, der ins Haus kam. Auch er rief nach Clara. Vermutlich meinte er mich, aber ich antwortete nicht, und auch er verließ das Gebäude. In der Villa wurde es endlich still. Ich betrachtete den Schreibtisch, das Notebook, die Becher mit Kugelschreibern und Bleistiften, die Radiergummis. Blau-Weiß-Rot-Rot-Blau-Weiß-Weiß-Rot-Blau. Ich sah das Foto, auf dem Clara diesen Scheißkerl Phillip anhimmelte. Ich nahm es und warf es in den Papierkorb.

Ich öffnete die Bürotür zur Diele, ich wollte nach oben ins Schlafzimmer. In der Diele kam mir mein Spiegelbild entgegen. Ich sah blass und übernächtigt aus.

Irgendetwas trieb mich in die Küche, das wohlgeordnete und lichte Reich von Clara. Irgendwo mussten die Messer liegen. Ich zog eine Schublade heraus, ergriff das größte Messer, dessen ich habhaft werden konnte, verließ die Küche wieder und rannte die Treppe nach oben.

Dort kam mir Clara entgegen. Ich umfasste den Knauf des Messers mit festem Griff.

Hass durchflutete mich.

***

Ein ergreifenderes Konzert hatte Mayfeld lange nicht mehr gehört. Anna Vinnitskaya spielte die Kreisleriana von Schumann.

Mayfeld, seine Frau und sein Vater saßen in einer der vordersten Reihen im Metternichsaal von Schloss Johannisberg. Durch die Fenster drang weiches Abendlicht in den Saal, die Deckenleuchter waren herabgedimmt. Lediglich die Bühne war in gleißendes Scheinwerferlicht getaucht.

Einige Vögel hatten sich in der hohen Halle verirrt, in den kurzen Pausen zwischen den einzelnen Sätzen machten sie mit ihrem Schreien und Flattern auf sich aufmerksam. Aber das hörte vermutlich niemand im Publikum. Alle waren wie hypnotisiert.

Die junge Russin spielte die Kreisleriana so, wie man sie spielen musste. Getrieben, hin- und hergerissen. Sie stürzte sich in atemberaubende Läufe, hielt verwundert an, verlor sich selbstvergessen in elegischen Passagen. Um anschließend wütend ihre Virtuosität zu behaupten. Eine Achterbahn der Gefühle, die man nur ertragen konnte, indem man die Brillanz und Musikalität des Spiels bewunderte. Sie war getrieben durch die Spannung, die von der Musik ausging, sie konnte nicht anders.

Nach einer guten halben Stunde war der erste Teil der Vorstellung zu Ende. Nicht enden wollender Applaus belohnte die Künstlerin für ihren furiosen Vortrag.

In der Pause schlenderten die Besucher durch den Hof des Schlosses Johannisberg und tranken ein Glas Sekt oder Wein. Mayfeld verließ mit seiner Frau und seinem Vater den Schlosshof. Sie gingen am Denkmal für den Spätlesereiter vorbei auf die Terrasse des Gutsausschanks, wo Mayfeld drei Gläser »Johannisberger« kaufte.

»Der Johannisberg ist der schönste Berg der Welt«, stellte Herbert Mayfeld fest, nachdem er von dem Glas, das ihm sein Sohn gereicht hatte, gekostet hatte.

Sie gingen durch einen mit Wein bewachsenen Laubengang zu einem Aussichtspunkt direkt unterhalb des Schlosses.

»Und so praktisch, man kann ihn überall mit hinnehmen«, ergänzte Julia das Zitat von Heinrich Heine.

Eine Weile genossen sie den Blick über das Rheintal, der von Oestrich im Osten bis zur Germania im Westen reichte.

»Diese Frau hat mich schier schwindelig gespielt«, sagte Mayfeld schließlich.

»Das muss einem auch werden, wenn man sich auf die Musik Schumanns einlässt«, sagte sein Vater. »So extrem gegensätzliche Stücke in direkter Reihenfolge, das findest du selten in der Musikliteratur. Die Kreisleriana ist übrigens als Liebeserklärung Schumanns an seine Frau Clara gedacht gewesen.«

»Der berühmten Pianistin?«, fragte Julia.

Mayfelds Vater nickte. »Die hat sie allerdings erst nach seinem Tod gespielt. Sie fand sie zu schwierig für das Publikum. Sie befürchtete, dass niemand die Stücke verstehen würde. Und für Schumann selbst war das Werk spieltechnisch zu schwierig, nachdem er sich den rechten Ringfinger ruiniert hatte.«

Mayfeld dachte an Eduard Grubers gesundheitliche Probleme. »Was hat Schumann mit dem Finger gemacht?«, fragte er seinen Vater. Hier am »Goetheblick«, in der Konzertpause, fand er die musikgeschichtlichen Ausführungen seines Vaters viel passender als in der Straußwirtschaft.

Herbert Mayfeld freute sich sichtlich über das Interesse seines Sohnes. »Es ist ziemlich schwierig, den Ringfinger unabhängig von den anderen Fingern zu bewegen. Schumann soll mit allen möglichen Apparaten experimentiert haben, um dessen Unabhängigkeit zu erzwingen. Eine andere Vermutung geht dahin, dass er einen Musikerkrampf entwickelt hat. Der entsteht durch übertriebenes Üben und kann chronisch werden.«

»Du weißt doch bestimmt auch, wie es zu dem Namen Kreisleriana kam«, sagte Julia.

»Aber natürlich«, antwortete der alte Mayfeld und strahlte vor Stolz. »Der Kapellmeister Kreisler ist eine Figur von E.T.A. Hoffmann. Hoffmann hat eine Kreisleriana geschrieben und auch in den ›Lebens-Ansichten des Katers Murr nebst fragmentarischer Biographie des Kapellmeisters Johannes Kreisler in zufälligen Makulaturblättern‹ spielt dieser Musiker eine wichtige Rolle.« Jetzt war Herbert Mayfeld in seinem Element. Lediglich Anna Vinnitskaya würde ihn später mit den »Paganini-Variationen« von Brahms stoppen können. »Die Stimmungswechsel des Kapellmeisters hat Hoffmann einen Todessprung vom einen Extrem zum anderen genannt. Schumann muss ähnlich empfunden haben. Er hat zwei Personen geschaffen, Eusebius und Florestan, in deren Namen er viele seiner Musikkritiken geschrieben hat. Er hat sie manchmal auch als Komponisten seiner Stücke bezeichnet. Der eine stand für das Wilde und Ungestüme, der andere für das Innige. Anfangs war das für ihn ein romantisches Spiel mit verschiedenen Identitäten, der Versuch, sich in der Kreativität selbst zu vergessen. Er war ein ziemlich verrückter Vogel, dieser Schumann.«

»Ist er nicht in der Psychiatrie gestorben?« Immerhin das konnte Mayfeld an Allgemeinwissen beisteuern.

»Erinnere mich nicht an die Psychiatrie«, sagte sein Vater. »Diese Menschen-Normierungs-Anstalt.«

»Schumann ging es gegen Ende seines Lebens wirklich sehr schlecht«, entgegnete Julia. »Man konnte damals nur noch nicht angemessen helfen. Er litt entweder unter einer manisch-depressiven Erkrankung oder an einer syphilitischen Entzündung des zentralen Nervensystems. Oder an beidem.«

»Nicht gerade sehr romantisch.« Herbert Mayfeld rümpfte die Nase.

»Obwohl das, was du gerade von Florestan und Eusebius erzählt hast, auch für eine DIS sprechen könnte.«

»Dis kenne ich nur als Note, das um einen Halbton erhöhte D«, lästerte Mayfelds Vater. »Und als Vorsilbe, die die Harmonie verdirbt.« Seine Augen funkelten streitlustig.

»DIS ist die Abkürzung für Dissoziative Identitätsstörung, auch bekannt als Multiple Persönlichkeit. In der Extremform wissen die einzelnen Teilpersönlichkeiten, die in einem Körper leben, von den anderen nur sehr vage oder sogar gar nicht Bescheid.«

»Ich dachte, so was gibt es nur in Gruselfilmen oder Schauerromanen«, warf Mayfeld ein.

Julia schüttelte den Kopf. »Leider nein. Es gibt mittlerweile gut dokumentierte Fälle. Da die Betroffenen diese Art der Persönlichkeitsspaltung sowohl vor sich selbst als auch vor der Umwelt verzweifelt geheim zu halten versuchen, ist die Dunkelziffer vermutlich groß. Viele dieser Menschen funktionieren nach außen hin verblüffend gut. Die Spaltung ist fast immer ein Versuch, schwerste Traumatisierungen zu bewältigen.«

»Das können sie, die Psychiater und Psychologen. Das Genie pathologisieren«, protestierte der alte Mayfeld.

Der Gong ertönte zum ersten Mal und kündigte die baldige Fortsetzung des Konzertes an.

»Ich bring die Gläser zurück, geht ihr schon mal vor.« Mayfeld nahm die Weingläser von Julia und seinem Vater entgegen und ging zum Weinstand auf der Terrasse des Gutsausschanks. Musikerkrämpfe, verletzte Finger, gespaltene Persönlichkeiten, die Begriffe schwirrten durch seinen Kopf, seine Gedanken glitten zurück in die Vergangenheit, zu den verschiedenen Persönlichkeiten von Robert Schumann, zu dessen Frau Clara und von dort über den Kapellmeister Kreisler zurück in die Gegenwart zu seinen aktuellen Fällen. Er spürte, dass er deren Lösung ganz nah war.

Auf dem Rückweg zum Metternichsaal überholte ihn Johannes Flieder.

»Hallo, Johannes«, begrüßte er den jungen Mann, der einen beunruhigten, fast verstörten Eindruck auf ihn machte.

»Hallo.« Johannes schaute Mayfeld nur kurz an. Er schien nicht begeistert zu sein, den Kommissar, der ihn vor Kurzem verhaftet hatte, zu treffen.

Mayfeld erinnerte sich daran, dass Clara Flieder davon gesprochen hatte, dass sie hier auf dem Konzert für die Organisatoren arbeiten würde.

»Ist Ihre Mutter auch hier?«, fragte er Johannes, der schon weiterhasten wollte.

Johannes blieb stehen und drehte sich noch einmal zu Mayfeld um. Seine dunklen Augen schienen sich hinter den langen schwarzen Haaren verstecken zu wollen.

»Nein. Wir wollten uns aber hier treffen.«

Mayfeld und Flieder gingen zusammen zum Eingang des Konzertsaals.

»Der Intendant des Festivals ist stinksauer«, fuhr Johannes Flieder fort. »Er musste alles selbst organisieren. Mama hat sich noch nicht einmal krankgemeldet. Sehr ungewöhnlich für meine ach so korrekte Mutter. Aber manchmal ist sie ziemlich schräg drauf.«

Der Junge wurde gesprächig. Sie erreichten den Übertragungswagen des Hessischen Rundfunks, der neben dem Eingang zum Konzertsaal stand. Der Pausengong ertönte zum zweiten Mal, die Besucher drängten zurück in den Metternichsaal.

»Wie kommen Sie denn nachher nach Hause?«

Johannes Flieder zuckte mit den Schultern. »Per Anhalter?«

»Ich nehme Sie mit. Wenn Sie wollen, treffen wir uns nach dem Konzert hier.«

Den zweiten Teil des Konzerts bestritt die russische Pianistin mit Werken von Brahms, den »Sieben Fantasien« und den »Paganini-Variationen«. Die Variationen waren spieltechnisch noch anspruchsvoller als die Stücke zuvor, das erschloss sich auch Mayfelds laienhaftem Musikverstand. Aber seine Gedanken waren woanders. Sie waren bei Clara Flieder und ihrem Sohn. Die meisten der achtundzwanzig Variationen rauschten an Mayfeld vorbei, ohne eine Spur in seinem Gedächtnis zu hinterlassen.

Minutenlanger Applaus beendete das Konzert und auch Mayfelds Grübeleien. Die Künstlerin erhielt einen Blumenstrauß, der angesichts ihrer Leistung gar nicht groß genug sein konnte, und den auf dem Rheingauer Musikfestival obligaten Wein.

Am Saalausgang wartete Johannes Flieder. Mayfeld stellte ihn seinem Vater und Julia vor. Mayfelds Vater schien enttäuscht zu sein, dass es nun nicht in eine der Johannisberger Straußwirtschaften ging, aber er fügte sich wortlos in sein Schicksal. Sie gingen zu viert zu Mayfelds Wagen. Der alte verschmutzte Kombi stand ziemlich deplatziert zwischen neuen glitzernden Limousinen.

Mayfeld hatte vorgehabt, auf dem Nachhauseweg das Gespräch mit Johannes Flieder fortzusetzen. Er hätte zu gerne gewusst, was Johannes damit gemeint hatte, dass seine Mutter manchmal ziemlich schräg drauf sei. Aber er hatte diese Rechnung ohne seinen Vater gemacht. Der hielt einen engagierten und kenntnisreichen Vortrag über die musikalischen Wurzeln von Johannes Brahms bei Schumann, Bach und Beethoven. Er erläuterte seine Thesen unter Bezugnahme auf einzelne Musikpassagen, die an diesem Abend vorgetragen worden waren. Mayfeld verstand so gut wie nichts, er hatte nicht diese musikalische Erinnerungsfähigkeit, über die sein Vater und offensichtlich auch Johannes Flieder verfügten.

In Johannes hatte sein Vater endlich einen Zuhörer gefunden, der seine Ausführungen zu würdigen wusste, der intelligente Fragen stellen und kenntnisreiche Kommentare beisteuern konnte. Die beiden diskutierten über technische Fragen wie Über- und Untersetzen der Hände, Gegenrhythmen und Oktaven-Glissandi, über die Bedeutung der Kontrapunktik bei Schumann und Brahms und den inneren musikalischen Zusammenhalt der formal sehr freien Stücke, die sie an diesem Abend gehört hatten.

»Du kannst gerne noch mit nach Walluf kommen, Herbert«, sagte Johannes Flieder, als sie an der Wohnung des Kommissars angekommen waren.

»Aber gerne doch, mein Junge, mit dem größten Vergnügen.« Herbert Mayfeld strahlte.

Julia stieg aus dem Wagen aus. »Bis gleich«, verabschiedete sie sich von ihrem Mann.

Mayfeld fuhr weiter nach Walluf, lenkte den Wagen durch die engen Gassen hinunter zum Rheinufer und parkte ihn vor der Villa Gruber.

»Lässt du meinen Sohn an unserer Unterhaltung teilhaben?«, fragte der alte Mayfeld Johannes. »Da kann er noch was lernen.«

Johannes zögerte einen Augenblick, dann stimmte er zu. Sie betraten die Villa, Johannes führte seine Gäste in den Salon, bot ihnen Platz an und holte aus der Küche eine Flasche Wein und drei Gläser.

Herbert Mayfeld begutachtete das Etikett der Flasche mit Wohlgefallen. »Rauenthaler Rothenberg, Riesling Spätlese trocken, ausgebaut von meinem Sohn. Johannes, du hast Geschmack. Vom Weinbau versteht Robert nämlich etwas.«

»Hat vermutlich meine Mutter in den Kühlschrank gestellt«, antwortete Johannes. »Ich geh gerade mal nach oben und schaue, was mit ihr los ist.«

Kurze Zeit später hörten sie einen Schrei, der ihnen das Blut in den Adern stocken ließ. Mayfeld rannte die Treppe nach oben. Der Spiegel an der Wand gegenüber dem Treppenende war zersplittert. Er folgte der Blutspur, die von dem Spiegel wegführte. Im hinteren Teil des Flurs stand eine Tür offen, im Türrahmen stand Johannes Flieder wie angewurzelt.

Mayfeld schob ihn sanft beiseite.

Clara Flieder lag auf ihrem Bett. Um sie herum hatte Blut die weiße Bettdecke rot gefärbt. Neben ihr lag ein riesiges, blutverschmiertes Küchenmesser.

Sonntag, 3. August

Clara und Ele

»Ich weigere mich anzuerkennen, dass diese Geschichte irgendetwas mit mir zu tun haben soll. Es ist eine Katastrophe, mit so jemand Niederträchtigem wie Ele zusammenleben zu müssen. Ich bin fast mein ganzes Leben mit dieser Person zusammengesperrt gewesen, ohne sie überhaupt zu kennen. Und jetzt muss ich auch noch erleben, wie sie meine Familie zerstört.«

***

»Ich habe Patrick Schönhell nicht getötet. Das war Liz. Aber Liz redet nur mit mir, mit niemandem aus der Außenwelt. Ich kann nur sagen, Liz hatte recht mit dem, was sie getan hat. Wenn man anfängt, jemandem wie Schönhell Geld zu geben, hört das nie mehr auf, er hätte immer mehr gefordert. Außerdem hat er mich zutiefst beleidigt, und das tut niemand ungestraft.

Patrick Schönhell hat leider mitbekommen, was in unserer Villa passiert ist. Phillip kam viel zu früh von seiner Geschäftsreise nach Hause. Er war angetrunken, es war tiefe Nacht, und er hat mich mit Eduard im Tempelchen überrascht. Er hat mich mit den wüstesten Worten beschimpft und verhöhnt. Er hat angekündigt, uns aus dem Haus zu werfen, Johannes und der ganzen Welt alles über Eduard und mich zu sagen. Und es sollte Schluss sein mit dieser Musikerscheiße, so hat er sich ausgedrückt. Johannes sollte etwas Ordentliches lernen. Das wäre für ihn eine Katastrophe gewesen und für Clara auch. Ich wollte das Leben von Clara und auch das von Johannes beschützen. Mittlerweile hat Clara das alles zerstört. Für Johannes ist es jetzt am besten, wenn er seinen Weg alleine geht.«

***

»Wieso soll ich für die Untaten von Ele und dieser Liz geradestehen?«

***

»Als Phillip aus dem Tempelchen hinausrennen wollte, vermutlich um Johannes zu wecken, ist plötzlich Liz aufgetaucht, so wie sie das immer getan hat, wenn sich die Dinge zuspitzten. Ich wusste sofort: Jetzt war es um Phillip geschehen. Liz hat nach dem Tischchen mit dem gedrechselten Klavierbein und der Marmorplatte gegriffen und ist Phillip hinterhergerannt. Auf dem Rasen hat sie ihn eingeholt. Es ist ein eigentümliches Geräusch, wenn Schädelknochen splittern. Anschließend ist Liz sofort wieder verschwunden, und ich durfte die Sauerei, die sie hinterlassen hatte, wegmachen. Es war gar nicht so leicht, die Gehirnmasse aus dem Rasen herauszubekommen. Eduard hat mir natürlich geholfen, was blieb ihm auch anderes übrig. Von ihm stammte die Idee, Phillips Leichnam in den alten Brunnen zu werfen. Phillip und Clara hatten sowieso vorgehabt, den Brunnenschacht zu verfüllen und ihn durch ein Fischbecken abzuschließen. Die Materialien waren schon besorgt, Eduard begann gleich am nächsten Morgen mit der Arbeit.

Aber zuvor musste Phillips Wagen verschwinden. Ich habe ihn leer geräumt und in die Garage des Frankfurter Flughafens gefahren. Mit Phillips Blackberry habe ich eine E-Mail an sein Büro losgeschickt, er würde für zwei Wochen alle Termine absagen. Ich dachte, damit gewinne ich Zeit. Dass es sich bei dem Auto um einen Leihwagen handelte, daran habe ich im Eifer des Gefechts nicht gedacht. Eduard hat mich wieder zurück nach Walluf gebracht.

Eigentlich ist der Garten von den Nachbargrundstücken aus nicht einsehbar, aber Patrick hat wohl mitbekommen, dass dort irgendetwas los war. Als ich mit dem Wagen wegfuhr, muss er mich gesehen haben, und als er später hörte, dass Phillip bereits am Tag zuvor abgereist sein sollte, hat er seine Chance gewittert, Clara und mich zu erpressen. Zum Glück hat er beim entscheidenden Telefonat mich an der Strippe gehabt, Clara hätte vermutlich gar nichts kapiert.

Alles ist völlig verkehrt gelaufen. Clara wollte unbedingt, dass das Verschwinden Phillips aufgeklärt wird. Statt Ruhe zu geben, hat sie der Polizei wichtige Hinweise gegeben und mich damit immer mehr in die Enge getrieben. Ich musste ihr deutlich machen, dass sie aufhören sollte uns ans Messer zu liefern, ich musste endlich mit ihr in Kontakt treten, ihr sagen, was Liz und ich getan hatten und warum. Ich hoffte, dass sie es verstehen würde. Aber in ihrer penetranten Korrektheit war ihr das völlig fremd. Wenn ich daran denke, was ich in unserem gemeinsamen Leben schon alles für sie getan habe, dann macht mich ihre Undankbarkeit rasend vor Wut.«

***

»Ich wusste bis vor Kurzem nichts von Ele und ihren Umtrieben. Was soll sie denn bitte schön für mich getan haben?«

***

»Ich weiß nicht genau, was passiert ist, als wir beide ganz klein waren. Unsere Mutter ist bei der Geburt von Eduard gestorben, die Einsamkeit danach ist meine erste Erinnerung. Dann gab es eine Zeit, in dem sich Kindermädchen um uns gekümmert haben. Und deren Freunde. An einen der Freunde erinnere ich mich noch ziemlich gut, ein dicker Kerl mit unangenehmem Schweißgeruch. Er wollte uns etwas Schlimmes antun, das habe ich gespürt. Und ich wusste, wie sensibel Clara war und wie verletzt durch den Tod von Mama. Ich war die Robustere. Deswegen habe ich alles mit mir machen lassen, während Clara sich zurückzog. Seit dieser Zeit sind sie und ich getrennte Wege gegangen. Ich habe oft wie hinter einem Schleier beobachtet, was Clara tat. Was mir widerfuhr und was ich getan habe, das hat sie hingegen so gut wie nie mitbekommen. Sie wollte es nicht wissen.

Wenn es ganz schlimm wurde, habe ich mir vorgestellt, dass ich eine andere Person war. Ich nannte sie Blanche. Blanche ist ein Mädchen, das nie spricht. Sie ist nie älter geworden, ist immer drei oder vier Jahre alt geblieben. Wir waren jetzt also zu dritt, zumindest soweit ich das weiß.

Ich brauchte viel Trost wegen der Dinge, die der dicke stinkende Mann mit mir und Blanche gemacht hat. Aber ich hatte niemanden. Blanche sprach ja nie ein Wort. Clara hatte es leichter, sie hatte die Musik und ihren Bruder. Ich habe angefangen mit Eduard zu spielen. Ungefähr da, wo es der dicke Mann bei mir machte. So bekam auch ich etwas Wärme.

Ich war froh, dass Clara so schön Klavier spielen konnte. Ich hatte immer nur dunkle Träume und die verstohlenen Momente mit Eduard. Als Doris Clara die Finger gebrochen hat, brach mir das Herz. In diesem Moment tauchte Liz zum ersten Mal auf. Clara meint, dass Doris über einen Läufer gestolpert ist. Aber so ist es nicht gewesen. Liz hat sie hinuntergestoßen. Ich habe triumphiert und gejubelt, als das betrunkene Scheusal mit gebrochenem Genick unten an der Treppe lag. Zum Glück waren wir in diesem Moment allein zu Hause, Eduard und Rafaela waren bei Freunden.

Mir war klar, dass Clara nie akzeptieren würde, dass diese Aktion notwendig gewesen war. Ich musste seit diesem Zeitpunkt ein Leben führen, dass von ihrem völlig getrennt war. Ich musste Liz verstecken, Blanche trösten und Clara beschützen. Ich musste die Hoffnung aufgeben, je mit Clara Kontakt aufnehmen zu können. Ich bekam immer weniger von ihrem Leben mit, der Schleier, hinter dem sich ihr Leben vor mir verbarg, wurde dichter. Der einzige Trost, der mir blieb, war meine Liebe zu Eduard, und selbstverständlich musste ich auch die vor ihr geheim halten. Immer wenn Clara sich zurückzog, konnte ich für ein paar Stunden mein Leben leben. Sie zog sich immer zurück, wenn ihr Eduard oder auch sonst jemand zu nahe kam. Sie nannte den Zustand, in den sie dann geriet, ihre Migräne. Ich kenne mich damit nicht aus, aber ich glaube, dass das nur eine Ausrede von ihr ist. Auf jeden Fall kam dann meine Zeit. Ich habe getan, was ich tun wollte, und manchmal habe ich getan, was getan werden musste.

Lange Jahre lebten wir so nebeneinander her. Liz ließ sich nicht mehr blicken. Clara heiratete und ich wurde Phillips Gespielin und Opfer. Erst als Eduard in die Villa Gruber zurückkam, habe ich angefangen mich gegen Phillip zu wehren. Ich habe mich nicht mehr schlagen lassen, ich habe mich nicht mehr würgen lassen. Phillip hat das akzeptiert. Er war ein feiges Schwein. Er hat sich einfach eine Neue genommen, die das devote Spiel mit ihm gespielt hat.

Für mich war es eine Befreiung.

Eduard hat das Nebeneinander von Clara und mir sein ganzes Leben lang hingenommen. Es war ihm recht, dass er nicht immer nur mit der korrekten und kultivierten Clara zu tun hatte, sondern auch mit einer wilden und verwegenen Frau. So wie das auch Phillip immer recht gewesen war.

Manchmal hat mich Eduard Ele genannt. So, wie wir das als Kinder getan haben.

Ede und Ele.

Aber für Eduard war das nur ein Spiel. Er hat sich nie Gedanken darüber gemacht, wer ich bin, er hat Clara und mich immer als ein und dieselbe Person wahrgenommen, die halt mal so und mal so aufgelegt war. Dass es neben Clara noch eine völlig andere Person gibt, dass es mich gibt, das ging an Eduard völlig vorbei. Er hat mich nicht erkannt. Es war ihm egal.

Ich habe das gespürt, ich habe darunter gelitten. Doch ich habe ihn in seinem Glauben gelassen. Ich hatte Angst, dass er mich verlassen würde, sobald er bemerkte, dass wir mehrere sind.«

***

»Ich fühle mich beschmutzt durch all das, was Ele mit meinem Bruder Eduard und mit Phillip getan hat. Was sie über Doris gesagt hat, mag ich nicht glauben. Ich verstehe das alles nicht. Kann es denn wirklich sein, dass mehrere Personen in einem Körper wohnen?«

***

»Als mir klar wurde, dass Clara mich der Polizei ausliefern würde, weil sie nicht akzeptieren konnte, dass ich zu ihr gehörte, brach alles in mir zusammen.

Ich wollte nicht mehr leben.

Vor allem wollte ich nicht, dass Clara weiterlebte. Es ist unerträglich, wenn man jahrelang die entsetzlichsten und ekelhaftesten

Dinge für jemanden tut und von dieser Person nie ein Wort des Dankes und der Anerkennung bekommt. Wenn man sogar deren Verachtung spürt.

Ich war rasend vor Wut. Ich holte mir ein Messer aus der Küche und rannte die Treppe hinauf. Oben kam mir Clara entgegen. Auch sie hielt ein Messer in der Hand. Einen Moment dachte ich, dass es sich um mein Spiegelbild handeln könnte. Dann tauchte Liz auf.

In diesem Moment hat sich meine Wahrnehmung eingetrübt, die Welt erschien mir wie hinter dickem Nebel. Ich erlebte alles wie von außen, so als ob es mich persönlich nichts angehen würde. Liz stürzte auf Clara zu. Sie schrie wie eine Furie. »Verschwinde aus meinem Leben!« Das Glas des Spiegels zersplitterte. Die beiden stachen und schlugen aufeinander ein, immer und immer wieder. Clara zersplitterte. Mein Spiegelbild zersplitterte.

Dann spürte ich, wie die Klinge in das Fleisch meines Unterarmes eindrang. Ich sah das Blut fließen. Liz verschwand, Ruhe kehrte ein, ich spürte mich wieder. Ich wankte ins Schlafzimmer. Ich wollte schlafen.«

***

Mayfeld saß vor einem Pflegebett der Intensivstation des Rüdesheimer Krankenhauses. Clara Flieder hatte viel Blut verloren. Johannes Flieder hatte seine Mutter in letzter Minute gefunden, der Notarzt, den Mayfeld sofort gerufen hatte, hätte eine Viertelstunde später nur noch ihren Tod feststellen können.

In der letzten Nacht hatten die Puzzleteile begonnen sich für Mayfeld zusammenzufügen. Auch wenn er die Gründe zu diesem Zeitpunkt noch nicht richtig verstanden hatte, war ihm klar geworden, dass Clara Flieder etwas mit dem Verschwinden ihres Mannes zu tun haben musste. Er erinnerte sich an die Hand im Wildlederhandschuh, die er in den Aufzeichnungen der Überwachungskameras an den Geldautomaten gesehen hatte. Irgendetwas hatte ihn irritiert. Es war der verkrümmte und kaum bewegliche Ringfinger gewesen. Clara Flieders Ringfinger. Sie hatte das Geld abgehoben. Und er erinnerte sich an die Fotografie von Phillip Flieder, die auf der Schiersteiner Brücke am Morgen des 14. Juli aufgenommen worden war, als er die Geschwindigkeitsbegrenzung überschritten hatte. Sie zeigte Phillip Flieder mit einem Panamahut, in dessen Hutband eine Feder steckte. Genau diesen Hut hatte er in der Garderobe in der Villa Gruber gesehen. Phillip Flieder musste also nach seiner Fahrt nach Oppenheim wieder zurück nach Walluf gekommen sein.

Am Sonntagmorgen war Mayfeld in das Rüdesheimer Krankenhaus gefahren. »Es ist ein Wunder, dass sie überlebt hat«, hatte ihm Dr. Einod erklärt. »Sie ist sogar schon wieder bei Bewusstsein. Aber sie scheint sehr verstört zu sein. Redet von sich als von mehreren Personen, wechselt andauernd Stimmlage und Gesichtsausdruck. Merkwürdiger Fall, wirkt nicht wie ein Durchgangssyndrom. Na ja, darum soll sich morgen der psychiatrische Konsiliarius kümmern. Vernehmen können Sie sie nicht in diesem Zustand, aber wenn Sie wollen, können Sie sich selbst ein Bild machen.«

Dr. Einod hatte Mayfeld auf dem Weg zur Intensivstation begleitet. »Fünf Minuten und keine Fragen«, hatte er ihn ermahnt. Kurze Zeit später war Dr. Einod zu einer Notfalloperation gerufen worden und musste den Kommissar allein lassen. Das war vor zwei Stunden gewesen.

Seit dieser Zeit saß Mayfeld am Krankenbett der Patientin und lauschte ihren Monologen. »Clara Elisabeth Flieder« war als Name auf ihrer Patientenkurve vermerkt. Ihr Gesicht war blass, neben ihrem Bett stand ein blinkender Monitor, der verschiedene Zahlenwerte und Kurven anzeigte. Aus mehreren Infusionsflaschen tropften Flüssigkeiten in ihre Adern.

Es war gespenstisch zu beobachten, welche Veränderungen in Mimik, Gestik und Tonfall in ihr vorgingen. Es war so, als ob zwei Personen sprechen würden. Und es waren ja wohl auch mindestens zwei Personen, die in diesem Körper lebten. Eine kunstsinnige, vielleicht etwas zu disziplinierte Frau und eine unbändige und verletzte Kreatur. Und dann schien es noch zwei weitere Personen zu geben, eine, die litt und schwieg, und eine, die tötete.

Wenn Clara sprach, dann machte sie auf Mayfeld fast denselben Eindruck wie während der letzten Tage. Verzweifelt, erschöpft und geschwächt, aber rechtschaffen und kultiviert. Eine Person, die sich erstmals etwas zuschulden hatte kommen lassen, als sie ein falsches Geständnis ablegte, um ihren vermeintlich schuldigen Sohn zu schützen. Die nur Gutes wollte. Wenn sie sprach, schienen die Verletzungen, die Schnittwunden, das Flügelhemd, in das sie die Schwestern der Intensivstation gesteckt hatten, zu verschwinden. Zu dieser Person passten eine Perlenkette und ein elegantes Leinenkostüm am besten. Ihre Stimme war samtweich, ihr Gesicht glatt wie ein ruhiger See. Erst in den letzten Passagen der Erzählung war die Stimme gepresster geworden, die Mimik angespannter, hatte ihr Blick begonnen zu flattern. Immer wenn sie ihrem Alter Ego die Bühne überließ, verzerrte sich das Gesicht schmerzhaft.

Ele war eine ganz andere Person. Hätte Mayfeld die Verwandlung nicht direkt beobachten können, er hätte vielleicht tatsächlich nicht erkannt, dass beide im selben Körper wohnten, so veränderten Mimik, Gestik und Tonlage Eles äußere Erscheinung. Ihre Stimme war rau und kratzig, sie schnurrte oder fauchte. Selbst jetzt, dem Tod gerade entronnen, machte sie auf Mayfeld einen unbeugsamen Eindruck. Wild wie eine verletzte Katze, die um ihr Leben kämpfte.

Ihr Blick war hungrig und lüstern, wenn sie von sich und Eduard erzählte. Aber da gab es noch etwas anderes in ihrem Blick, etwas, das in Mayfeld den Eindruck erweckte, dass sich sogar ihre Augenfarbe änderte, dunkler wurde. Es war eine abgrundtiefe Traurigkeit und Verzweiflung, die dem Kommissar die Tränen in die Augen trieb.

Julia hatte Mayfeld am Morgen einiges über Dissoziative Identitätsstörungen erzählt. So nannten die Wissenschaftler eine Multiple Persönlichkeitsstörung meistens. Vieles, was sie sagte, war Mayfeld wie aus einem Horrorfilm stammend vorgekommen, phantastisch und kaum glaublich. »Es passt nicht zu unserem abendländischen Bild einer fest gefügten Person«, hatte sie versucht seine Skepsis zu erklären. »Es verunsichert uns zutiefst, wenn ein Mensch in mehrere Personen zerfällt, die in einem Körper leben.« Das Spektrum dieser Erkrankung reichte von leichteren Formen, in denen Menschen sich in bestimmten Situationen anders fühlten und verhielten als sonst, sich dabei selbst als fremd empfanden, dies aber noch bewusst erleben konnten, bis zu schweren Formen, in denen die Teilpersönlichkeiten nichts mehr voneinander wussten und jeweils ein von den anderen getrenntes Eigenleben führten.

Clara Elisabeth Flieder war an dem, was sie offensichtlich schon als kleines Kind mitgemacht hatte, zerbrochen. In zwei, drei, vier Teile, die nicht viel miteinander zu tun hatten, die sich mitunter sogar bekriegten. Die brave, angepasste Clara wusste von den anderen Personen nichts. Das ermöglichte es ihr, im Alltag zu funktionieren. Die amoralische, zwischen Aufbegehren und Unterwerfung hin- und hergerissene Ele hatte nicht so viel ausgeblendet. Das hatte sie zu einem Leben in der Dunkelheit verdammt.

Mayfeld erinnerte sich an die Worte seines Vaters auf Schloss Johannisberg. Einen Todessprung vom einen Extrem zum anderen hatte E.T.A. Hoffmann die Stimmungswechsel seines Kapellmeisters Kreisler genannt. Solche Stimmungswechsel hatten die Kraft der Frau, die vor Mayfeld lag, überfordert. Was ihr im Laufe ihres Lebens angetan worden war, hätte die Kraft eines jeden Menschen überfordert.

Drei Menschen hatte die unglückliche Clara Elisabeth in den Tod gerissen, die Stiefmutter, den Ehemann und den jungen Erpresser aus der Nachbarschaft. Zuletzt hatte sie sich selbst töten wollen. Dabei war ihre Seele schon vor langer Zeit gestorben.

Julia hatte recht, der Fall verstörte Mayfeld.

Nicht nur, weil diese Geschichte seine Vorstellungen von Persönlichkeit und Identität auf eine harte Probe stellte. Er hatte den Eindruck, dass auch seine Vorstellungen von Recht und Unrecht, von Schuld und Verantwortung auf eine schiefe Ebene geraten waren. In den letzten Stunden hatten Clara und Ele viel voneinander erfahren. Aber würden sie dieses Wissen aushalten? Oder würde er es in ein paar Tagen wieder mit zwei Personen zu tun haben, die nichts voneinander wussten? Oder mit vier, fünf oder sechs Personen? Wie konnte eine der Personen Verantwortung für eine Tat übernehmen, die nichts mit ihr zu tun hatte?

Selten hatte er den Eindruck gehabt, dass die Unterscheidung zwischen Tätern und Opfern so schwer war wie in diesem Fall. Selten hatte ihm eine Täterin derartig leidgetan.

Vielleicht hätte er nicht in dem Zimmer vor ihrem Bett sitzen bleiben sollen. Sein Verhalten war alles andere als korrekt gewesen. Im Moment war sie eine hilflose Person. Als Geständnis war das, was er gehört hatte, völlig unbrauchbar.

Trotzdem würden die Hinweise, die er von Clara und Ele erhalten hatte, genügen, den Fall zu lösen. Vielleicht würden Clara und Ele irgendwann Frieden finden können.

Mayfeld weinte.

***

Johannes saß auf der Terrasse der Villa Gruber. Ein feiner Nieselregen hüllte die Bäume und Blumenrabatten des Gartens in Nebel und dämpfte alle Geräusche. Es herrschte eine fast gespenstische Lautlosigkeit.

Seit Stunden saß er so da, mittlerweile war er völlig durchnässt. Aber das machte ihm nichts aus, er spürte sich kaum noch.

Johannes erinnerte sich.

Er erinnerte sich an die Nacht im Schloss, an den Streit, an die Schlägerei. Er erinnerte sich, wie Patrick ihn niederschlug und er zu Boden ging. Nach einer Weile war er wieder aufgewacht, allein in der Bibliothek des Schlossturms. Er sah sich zum offenen Fenster gehen und nach unten schauen. Durch die Zweige eines Baumes hindurch erkannte er Patrick, der sich über eine Tasche beugte. Von hinten näherte sich eine Person mit einem Stein in der Hand. Clara, seine Mutter. Vor seinem inneren Auge sah er, wie sie zuschlug, er sah, wie sie dem leblosen Mann Steine unter den Pulli stopfte und ihn im Schlossteich versenkte.

Allmählich stellten sich auch Erinnerungen an die Nacht in der Villa Gruber eine Woche zuvor ein. Sie waren schemenhaft, wie in Watte gepackt und ohne Zusammenhang. Er hörte ein heftiges Wortgefecht zwischen seiner Mutter und seinem Vater, er hörte einzelne Worte, schlimme, erschreckende und abstoßende Worte, er erinnerte sich, wie er noch einmal aufgestanden und nach unten gegangen war. Er sah seinen Vater tot auf dem Rasen liegen.

Was dazwischen geschehen war, wollte er lieber gar nicht wissen.

Die ganze Zeit hatte er gelitten wie ein Hund, weil er sich nicht erinnern konnte. Jetzt konnte er sich erinnern und war keineswegs erleichtert.

Das Bild seiner Mutter, wie sie in ihrem Blut auf dem Schlafzimmerbett lag, ließ ihn nicht mehr los. Seine Mutter, die er so geliebt hatte, mit der er so innig verbunden gewesen war, an deren Zärtlichkeit er sich kaum zu erinnern wagte.

Die Erinnerungen hatten eine seltsame Anmutung, einen fremden Klang. Es war so, als gingen sie ihn persönlich gar nichts an. Sie fühlten sich an, als seien es die Erinnerungen einer anderen Person. Das erleichterte es, sie auszuhalten.

Hannes war robuster als Jo. Hannes würde mit den Erinnerungen leben können und müssen. Jo würde sich auf die Musik konzentrieren, so wie es der skurrile Vater des Kommissars in der letzten Nacht geraten hatte.

Jo bemerkte, wie nass und kalt es geworden war, er spürte die klamme Feuchtigkeit seiner Kleidung, er fühlte einen stechenden Schmerz hinter der Stirn.

Er trank einen Schluck von dem kalt gewordenen Hagebuttentee, der vor ihm auf dem Terrassentisch stand. Urplötzlich befiel ihn eine bleierne Müdigkeit, die Welt verlor ihren Klang. Die Anstrengungen der letzten Tage und Nächte waren einfach zu viel gewesen.

Er zog sich zurück.

Nachtrag

Die Leiche von Phillip Flieder wurde im Schacht des alten Brunnens auf dem Gelände der Villa Gruber gefunden. Eduard Gruber schilderte den Tathergang so, wie es seine Schwester im Krankenhaus getan hatte. Ein Gericht stellte die Schuldunfähigkeit von Clara Elisabeth Flieder für die Morde an Phillip Flieder und Patrick Schönhell fest. Sie wurde in ein psychiatrisches Krankenhaus eingewiesen.

Mike Wallner gestand den Überfall auf Richi Teufel und wurde wegen Körperverletzung zu einer Gefängnisstrafe auf Bewährung verurteilt. Für den elterlichen Betrieb musste er Insolvenz anmelden.

Die Anklage gegen Marcel Boden wurde fallen gelassen.

Eduard Gruber wurde vom Vorwurf der Beihilfe zum Mord freigesprochen. Er erhielt eine Geldstrafe wegen Verdunkelung einer Straftat. Er konnte wegen gesundheitlicher Probleme seine Karriere als Pianist nicht mehr aufnehmen und gibt gelegentlich Konzerte in Altenwohnheimen.

Richi Teufel ist wieder vollständig genesen und geht seiner früheren Beschäftigung nach.

Johannes Flieder brach die Schule ab, verkaufte die Villa Gruber und finanziert sich mit dem Erlös eine Ausbildung zum Konzertpianisten.

Einige Anmerkungen

Rheingau Musik Festival
Das Rheingau Musik Festival wurde 1987 von Michael Hermann gegründet, der bis heute sein Intendant ist. Es ist mittlerweile eines der führenden Musikfestivals Deutschlands und findet jedes Jahr zwischen Juni und September im Rheingau und in Wiesbaden statt. Schwerpunkt des Festivals ist die Klassische Musik, in den letzten Jahren kamen aber zunehmend auch Veranstaltungen aus den Bereichen Jazz, anspruchsvoller U-Musik und Kabarett hinzu. Das Festival finanziert sich etwa zur Hälfte über private Sponsoren und zur Hälfte über die Eintrittspreise. Pro Spielzeit finden mittlerweile etwa einhundertfünfzig Konzerte an vierzig Spielorten statt. Die wichtigsten Spielstätten sind Kloster Eberbach, Schloss Johannisberg, Schloss Vollrads und das Wiesbadener Kurhaus.

Schloss Vollrads
Schloss Vollrads befand sich über viele Jahrhunderte im Besitz der Familie Greiffenclau. Die Greiffenclaus sind das älteste Adelsgeschlecht im Rheingau. Sie sollen zu Zeiten Karls des Großen aus Lothringen in den Rheingau eingewandert sein. Als Karl der Große von seiner Kaiserpfalz in Ingelheim aus bemerkte, dass die Schneeschmelze auf der anderen Rheinseite früher einsetzte, und daraus schloss, dass dieser Landstrich für den Weinbau besonders geeignet sei, sollen die Greiffenclaus, die sich in Diensten des Kaisers befanden, dorthin gezogen sein. Urkundlich erwähnt werden sie erstmals im 12. Jahrhundert. Seit 1211 ist verbürgt, dass sie Weinbau betrieben. Damals bewohnten sie das Graue Haus in Winkel, das älteste noch erhaltene Steinhaus Deutschlands.

Schloss Vollrads wurde Anfang des vierzehnten Jahrhunderts gebaut und war seit 1320 Stammsitz der Familie. Es gilt als das älteste Weingut Europas. Zunächst errichteten die Greiffenclaus die Wasserburg Vollrads, die nur aus einem vollständig von Wasser umgebenen großen Wohnturm bestand. Später kamen ein Herrenhaus und Wirtschaftsgebäude hinzu. Die Greiffenclaus waren über Jahrhunderte die einflussreichste Adelsfamilie des Rheingaus, aus ihren Reihen kamen mehrere Erzbischöfe und Kurfürsten von Mainz und Trier, sowie Fürstbischöfe von Würzburg, häufig stellten sie den Vertreter des Mainzer Erzbischofs im Rheingau.

Der letzte Besitzer von Schloss Vollrads aus der Familie Greiffenclau war langjähriger Präsident des Rheingauer Weinbauverbandes. Trotz erfolgreicher fachlicher Arbeit gelang es ihm nicht, den verschuldeten Betrieb finanziell zu sanieren. Als seine Hausbank beschloss, ein Konkursverfahren zu eröffnen, erschoss sich Erwein Graf Matuschka-Greiffenclau 1997. Seither gehört das Schloss der Bank, die das Weingut nun in eigener Regie betreibt.

Während des Rheingau Musik Festivals finden auf der Seebühne auf dem Schlossteich Konzerte statt. In der Orangerie des Schlosses wurde ein Restaurant eingerichtet. In der Vinothek des Schlosses kann man die Kreszenzen des Weingutes verkosten und kaufen. Für die Besichtigung des Inneren des Schlosses ist Voranmeldung notwendig.

Rauenthaler Rothenberg
Eine der ältesten Weinlagen des Rheingaus, in unmittelbarer Nähe der berühmten Halbhöhenlagen Baiken und Wülfen. Der rote Phyllitschiefer verleiht dem Boden des Weinbergs seine rote Farbe und dem Wein seine charakteristische Note. Ein famoser Riesling aus dieser Lage kommt vom Weingut August Eser aus Oestrich.

Walluf
Walluf ist die östlichste und die älteste Gemeinde des Rheingaus. Es wird erstmals 770 erwähnt, seit 779 ist dort der Weinbau urkundlich verbürgt. Vom 13. bis zum 18. Jahrhundert befand sich in Walluf ein wichtiges Tor im Rheingauer Gebück, der zirka fünfzig Meter breiten Mauer aus verflochtenen Hainbuchenästen, die den zum Erzbistum Mainz gehörenden Rheingau begrenzte. Von daher hat sich der Name »Pforte zum Rheingau« erhalten. Im Ort be-

finden sich Überreste alter Wassermühlen und schöne Barockhäuser, die sich der Mainzer Kirchenadel bauen ließ.

Treidelpfad und Rheingauer Riviera
Der Treidelpfad, auch Leinpfad genannt, ist ein ehemaliger Arbeitsweg, auf dem vor der Motorisierung der Schifffahrt Lastkähne durch Pferde- oder Menschenkraft an einer Leine flussaufwärts geschleppt (getreidelt) wurden. Er verläuft mit Unterbrechungen von Walluf bis Rüdesheim und wird heute als Spazier- und Radweg genutzt. Zwischen Walluf und Eltville entstanden oberhalb des Treidelpfads Ende des 19. und Anfang des 20. Jahrhunderts zahlreiche luxuriöse Villen mit opulenten Gartenanlagen, die »Rheingauer Riviera«. In den letzten Jahren gibt es Bestrebungen, diese Gärten in ihrer historischen Anlage wieder herzustellen.

Wilhelmstraße in Wiesbaden
Prachtstraße der hessischen Landeshauptstadt, von Christian Zais Anfang des 19. Jahrhunderts geplant. Sie ist Wiesbadens liebste Flaniermeile. Die Straße beeindruckt durch eine Vielzahl von Häusern aus Spätklassizismus und Historismus.

Opelbad in Wiesbaden
1933 durch eine Stiftung des Geheimrat Georg von Opel am Südhang des Neroberg über Wiesbaden erbautes Freibad mit unübertrefflichem Blick über die hessische Landeshauptstadt.

Straußwirtschaft
Wird andernorts auch Besen- oder Heckenwirtschaft genannt. 791 hat Karl der Große im Erlass »Capitulare de villis vel curtis imperii« den Winzern den Ausschank von Wein in Schänken gestattet, die durch einen Kranz aus Efeu oder Weinlaub gekennzeichnet waren. Seither gilt im Rheingau (wie auch in anderen Weinbaugebieten): Wo's Sträußche hängt, wird ausgeschenkt. Im Gegensatz zu Gutsausschänken, die wie Gaststätten betrieben werden, sind Straußwirtschaften Familienbetriebe, die nur für einige Wochen oder maximal vier Monate im Jahr geöffnet werden. Räumlichkeiten dürfen dafür nicht eigens angemietet werden, häufig wird da-

her eine Kelterhalle oder auch das eigene Wohnzimmer in einen Gastraum umgewandelt. Es dürfen nur eigene Weine und alkoholfreie Getränke ausgeschenkt werden.

Wiesbadener Spielcasino

1810 errichtete Christian Zais das Alte Kurhaus. In seinen Räumen wurde auch das Wiesbadener Spielcasino untergebracht. Hier gewann Fjodor Dostojewski 1863 zehntausend Franken, hier verspielte er 1865 seine gesamte Reisekasse. Ab 1872 waren Spielbanken im Deutschen Kaiserreich verboten.

1905 bis 1907 wurde das Alte Kurhaus abgerissen und das Neue Kurhaus von Friedrich von Thiersch errichtet. Kaiser Wilhelm II. nannte es in typisch wilhelminischer Bescheidenheit »das schönste Kurhaus der Welt«. Wahrscheinlich hatte er damit sogar einmal recht.

Seit 1949 ist das Glücksspiel in Wiesbaden wieder erlaubt, seit 1955 befindet sich die Spielbank wieder in Räumen des Neuen Kurhauses, seit 1985 im ehemaligen Weinsaal.

Kasteler Strand und Kasteler Reduit

Die Reduit war der rechtsrheinische Brückenkopf der Festung Mainz und wurde zwischen 1830 und 1834 von österreichischen Pionieren auf hunderten von Eichenholzpfählen erbaut. Sie bot in ihrer Geschichte österreichischen, nassauischen und preußischen Regimentern Unterkunft. Heute ist sie Heimat zahlreicher Karnevals- und Kulturvereine.

Zwischen der Reduit und dem Rheinufer wurde von einem Restaurationsbetrieb ein Sandstrand aufgeschüttet, der einen wunderbaren Blick auf die Silhouette von Mainz und den Mainzer Dom erlaubt.

Seit 1949 gehören die ehemaligen Mainzer Vororte Kastel, Kostheim und Amöneburg zu Wiesbaden, was bis heute Gegenstand erbitterter lokalpatriotischer Rivalitäten zwischen den beiden Landeshauptstädten ist. Mainzer Parteigänger verweisen auf die historischen Verbindungen Kastels zu Mainz, die bis auf die Römerzeit zurückgehen, als eine steinerne Brücke Mogontia mit Castellum Mattiacorum verband. Wiesbadener Parteigänger verweisen darauf, dass Kastel lediglich siebenunddreißig Jahre am Anfang des 20. Jahrhunderts verwaltungstechnisch zu Mainz gehörte und dass im Mittelalter die Stadt Castel von den Mainzern wiederholt niedergebrannt wurde. Wer Freunde auf beiden Seiten des Rheins hat, mischt sich in diesen Streit am besten nicht ein …

Jüdischer Friedhof in Oestrich

Der Friedhof liegt zwischen Oestrich und Hallgarten. Er ist der älteste jüdische Friedhof im Rheingau und wurde von 1673 bis 1937 belegt, während eines großen Zeitraums seiner Existenz von allen im Rheingau ansässigen jüdischen Familien. Traditionell waren sie im Vieh- und im Weinhandel tätig.

Im Juni 1933 lebten hundertsiebenundsechzig Menschen jüdischen Glaubens im Rheingau. 1945 waren alle ausgewandert, geflohen, deportiert oder ermordet.

Oestrich-Winkel

Die größte Weinbaugemeinde Hessens (bezogen auf die Fläche) setzt sich aus den Ortsteilen Oestrich, Mittelheim, Winkel und Hallgarten zusammen. Im Mittelalter bildeten die Ortschaften wie heute eine Einheit. In Winkel, im Grauen Haus, dem ältesten Steinhaus Deutschlands, hatte der Gelehrte und Erzbischof von Mainz Rabanus Maurus seine Sommerresidenz, hier starb er auch. Auf der Lützelau, einer mittlerweile untergegangenen Insel im Rhein, tagte über Jahrhunderte der Rheingauer Landtag.

Nach der Trennung der Ortsteile behielt Winkel den Namen des Ortes, der sich vermutlich vom lateinischen »vincella« (Weinkeller) ableitet, wohl, weil dort die einflussreichen Greiffenclaus residierten. Das eher bürgerliche Oestrich wurde seither als der östliche Teil des Ortes bezeichnet, von daher leitet sich der Name ab. Noch heute ist Oestrich geprägt von vielen kleinen Familienweingütern.

Sehenswert sind neben Schloss Vollrads und dem Grauen Haus das Brentanohaus der Frankfurter Bankiersfamilie Brentano, in dem Goethe des Öfteren logierte, die Mittelheimer St.-Aegidius-Basilka, eine der ältesten Steinkirchen Deutschlands, der Oestricher Marktplatz, die Kirche St. Martin und der Oestricher Weinverladekran. Im 18. Jahrhundert gebaut, wurde er im Inneren durch eine Tretmühle bewegt, die durch die Muskelkraft zweier Knechte angetrieben wurde. Er war bis 1926 in Betrieb.

Schloss Johannisberg
Das Kloster wurde im 11. Jahrhundert von Benediktinern gegründet. Im 16. Jahrhundert wurde es aufgelöst und im 18. Jahrhundert vom Fürstabt von Fulda gekauft, der es ausbauen ließ. Seit dem Wiener Kongress ist das Schloss im Besitz der Familie von Metternich. Auf der Terrasse des Schlosses schwärmte Goethe vom Rheingau, und jeder, der dort heute sitzt und den Blick auf das Tal genießt, wird ihn verstehen. In den Kellern des Schlosses Johannisberg wurde 1775 die Spätlese erfunden. Der Kellermeister durfte mit der Lese erst beginnen, wenn er die Erlaubnis des Fürstbischofs von Fulda hatte. Diese wurde von einem reitenden Boten überbracht. 1775 hat sich dieser Bote mehr als zwei Wochen verspätet. Die Mönche brachten die Lese erst ein, als sie die Erlaubnis dazu hatten. Zu diesem Zeitpunkt war ein großer Teil der Trauben verfault. Zum Glück handelte es sich um die sogenannte Edelfäule, von der man heute weiß, dass sie die Qualität der Weine positiv beeinflusst. So führte die Verspätung eines Rheingauer Boten und der Gehorsam Rheingauer Mönche zu einer der wichtigsten Innovationen im Weinbau. An dieses Ereignis erinnert heute das Denkmal des Spätlesereiters im Hof von Schloss Johannisberg.

Neben Kloster Eberbach ist Schloss Johannisberg die Hauptspielstätte des Rheingau Musik Festivals.

Die Musik

The Last and Lost Blues Survivors
Pura Fé Crescioni, Adolphus Bell, Alabama Slim, Albert White, Eddie Tigner, Beverlyn Watkins, Ardie Dean, Timothy Duffy, Hansel Creech

Vivaldi: Konzert für Piccoloflöte, Orchester und Basso continuo
C-Dur, RV 443

Johann Sebastian Bach: Das Wohltemperierte Klavier
Präludium I und Fuga Ia 4 voci in C-Dur, BWV 846

Enya: May it be
Aus »Lord of the Rings«

Robert Schumann: Kinderszenen, op. 15
Von fremden Ländern und Menschen, Kuriose Geschichte, Haschemann, Bittendes Kind, Glückes genug, Wichtige Begebenheit, Träumerei, Am Kamin, Ritter vom Steckenpferd, Fast zu ernst, Fürchtenmachen, Kind im Einschlummern, Der Dichter spricht (G-Dur)

Robert Schumann: Kreisleriana, op. 16
1. Äußerst bewegt, 2. Sehr innig und nicht zu rasch, 3. Sehr aufgeregt, 4. Sehr langsam, 5. Sehr lebhaft, 6. Sehr langsam, 7. Sehr rasch, 8. Schnell und spielend

Ludwig van Beethoven: Klaviersonate Nr. 8, c-moll, »Pathétique«
1. Grave: allegro di molto e con brio, 2. Adagio cantabile, 3. Rondo: allegro

Robert Schumann: Davidsbündlertänze, op. 6
1. Lebhaft, 2. Innig, 3. Mit Humor (Etwas hanebüchen), 4. Ungeduldig, 5. Einfach, 6. Sehr rasch und in sich hinein, 7. Nicht schnell, 8. Frisch, 9. Lebhaft, 10. Balladenmäßig, 11. Einfach, 12. Mit Humor, 13. Wild und lustig, 14. Zart und singend, 15. Frisch, 16. Mit gutem Humor, 17. Wie aus der Ferne, 18. Nicht schnell

Modest Mussorgsky: Kindheitserinnerungen
1. Njana und ich, 2. Die erste Strafe

Claude Debussy: Childrens Corner, Petite Suite pour Piano seul
1. Doctor Gradus ad Parnassum, 2. Jimbos Lullaby, 3. Serenade for the Doll, 4. The Snow is Dancing, 5. The Little Shepherd, 6. Golliwogg's Cake-Walk

Johann Strauss: Der Zigeunerbaron
Operette in drei Akten

Sergei Rachmaninow: Die Toteninsel, op. 29
Tondichtung für großes Orchester

Kommissar Mayfeld kommt wieder in »Totgemacht«.

Danksagung

Ich möchte Urs Mergard für seine gründliche Beratung in allen Fragen der Kriminalistik danken.

Michael Herrmann danke ich für seine Informationen über das Rheingau Musik Festival, Karl-Heinz Bergmann für seine Führung durch Schloss Vollrads.

Meiner Lektorin Marion Heister danke ich für die gute Zusammenarbeit, Frau Steinmetz und dem Emons-Verlag für die freundliche Unterstützung.

Mein größter Dank gilt meiner Frau Ingrid, die mich ermutigte und anspornte. Sie hat mich mit ihrer Kreativität ganz uneigennützig unterstützt. Viele Sommerabende haben wir diskutiert, den Plot entwickelt, an der Geschichte gefeilt. Dieses Buch wäre ohne sie so nicht geschrieben worden.

Roland Stark
TOD BEI KILOMETER 512
Broschur, 240 Seiten
ISBN 978-3-89705-490-5

»Ein Krimi mit Spannung, voller interessanter Figuren, viel Lokalkolorit und gelungenen Beschreibungen.« Wiesbadener Kurier

»Viel Spannung mit hohem Unterhaltungswert.«
Rheingau-Echo

Roland Stark
TOD IM KLOSTERGARTEN
Broschur, 336 Seiten
ISBN 978-3-89705-605-3

»Roland Stark blickt in die Seelen der Menschen. Er beschreibt gekonnt und geschmeidig ihre Abgründe und ihre Liebenswürdigkeiten in seinen Kriminalromanen.« Rheingau-Echo

»Empfehlenswert für Krimi- und Rheingauliebhaber gleichermaßen.« Radio RheinWelle